# 中國現代文學精華

杜祖貽 劉殿爵 主編

羅忼烈 劉述先 顧問

# 中國現代文學精華

主　　編：杜祖貽　劉殿爵
學術顧問：羅忼烈　劉述先
責任編輯：吳一帆
封面設計：涂　慧
出　　版：商務印書館（香港）有限公司
香港筲箕灣耀興道三號東滙廣場八樓
http://www.commercialpress.com.hk
發　　行：香港聯合書刊物流有限公司
香港新界大埔汀麗路三十六號中華商務印刷大廈三字樓
印　　刷：美雅印刷製本有限公司
九龍觀塘榮業街六號海濱工業大廈四樓A室
版　　次：二〇一九年十一月第一版第一次印刷

ISBN 978 962 07 4603 1
Printed in Hong Kong


**Masterpieces of Modern Chinese Literature**
Cho Yee To, D. C. Lau ed.

First Edition, November 2019
ISBN 978 962 07 4603 1

羅忼烈教授題辭

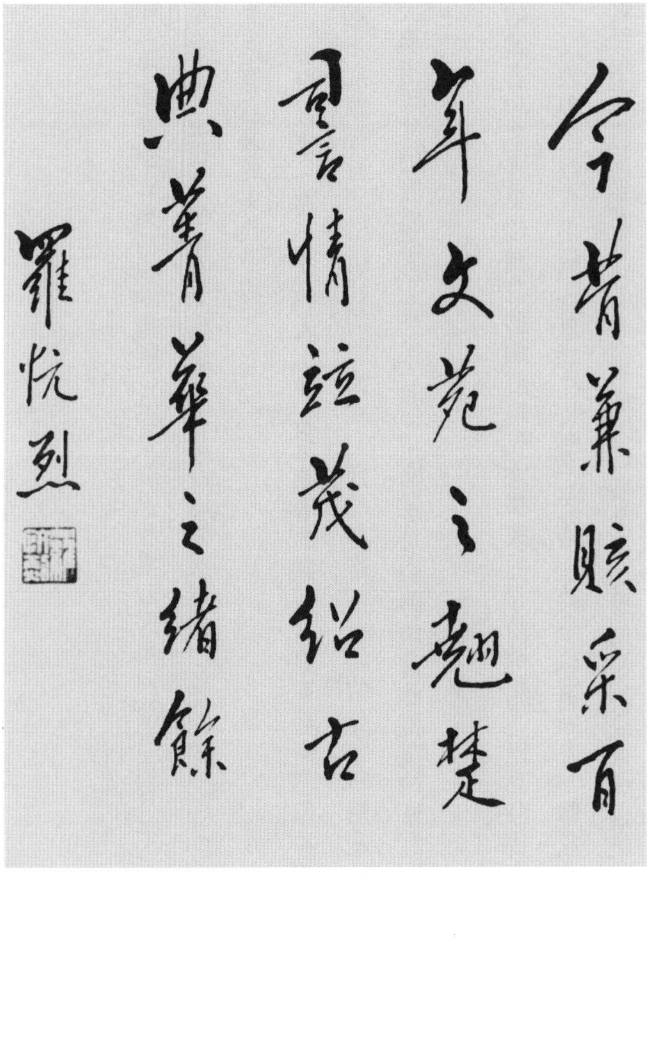

# 前言

編者

一九九七年《中國文學古典精華》出版，正是慶祝香港回歸祖國的高興日子。

二零一九年《中國現代文學精華》出版，正是五四愛國運動一百週年的紀念。

這同樣 是非常有意義的文教事功。

《古典精華》面世以來，廣受文教人士和大眾讀者的歡迎。除香港商務印書館原版外，先後有北京教育科學出版社的簡節本、台北商務印書館的分類新組本、武漢華中師範大學出版社的簡體字完整本，和三年前香港商務印書館再版的修訂完整本。

許多熱心的讀者和學者更建議我們編製現代文學家的作品選集，以見今古文學遞嬗的軌跡。又蒙現代教育出版社黃旐社長慨予支持，於是繼續努力，輯成此集，俾讀者得覽百年來新舊思潮更替下文化活動的趨勢和文學創作的成果，也藉此計劃續為香港培植更多年青一代的編輯人才。

中華文化源遠流長，文學史分期不必太細。因此，從清末民初以至於今，統稱現代。所輯諸篇，都屬廣義的文學作品，皆為現代名人的力作；或以其人，或以其事，各具一時的特殊意義，一併選入《中國現代文學精華》。

編撰告竣，共得要文六十五篇，可惜一直為近年著作版權條例所限，耽延至今，始能選取其中三十篇付梓。至於其他名家佳作，如馬寅初〈新人口論〉、梁漱溟〈中國的宗教〉、郭沫若〈天上的街市〉、毛澤東〈沁園春．雪〉、朱光潛〈讀書破萬卷，下筆如有神〉、冰心〈寄小讀者．通訊二十三〉、唐君毅〈花果飄零及靈根自植〉、吳大猷〈求學與治學〉、張愛玲〈金鎖記〉、曹禺〈日出〉等，以及茅盾、巴金、葉紹鈞、豐子愷、梁實秋、林語堂、沈尹默、錢鍾書、顧頡剛、錢穆、馮友蘭、梁思成、錢學森、陳之藩、費孝通、陳湛銓、熊潤桐、張大千、季羨林、金克木等的詩文，惟俟異日，這是要請讀者原諒的。定稿前夕，謹向黃旌先生、毛永波先生及商務印書館編輯部同人責任編輯吳一帆小姐、設計員涂慧小姐、排版員冼惠玲小姐致謝，並乘此機會，向書中各文的作家，致以無上的敬意。

己亥孟秋西元二零一九年十月二十日

# 序一

原香港大學中文系及香港中文大學教育學院中國文學教授 羅忼烈

今之所謂中國文學，無知者皆以八十數年來之白話小說新詩話劇當之。操觚之士，美其名曰作家，所產謂之創作。作家之多，車載斗量；所產之夥，恆河沙數；不復知數千年來古典文學之可珍。數典忘祖，姑不待論，而所謂新文學，亦令人有每下愈況之歎。此無他，五四作者如魯迅、朱自清、聞一多諸君，莫不具古典文學之修養，不徒以新文學為能事也。今之所謂作家則不然，趨易畏難，利其速成，恐數十年後不惟莘莘學子不復知有古典文學，即所謂新文學亦將取法於下也。杜劉二教授燭先機於未萌，既已主編《中國文學古典精華》行世，今復採現代文學作品之可資示例者，剞劂成集，不僅為學習中國語文者開闢正道，亦足為主張中文現代化者研習深思也。

庚辰（二〇〇〇）年五月於香港大學

# 序二

原香港中文大學哲學講座教授　劉述先

研究院同窗好友杜祖貽教授與精研中國哲學與文學的學術前輩劉殿爵教授，從現代作家及學者的作品中精選佳作，編纂《中國現代文學精華》，以供青年學子欣賞和學習，從而提高他們對文學的鑒賞能力。這是一個非常適時適切的計劃。

從事語文教育的同人面對當前語文程度日漸低落的情況，莫不感到憂心忡忡，不知怎樣才能扭轉形勢，挽狂瀾於既倒。然而知其不可而為，總得要重新開始才行。杜、劉兩教授在主持《中國文學古典精華》的大型編製計劃之餘，再接再厲，選編《中國現代文學精華》。經過長時間的搜集、篩選，選出文筆流暢、思想深刻、影響廣泛，並能反映現代文學發展情況的作品，用心之深與用力之勤，委實令人欽佩。

本書內容可分為兩大類，第一類以坊間所見現代文學選集中常選作品為主，摒除文學流派與政治之成見，選取其中出色作家可作範文的作品；第二類則選取學術及專業界名人的文章，以思想上的啟發為主。

所有篇章均備正文部分及參考部分。正文部分包括簡明的作者介紹、題解及註釋；參考部分包括作者及題解補充等，更備參考資料以提供門徑予有興趣深入研究的讀者，使他們能掌握有關作家作品研究的方向及內容。應該指出的是，所選的作品都是各具特色，同時於學術思想有其代表性的。

此書籌編的時候，得到南伊大同時期同學黃旌先生大力支持，其為文化服務的精神，令人景仰。

由於計劃至饒意義，故樂為之序。

二〇〇〇年十月於台北中央研究院文哲研究所

# 編輯人員名表

主　編　杜祖貽　劉殿爵

學術顧問　羅忼烈　劉述先

編輯顧問　湯國華　湯偉奇　梁榮基　馮鍾芸　黃　旌　陳萬雄
許月白　梁　殷　黃坤堯　謝　孟　游銘鈞　吳秀方
沈心天　呂娜莉　胡宗仁　龔因心　林章新

兼任研究員　關志雄　岑練英

助理編輯兼助理研究員　杜詩穎　劉禧鳳　伍詠慈　司徒國健

助理研究員　唐潔珊　郭劍鋒　吳玉蘭　林雪芹

助理編輯　林小燕　郭展明　陳淑萍

# 目錄

**附錄**

# 正文部分

# 天演論・察變

嚴復 譯 〔英國〕赫胥黎 原著

赫胥黎獨處一室之中，在英倫之南，背山而面野，檻外諸境，歷歷如在几下。乃懸想二千年前，當羅馬大將愷徹①未到時，此間有何景物。計惟有天造草昧，人功未施，其藉徵人境者，不過幾處荒墳，散見坡陀起伏間，而灌木叢林，蒙茸山麓，未經刪治如今日者，則無疑也。怒生之草，交加之藤，勢如爭長相雄。各據一抔壤土，夏與畏日爭，冬與嚴霜爭，四時之內，飄風怒吹，或西發西洋②，或東起北海，旁午交扇，無時而息。上有鳥獸之踐啄，下有蟻蝝之齧傷，憔悴孤虛，旋生旋滅，菀枯頃刻，莫可究詳。是離離者亦各盡天能，以自存種族而已。數畝之內，戰事熾然。彊者後亡，弱者先絕。年年歲歲，偏有留遺。未知始自何年，更不知止於何代。苟人事不施於其間，則莽莽榛榛，長此互相吞并，混逐蔓延而已，而詰之者誰耶？英之南野，黄芩之種為多，此自未有紀載以前，革衣石斧之民，所采擷踐踏者。茲之所見，其苗裔耳。遂古之前，坤樞未轉，英倫諸島，乃屬冰天雪海之區，此物能寒。法當較今尤茂，此區區一小草耳，若跡其祖始，遠及洪荒。則三古以還年代方之③，猶瀼渴之水，比諸大江，不啻小支而已。故事有決無可疑者，則天道變化，不主故常④是已。特自皇古迄今，為變蓋漸，淺人不察，遂有天地不變之言。實則今茲所見，乃自不可窮詰之變動而來。京垓年歲之中，每每員輿⑤正不知幾移幾換而成此最後之奇。且繼今以往，陵谷變遷，又屬可知之事。此地學不刊之説也。假其驚怖斯言，則索證正不在遠。試向立足處所，掘地深逾尋丈，將逢蜃灰⑥。以是蜃灰，知其地之古必為海。蓋蜃灰為物，乃嬴蚌⑦脱殼積疊而成。若用顯鏡察之，其掩旋尚多完具者。使是地不前為海，此恆河沙數嬴蚌者胡從來乎？滄海颺塵，非誕説矣。且地學之家，歷驗各種殭石，知動植庶品，率皆遞有變遷，特為變至微，其遷極漸。即假吾人彭聃⑧之壽，而亦由暫觀久，潛移弗知是。猶蟪蛄⑨不識春秋，朝菌不知晦朔，遽以不變名之，真瞽説也。故知不變一言，決非天運。而悠久成物之理，轉在變動不居之中。是當前之所見，經廿年卅年而革焉可也，更二萬年三萬年而革亦可也。特據前事推將來，為變方長，未知所極而已。雖然天運變矣，而有不變者行乎其中不變惟何？是名天演。以天演為體，而其用有二。曰物競，曰天擇。此萬物莫不然，而於有生之類為尤著。物競者，物爭自存也。以一物以與物物爭，或存或亡。而其效則歸於天擇。天擇者，物爭焉而獨存，則其存也，必有其所以存。必其所得於天之分，自致一己之能，與其所遭值之時與地。及凡周身以外之物力，有其相謀相劑者焉。夫而後獨免於亡，而足以自立也。而自其效觀之，若是物特為天之所厚而擇焉以存也者，夫是之謂天擇。天擇者擇於自然，雖擇而莫之擇，猶物競之無所爭，而實天下之至爭也。斯賓塞爾⑩曰：「天擇者，存其最宜者也。」夫物既爭存矣，而天又從其爭之後而擇之，一爭一擇，而變化之事出矣。

## 作者

赫胥黎（Thomas Henry Huxley，一八二五——一八九五），英國生物學家、哲學家。一八四二年就學於克勞斯醫學院。一八四五年獲倫敦大學醫學士學位。一八四六至五零年，在響尾蛇號軍艦上擔任軍醫。一八五零年起，任教於多所大學。赫胥黎在海洋生物學、比較解剖學、古生物學及人類形態學等方面，都有深入的研究。一八五九年達爾文發表專著《物種起源》（*Origin of Species*）後，赫胥黎贊同其理論，並為進化論學說作精到的詮釋，致被反對此說的人譏為「達爾文的看門狗」（Darwin's dog）。一八六零年更因為捍衛進化論而與牛津主教公開辯論。

在生物學方面，赫胥黎支持進化論，認為人類係由猿猴逐漸變化而來。在哲學方面，他是首個提出「不可知論」（Agnosticism）的學者。赫胥黎的著作有《人類在自然界的位置》（*Man's Place in Nature*）、《科學與教育》（*Science and Education*）及《進化論與倫理學》（*Evolution and Ethics*）等。

## 譯者

嚴復（一八五四——一九二一），原名傳初，又名宗光，後改名復。字幾道，晚號瘉壄老人、尊疑，別署天演宗哲學家。福建侯官（今閩侯縣）人。嚴復早歲從名師黃宗彝習經史百家之學，深植國學根基。十四歲考入福州船政學堂。一八七一年以優異成績卒業，旋被派往軍艦服務。一八七六年留學英國格林威治海軍大學。一八七九年歸國，在其母校福州船政學堂任教。一八八零年奉李鴻章遣派，赴天津北洋水師學堂任職。二十年間先後任總教習、會辦及總辦等職。一八九五年中國於中日甲午戰爭慘敗，嚴氏提出「尊民叛君」和「尊今叛古」的主張。一八九七年嚴氏與夏曾佑、王修植等創辦《國聞報》，以翻譯外國報章及採訪國內消息為務。一八九八年戊戌變法失敗後，致力於西方學術文獻的翻譯工作。一九一二年民國成立，嚴復提出教育救國的計劃，同年任京師大學堂總監督及總統府外交法律顧問等職。一九二一年病逝於福州。

嚴復是中國近代著名思想家及教育家，也是翻譯西方近代哲學思想及科學理論的前驅，對中國現代學術的發展有重大的貢獻。嚴氏譯著，如《天演論》（*Evolution and Ethics*）、《原富》（*Inquiry into the Nature and Causes of the Wealth of Nations*）、

《社會通詮》(*History of PoLitics*)及《名學淺説》(*Primer of Logic*)等,對中國近代政治經濟思想產生深遠的影響。他提出的三條翻譯標準——「信、達、雅」,至今仍被譯家奉為圭臬。他反對一面倒的五四新文化運動,主張「尊孔讀孟」以維持國粹和民族自信。嚴氏擅古體詩,文章風格近桐城派,平實真切而不事誇飾。除翻譯外,著有《政治講義》、《瘉壄堂詩集》等。

## 題解

《天演論》選譯自英國生物學家赫胥黎(Thomas Henry Huxley)所著《進化論與倫理學》(*Evolution and Ethics*,一八九四)的序文和本論兩章。譯文於一八九八年出版,本篇所據的是一九三三年王雲五主編、上海商務印書館出版的《萬有文庫》第一集所輯的沔陽慎始基齋本《天演論》。

赫胥黎原文以達爾文(Charles Darwin,一八零九——一八八二)進化論(Evolutionism)為基礎,通過對地質學、古生物學、解剖學及生物學的研究考察,認為自然界是不斷變化的,而生物進化的原動力,就是為生存而鬥爭,這種自然界優勝劣敗的規律,可用以解釋人類的社會現象。嚴復把這種進化論歸納為「物競天擇、適者生存」八個字。當時中國正值內憂外患：中日甲午戰爭、義和團之亂、中國面臨被列強瓜分的危機。根據《天演論》中的規律，中國正瀕臨滅亡。但是，《天演論》也提出「與天爭勝」的概念，只要人治日新，國家就可復興。嚴復正是藉着翻譯《天演論》，喚醒國民發憤圖強。本篇節錄《天演論》導言一〈察變〉。

## 註釋

① 愷徹：又譯凱撒，Gaius Julius Caesar（前一零零——前四四）。古羅馬時代名將及政治家。

② 西洋：又譯大西洋，Atlantic Ocean。

③ 方之：兩相比較。

④ 不主故常：意即非永恆不變。語出莊子〈天道篇〉：「變化齊一，不主故常」。

⑤ 員輿：指大地，地球。見章炳麟〈原學〉：「員輿之上諸老先生所不能理」。

⑥ 蜃灰：原文 chalk，由有孔蟲及鈣質藻之遺殼堆填而成的一種石灰巖。

⑦ 嬴蚌：嬴，通螺。嬴蚌，統稱貝殼類動物。

⑧ 彭聃：彭祖和老聃，兩人都是古代長壽的人，因用以比喻長壽。

⑨ 蟪蛄：蟬之一種。見莊子〈逍遙遊〉：「蟪蛄不知春秋」。釋文引司馬注：「蟪蛄寒蟬也」。今動物學則以蟪蛄、寒蟬為二物。

⑩ 斯賓塞爾：又譯斯賓塞，Herbert Spencer（一八二零——一九零三）。英國哲學家。

# 人間詞話（節錄）

王國維

一

詞以境界為最上。有境界則自成高格，自有名句。五代北宋之詞所以獨絕者在此。

二

有造境，有寫境，此理想與寫實二派之所由分。然二者頗難分別。因大詩人所造之境，必合乎自然，所寫之境，亦必鄰於理想故也。

三

有有我之境，有無我之境。「淚眼問花花不語，亂紅飛過秋千去①。」「可堪孤館閉春寒，杜鵑聲裏斜陽暮②。」有我之境也。「采菊東籬下，悠然見南山③。」「寒波澹澹起，白鳥悠悠下④。」無我之境也。

有我之境，以我觀物，故物皆著我之色彩。無我之境，以物觀物，故不知何者為我，何者為物。古人為詞，寫有我之境者為多，然未始不能寫無我之境，此在豪傑之士能自樹立耳。

## 四

無我之境，人惟於靜中得之。有我之境，於由動之靜時得之。故一幽美，一宏壯也。

## 五

自然中之物，互相關係，互相限制。然其寫之於文學及美術中也，必遺其關係、限制之處。故雖寫實家，亦理想家也。又雖如何虛構之境，其材料必求之於自然，而其構造，亦必從自然之法則。故雖理想家，亦寫實家也。

六

境非獨謂景物也。喜怒哀樂，亦人心中之一境界。故能寫真景物、真感情者，謂之有境界。否則謂之無境界。

一五

詞至李後主而眼界始大，感慨遂深，遂變伶工之詞而為士大夫之詞。周介存置諸溫韋之下，可謂顛倒黑白矣。「自是人生長恨水長東⑤。」「流水落花春去也，天上人間⑥。」《金荃》⑦《浣花》⑧，能有此氣象耶？

三三

美成深遠之致不及歐秦。唯言情體物，窮極工巧，故不失為第一流之作者。但恨創調之才多，創意之才少耳。

三八

詠物之詞，自以東坡〈水龍吟〉為最工，邦卿〈雙雙燕〉次之。白石〈暗香〉、〈疏影〉，格調雖高，然無一語道着，視古人「江邊一樹垂垂發⑨」等句何如耶？

六十

詩人對宇宙人生，須入乎其內，又須出乎其外。入乎其內，故能寫之。出乎其外，故能觀之。入乎其內，故有生氣。出乎其外，故有高致。美成能入而不出。白石以降，於此二事皆未夢見。

## 作者

王國維（一八七七——一九二七），字靜安，號觀堂，浙江海寧人。幼年在私塾受啟蒙教育。光緒十八年（一八九二）考取秀才。一八九四及九七年兩應杭州鄉試，均落榜而歸，從此絕意科舉。一八九八年往上海，在汪康年辦的《時務報》任書記校對，業餘在羅振玉辦的東文學社學習外語。一九零一年，獲羅氏資助赴日本東京物理學校留學，研究康得（Immanuel Kant）、叔本華（Arthur Schopenhauer）、尼采（Friedrich Wilhelm Nietzsche）的哲學。半年後因病回國，其後在上海的南洋公學、南通的通州師範、蘇州師範等校教授心理學及哲學等課程。一九零六年隨羅振玉入京，初任學部總務司行走，後任北京圖書館編譯及名詞館協修等職。一九一一年辛亥革命後隨羅氏東渡日本，並在羅氏的影響下，從事古文字學、音韻學及古器物的研究。一九一六年從日本回到上海，為猶太富商哈同的《學術叢編》雜誌擔任編輯。兩年後兼任上海倉聖明智大學教授，課餘繼續從事甲骨文及考古學的研究，學藝日進，成績斐然。一九二二年任北京大學研究所國學門校外通訊導師。一九二三年得蒙古貴族升允的舉薦，任前清遜帝溥儀的南書房行走。翌年辭去北大之職。一九二五年經溥儀勸説，改任清華學校國學研究院教授。一九二七年自沉於頤和園的昆明湖，終年五十。

王國維是中國近代著名的金石學者和文學家，在古文字的考據、詞曲的研究、古史制度和西域史料的辨證等方面，均有重大的闡發和貢獻。王氏治學範圍甚廣，主要著作有《觀堂集林》、《宋代金文著錄表》、《宋元戲曲史》、《流沙墜簡考釋》及《靜安文集》等。

## 題解

《人間詞話》是王國維詞學研究的代表作。此書中的文章於一九零八年十月到一九零九年一月間分次在章炳麟主編的《國粹學報》第四十七、四十九及五十期上發表，共計詞話六十四則。一九二六年北京樸社將之輯成單行本發行。王國維死後，《人間詞話》手稿被發現。本篇所據，是一九六零年徐調孚校註、王幼安校訂、北京人民文學出版社出版的《人間詞話》及《蕙風詞話》合刊通行本。

王國維論詞，主張「以境界為最上」。本篇所輯《人間詞話》十則，多與境界說有關，係王氏詞論核心思想之所在。

## 註釋

① 「淚眼問花花不語」兩句：語出五代馮延巳（九零三——九六零）〈蝶戀花〉一詞（即〈鵲踏枝〉）。一說宋歐陽修（一零零七——一零七二）所作。

② 「可堪孤館閉春寒」兩句：語出宋秦觀（一零四九——一一零零）〈踏莎行〉一詞。

③ 「采菊東籬下」兩句：語出東晉陶潛（三六五——四二七）〈飲酒〉詩其五。

④ 「寒波澹澹起」兩句：語出金元好問（一一九零——一二五七）〈潁亭留別〉一詩。

⑤「自是人生長恨水長東」：語出南唐李煜（九三七——九七八）〈相見歡〉一詞。

⑥「流水落花春去也」兩句：語出南唐李煜〈浪淘沙〉一詞。

⑦《金荃》：即《溫飛卿詩集》，晚唐溫庭筠（八一三？——八七零）撰。

⑧《浣花》：即《浣花集》，晚唐韋莊（八三六——九一零）的詞集。

⑨「江邊一樹垂垂發」：語出唐杜甫（七一二——七七零）〈和裴迪登蜀州東亭送客逢早梅相憶見寄〉一詩。

# 國學叢刊序

羅振玉

間嘗聞今之論學者。言稽古之事。今難於昔。又謂道莫大於因時。事莫亟於致用。禮教足以改削。詩書不能救衰。古先學術。必歸淘汰。蒙竊①以為不然。夫自三古以來。人文斯啟。東遷以後。百氏踵興。至秦定挾書之律。漢嚴中祕之藏。兩京師承。率資口授。四部羣籍。咸出手寫。成學匪易。往哲所嗟。今則刊本流傳。得書至便。加以地不愛寶。山川效靈。雍郊獲鼎。補伏孔之逸篇②。洹陽出龜③。窺倉沮之遺蹟。和闐古簡。鳴沙祕藏④。繼魯壁而重開。嗣釐冢而再出。古所未有。悉見於今。此今易於古者一也。古者風化阻於山川。學子勞於負笈。文翁⑤蒞蜀。西州方起誦聲。道真還鄉。南域乃興文教。然交游終限於九州。馳觀不及於域外。今則聲氣相應。梯航大通。長慶樂府。

傳入雞林⑥。尚書百篇。攜來蓬島⑦。將見化瀛海為環流。合區宇為藝府。觀摩逮於殊方。交友極於天下。此今易於昔者二也。繼事者易為。後來者居上。是以漢末經師。兼綜六藝。唐初正義。備采南北。國朝二百餘年。儒風益振。王郝詁訓⑧。上扶五雅之衰。段桂説文。遙奪二徐之席⑨。焦張之圖禮制。陋李聶之前聞⑩。阮吳之釋鼎彝。壓宣和之御製⑪。謦欬匪遙。流風未沫。此今易於古者三也。至若先聖遺書。經世大典。固已範天地而不過。揭日月而俱行。即諸子之學説。百家之撰論。文字之訓詁。名物之考證。挹其精華。固光燄之常在。存其糟粕。亦史氏所取資。求其義理。則有光大而無淪胥。語其方法。則有變通而無棄置。在昔六籍灰塵。東魯之弦歌自若。五季俶擾。羣經之彫槧方新⑫。今且旁行斜上。盡譯遺經。海嶠天涯。爭開文館。矧茲宗國。尚有典型。老成未謝。睹白首之伏生。來者方多。識青睛之徐監。方將廣魯於天下。增路於椎輪。張皇未發之幽潛。開闢無前之涂術。信斯文之未墜。佇古學之再昌。杞人之憂。斯亦惑矣。予性不通敏。幼學多歧。屠龍之技未成。雕蟲之心轉熾。朝市中隱。閉戶自精。朋從往還。稽古相勖。於是乃有國學叢刊之約，歲成六編。區以八目。曰經。曰史。曰小學。曰地理。曰金石。曰文學。曰目錄。曰雜識。將以續前脩之往緒。助學海以涓流。蚊負之身。知非可任。鴻碩之士。幸共圖成。跂予望之。毋我遐棄。宣統辛亥春。

## 作者

羅振玉（一八六六——一九四零），字叔蘊，又字叔言，號雪堂，晚號貞松老人。原籍浙江上虞，生於江蘇淮安。五歲入私塾就讀。光緒八年（一八八二）考獲秀才。一八九零至九五年在鄉間任塾師。授課之餘，著書自遣。一八九六年與蔣伯斧在上海創辦農學社，出版《農學報》，翻譯及介紹外國農學書刊，提倡改良中國農業技術。一八九八年辦東文學社，聘請日本教員，培訓日文翻譯人才。一九零零年受張之洞之聘，任湖北農務局總理兼農務學堂監督。一九零三年羅氏將劉鶚家藏甲骨選印成中國首部甲骨文著錄《鐵雲藏龜》。一九零六年改就北京學部參事官。一九一一年清朝覆亡，僑居日本，從事甲骨文及古器物研究。一九一四年在日本出版與王國維合編的《流沙墜簡》，一九一九年回國。一九二四年應清廢帝溥儀的邀請，任職紫禁城南書房行走。一九三一年日本侵佔東北三省，後用軍力使溥儀復辟，成立「滿洲國」，羅氏出任「滿洲國」的臨時賑務督辦及監察院長等職。一九三七年隱居旅順，繼續研究古文物和史料。一九四零年病逝。

羅振玉是近代考古學大家，為甲骨文學的開山祖師，於文化遺產的整理貢獻至鉅。他對殷墟甲骨文的搜藏研究、敦煌文獻和漢晉木簡的整理及考釋，以及明清內閣大庫檔案的保存，均屬功不可沒。主要著作有《殷墟書契考釋》、《三代吉金文存》、《鐵雲藏龜》、《流沙墜簡》及《史料叢刊初編》等。

## 題解

《國學叢刊》是一輯經史、文學及金石學的學術研究典籍，羅振玉在序文中詳論其編輯旨趣。此文於一九一一年收入《雪堂校刊羣書敍錄》卷上。現據一九七零年台北文華出版公司的《羅雪堂先生全集》轉錄。

清末西學成風，國人重視科學技術。羅振玉在致力農技的開創與農書的翻譯之餘，醉心國學。所編《國學叢刊》，旨在發揚舊學精粹，他認為有清一代學術不但未嘗輕廢，而且屢有創新。文中先論傳統國學的重要及今人治古學的優勢，繼而總述清代學術的輝煌成就，以此勉勵後學奮發圖強。

## 註釋

① 蒙竊：自稱謙詞。揚雄〈長楊賦〉：「蒙竊惑焉。」

② 「雍郊獲鼎」兩句：郊，同岐。雍郊，指陝西岐山東北之地，相傳古公亶父自豳遷此建邑。伏，伏生，濟南人，秦博士。漢初，伏生傳其私藏的《尚書》殘篇，即《今文尚書》二十九篇。孔，孔安國，孔子十一世孫。漢武帝（前一四一——前八七在位）末年，孔安國傳魯共王壞孔子壁而得的《逸書》，即《古文尚書》十六篇。羅氏〈愙齋集古錄序〉云：「生三千年後，而神游三千年以前，得據以補詩書之遺佚，訂許鄭諸儒之偽誤。」即此意。

③ 洹陽出龜：洹，洹水。陽，安陽。光緒二十五年（一八九九），河南安陽以洹水南岸之小屯為中心的殷墟，有商代甲骨文出土。

④ 「和闐古簡」兩句：和闐，位於新疆塔里木盆地。匈牙利考古學家斯坦因（A. Stein）在清末民初多次赴中國西北考古，在和闐發現大批漢晉木簡。羅氏著有《簡牘遺文》、《小學術數方技》論述有關

材料。鳴沙，甘肅敦煌鳴沙山。光緒三十三、四年間（一九零七——零八），王姓道士在鳴沙山千佛洞發現古代藏書石室，中有六朝至宋初之經書、佛典及佛像。佛典由古梵文、波斯文、突厥文及回鶻文等寫成。其後羅氏據此編刊《敦煌石室遺書》、《石室秘寶》、《鳴沙石室逸書》及《鳴沙石室古籍叢殘》等。

⑤ 文翁：文翁，漢廬江舒人，漢景帝（前一八八——前一四一）末為蜀郡守，有政績，使蜀郡文風大振，教化大興。

⑥「長慶樂府」兩句：長慶樂府，指白居易（七七二——八四六）《白氏長慶集》中的「新樂府」。雞林，古國名，即西漢時古代三韓之一的新羅，後統一整個朝鮮半島。東漢永豐八年（六六），新羅王夜聞金城西始林間有雞聲，遂更國名為雞林。

⑦ 蓬島：即蓬萊山，古稱仙人居，此借指日本。

⑧ 王郝詁訓：王，指王念孫（一七四四——一八三二），字懷祖，著有《廣雅疏證》。郝，指郝懿行（一七五七——一八二五），字恂九，著有《爾雅義疏》及《山海經箋疏》。

⑨「段桂說文」兩句：段，指段玉裁（一七三五——一八一五），字若膺，著《說文解字注》。桂，指桂馥（一七三六——一八零五），字冬卉，著《說文解字義證》。段、桂二人都是清代「《說文》四大家」之一。二徐，指徐鉉（九一六——九九一）、徐鍇（九二零——九七四）。南唐人。鉉精小學及篆隸，嘗受詔校《說文》，續編《文苑英華》。鍇著有《說文解字繫傳》及《說文解字篆韻譜》。兄弟同有文名，鉉稱大徐，鍇稱小徐，號「二徐」。

⑩「焦張之圖禮制」兩句：焦，指焦循（一七六三——一八二零），字里堂，著《羣經宮室圖》。張，指張惠言（一七六一——一八零二），字皋文，著《儀禮圖》。焦、張二人是清代經學大家。李，指誰人不詳。聶，指聶崇義，五代至宋初人，著《新定三禮圖》。

⑪「阮吳之釋鼎彝」兩句：阮，指阮元（一七六四——一八四九），字伯元，著《積古齋鐘鼎彝器款識》、《殷周銅器說》。吳，指吳大澂（一八三五——一九零二），字清卿，著《愙齋集古錄》，阮、吳二人都是清代金石學者。宣和，北宋徽宗第六個年號（一一一九——一一二五），徽宗曾命王黼等撰《宣和博古圖錄》。

⑫「在昔六籍灰塵」四句：六籍，即六經：《詩》、《書》、《易》、《禮》、《樂》、《春秋》。五季：即五代（九零七——九六零）。

# 嘗試篇

胡適

「嘗試成功自古無！」放翁這話未必是。我今為下一轉語：「自古成功在嘗試。」請看藥聖嘗百草，嘗了一味又一味。又如名醫試丹藥，何嫌六百零六次？莫想小試便成功，那有這樣容易事！有時試到千百回，始知前功盡拋棄。即使如此已無愧，即此失敗便足記。告人「此路不通行」，可使腳力莫枉費。

我生求師二十年，今得「嘗試」兩個字。作詩做事要如此，雖未能到頗有志。作〈嘗試歌〉頌吾師，願大家都來嘗試！

作者

胡適（一八九一——一九六二），原名洪騂，又名嗣穈，一九一零年改名適，字適之。安徽績溪人，生於上海。一九一零年考取庚子賠款官費赴美留學，先入康奈爾大學習農科，後轉攻文科。一九一五年赴紐約哥倫比亞大學深造，從美國實驗主義哲學家杜威（John Dewey）習哲學。一九一七年回國，在北京大學任教。一九一八年兼任《新青年》的編輯工作。一九三二年任北大文學院院長，一九三八至四二年任中國駐美大使。一九四六年回國任北大校長。一九四九年赴美寓居，一九五零年任普林斯頓大學葛斯德東方圖書館館長。一九五八年赴台灣，出任中央研究院院長。一九六二年二月在中央研究院主持會議中，因心臟病發逝世。

胡適是中國現代重要學者和思想家。他以提倡白話文和文學改革名動一時。此外，他主張政治上實行男女平等，教育上訓練獨立思考，又建議採用西方哲學的方法研究中國文化。主要著作有《中國哲學史大綱（上卷）》、《胡適文存》、《白話文學史》及《嘗試集》等。

## 題解

〈嘗試篇〉原名〈嘗試歌〉，初見於胡適一九一六年九月三日的《留學日記》。一九一七年六月，刊載於《留美學生季報》夏季第二號中，一九一九年收入《嘗試集》自序〉時，文字稍有修改。本篇所據的是一九二一年上海亞東圖書館初版《胡適文存》一集卷一輯〈《嘗試集》自序〉的版本。

《嘗試集》是胡適的白話詩集，一九二零年三月出版，收錄了一九一六至二零年間的多篇作品。書名借用陸游詩句「嘗試成功自古無」一語而反用其意。集中作品仍未脫離古典詩詞的形式，但對新詩的創作起了示範作用。

全詩旨在宣揚嘗試的好處及重要，屬於說理詩一類。

# 文學改良芻議

胡適

今之談文學改良者眾矣；記者末學不文，何足以言此！然年來頗於此事再四研思，輔以友朋辯論，其結果所得，頗不無討論之價值。因綜括所懷見解，列為八事，分別言之，以與當世之留意文學改良者一研究之。

吾以為今日而言文學改良，須從八事入手。八事者何？

一曰，須言之有物。

二曰，不摹倣古人。

三曰，須講求文法。

四曰，不作無病之呻吟。

五曰，務去爛調套語。

六曰，不用典。

七曰，不講對仗。

八曰，不避俗字俗語。

## 一曰須言之有物

吾國近世文學之大病，在於言之無物。今人徒知「言之無文，行而不遠」；而不知言之無物，又何用文為乎？吾所謂「物」，非古人所謂「文以載道」之說也。吾所謂「物」，約有二事：

一、情感　詩序曰：「情動於中而形諸言。言之不足，故嗟歎之。嗟歎之不足，故詠歌之。詠歌之不足，不知手之舞之、足之蹈之也。」此吾所謂情感也。情感者，文學之靈魂。文學而無情感，如人之無魂，木偶而已，行尸走肉而已。（今人所謂「美感」者，亦情感之一也。）

二、思想　吾所謂「思想」，蓋兼見地、識力、理想三者而言之。

思想不必皆賴文學而傳，而文學以有思想而益貴；思想亦以有文學的價值而益貴也：此莊周之文，淵明、老杜之詩，稼軒之詞①，施耐庵之小說，所以敻絕千古也。思想之在文學，猶腦筋之在人身。人不能思想，則雖面目姣好，雖能笑啼感覺，亦何足取哉？文學亦猶是耳。

文學無此二物，便如無靈魂無腦筋之美人，雖有穠麗富厚之外觀，抑亦末矣。近世文人沾沾於聲調字句之間，既無高遠之思想，又無真摯之情感，文學之衰微，此其大因矣。此文勝之害，所謂言之無物者是也。欲救此弊，宜以質救之。質者何？情與思二者而已。

## 二曰不摹倣古人

文學者，隨時代而變遷者也。一時代有一時代之文學：周、秦有周、秦之文學，漢、魏有漢、魏之文學，唐、宋、元、明有唐、宋、元、明之文學。此非吾一人之私言，乃文明進化之公理也。即以文論，有《尚書》之文，有先秦諸子之文，有司馬遷、班固之文，有韓、柳、歐、蘇之文，有語錄之文，有施耐庵、曹雪芹之文：此文之進化也。試更以韻文言之：〈擊壤〉之歌，〈五子之歌〉，一時期也；《三百篇》之詩，一時期也；屈原、荀卿之騷賦，又一時期也；蘇、李以下，至於魏、晉，又一時期也；江左之詩流為排比，至唐而律詩大成，此又一時期也；老杜、香山之「寫實」體諸詩②，（如杜之〈石壕吏〉，〈羌村〉，白之「新樂府」，）又一時期也；詩至唐而極盛，自此以後，詞曲代興，唐、五代及宋初之小令，此詞之一時代也；蘇、柳（永）、辛、姜之詞，又一時代也；至於元之雜劇傳奇，則又一時代矣。凡此諸時代，各因時勢風會而變，各有其特長；吾輩以歷史進化之眼光觀之，決不可謂古人之文學皆勝於今人也。左氏、史公之文奇矣；然施耐庵之《水滸傳》，視《左傳》、《史記》，何多讓焉？〈三都〉、〈兩京〉之賦富矣；然以視唐詩宋詞，則糟粕耳！此可見文學因時進化，不能自止。

唐人不當作商、周之詩，宋人不當作相如、子雲之賦，——即令作之，亦必不工。逆天背時，違進化之跡，故不能工也。

既明文學進化之理，然後可言吾所謂「不摹倣古人」之說。今日之中國，當造今日之文學，不必摹倣唐、宋，亦不必摹倣周、秦也。前見「國會開幕詞」，有云：「於鑠國會，遵晦時休。」此在今日而欲為三代以上之文之一證也。更觀今之「文學大家」，文則下規姚、曾③，上師韓、歐；更上則取法秦、漢、魏、晉，以為六朝以下無文學可言：此皆百步與五十步之別而已，而皆為文學下乘。即令神似古人，亦不過為博物院中添幾許「逼真贗鼎」而已，文學云乎哉！昨見陳伯嚴④先生一詩云：

濤園鈔杜句，半歲禿千毫。所得都成淚，相過問奏刀。

萬靈噤不下，此老仰彌高。胸腹回滋味，徐看薄命騷。

此大足代表今日「第一流詩人」摹倣古人之心理也。其病根所在，在於以「半歲禿千毫」之工夫作古人的鈔胥奴婢，故有「此老仰彌高」之歎。若能灑脫此種奴性，不作古人的詩，而惟作我自己的詩，則決不至如此失敗矣。

吾每謂今日之文學，其足與世界「第一流」文學比較而無愧色者，獨有白話小説（我佛山人，南亭亭長，洪都百鍊生三人而已！）一項。此無他故，以此種小説皆不事摹倣古人，（三人皆得力於《儒林外史》，《水滸》，《石頭記》，然非摹倣之作也。）而惟實寫今日社會之情狀，故能成真正文學。其他學這個、學那個之詩古文家，皆無文學之價值也。今之有志文學者，宜知所從事矣。

## 三曰須講文法

今之作文作詩者，每不講求文法之結構。其例至繁，不便舉之；

尤以作駢文律詩者為尤甚。夫不講文法，是謂「不通」。此理至明，無待詳論。

## 四曰不作無病之呻吟

此殊未易言也。今之少年往往作悲觀，其取別號則曰「寒灰」，「無生」，「死灰」；其作為詩文，則對落日而思暮年，對秋風而思零落，春來則惟恐其速去，花發又惟懼其早謝：此亡國之哀音也。老年人為之猶不可，況少年乎！其流弊所至，遂養成一種暮氣，不思奮發有為，服勞報國，但知發牢騷之音，感喟之文；作者將以促其壽年，讀者將亦短其志氣：此吾所謂無病之呻吟也。國之多患，吾豈不知之？然病國危時，豈痛哭流涕所能收效乎？吾惟願今之文學家作費舒特（Fichte），作瑪志尼（Mazzini），而不願其為賈生、王粲、屈原、謝皋羽⑤也。其不能為賈生、王粲、屈原、謝皋羽，而徒為婦人醇酒喪氣失意之詩文者，尤卑卑不足道矣！

## 五曰務去爛調套語

今之學者，胸中記得幾個文學的套語，便稱詩人。其所為詩文，處處是陳言爛調。「蹉跎」，「身世」，「寥落」，「飄零」，「蟲沙」，「寒窗」，「斜陽」，「芳草」，「春閨」，「愁魂」，「歸夢」，「鵑啼」，「孤影」，「雁字」，「玉樓」，「錦字」，「殘更」……之類，纍纍不絕，最可憎厭。其流弊所至，遂令國中生出許多似是而非、貌似而實非之詩文。今試舉吾友胡先驌先生一詞以證之：

「熒熒夜燈如豆，映幢幢孤影，凌亂無據。翡翠衾寒，鴛鴦瓦冷，禁得秋宵幾度？么絃漫語，早丁字簾前，繁霜飛舞。裊裊餘音，片時猶繞柱。」

此詞驟觀之，覺字字句句皆詞也，其實僅一大堆陳套語耳。「翡翠衾」、

「鴛鴦瓦」，用之白香山〈長恨歌〉則可，以其所言乃帝王之衾之瓦也。「丁字簾」、「么絃」，皆套語也。此詞在美國所作，其夜燈決不「熒熒如豆」，其居室尤無「柱」可繞也。至於「繁霜飛舞」，則更不成話矣。誰曾見繁霜之「飛舞」耶？

吾所謂務去爛調套語者，別無他法，惟在人人以其耳目所親見親聞所親身閱歷之事物，一一自己鑄詞以形容描寫之；但求其不失真，但求能達其狀物寫意之目的，即是工夫。其用爛調套語者，皆懶惰不肯自己鑄詞狀物者也。

## 六曰不用典

吾所主張八事之中，惟此一條最受朋友攻擊，蓋以此條最易誤會也。吾友江亢虎[6]君來書曰：

「所謂典者，亦有廣狹二義。餖飣獺祭，古人早懸為厲禁；若並成語故事而屏之，則非惟文字之品格全失，即文字之作用亦亡。……文字最妙之意味，在用字簡而涵義多。此斷非用典不為功。不用典不特不可作詩，並不可寫信，且不可演說。來函滿紙『舊雨』，『虛懷』，『治頭治腳』，『舍本逐末』，『洪水猛獸』，『發聾振聵』，『負弩先驅』，『心悅誠服』，『詞壇』，『退避三舍』，『滔天』，『利器』，『鐵證』，……皆典也。試盡抉而去之，代以俚語俚字，將成何說話？其用字之繁簡，猶其細焉。恐一易他詞，雖加倍蓰而涵義仍終不能如是恰到好處，奈何？……」

此論甚中肯要。今依江君之言，分典為廣狹二義，分論之如下：

一、廣義之典非吾所謂典也。廣義之典約有五種：

（甲）古人所設譬喻，其取譬之事物，含有普通意義，不以時代而失其效用者，今人亦可用之。如古人言「以子之矛，攻子之盾」，今人雖不讀書者，亦知用「自相矛盾」之喻，然不可謂為用典也。上文所舉例中之「治頭治腳」，「洪水猛獸」，「發聾振聵」，……皆此類也。蓋設譬取喻，貴能切當；若能切當，固無古今之別也。若「負弩先驅」、「退避三舍」之類，在今日已非通行之事物，在文人相與之間，或可用之，然終以不用為上。如言「退避」，千里亦可，百里亦可，不必定用「三舍」之典也。

（乙）成語　成語者，合字成辭，別為意義。其習見之句，通行已久，不妨用之。然今日若能另鑄「成語」，亦無不可也。「利器」，「虛懷」，「舍本逐末」，……皆屬此類。此非「典」也，乃日用之字耳。

（丙）引史事　引史事與今所論議之事相比較，不可謂為用典也。如老杜詩云，「未聞殷、周衰，中自誅褒、妲。」此非用典也。近人詩云，「所以曹孟德，猶以漢相終。」此亦非用典也。

（丁）引古人作比　此亦非用典也，杜詩云，「清新庾開府，俊逸鮑參軍。」此乃以古人比今人，非用典也。又云「伯仲之間見伊呂，指揮若定失蕭曹。」此亦非用典也。

（戊）引古人之語　此亦非用典也。吾嘗有句云，「我聞古人言，艱難惟一死。」又云，「嘗試成功自古無：放翁此語未必是。」此乃引語，非用典也。

以上五種為廣義之典，其實非吾所謂典也。若此者可用可不用。

二、狹義之典，吾所主張不用者也。吾所謂用「典」者，謂文人詞客不能自己鑄詞造句以寫眼前之景、胸中之意，故借用或不全切、或全不切之故事陳言以代之，以圖含混過去：是謂「用典」。上所述廣義之典，除戊條外，皆為取譬比方之辭：但以彼喻此，而非以彼代此也。狹義之用典，則全為以典代言；自己不能直言之，故用典以言之耳。此吾所謂用典與非用典之別也。狹義之典，亦有工拙之別：其工者偶一用之，未為不可；其拙者則當痛絕之。

（子）用典之工者　此江君所謂用字簡而涵義多者也。客中無書不能多舉其例，但雜舉一二，以實吾言：

(1)東坡所藏「仇池石」，王晉卿以詩借觀，意在於奪。東坡不敢不借，先以詩寄之，有句云，「欲留嗟趙弱，寧許負秦曲。傳觀慎勿許，間道歸應速。」此用藺相如返璧之典，何其工切也！

(2)東坡又有「章質夫送酒六壺，書至而酒不達。」詩云，「豈意青州六從事，化為烏有一先生！」此雖工已近於纖巧矣。

(3)吾十年前嘗有讀〈十字軍英雄記〉一詩云：「豈有酖人羊叔子？焉知微服趙主父？十字軍真兒戲耳，獨此兩人可千古。」以兩典包盡全書，當時頗沾沾自喜。其實此種詩，儘可不作也。

(4)江亢虎〈代華僑誄陳英士文〉有「未懸太白，先壞長城。世無鉏麑，乃戕趙卿」四句，余極喜之。所用趙宣子一典，甚工切也。

(5)王國維〈詠史詩〉，有「虎狼在堂室，徙戎復何補？神州遂陸沉，百年委榛莽。寄語桓元子，莫罪王夷甫！」此亦可謂使事之工者矣。

上述諸例，皆以典代言，其妙處，終在不失設譬比方之原意；惟為文體所限，故譬喻變而為稱代耳。用典之弊，在於使人失其所欲譬喻之原意。若反客為主，使讀者迷於使事用典之繁，而轉忘其所為設譬之事物，則為拙矣。古人雖作百韻長詩，其所用典不出一二事而已，（〈北征〉與白香山〈悟真寺詩〉皆不用一典。）今人作長律則非典不能下筆矣。嘗見一詩八十四韻，而用典至百餘事，宜其不能工也。

（丑）用典之拙者　用典之拙者，大抵皆懶惰之人，不知造詞，故以此為躲懶藏拙之計。惟其不能造詞，故亦不能用典也。總計拙典亦有數類：

（1）比例泛而不切，可作幾種解釋，無確定之根據。今取王漁洋〈秋柳〉一章證之：

娟娟涼露欲為霜，萬縷千條拂玉塘。浦裏青荷中婦鏡，江干黃竹女兒箱。空憐板渚隋堤水，不見瑯琊大道王。若過洛陽風景地，含情重問永豐坊。

此詩中所用諸典無不可作幾樣説法者。

（2）僻典使人不解。夫文學所以達意抒情也。若必求人人能讀五車書、然後能通其文，則此種文可不作矣。

（3）刻削古典成語，不合文法。「指兄弟以孔懷，稱在位以曾是。」（章太炎語）是其例也。今人言「為人作嫁」，亦不通。

（4）用典而失其原意。如某君寫山高與天接之狀、而曰「西接杞天傾」是也。

（5）古事之實有所指，不可移用者，今往往亂用作普通事實。如古人灞橋折柳以送行者，本是一種特別土風。陽關、渭城亦皆實有所指。

今之懶人不能狀別離之情，於是雖身在滇、越，亦言灞橋；雖不解陽關、渭城為何物，亦皆言「陽關三疊」，「渭城離歌」。又如張翰因秋風起而思故鄉之蓴羹鱸膾；今則雖非吳人，不知蓴鱸為何味者，亦皆自稱有「蓴鱸之思」。此則不僅懶不可救，直是自欺欺人耳！

凡此種種，皆文人之下下工夫；一受其毒，便不可救。此吾所以有「不用典」之說也。

## 七曰不講對仗

排偶乃人類言語之一種特性；故雖古代文字，如老子、孔子之文，亦間有駢句。如「道可道，非常道；名可名，非常名。無名天地之始；有名萬物之母。故常無，欲以觀其妙；常有，欲以觀其微。」此三排句也。「食無求飽，居無求安。」「貧而無諂；富而無驕。」「爾愛其羊；我愛其禮。」此皆排句也。然此皆近於語言之自然，而無牽強刻削之迹；尤未有定其字之多寡，聲之平仄，詞之虛實者也。至於後世文學末流，言之無物，乃以文勝；文勝之極，而駢文律詩興焉，而長律興焉。駢文律詩之中非無佳作，然佳作終鮮。所以然者何？豈不以其束縛人之自由過甚之故耶？（長律之中，上下古今，無一首佳作可言也。）今日而言文學改良，當「先立乎其大者」，不當枉廢有用之精力於微細纖巧之末：此吾所以有廢駢廢律之說也。即不能廢此兩者，亦但當視為文學末技而已，非講求之急務也。

今人猶有鄙夷白話小說為文學小道者。不知施耐庵、曹雪芹、吳趼人皆文學正宗，而駢文律詩乃真小道耳。吾知必有聞此言而卻走者矣。

## 八曰不避俗語俗字

吾惟以施耐庵、曹雪芹、吳趼人為文學正宗，故有「不避俗字俗語」之論也。（參看上文第二條下。）蓋吾國言文之背馳久矣。自佛書之輸入，譯者以文言不足以達意，故以淺近之文譯之，其體已近白話。其後佛氏講義語錄尤多用白話為之者，是為語錄體之原始。及宋人講學以白話為語錄，此體遂成講學正體。（明人因之。）當是時，白話已久入韻文，觀唐、宋人白話之詩詞可見也。及至元時，中國北部已在異族（遼、金、元）之下，三百餘年矣。此三百年中，中國乃發生一種通俗行遠之文學。文則有《水滸》、《西遊》、《三國》……之類；戲曲則尤不可勝計。（關漢卿諸人，人各著劇數十種之多。吾國文人著作之富，未有過於此時者也。）以今世眼光觀之，則中國文學當以元代為最盛；可傳世不朽之作，當以元代為最多：此可無疑也。當是時，中國之文學最近言文合一，白話幾成文學的語言矣。使此趨勢不受阻遏，則中國幾有一「活文學出現」；而但丁、路得之偉業，（歐洲中古時，各國皆有俚語，而以拉丁文為文言，凡著作書籍皆用之，如吾國之以文言著書也。其後意大利有但丁（Dante）諸文豪，始以其國俚語著作。諸國踵興，國語亦代起。路得（Luther）創新教，始以德文譯《舊約》、《新約》，遂開德文學之先。英、法諸國亦復如是。今世通用之英文《新舊約》乃一六一一年譯本，距今才三百年耳。故今日歐洲諸國之文學，在當日皆為俚語，迨諸文豪興，始以「活文學」代拉丁之死文學；有活文學而後有言文合一之國語也。）幾發生於神州。不意此趨勢驟為明代所阻。政府既以八股取士，而當時文人如何、李七子之徒，又爭以復古為高，於是此千年難遇言文合一之機會，遂中道夭折矣。然以今世歷史進化的眼光觀之，則白話文學之為中國文學之正宗，又為將來文學必用之利器，可斷言也。（此「斷言」乃自作者言之，贊成此說者今日未必甚多也。）以此之故，吾主張今日作文作詩，宜採用俗語俗字。與其用三千年前之死字（如「於鑠國會，遵晦時休」之類），不如用二十世紀之活字；與其作不能行遠不能普及之秦、漢、六朝文字，不如作家喻戶曉之《水滸》、《西遊》文字也。

## 結論

上述八事，乃吾年來研思此一大問題之結果。遠在異國，既無讀書之暇晷，又不得就國中先生長者質疑問難，其所主張容有矯枉過正之處。然此八事皆文學上根本問題，一一有研究之價值。故草成此論，以為海內外留心此問題者作一草案。謂之芻議，猶云未定草也。伏惟國人同志有以匡糾是正之。

民國六年一月

## 作者

見本書〈嘗試篇〉「作者」。

## 題解

〈文學改良芻議〉首載於一九一七年一月的《新青年》第二卷五期，重刊於一九二一年上海亞東圖書館出版的《胡適文存》第一集。本篇即據此書載錄。一九一六年十月，胡適讀《新青年》後有感而發，寫信給主編陳獨秀，提出文學革命的八項主張。其後胡氏又應陳獨秀之請，將八項主張加以申說，寫成〈文學改良芻議〉一文，揭開了新文學運動的序幕。

## 註釋

① 稼軒之詞：稼軒，南宋詞人辛棄疾（一一四零——一二零七），字幼安，號稼軒。著有《稼軒詞》。

② 香山之「寫實」體諸詩：香山，唐代詩人白居易（七七二——八四六），字樂天，號香山居士、醉吟先生。「寫實」體諸詩，指白居易「新樂府」、「秦中吟」等諷諭詩。

③ 姚、曾：姚，清代桐城派文學家姚鼐（一七三一——一八一五），字姬傳。著有《惜抱軒文集》。曾，晚清名臣及湘鄉派古文學家曾國藩（一八一一——一八七二）。著有《曾文正公全集》。

④ 陳伯嚴：清末同光派詩人陳三立（一八五三——一九三七），字伯嚴，號散原。著有《散原精舍詩文集》。

⑤ 謝皋羽：南宋文學家謝翺（一二四九——一二九五），字皋羽，號晞髮子。著有《晞髮集》。

⑥ 江亢虎：名紹銓（生於一八八三年，死於一九四五年後），社會主義者。一九一一年參加建立中國社會黨。一九二五年改組為中國新社會民主黨。一九二一年赴莫斯科與列寧、托洛斯基會面。一九四零年任汪精衛主持的國民政府的考試院院長。

# 流星

劉復　譯　〔德國〕力器德　原著

一夕，人靜矣，紐約某小屋中，乃有一老者倚窗外眺，舉其沉默悲慘之眼，仰視蔚藍之天。見滿天星斗，色澤皎潔，自東徂西，運行無阻，有如碧波縹渺之湖中，綴以白色之水百合花。老者復俛視大地，地故僻野，荒塚纍纍，因思「彼塚中之朽骨悉為過去之人，當其未過去時，為善為惡各自不同，今則不問善惡，悉閉錮於此天然界之土獄中。我命殊蹇，獨立無援，然以吾視彼，彼殊不如我；蓋吾雖無援，猶不若彼之甚也。特恐數年而後，吾亦不免步彼後塵，或且反不如彼耳！」思之慨然。

老者年事可六十。此六十年中所言，所事，不問巨細，可以「罪惡」二字括之。今年老矣，心身交困，靜思往事，不堪回首；嘆息而外無聲音，飲泣而外無動作。人謂老而貧病交迫，乃一生之大不幸。不知貧病僅肉體之痛苦耳，使有精神上之痛苦在，其不幸且萬倍。

老者當成童之際，其父曾緊握其手以最誠至摯之聲告之曰：「兒乎，世事浩如煙海：然簡言之，兩途而已。循其一以行，可抵樂土。土美，泉甘，風和，日暖，稻花香中雜以鳥語嚶嚶，如天使之清歌。其一則為深杳不測之幽洞，草木不生，流毒汁以為水，藏毒蛇以噬人。茲二途者，孰吉孰凶，何去何從，吾兒善自擇之可耳。」

至是，老者仰天長嘆曰：「噫，少年之時光乎，再來！再來！噫！父乎！父乎！當父以兩途之説語我也，我實處於兩途之歧點。今則深墜於幽洞之極底，雖欲返至歧點而另入善途，不可得矣。嗚呼！此歧點者，入世之總門也。以吾父在天之靈，其能挈我出此不測之幽洞，而復導我至門畔耶？噫，噫，少年！噫，噫，吾父！」

時萬籟都寂，時乎不來，阿父亦渺。

老者復仰視天空，見一輪皓月，運行如矢，喟然嘆曰：「一生幾見月當頭！此運行如矢之皓月，即余少年時代所毀滅之光陰也。」旋見一流星，光芒奪目，乃不刹那已竄入碧空深處，不可復覩。則曰：「嗟夫，此流星者，其為余一生之寫照耶！憶少年之時，伴侶至多，彼等咸能以道德自範，以勤勞自勵。迄今同一紐約也，彼等安然處之；同一風燭殘年也，彼等怡然度之，將來同一脱離人界也，彼等歡笑赴之。我則何如！」

已而禮拜寺之洪鐘鏘然高鳴，聲聲入耳。老者曰：「此鐘聲者，殆所以喚醒余一生已死之靈魂，而促余回思往事者耶？嗚呼，往事茫茫，不堪回首！憶及兒時，父母愛我，以我為可兒也；師長教我，以我為可兒也。牧師為我祝福，以我為可兒也。嗚呼，嗚呼，可兒安在哉！嗚呼，蒼蒼者天也，我父之靈魂實處其上。今我自問，自頂至踵，幾無分寸之肌膚不有罪惡包裹之。我又何敢以罪惡之眼仰視彼蒼，以攖吾父之怒，而貽吾父以大戚耶！」

時月光黯淡，老者淚簌簌沿頰下，下止於灰色之鬚端，瑩然若枯草中之露珠。

「時乎，時乎，少年之時乎，再來！再來！」此老者唯一之嘆聲也。乃未幾而少年之時光果再來矣。蓋前文所述，都非事實，乃一夢耳。此夢中之老者春秋正富，是日，其父以兩途之説見勖，及夜，遂有此悲慘之惡夢。然亦幸而有此，否則少年之時光一去不來，徒呼負負無益也。

## 作者及譯者

力器德（Johann Paul Friedrich Richter，一七六三——一八二五）生於德國文西德爾（Wunsiedel），尚保羅（Jean Paul）是他的筆名。

劉復（一八九一——一九三四），原名壽彭，後改名復。初字半儂，後改半農，又號曲庵，筆名寒星、范奴冬等。江蘇江陰人。一九零七年在常州府中學堂肄業。

一九一一年辛亥革命時輟學，加入革命軍行伍，在清江軍中擔任文牘及翻譯工作。一九一七年以〈我之文學改良觀〉一文響應新文學運動，後得陳獨秀的推薦，任北京大學預科教授。一九二零年赴歐留學，先到英國倫敦大學文學院學習。翌年轉赴法國巴黎大學修讀實驗語言學。一九二五年以論文〈漢語字聲實驗錄〉及自設的測音儀器，通過了法國國家文學博士學位考試，獲語言學專獎，成為巴黎語言學會會員。同年回國，任北京大學教授。一九二八年任中央研究院歷史語言研究所研究員，兼民間文藝組主任，從事中國俗曲的採集、整理和編目的工作。一九三四年赴綏遠搜集方言，回程途中不幸染上回歸熱症，後逝於北京。

劉復是一位很有才華的語言學家，他的研究工作涉及語音、文字、詞彙、漢語方言和語法等範圍。他提議用「她」及「它」二字作為代詞，將性別及人與物分清楚，後被普遍採用。他也是中國新文學運動的支持者，自己創作新詩，並以江陰地區的方言寫民歌。主要著作有《揚鞭集》、《瓦釜集》及《半農文集》等。

## 題解

〈流星〉係德國作家力器德所作，劉復將之譯為中文，發表於一九一七年十月十日《新民德》二卷一號。本篇根據一九二零年上海開明書店出版的《世界名著代表作》轉載。文章以精警的字句帶出人生短暫、歲月不留的道理，藉以警惕少年讀者宜及時努力，以免老大徒傷悲。

# 答大學堂校長蔡鶴卿太史書

林紓

鶴卿先生太史足下①：與公別十餘年，壬子始一把晤。匆匆八年，未通音問，至以為歉。屬辱賜書，以遺民劉應秋②先生遺著囑為題詞，書未梓行，無從拜讀，能否乞趙君作一短簡事略見示？當謹撰跋尾歸之。嗚呼！明室敦氣節，故亡國時殉烈者眾，而夏峰、梨洲、亭林、楊園、二曲諸老③，均脫身斧鉞，其不死幸也。我公崇尚新學，乃亦垂念逋播之臣，足見名教之孤懸，不絕如縷，實望我公為之保全而護惜之，至慰！

雖然，尤有望於公者。大學為全國師表，五常之所繫屬。近者，外間謠諑紛集，我公必有所聞，即弟亦不無疑信。或且有惡乎闒茸之徒，因生過激之論。不知救世之道必度人所能行；補偏之言，必使人以可信。若盡反常軌，侈為不經之談，則毒粥既陳，旁有爛腸之鼠；明燎宵舉，下有聚死之蟲。何者？趨甘就熱，不中其度，則未有不斃者。方今人心喪敝，已在無可救挽之時，更侈奇創之談，用以嘩眾。少年多半失學，利其便己，未有不靡沸麕至而附和之者，而中國之命如屬絲矣！

晚清之末造，慨世之論者恆曰：去科舉，停資格，廢八股，斬豚尾，復天足，逐滿人，撲專制，整軍備，則中國必強。今百凡皆遂矣，強又安在？於是更進一解，必覆孔孟、鏟倫常為快。嗚呼！因童子之羸困，不求良醫，乃追責其二親之有隱瘵，逐之，而童子可以日就肥澤，有是理耶！外國不知孔孟，然崇仁、仗義、矢信、尚智、守禮，五常之道未嘗悖也，而又濟之以勇。弟不解西文，積十九年之筆述，成譯著一百三十三種，都一千二百萬言，實未見中有違忤五常之語，何時賢乃有此叛親蔑倫之論，此其得諸西人乎？抑別有所授耶？

我公心右漢族，當在杭州時，間關避禍，與夫人同茹辛苦，而宗旨不變，勇士也。方公行時，弟與陳叔通④惋惜公行，未及一送。申、伍異趣，各衷其是。今公為民國宣力，弟仍清室舉人，交情固在，不能視若冰炭。故辱公寓書，殷殷於劉先生之序跋，實隱示明清標季，各有遺民，其志均不可奪也。

弟年垂七十，富貴功名，前三十年視若棄灰。今篤老尚抱守殘缺，至死不易其操。前年梁任公倡馬、班革命之説，弟聞之失笑。任公非劣，何為作此媚世之言？馬、班之書，讀者幾人？殆不革而自革，何勞任公費此神力？若云死文字有礙生學術，則科學不用古文，古文亦無礙科學。英之迭更，累斥希臘、臘丁、羅馬之文為死物，而至今仍存者，迭更雖躬負盛名，固不能用私心以蔑古。矧吾國人，尚有何人如迭更者耶？

須知天下之理，不能就便而奪常，亦不能取快而滋弊。使伯夷叔齊生於今日，則萬無濟變之方。孔子為聖之時⑤，時乎井田封建，則孔子必能使井田封建一無流弊；時乎潛艇飛機，則孔子必能使潛艇飛機不妄殺人，所以名為時中之聖。時者，與時不悖也。衞靈問陳，孔子行；陳恆弒君，孔子討⑥，用兵與不用兵，亦正決之以時耳。今必曰天下之弱，弱於孔子；然則天下之強，宜莫強於威廉⑦。以柏靈⑧一隅，抵抗全球，皆敗衄無措，直可為萬世英雄之祖。且其文治武功，科學商務，下及工藝，無一不冠歐洲，胡為懨懨為荷蘭之寓公？若云成敗不可以論英雄，則又何能以積弱歸罪孔子？彼莊周之書，最擯孔子者也。然《人間世》一篇，又盛推孔子。所謂《人間世》者，不能離人而立之謂。其托顏回、托葉公子高之問難，孔子指陳以接人處眾之道，則莊周亦未嘗不近人情而忤孔子。乃世士不能博辯為千載以上之莊周，竟咆勃為千載以下之桓魋⑨，抑何其可笑也！

且天下唯有真學術，真道德，始足獨樹一幟，使人景從。若盡廢古書，行用土語為文字，則都下引車賣漿之徒，所操之語，按之皆有文法，不類閩廣人為無文法之啁啾，據此則凡京津之稗販，均可用為教授矣。若云《水滸》、《紅樓》皆白話之聖，並足為教科之書，不知《水滸》中辭吻，多采岳珂之《金陀萃篇》⑩，《紅樓》亦不止為一人手筆，作者均博極群書之人。總之，非讀破萬卷，不能為古文，亦並不能為白話。

若化古子之言為白話演說，亦未嘗不是。按，《說文》：「演，長流也。」亦有延之廣之之義，法當以短演長，不能以古子之長，演為白話之短。且使人讀古子者，須讀其原書耶？抑憑講師之一二語，即算為古子？若讀原書，則又不能全廢古文矣。矧於古子之外，尚以《說文》講授。《說文》之學，非俗書也。當參以古籀，證以鐘鼎之文。試思用籀篆可化為白話耶？果以篆籀之文，雜之白話之中，是引漢唐之環燕，與村婦談心；陳商周之俎豆，為野老聚飲，類乎不類？弟閩人也，南蠻鴃舌，亦願習中原之語言，脫授我者以中原之語言，仍令我為鴃舌之閩語可乎？蓋存國粹而授《說文》可也；以《說文》為客，以白話為主，不可也。

乃近來尤有所謂新道德者，斥父母為自感情慾，於己無恩⑪。此語曾一見之隨園⑫文中，僕方以為擬於不倫，斥袁枚為狂謬，不圖竟有用為講學者！人頭畜鳴，辯不屑辯，置之可也。彼又云：武曌為聖王，卓文君為名媛，此亦拾李卓吾之餘唾⑬。卓吾有禽獸行，故發是言；李穆堂又指其餘唾，尊嚴嵩為忠臣⑭。今試問二李之名，學生能舉之否？同為埃滅，何苦增茲口舌，可悲也！

大凡為士林表率，須圓通廣大，據中而立，方能率由無弊。若憑位分勢力，而施趨怪走奇之教育，則惟穆罕默德左執刀而右傳教，始可如其願望。今全國父老以子弟托公，願公留意以守常為是。況天下溺矣，藩鎮之禍⑮，邇在眉睫，而又成為南北美之爭⑯。我公為南士所推，宜痛哭流涕助成和局，使民生有所蘇息；乃以清風亮節之躬，而使議者紛紛集矢，甚為我公惜之！此書上後，可以不必示覆，唯靜盼好音，為國民端其趣向，故人老悖，甚有幸焉！愚直之言，萬死萬死！林紓頓首。

## 作者

林紓（一八五二——一九二四），原名羣玉，字琴南，號畏廬，筆名冷紅生，福建閩縣人。父林雲溪為鹽商。林紓曾於一八六一年從同鄉薛則柯習古文辭，於古文寫作早有基礎。一八六五至七二年間，校閱古籍二千多卷。光緒八年（一八八二）中舉人後，與藏書家李宗言結交，又得遍讀其藏書，由是聲名漸播。及後應會試不果，遂絕意功名。一八九七年在京師夤緣認識桐城古文家吳汝綸，相與切磋古文義法，遂以桐城派見稱於世。一八九八年起，林氏以「冷紅生」筆名翻譯西洋文學名著，先後譯刊外國小說百餘種。一八九九年任杭州東城講舍講師。翌年在西湖組織詩社，提出詩歌不限宗派的主張。一九零一年主持北京金台書院講席，兼任五城學堂國文總教習，講授修身及國文等課。一九零三年起，林紓教書之餘，在京師大學堂譯書局擔任筆述一職。一九一零年受聘於京師大學堂為講師，主授經文課，一九一三年辭去大學堂教職，一九一四年任北京《平報》總纂。一九一七年在北京設文學講習會，講授《左傳》、《莊子》及漢魏唐宋古文。一九二四年逝世於北京。

林紓在學術上的貢獻，主要是以優美的文言文翻譯西洋文學及講授古文義法。他被譽為桐城派古文的殿軍，民國初年時極力反對胡適和陳獨秀所提倡的文學改革。著有《文微》、《春覺齋論文》和《韓柳文研究法》等書。翻譯小說有《巴黎茶花女遺事》(*La Dame aux Camélias*)、《黑奴籲天錄》(*Uncle Tom's Cabin*)、《迦茵小傳》(*Joan Haste*)、《魯賓遜飄流記》(*Robinson Crusoe*)、《塊肉餘生述》(*David Copperfield*) 及《魔俠傳》(*Don Quijote de la Mancha*) 等。此外，林氏亦仿效西方小說的形式，以古文創作多種以國事為經、愛情為緯的長篇小說，如《金陵秋》、《京華碧血錄》及《巾幗陽秋》等。

## 題解

〈答大學堂校長蔡鶴卿太史書〉最早發表於一九一九年三月十八日北京《公言報》。林紓藉着蔡元培來信請他為明人劉應秋遺著題詞之便，以公開信的形式質疑蔡氏縱容大學教員發表「覆孔孟、鏟倫常」及「盡廢古書，行用土語為文字」等言論。並籲請蔡氏「據中而立」、「為國民端其趣向」。此文後收入《畏盧文集》。本篇所據的是一九八八年四川人民出版社出版，林薇選註的《林紓選集》。文章指出傳統道德倫常不可棄，古文也不妨礙文化科學的發展。林紓之所以反對白話文，目的是藉古文的載道傳統，捍衞舊禮教而反對五四新文化運動。蔡元培亦於同日作〈致公言報函並答林琴南函〉反駁其說，本書亦有收錄。

## 註釋

① 鶴卿先生太史足下：鶴卿，蔡元培字。見本書〈致公言報函並答林琴南函〉「作者」。太史，亦即翰林。清代修史之事，概歸翰林院，故翰林亦稱「大史」。

② 劉應秋：生卒年不詳，明朝萬曆年間（一五七三——一六二零）進士，字士和，吉水人。授編修，累官至祭酒。因議論時政而得罪朝中權貴，遂被貶謫。崇禎（一六二八——一六四四）時追謚文節。

③ 夏峰、梨洲、亭林、楊園、二曲諸老：夏峰，指孫奇逢（一五八四——一六七五），字啟泰，曾居河南輝縣夏山峰，故稱夏峰先生。梨洲，指黃宗羲（一六一零——一六九五），字太沖，號梨洲。亭林，指顧炎武（一六一三——一六八二），字寧人，號亭林。楊園，指張履祥（一六一一——一六七四），字考夫，曾居楊園村，故稱楊園先生。二曲，指李顒（一六二七——一七零五），字中孚，號二曲。以上諸人皆清初大儒，而以明遺民自居。

④ 陳叔通：林紓之友，生卒年不詳。

⑤ 孔子為聖之時：見《孟子．萬章章句下》：「孟子曰：伯夷，聖之清者也；伊尹，聖之任者也；柳下惠，聖之和者也；孔子，聖之時者也。」孟子以為孔子集伯夷、伊尹、柳下惠三人之大成。

⑥ 「衛靈問陳」四句：衛靈問陳，陳，今作陣，即兵陣軍事。魯定公十五年（前四九五），衛靈公欲伐晉救范氏，向孔子問用兵之事。孔子欲息其揚武之念，故去衛適宋。「陳恒弒君，孔子討」：魯哀公十四年（前四八一），陳恒弒齊簡公，孔子告於哀公，請討伐之。

⑦ 威廉：德意志凱撒大帝威廉二世（Kaiser Wilhelm II，一八五九——一九四一），發動第一次世界大戰，戰敗後被迫退位。

⑧ 柏靈：又譯柏林，Berlin，德國首都。

⑨ 桓魋：指宋國司馬向魋，生卒年不詳，是宋桓公後人，故又稱桓魋，佐宋君任事。宋景公二十五年，孔子去衛適宋，桓魋惡孔子，聞其與弟子習禮大樹下，遂使人拔去其樹，欲孔子速離宋境。

⑩ 岳珂之《金陀萃篇》：岳珂（一一八三——一二三四），字肅之，岳飛之孫，曾搜集史料以平反岳飛

之冤獄，著有《金陀粹編》二十八卷、《續編》三十卷。

⑪「斥父母為自感情慾」兩句：此語雖謂見於隨園文中，實本於《後漢書》卷七十中孔融（一五三——二零八）的論調。林紓借此以喻胡適、陳獨秀等人的悖倫思想。

⑫隨園：指袁枚（一七一六——一七九八），字子才，清初大詩人，晚年辭官居江寧小倉山下，稱其居為隨園，世稱隨園先生。

⑬拾李卓吾之餘唾：李贄（一五二七——一六零二），字卓吾，號溫陵居士，晚明思想家，倡「童心說」，反對虛偽的禮法。林紓斥責胡陳等人附和李贄的言論為「拾李卓吾之餘唾」。

⑭「李穆堂又指其餘唾」兩句：「指」疑為「拾」之訛字。李穆堂，指李紱（一六七三——一七五零），字巨來，學者稱穆堂先生，清初經學家。嚴嵩（一四八零——一五六七），明世宗嘉靖時的宰輔。林紓亦藉此斥責胡陳等人是非不分。

⑮藩鎮之禍：原指唐末方鎮割據之禍，此處比喻當時中國軍閥割據的局勢。

⑯南北美之爭：此借美國南北戰爭（一八六一——一八六五）以喻當時中國的內戰。

# 致公言報函並答林琴南函

蔡元培

《公言報》記者足下：

讀本月十八日貴報，有〈請看北京大學①思潮變遷之近狀〉一則，其中有林琴南君致鄙人一函。雖原函稱「不必示覆」，而鄙人為表示北京大學真相起見，不能不有所辨正。謹以答林君函抄奉，請為照載。又，貴報稱「陳、胡等絕對的非棄舊道德，毀斥倫常，詆排孔、孟」，大約即以林君之函為據，鄙人已於致林君函辨明之。惟所云「主張廢國語而以法蘭西文字為國語之議」，何所據而云然？請示覆。

答林琴南君函如下：

琴南先生左右：

於本月十八日《公言報》中，得讀惠書，索劉應秋先生事略。憶第

一次奉函時，曾抄奉趙君原函，恐未達覽，特再抄一通奉上，如荷題詞，甚幸。（趙體孟原函附後）②

公書語長心重，深以外間謠諑紛集為北京大學惜，甚感。惟謠諑必非實錄，公愛大學，為之辨正可也。今據此紛集之謠諑，而加以責備，將使耳食之徒，益信謠諑為實錄，豈公愛大學之本意乎？原公之所責備者，不外兩點：一曰「覆孔、孟，鏟倫常」。二曰「盡廢古書，行用土語為文字」。請分別論之。

對於第一點：當先為兩種考察：（甲）北京大學教員，曾有以「覆孔、孟，鏟倫常」教授學生者乎？（乙）北京大學教授，曾有於學校以外，發表其「覆孔、孟，鏟倫常」之言論者乎？

請先察「覆孔、孟」之說。大學講義涉及孔孟者，惟哲學門中之中國哲學史。已出版者，為胡適之君之《中國上古哲學史大綱》，請詳閱一過，果有「覆孔、孟」之說乎？特別講演之出版者，有崔懷瑾君之《論語足徵記》、《春秋復始》。哲學研究會中，有梁漱溟君提出「孔子與孟子異同」問題，與胡默青君提出「孔子倫理學之研究」問題，尊孔者多矣，寧曰覆孔？

若大學教員於學校以外自由發表意見，與學校無涉，本可置之不論。今姑進一步而考察之，則惟《新青年》雜誌中，偶有對於孔子學說之批評，然亦對於孔教會等托孔子學說以攻擊新學說者而發，初非直接與孔子為敵也。公不云乎？「時乎井田封建，則孔子必能使井田封建一無流弊。時乎潛艇飛機，則孔子必能使潛艇飛機不妄殺人。衞靈問陳，孔子行。陳恆弑君，孔子討。用兵與不用兵，亦正決之以時耳。」使在今日，有拘泥孔子之說，必復地方制度為封建；必以兵車易潛艇飛機；聞俄人之死其皇，德人之逐其皇，而曰必討之。豈非昧於「時」之義，為孔子之罪人，而吾輩所當排斥之者耶？

次察「鐘倫常」之說。常有五：仁、義、禮、智、信，公既言之矣。

倫亦有五：君臣、父子、兄弟、夫婦、朋友。其中君臣一倫，不適於民國，可不論。其他父子有親，兄弟相友（或曰長幼有序），夫婦有別，朋友有信，在中學以下修身教科書中，詳哉言之。大學之倫理學涉此者不多，然從未有以父子相夷，兄弟相鬩，夫婦無別，朋友不信，教授學生者。大學尚無女學生，則所注意者，自偏於男子之節操。近年於教科以外，組織一進德會，其中基本戒約有不嫖、不娶妾兩條。不嫖之戒，決不背於古代之倫理。不娶妾一條，則且視孔、孟之說為尤嚴矣。至於五常，則倫理學中之言仁愛，言自由，言秩序，戒欺詐，而一切科學皆為增進知識之需。寧有鏟之之理歟？

若謂大學教員曾於學校以外發表其「鏟倫常」之主義乎？則試問有誰何教員，曾於何書、何雜誌，為父子相夷，兄弟相鬩，夫婦無別，朋友不信之主張者？曾於何書、何雜誌，為不仁、不義、不智、不信及無禮之主張者？公所舉「斥父母為自感情慾，於己無恩」，謂隨園文中有之，弟則憶《後漢書．孔融傳》，路粹枉狀奏融有曰：「前與白衣禰衡跌蕩放言，云：父之於子，當有何親？論其本意，實為情慾發耳；子之於母，亦復奚為？譬如寄物瓶中，出則離矣。」孔融、禰衡並不以是損其聲價，而路粹則何如者？且公能指出誰何教員，曾於何書、何雜誌，述路粹或隨園之語，而表其極端贊成之意者？且弟亦從不聞有誰何教員，崇拜李贄其人而願拾其唾餘者。所謂「武曌為聖王，卓文君為賢媛」，何人曾述斯語，以號於眾，公能證明之歟？

對於第二點：當先為三種考察：（甲）北京大學是否已盡廢古文而專用白話？（乙）白話果是否能達古書之義？（丙）大學少數教員所提倡之白話的文字，是否與引車賣漿者所操之語相等？

請先察「北京大學是否已盡廢古文而專用白話？」大學預科中，有國文一課，所據為課本者，曰模範文，曰學術文，皆古文也。其每月中練習之文，皆文言也。本科中有中國文學史、西洋文學史、中國古代文學、中古文學、近世文學；又本科、預科皆有文字學，其編成講義而付印者，皆文言也。《北京大學月刊》中，亦多文言之作。所可指為白話體者，惟胡適之君之《中國古代哲學史大綱》，而其中所引古書，多屬原文，非皆白話也。

次考察「白話是否能達古書之義？」大學教員所編之講義，固皆文言矣。而上講壇後，決不能以背誦講義塞責，必有賴於白話之講演，豈講演之語，必皆編為文言而後可歟？吾輩少時，讀《四書集注》、《十三經注疏》，使塾師不以白話講演之，而編為類似集注、類似注疏之文言以相授，吾輩豈能解乎？若謂白話不足以講說文，講古籀，講鐘鼎之文，則豈於講壇上當背誦徐氏《說文解字繫傳》、郭氏《汗簡》、薛氏《鐘鼎款識》之文，或編為類此之文言而後可，必不容以白話講演之歟？

又次考察「大學少數教員所提倡之白話的文字，是否與引車賣漿者所操之語相等？」白話與文言，形式不同而已，內容一也。《天演論》、《法意》、《原富》等，原文皆白話也，而嚴幼陵君譯為文言。少仲馬、迭更司、哈德等所著小說，皆白話也，而公譯為文言。公能謂公及嚴君之所譯，高出於原本乎？若內容淺薄，則學校招考時之試卷，普通日刊之論說，盡有不值一讀者，能勝於白話乎？且不特引車賣漿之徒而已，清代目不識丁之宗室，其能說漂亮之京話，與《紅樓夢》中寶玉、黛玉相埒，其言果有價值歟？熟讀《水滸》、《紅樓夢》之小說家，能於《續水滸傳》、《紅樓複夢》等書以外，為科學、哲學之講演歟？公謂「《水滸》、《紅樓》作者，均博極羣書之人，總之非讀破萬卷，不能為古文，亦並不能為白話」。誠然，誠然。北京大學教員中，善作白話文者，為胡適之、錢玄同、周啟孟諸君。公何以證知為非博極羣書，非能作古文，而僅以白話文藏拙者？胡君家世漢學，其舊作古文，雖不多見，然即其所作《中國哲學史大綱》言之，其了解古書之眼光，不讓於清代乾嘉學者。錢君所作之文字學講義、學術文通論，皆大雅之文言。周君所譯之《域外小說》，則文筆之古奧，非淺學者所能解。然則公何寬於《水滸》、《紅樓》之作者，而苛於同時之胡、錢、周諸君耶？

至於弟在大學，則有兩種主張如下：

（一）對於學說，仿世界各大學通例，循「思想自由」原則，取兼容並包主義，與公所提出之「圓通廣大」四字，頗不相背也。無論為何種學派，苟其言之成理，持之有故，尚不達自然淘汰之運命者，雖彼此相反，而悉聽其自由發展。此義已於《月刊》之發刊詞③言之，抄奉一覽。

（二）對於教員，以學詣為主。在校講授，以無背於第一種之主張為界限。其在校外之言動，悉聽自由，本校從不過問，亦不能代負責任。例如復辟主義，民國所排斥也，本校教員中，有拖長辮而持復辟論者，以其所授為英國文學，與政治無涉，則聽之。籌安會之發起人，清議所指為罪人者也，本校教員中有其人，以其所授為古代文學，與政治無涉，則聽之。嫖、賭、娶妾等事，本校進德會所戒也，教員中間有喜作側艷之詩詞，以納妾、狎妓為韵事，以賭為消遣者，苟其功課不荒，並不誘學生而與之墮落，則姑聽之。夫人才至為難得，若求全責備，則學校殆難成立。且公私之間，自有天然界限。譬如公曾譯有《茶花女》、《迦茵小傳》、《紅礁畫槳錄》等小說，而亦曾在各學校講授古文及倫理學，使有人詆公為以此等小說體裁講文學，以狎妓、姦通、爭有婦之夫講倫理者，寧值一笑歟？然則革新一派，即偶有過激之論，苟於校課無涉，亦何必強以其責任歸之於學校耶？此覆，並候著祺

八年三月十八日　蔡元培敬啟

作者

蔡元培（一八六八——一九四零），字鶴卿，又字孑民，浙江紹興人。先世營

商，只有其六叔與元培為士子。一八七二年先就學於私塾，後從八股文名師王子莊學習，光緒九年（一八八三）成秀才，旋設館授徒。一八八六年在同鄉徐樹蘭家為校書，遍覽徐家藏書。光緒十五年（一八八九）中舉人，翌年成進士。光緒十八年（一八九二）應殿試，授翰林院庶吉士。兩年後補翰林院編修。一八九八年參加孫中山的革命活動。一九零二年與友人在上海創辦愛國女學校和愛國學社，同年中國教育會成立，被選為會長。一九零三年因發表排滿言論而被清政府通緝，避居青島租界。一九零四年在上海成立光復會，任會長。一九零五年加入同盟會，獲委任為上海分會會長。一九零七年赴德國萊比錫大學留學。一九一一年辛亥革命後回國，出任民國第一任教育總長。次年因不滿袁世凱密謀稱帝而辭職，再度放洋。一九一三至一六年在法國留居期間，以編譯自給。一九一七年至二六年間任北京大學校長，致力改革北大的校政與教務（如招收女生、設立評議會、停聘不合格的外籍教員等）；期間多次赴歐美考察當地教育。一九二七年任大學院院長。翌年兼任中央研究院院長。一九三七年抗戰爆發，移居香港。一九四零年病逝。

蔡元培是近代重要的教育家，於其教育總長任內主張廢除讀經，以白話文為中小學的國文課本，改變了中國語文教學及課程發展的方向。於大學教育則採取兼容態度。此外，他又提倡自由、科學、美育等教育思想，在學術思想上影響甚大。著有《哲學要領》、《倫理學原理》、《中國倫理學史》及《石頭記索隱》等。

## 題解

本文先後發表於一九一九年三月廿一日的《北京大學日刊》第三三八號、同年四月一日的《新潮》雜誌第一卷四期及四月一日的《公言報》，是蔡元培任北京大學校長時，回應同年三月十八日刊於《公言報》上的兩篇文字而作：一是《公言報》記者對北京大學師生言行的報道和評論，一是林紓致蔡元培的公開信（本書亦有收錄）。蔡氏答覆林紓的公開信後來又收入一九二零年北京大學新潮社編印的《蔡孑民先生言行錄》。本篇據高平叔編，一九八四年北京中華書局出版的《蔡元培全集》轉載。

蔡元培在覆文中，首先否認其大學教員有「覆孔孟、鏟倫常」和「盡廢古書，行用土語為文字」的言論，然後表明他本人對學術兼容並包、重視教員學問專長的立場。蔡氏的答辯明顯地是偏袒胡適和陳獨秀的。他這種支持文學改革的堅決態度，對當時已迅速發展的新文化運動，無疑起了推波助瀾的作用。

## 註釋

① 北京大學：《公言報》作「北京學界」，本篇從《蔡元培全集》。

② 趙體孟原函：此處從略。

③ 《月刊》之發刊詞：即《北京大學月刊·發刊詞》，此處從略。

# 藥

魯迅

## 一

秋天的後半夜，月亮下去了，太陽還沒有出，只剩下一片烏藍的天；除了夜遊的東西，甚麼都睡着。華老栓忽然坐起身。擦着火柴，點上遍身油膩的燈盞，茶館的兩間屋子裏，便彌滿了青白的光。

「小栓的爹，你就去麼？」是一個老女人的聲音。裏邊的小屋子裏，也發出一陣咳嗽。

「唔。」老栓一面聽，一面應，一面扣上衣服；伸手過去說，「你給我罷。」

華大媽在枕頭底下掏了半天，掏出一包洋錢，交給老栓，老栓接了，抖抖的裝入衣袋，又在外面按了兩下；便點上燈籠，吹熄燈盞，走向裏屋子去了。那屋子裏面，正在窸窸窣窣的響，接着便是一通咳嗽。老栓候他平靜下去，纔低低的叫道，「小栓……你不要起來。……店麼？你娘會安排的。」

老栓聽得兒子不再説話，料他安心睡了；便出了門，走到街上。街上黑沈沈的一無所有，只有一條灰白的路，看得分明。燈光照着他的兩腳，一前一後的走。有時也遇到幾隻狗，可是一隻也沒有叫。天氣比屋子裏冷得多了；老栓倒覺爽快，彷彿一旦變了少年，得了神通，有給人生命的本領似的，跨步格外高遠。而且路也愈走愈分明，天也愈走愈亮了。

老栓正在專心走路，忽然喫了一驚，遠遠裏看見一條丁字街，明明白白橫着。他便退了幾步，尋到一家關着門的鋪子，蹩進簷下，靠門立住了。好一會，身上覺得有些發冷。

「哼，老頭子。」

「倒高興……。」

老栓又喫一驚，睜眼看時，幾個人從他面前過去了。一個還回頭看他，樣子不甚分明，但很像久餓的人見了食物一般，眼裏閃出一種攫取的光。老栓看看燈籠，已經熄了，按一按衣袋，硬硬的還在。仰起頭兩面一望，只見許多古怪的人，三三兩兩，鬼似的在那裏徘徊；定睛再看，却也看不出甚麼別的奇怪。

沒有多久，又見幾個兵，在那邊走動；衣服前後的一個大白圓圈，遠地裏也看得清楚，走過面前的，並且看出號衣上暗紅色的鑲邊。——一陣腳步聲響，一眨眼，已經擁過了一大簇人。那三三兩兩的人，也忽然合作一堆，潮一般向前趕；將到丁字街口，便突然立住，簇成一個半圓。

老栓也向那邊看，却只見一堆人的後背；頸項都伸得很長，彷彿許多鴨，被無形的手揑住了的，向上提着。靜了一會，似乎有點聲音，便又動搖起來，轟的一聲，都向後退；一直散到老栓立着的地方，幾乎將他擠倒了。

「喂！一手交錢，一手交貨！」一個渾身黑色的人，站在老栓面前，眼光正像兩把刀，刺得老栓縮小了一半。那人一隻大手，向他攤着；一隻手却撮着一個鮮紅的饅頭，那紅的還是一點一點的往下滴。

老栓慌忙摸出洋錢，抖抖的想交給他，却又不敢去接他的東西。那人便焦急起來，嚷道，「怕甚麼？怎的不拿！」老栓還躊躇着；黑的人便搶過燈籠，一把扯下紙罩，裹了饅頭，塞與老栓；一手抓過洋錢，捏一捏，轉身去了。嘴裏哼着說，「這老東西……。」

「這給誰治病的呀？」老栓也似乎聽得有人問他，但他並不答應；他的精神，現在只在一個包上，彷彿抱着一個十世單傳的嬰兒，別的事情，都已置之度外了。他現在要將這包裹的新的生命，移植到他家裏，收穫許多幸福。太陽也出來了；在他面前，顯出一條大道，直到他家中，後面也照見丁字街頭破匾上「古□亭□」這四個黯淡的金字。

二

老栓走到家，店面早經收拾乾淨，一排一排的茶桌，滑溜溜的發光。但是沒有客人；只有小栓坐在裏排的桌前喫飯，大粒的汗，從額上滾下，夾襖也貼住了脊心，兩塊肩胛骨高高凸出，印成一個陽文的「八」字。老栓見這樣子，不免皺一皺展開的眉心。他的女人，從灶下急急走出，睜着眼睛，嘴唇有些發抖。

「得了麼？」

「得了。」

兩個人一齊走進灶下，商量了一會；華大媽便出去了，不多時，拏着一片老荷葉回來，攤在桌上。老栓也打開燈籠罩，用荷葉重新包了那紅的饅頭。小栓也喫完飯，他的母親慌忙說：——

「小栓——你坐着，不要到這裏來。」一面整頓了灶火，老栓便把一個碧綠的包，一個紅紅白白的破燈籠，一同塞在灶裏；一陣紅黑的火燄過去時，店屋裏散滿了一種奇怪的香味。

「好香！你們吃甚麼點心呀？」這是駝背五少爺到了。這人每天總在茶館裏過日，來得最早，去得最遲，此時恰恰蹩到臨街的壁角的桌邊，便坐下問話，然而沒有人答應他。「炒米粥麼？」仍然沒有人應。老栓匆匆走出，給他泡上茶。

「小栓進來罷！」華大媽叫小栓進了裏面的屋子，中間放好一條凳，小栓坐了。他的母親端過一碟烏黑的圓東西，輕輕說：——

「喫下去罷，——病便好了。」

小栓撮起這黑東西，看了一會，似乎拏着自己的性命一般，心裏說不出的奇怪。十分小心的拗開了，焦皮裏面竄出一道白氣，白氣散了，是兩半個白麵的饅頭。——不多工夫，已經全在肚裏了，却全忘了甚麼味；面前只剩下一張空盤。他的旁邊，一面立着他的父親，一面立着他的母親，兩人的眼光，都彷彿要在他身裏注進甚麼又要取出甚麼似的；便禁不住心跳起來，按着胸膛，又是一陣咳嗽。

「睡一會罷，——便好了。」

小栓依他母親的話，咳着睡了。華大媽候他喘氣平靜，纔輕輕的給他蓋上了滿幅補釘的夾被。

三

店裏坐着許多人，老栓也忙了，提着大銅壺，一趟一趟的給客人沖茶；兩個眼眶，都圍着一圈黑線。

「老栓，你有些不舒服麼？——你生病麼？」一個花白鬍子的人說。

「沒有。」

「沒有？——我想笑嘻嘻的，原也不像……」花白鬍子便取消了自己的話。

「老栓只是忙，要是他的兒子……」駝背五少爺話還未完，突然闖進了一個滿臉橫肉的人，披一件玄色布衫，散着紐釦，用很寬的玄色腰帶，胡亂綑在腰間。剛進門，便對老栓嚷道：——

「喫了麼？好了麼？老栓，就是運氣了你！你運氣，要不是我信息靈……。」

老栓一手提了茶壺，一手恭恭敬敬的垂着；笑嘻嘻的聽。滿座的人，也都恭恭敬敬的聽。華大媽也黑着眼眶，笑嘻嘻的送出茶碗茶葉來，加上一個橄欖，老栓便去沖了水。

「這是包好！這是與眾不同的。你想，趁熱的拏來，趁熱喫下。」橫肉的人只是嚷。

「真的呢，要沒有康大叔照顧，怎麼會這樣……」華大媽也很感激的謝他。

「包好，包好！這樣的趁熱喫下。這樣的人血饅頭，甚麼癆病都包好！」

華大媽聽到「癆病」這兩個字，變了一點臉色，似乎有些不高興；但又立刻堆上笑，搭訕着走開了。這康大叔却沒有覺察，仍然提高了喉嚨只是嚷，嚷得裏面睡着的小栓也合夥咳嗽起來。

「原來你家小栓碰到了這樣的好運氣了。這病自然一定全好；怪不得老栓整天的笑着呢。」花白鬍子一面說，一面走到康大叔面前，低聲下氣的問道，「康大叔——聽說今天結果的一個犯人，便是夏家的孩子，那是誰的孩子？究竟是甚麼事？」

「誰的？不就是夏四奶奶的兒子麼？那個小傢伙！」康大叔見眾人都聳起耳朵聽他，便格外高興，橫肉塊塊飽綻，越發大聲說，「這小東西不要命，不要就是了。我可是這一回一點沒有得到好處；連剝下來的衣服，都給管牢的紅眼睛阿義拏去了。——第一要算我們栓叔運氣；第二是夏三爺賞了二十五兩雪白的銀子，獨自落腰包，一文不花。」

小栓慢慢的從小屋子走出，兩手按了胸口，不住的咳嗽；走到灶下，盛出一碗冷飯，泡上熱水，坐下便喫。華大媽跟着他走，輕輕的問道，「小栓你好些麼？——你仍舊只是肚餓？……」

「包好，包好！」康大叔瞥了小栓一眼，仍然回過臉，對眾人說，「夏三爺真是乖角兒，要是他不先告官，連他滿門抄斬。現在怎樣？銀子！——這小東西也真不成東西！關在牢裏，還要勸牢頭造反。」

「阿呀，那還了得。」坐在後排的一個二十多歲的人，很現出氣憤模樣。

「你要曉得紅眼睛阿義是去盤盤底細的，他却和他攀談了。他說：這大清的天下是我們大家的。你想：這是人話麼？紅眼睛原知道他家裏只有一個老娘，可是沒有料到他竟會那麼窮，搾不出一點油水，已經氣破肚皮了。他還要老虎頭上搔癢，便給他兩個嘴巴！」

「義哥是一手好拳棒，這兩下，一定夠他受用了。」壁角的駝背忽然高興起來。

「他這賤骨頭打不怕，還要說可憐可憐哩。」

花白鬍子的人說，「打了這種東西，有甚麼可憐呢？」

康大叔顯出看他不上的樣子，冷笑着說，「你沒有聽清我的話；看他神氣，是說阿義可憐哩！」

聽着的人的眼光，忽然有些板滯；話也停頓了，小栓已經喫完飯，喫得滿身流汗，頭上都冒出蒸氣來。

「阿義可憐——瘋話，簡直是發了瘋了。」花白鬍子恍然大悟似的說。

「發了瘋了。」二十多歲的人也恍然大悟的說。

店裏的坐客，便又現出活氣，談笑起來。小栓也趁着熱鬧，拚命咳嗽；康大叔走上前，拍他肩膀說：——

「包好——小栓——你不要這麼咳。包好！」

「瘋了。」駝背五少爺點着頭說。

## 四

西關外靠着城根的地面，本是一塊官地；中間歪歪斜斜一條細路，是貪走便道的人，用鞋底造成的，但却成了自然的界限。路的左邊，都埋着死刑和瘐斃的人，右邊是窮人的叢塚。兩面都已埋到層層疊疊，宛然闊人家裏祝壽時候的饅頭。

這一年的清明，分外寒冷；楊柳纔吐出半粒米大的新芽。天明未久，華大媽已在右邊的一座新墳前面，排出四碟菜，一碗飯，哭了一場。化過紙，呆呆的坐在地上；彷彿等候甚麼似的，但自己也說不出等候甚麼。微風起來，吹動他短髮，確乎比去年白得多了。

小路上又來了一個女人，也是半白頭髮，襤褸的衣裙；提一個破舊的朱漆圓籃，外掛一串紙錠，三步一歇的走。忽然見華大媽坐在地上看他，便有些躊躇，慘白的臉上，現出些羞愧的顏色；但終於硬着頭皮，走到左邊的一座墳前，放下了籃子。

那墳與小栓的墳，一字兒排着，中間只隔一條小路。華大媽看他排好四碟菜，一碗飯，立着哭了一通，化過紙錠；心裏暗暗地想，「這墳裏的也是兒子了。」那老女人徘徊觀望了一回，忽然手腳有些發抖，蹌蹌踉踉退下幾步，瞪着眼只是發怔。

華大媽見這樣子，生怕他傷心到快要發狂了；便忍不住立起身，跨過小路，低聲對他說，「你這位老奶奶不要傷心了——我們還是回去罷。」

那人點一點頭，眼睛仍然向上瞪着；也低聲吃吃的說道，「你看——看這是甚麼呢？」

華大媽跟了他指頭看去，眼光便到了前面的墳，這墳上草根還沒有全合，露出一塊一塊的黃土，煞是難看。再往上仔細看時，却不覺也吃一驚；——分明有一圈紅白的花，圍着那尖圓的墳頂。

他們的眼睛都已老花多年了，但望這紅白的花，却還能明白看見。花也不很多，圓圓的排成一個圈，不很精神，倒也整齊。華大媽忙看他兒子和別人的墳，却只有不怕冷的幾點青白小花，零星開着；便覺得心裏忽然感到一種不足和空虛，不願意根究。那老女人又走近幾步，細看了一遍，自言自語的說，「這沒有根，不像自己開的。——這地方有誰來呢？孩子不會來玩；——親戚本家早不來了。——這是怎麼一回事呢？」他想了又想，忽又流下淚來，大聲說道：——

「瑜兒，他們都冤枉了你，你還是忘不了，傷心不過，今天特意顯點靈，要我知道麼？」他四面一看，只見一隻烏鴉，站在一株沒有葉的樹上，便接着說，「我知道了。——瑜兒，可憐他們坑了你，他們將來總有報應，天都知道；你閉了眼睛就是了。——你如果真在這裏，聽到我的話——便教這烏鴉飛上你的墳頂，給我看罷。」

微風早經停息了；枯草支支直立，有如銅絲。一絲發抖的聲音，在空氣中愈顫愈細，細到沒有，周圍便都是死一般靜。兩人站在枯草叢裏，仰面看那烏鴉；那烏鴉也在筆直的樹枝間，縮着頭，鐵鑄一般站着。

許多的工夫過去了；上墳的人漸漸增多，幾個老的小的，在土墳間出沒。

華大媽不知怎的，似乎卸下了一挑重擔，便想到要走；一面勸着說，「我們還是回去罷。」

那老女人嘆一口氣，無精打采的收起飯菜；又遲疑了一刻，終於慢慢地走了。嘴裏自言自語的說，「這是怎麼一回事呢？……」

他們走不上二三十步遠，忽聽得背後「啞——」的一聲大叫；兩個人都竦然的回過頭，只見那烏鴉張開兩翅，一挫身，直向着遠處的天空，箭也似的飛去了。

一九一九年四月

## 作者

魯迅（一八八一——一九三六），原名周樟壽，字豫山，又字豫才，一八九八年改名樹人。「魯迅」是一九一八年發表〈狂人日記〉時才開始用的筆名。浙江紹興人。一八九八年考入南京江南水師學堂，同年轉往江南陸師學堂附設的礦務鐵路學堂學習。一九零二年以官費留學日本，入東京弘文學院肄業。一九零四年畢業，赴仙台醫學專門學校習醫，兩年後退學。一九零九年回國，在杭州任浙江兩級師範學校教員。一九一一年任紹興師範學校校長。同年辛亥革命爆發，魯迅帶領學生宣傳革命。一九一二年應教育總長蔡元培之聘，任職南京臨時政府教育部。同年隨部遷北京，先後任社會教育司科長、僉事。一九一七年因反對袁世凱稱帝及張勛復辟而辭去職位。一九一八年參加改組後的《新青年》編輯委員會，積極投入新文學創作，同年五月發表被認為是中國現代文學史上第一篇白話小説的〈狂人日記〉。一九二零至二六年，先後在北京大學、北京女子師範大學任教，並參加文藝團體如語絲社、莽原社、未名社等的編輯工作。一九二六年赴廈門大學任教。次年赴廣州中山大學任教授兼教務主任。一九二七年回上海。一九三零年中國左翼作家聯盟成立，魯迅為主要領導人之一，直至一九三六年左聯解散，同年因肺病不治逝世。

魯迅著作甚多，以〈狂人日記〉、〈阿Q正傳〉、〈孔乙己〉等小為著名。他的雜文在數量、形式和題材都十分豐富。計有政論、短評、雜感、隨筆、書信、序跋和日記等六百餘篇，大都以辛辣諷刺的文筆抨擊時弊，批判傳統，揭露中國人的不良習性。字裏行間含着憂憤、諷刺和寂寞的情緒。其他主要著作有《吶喊》、《徬徨》及《朝花夕拾》等。

## 題解

〈藥〉寫成於一九一九年四月二十五日，載於同年五月《新青年》月刊第六卷五號。一九二三年收入北京新潮社出版的《吶喊》。本篇據一九三零年上海北新書局出版的《吶喊》再版本。該集收入作者於一九一八至二三年間所寫的十五篇小說。內容大都是刻劃中國人的劣根性，並揭示當時社會的弊病，希望能夠喚醒萎靡不振的國人，以期達到「文藝救國」的目的。

〈藥〉是一篇以辛亥革命為背景的小説。故事的一面寫華老栓為醫治患有癆病的兒子小栓，不惜費盡家財，買來蘸滿人血的饅頭給小栓吃下，結果小栓仍救不活。故事的另一面寫烈士夏瑜因參加推翻滿清政府運動失敗而被斬首，他的血卻被迷信的羣眾看作可以治病的藥。作者藉着「人血饅頭」的故事，譏諷羣眾的愚昧殘忍，對於為他們犧牲的革命黨人不但漠不關心，反而利用烈士流出的血來為自己治病求福。

# 風箏

魯迅

北京的冬季，地上還有積雪，灰黑色的禿樹枝丫叉於晴朗的天空中，而遠處有一二風箏浮動，在我是一種驚異和悲哀。

故鄉的風箏時節，是春二月，倘聽到沙沙的風輪聲，仰頭便能看見一個淡墨色的蟹風箏或嫩藍色的蜈蚣風箏。還有寂寞的瓦片風箏，沒有風輪，又放得很低，伶仃地顯出憔悴可憐模樣。但此時地上的楊柳已經發芽，早的山桃也多吐蕾，和孩子們的天上的點綴相照應，打成一片春日的溫和。我現在在那裏呢？四面都還是嚴冬的肅殺，而久經訣別的故鄉的久經逝去的春天，却就在這天空中蕩漾了。

但我是向來不愛放風箏的，不但不愛，並且嫌惡他，因為我以為這是沒出息孩子所做的玩藝。和我相反的是我的小兄弟，他那時大概十歲內外罷，多病，瘦得不堪，然而最喜歡風箏，自己買不起，我又不許放，他只得張着小嘴，呆看着空中出神，有時至於小半日。遠處的蟹風箏突然落下來了，他驚呼；兩個瓦片風箏的纏繞解開了，他高興得跳躍。他的這些，在我看來都是笑柄，可鄙的。

有一天，我忽然想起，似乎多日不很看見他了，但記得曾見他在後園拾枯竹。我恍然大悟似的，便跑向少有人去的一間堆積雜物的小屋去，推開門，果然就在塵封的雜物堆中發見了他。他向着大方凳，坐在小凳上；便很驚惶地站了起來，失了色瑟縮着。大方凳旁靠着一個蝴蝶風箏的竹骨，還沒有糊上紙，凳上是一對做眼睛用的小風輪，正用紅紙條裝飾着，將要完工了。我在破獲秘密的滿足中，又很憤怒他的瞞了我的眼睛，這樣苦心孤詣地來偷做沒出息孩子的玩藝。我即刻伸手折斷了蝴蝶的一支翅骨，又將風輪擲在地下，踏扁了。論長幼，論力氣，他是都敵不過我的，我當然得到完全的勝利，於是傲然走出，留他絕望地站在小屋裏。後來他怎樣，我不知道，也沒有留心。

然而我的懲罰終於輪到了，在我們離別得很久之後，我已經是中年。我不幸偶而看了一本外國的講論兒童的書，才知道遊戲是兒童最正當的行為，玩具是兒童的天使。於是二十年來毫不憶及的幼小時候對於精神的虐殺的這一幕，忽地在眼前展開，而我的心也彷彿同時變了鉛塊，很重很重的墮下去了。

但心又不竟墮下去而至於斷絕，他只是很重很重地墮着，墮着。

我也知道補過的方法的：送他風箏，贊成他放，勸他放，我和他一同放。我們嚷着，跑着，笑着。——然而他其時已經和我一樣，早已有了鬍子了。

我也知道還有一個補過的方法的：去討他的寬恕，等他說，「我可是毫不怪你呵。」那麼，我的心一定就輕鬆了，這確是一個可行的方法。有一回，我們會面的時候，是臉上都已添刻了許多「生」的辛苦的條紋，而我的心很沉重。我們漸漸談起兒時的舊事來，我便敘述到這一節，自說少年時代的糊塗。「我可是毫不怪你呵。」我想，他要說了，我即刻便受了寬恕，我的心從此也寬鬆了罷。

「有過這樣的事麼？」他驚異地笑着說，就像旁聽着別人的故事一樣。他甚麼也不記得了。

全然忘却，毫無怨恨，又有甚麼寬恕之可言呢？無怨的恕，說謊罷了。

我還能希求甚麼呢？我的心只得沉重着。

現在，故鄉的春天又在這異地的空中了，既給我久經逝去的兒時的回憶，而一併也帶着無可把握的悲哀。我倒不如躲到肅殺的嚴冬中去罷，——但是，四面又明明是嚴冬，正給我非常的寒威和冷氣。

一九二五年一月二十四日。

## 作者

見本書〈藥〉「作者」。

## 題解

〈風箏〉成於一九二五年一月二十四日，載於同年二月二日《語絲》週刊第十二期，副題是〈野草之九〉。一九二七年收入北京北新書局出版的《野草》。本篇所據的版本是香港三聯書店一九五八年出版的《野草》。

《野草》是一本散文詩集，收錄了魯迅一九二四至二六年間所作的散文，再加上為彙集出書而增寫的〈題辭〉（一九二七），合共二十四篇。在當時政府對文藝思想界的監視下，魯迅運用大量的象徵手法，表示他對當時黑暗社會的反抗。

〈風箏〉一文，通過往事的憶述，表達作者本人對少年時代魯莽地破壞幼弟製作其所喜愛的風箏的懺悔和悵惘之情。

# 學問之趣味

梁啟超

我是個主張趣味主義的人：倘若用化學化分「梁啟超」這件東西，把裏頭所含一種原素名叫「趣味」的抽出來，只怕所賸下僅有個零了。我以為凡人必常常生活於趣味之中，生活才有價值。若哭喪着臉捱過幾十年，那麼，生命便成沙漠，要來何用？中國人見面最喜歡用的一句話：「近來作何消遣？」這句話我聽着便討厭。話裏的意思，好像生活得不耐煩了，幾十年日子沒有法子過，勉強找些事情來消他遣他。一個人若生活於這種狀態之下，我勸他不如早日投海！我覺得天下萬事萬物都有趣味，我只嫌二十四點鐘不能擴充到四十八點，不彀我享用。我一年到頭不肯歇息，問我忙甚麼？忙的是我的趣味。我以為這便是人生最合理的生活，我常常想運動別人也學我這樣生活。

凡屬趣味，我一概都承認他是好的。但怎麼樣纔算「趣味」，不能不下一個注腳。我說：「凡一件事做下去不會生出和趣味相反的結果的，這件事便可以為趣味的主體。」賭錢趣味嗎？輸了怎麼樣？喫酒趣味嗎？病了怎麼樣？做官趣味嗎？沒有官做的時候怎麼樣？諸如此類，雖然在短時間內像有趣味，結果會鬧到俗語說的「沒趣一齊來」，所以我們不能承認他是趣味。凡趣味的性質，總要以趣味始，以趣味終。所以能為趣味之主體者，莫如下列的幾項：一、勞作；二、遊戲；三、藝術；四、學問。諸君聽我這段話，切勿誤會，以為我用道德觀念來選擇趣味。我不問德不德，只問趣不趣。我並不是因為賭錢不道德纔排斥賭錢，因為賭錢的本質會鬧到沒趣，鬧到沒趣便破壞了我的趣味主義，所以排斥賭錢。我並不是因為學問是道德纔提倡學問，因為學問的本質能彀以趣味始以趣味終，最合於我的趣味主義條件，所以提倡學問。

學問的趣味，是怎麼一回事呢？這句話我不能回答。凡趣味總要自己領略，自己未曾領略得到時，旁人沒有法子告訴你。《佛典》説的：「如人飲水，冷暖自知。」你問我這水怎樣的冷，我便把所有形容辭説盡，也形容不出給你聽，除非你親自嗑一口。我這題目——學問之趣味，並不是要説學問如何如何的有趣味，只要如何如何便會嘗得着學問的趣味。

諸君要嘗學問的趣味嗎？據我所經歷過的有下列幾條路應走：

第一、無所為（為讀去聲）：趣味主義最重要的條件是「無所為而為」。凡有所為而為的事，都是以別一件事為目的而以這件事為手段；為達目的起見勉強用手段，目的達到時，手段便拋卻。例如學生為畢業證書而做學問，著作家為版權而做學問，這種做法，便是以學問為手段，便是有所為。有所為雖然有時也可以為引起趣味的一種方便，但到趣味真發生時，必定要和「所為者」脱離關係。你問我「為甚麼做學問？」我便答道：「不為甚麼。」再問，我便答道：「為學問而學問；」或者答道：「為我的趣味。」諸君切勿以為我這些話掉弄虛機；人類合理的生活本來如此。小孩子為甚麼游戲？為游戲而游戲；人為甚麼生活，為生活而生活。為游戲而游戲，游戲便有趣；為體操分數而游戲，游戲便無趣了。

第二、不息：「鴉片煙怎樣會上癮？」「天天喫。」「上癮」這兩個字，和「天天」這兩個字是離不開的。凡人類的本能，只要那部分閣久了不用，他便會麻木會生銹。十年不跑路，兩條腿一定會廢了；每天跑一點鐘，跑上幾個月，一天不得跑時，腿便發癢。人類為理性的動物，「學問慾」原是固有本能之一種；只怕你出了學校便和學問告辭，把所有經管學問的器官一齊打落冷宮，把學問的胃弄壞了，便山珍海味擺在面前也不願意動筷子。諸君啊！諸君倘若現在從事教育事業或將來想從事教育事業，自然沒有問題，很多機會來培養你學問胃口，若是做別的職業呢？我勸你每日除本業正當勞作之外，最少總要騰出一點鐘，研究你所嗜好的學問。一點鐘那裏不消耗了？千萬別要錯過，鬧成「學問胃弱」的證候，白白自己剝奪了一種人類應享之特權啊！

第三、深入的研究：趣味總是慢慢的來，越引越多；像倒喫甘蔗，越往下纔越得好處。假如你雖然每天定有一點鐘做學問，但不過拿來消遣，不帶有研究精神，趣味便引不起來。或者今天研究這樣明天研究那樣，趣味還是引不起來。趣味總是藏在深處，你想得着，便要入去，這個門穿一穿，那個窗戶張一張，再不會看見「宗廟之美，百官之富」，如何能有趣味？我方纔說：「研究你所嗜好的學問」，嗜好兩個字很要緊。一個人受過相當的教育之後，無論如何，總有一兩門學問和自己脾胃相合，而已經懂得大概可以作加工研究之預備的。請你就選定一門作為終身正業（指從事學者生活的人說）或作為本業勞作以外的副業（指從事其他職業的人說）。不怕範圍窄，越窄，越便於聚精神；

不怕問題難，越難越便於鼓勇氣，你只要肯一層一層的往裏面追，我保你一定被他引到「欲罷不能」的地步。

第四、找朋友：趣味比方電，越磨擦越出。前兩段所說，是靠我本身和學問本身相磨擦；但仍恐怕我本身有時會停擺，發電力便弱了。所以常常要仰賴別人幫助。一個人總要有幾位共事的朋友，同時還要有幾位共學的朋友。共事的朋友，用來扶持我的職業；共學的朋友和共頑的朋友同一性質，都是用來磨擦我的趣味。這類朋友，能彀和我同嗜好一種學問的自然最好，我便和他打夥研究。即或不然——他有他的嗜好，我有我的嗜好，只要彼此都有研究精神，我和他常常在一塊或常常通信，便不知不覺把彼此趣味都磨擦出來了。得着一兩位這種朋友，便算人生大幸福之一。我想只要你肯找，斷不會找不出來。

我說的這四件事，雖然像是老生常談，但恐怕大多數人都不曾會這樣做。唉！世上人多麼可憐啊！有這種不假外求不會蝕本不會出毛病的趣味世界，竟自沒有幾個人肯來享受！古書說的故事「野人獻曝」；我是嘗冬天晒太陽的滋味嘗得舒服透了，不忍一人獨享，特地恭恭敬敬的來告訴諸君。諸君或者會欣然采納吧？但我還有一句話：太陽雖好，總要諸君親自去晒，旁人卻替你晒不來。

## 作者

梁啟超（一八七三——一九二九），字卓如，號任公，又號飲冰室主人，廣東新會人。光緒十五年（一八八九）應鄉試，成舉人。一八九一年就學於康有為的萬木草堂。一八九四年與康氏赴京參加會試，梁氏落第。翌年，康梁師徒二人策動「公車上書」事件而震動朝野。一八九六年梁氏回粵辦《時務報》，宣揚改革。一八九八年戊戌政變失敗，梁氏逃亡日本，同年在日本創辦《清議報》。一九零二年創辦《新民叢報》，繼續宣傳變法維新及介紹西方學說，並提倡詩歌和小說的改革。一九零二至一七年間，梁啟超在政壇中周旋於康有為的保皇派和孫中山的革命派之間。他透過《新民叢報》與同盟會刊物《民報》展開論戰。一九一二年由日本回國後，加入共和黨及進步黨，並出任北洋政府的司法總長及財政總長。其後參加倒袁（袁世凱）討張（張勳）的運動。一九一七年在政壇上遭受段祺瑞冷遇，遂結束政治生涯，轉而致力於教育和學術研究。一九二零年歐遊，發表《歐遊心影錄》，組織共學社及講學社。一九二二至二四年間，先後講學於天津南開大學、北京清華學校及南京東南大學。一九二五年主持清華學校研究院。一九二六年任北京圖書館館長。一九二八年辭去清華研究院職務，潛心著述。數年內完成《清代學術概論》、《中國歷史研究法》及《中國近三百年學術史》等書。一九二九年病逝於北京。

梁啟超是中國近代重要的政論家和文史學家。在政治上，他宣傳維新改革，主張君主立憲；在學術上，他以客觀的方法研究歷史，創立「新史學」之說。梁氏既善於治學也熱衷政治，兼當政客與學者兩種角色。主要著作有《飲冰室合集》及其他政治和學術論著近百篇。

## 題解

〈學問之趣味〉是《梁任公學術講演集》中的一篇演講辭。本篇所據的是一九五六年台北國華出版社的《梁任公文存》新式標點本。

一九二零年梁啟超自歐洲返國後，即專注於講學和學術研究。一九二二年他先後於北京、濟南、上海、南通和長沙等地巡迴演講達十餘次。本篇是一九二二年八月六日在南京東南大學為暑期學員所作的一次演講，論述如何學習才可得着學問的趣味，鼓勵聽眾以治學為人生志趣。

# 落花生

許地山

我們屋後有半畝隙地。母親說：「讓他荒蕪着怪可惜，既然你們那麼愛吃花生，就闢來做花生園罷。」我們幾姊弟和幾個小丫頭都很喜歡——買種底買種，動土底動土，灌園底灌園；過不了幾個月，居然收穫了！

媽媽說：「今晚我們可以做一個收穫節，也請你們爹爹來嘗嘗我們底新花生，如何？」我們都答應了。母親把花生做成好幾樣底食品，還吩咐這節期要在園裏底茅亭舉行。

那晚上底天色不大好，可是爹爹也到來，實在很難得！爹爹說：「你們愛吃花生麼？」

我們都爭着答應：「愛！」

「誰能把花生底好處說出來？」

姊姊說：「花生底氣味很美。」

哥哥說：「花生可以製油。」

我說：「無論何等人都可以用賤價買他來吃；都喜歡吃他。這就是他底好處。」

爹爹說：「花生底用處固然很多；但有一樣是很可貴的。這小小的豆不像那好看的蘋果、桃子、石榴，把他們底果實懸在枝上，鮮紅嫩綠的顏色，令人一望而發生羨慕底心。他只把果子埋在地底，等到成熟，才容人把他挖出來，你們偶然看見一棵花生瑟縮地長在地上，不能立刻辨出他有沒有果實，非得等到你接觸他才能知道。」

我們都說：「是的。」母親也點點頭。爹爹接下去說：「所以你們要像花生，因為他是有用的，不是偉大、好看的東西。」我說：「那麼，要做有用的人，不要做偉大、體面的人了。」爹爹說：「這是我對於你們底希望。」

我們談到夜闌才散，所有花生食品雖然沒有了，然而父親底話現在還印在我心版上。

作者

許地山（一八九四——一九四一），名贊堃，字地山，筆名落華生或落花生，台灣台南人。中日甲午戰爭後，一八九五年台灣割讓與日本，許氏舉家徙居福建龍溪。一九一二年中學畢業後任教於福建省立第二師範學校。一九一三年赴緬甸仰光任中華學校教員，兩年後回國。一九一七年肆業於燕京大學。一九二零年獲文學士。翌年，與鄭振鐸等成立文學研究會，在《小說月報》上發表小說、散文多篇。一九二二年獲神學士學位。繼赴美國哥倫比亞大學研究宗教，獲碩士學位。一九二四年到英國牛津大學研究印度哲學及民俗學。一九二五年赴印度研究梵文與佛學。回國後受聘於燕京大學。一九三五年出任香港大學中文系系主任，致力於課程革新，推動當地社會的文化教育發展。一九三九年出任香港中英文化協會主席及中國文化協進會委員。一九四一年病逝。

許地山係基督教徒，但對於佛、道研究都有心得。作品多帶有宗教和東南亞華僑文化色彩，蘊含豐富的人生哲理，在上世紀二三十年代的文壇獨樹一幟。晚年文筆更趨穩重，散文尤富人生哲理。主要著作有《空山靈雨》、《綴網勞蛛》及《扶箕迷信底研究》等。

## 題解

〈落花生〉最初發表於一九二二年《小說月報》第十三卷八號。本篇所據的是一九二五年上海商務印書館《空山靈雨》的版本。書內收錄作者廿五歲至廿九歲期間所寫的散文。〈落花生〉為其較早年的作品，以平常的家庭生活故事說明處世立身的道理。

# 恢復中國固有道德

孫中山

講到中國固有的道德。中國人至今不能忘記的。首是忠孝。次是仁愛。其次是信義。其次是和平。這些舊道德。中國人至今還是常講的。但是現在受外來民族的壓迫。侵入了新文化。那些新文化的勢力。此刻橫行中國。一般醉心新文化的人。便排斥舊道德。以為有了新文化。便可以不要舊道德。不知道我們固有的東西。如果是好的。當然是要保存。不好的纔可以放棄。此刻中國正是新舊潮流相衝突的時候。一般國民都無所適從。前幾天我到鄉下進了一所祠堂。走到最後進的一間廳堂去休息。看見右邊有一個孝字。左邊一無所有。我想從前一定有個忠字。像這些景象。我看見了的不止一次。有許多祠堂或家廟。都是一樣的。不過我前幾天所看見的孝字。是特別的大。左邊所拆去的痕跡還是很新鮮。推究那個拆去的行為。不知道是鄉下人自己做的。或者是我們所駐的兵士做的。但是我從前看到許多祠堂廟宇沒有駐過兵。都把忠字拆去了。由此便可見現在一般人民的思想。以為到了民國。便可以不講忠字。以為從前講忠字。是對於君的。所謂忠君。現在民國沒有君主。忠字便可以不用。所以便把他拆去。這種理論。實在是誤解。因為在國家之內。君主可以不要。忠字是不能不要的。如果說忠字可以不要。試問我們有沒有國呢。我們的忠字可不可以用之於國呢。我們到現在說忠於君。固然是不可以。說忠於民是可不可呢。忠於事又是可不可呢。我們做一件事。總要始終不渝。做到成功。如果做不成功。就是把性命去犧牲。亦所不惜。這便是忠。所以古人講忠字。推到極點便是一死。古時所講的忠。是忠於皇帝。現在沒有皇帝。便不講忠字。以為甚麼事都可以做出來。那便是大錯。現在人人都說到了民國。甚麼道德都破壞了。根本原因就是在此。我們在民國之內。照道理上說。還是要盡忠。不忠於君。要忠於國。要忠於民。要為四萬萬人去效忠。為四萬萬人效忠。比較為一人效忠。自然是高尚得多。故忠字的好道德。還是要保存。講到孝字。我們中國尤為特長。尤其比各國進步得多。孝經所講孝字。幾乎無所不包。無所不至。現在世界中最文明的國家。講到孝字還沒有像中國講到這麼完全。所以孝字更是不能不要的。國民在民國之內。要能夠把忠孝二字講到極點。國家便自然可以強盛。

仁愛也是中國的好道德。古時最講愛字的莫過於墨子。墨子所講的兼愛。與耶穌所講的博愛是一樣的。古時在政治一方面所講愛的道理。有所謂愛民如子。有所謂仁民愛物。無論對於甚麼事。都是用愛字去包括。所以古人對於仁愛。究竟是怎麼樣實行。便可以知道。中外交通之後。一般人便以為中國人所講的仁愛。不及外國人。因為外國人在中國設立學校。開辦醫院。來教育中國人救濟中國人。都是為實行仁愛的。照這樣實行一方面講起來。仁愛的好道德。中國現在似乎遠不如外國。中國所以不如的原故。不過是中國人對於仁愛沒有外國人那樣實行。但是仁愛還是中國的舊道德。我們要學外國。只要學他們那樣實行。把仁愛恢復起來。再去發揚光大。便是中國固有的精神。

講到信義。中國古時對於鄰國和對於朋友。都是講信的。依我看來。就信字一方面的道德。中國人實在比外國人好得多。在甚麼地方可以看得出來呢。在商業的交易上。便可以看得出。中國人交易。沒有甚麼契約。只要彼此口頭說一句話。便有很大的信用。比方外國人和中國人訂一批貨。彼此不必立合同。只要記入賬簿。便算了事。但是中國人和外國人訂一批貨。彼此便要立很詳細的合同。如果在沒有律師和沒有外交官的地方。外國人也有學中國人一樣只記入賬簿便算了事的。不過這種例子很少。普通都是要立合同。逢着沒有立合同的時。彼此定了貨。到交貨的時候。如果貨物的價格大賤。還要去買那一批貨。自然要虧本。譬如定貨的時候。那批貨價。訂明是一萬元。在交貨的時候。只值五千元。若是收受那批貨。便要損失五千元。推到當初訂貨的時候。沒有合同。中國人本來把所定的貨。可以辭却不要。但是中國人為履行信用起見。寧可自己損失五千元。不情願辭去那批貨。所以外國在中國內地做生意很久的人。常常讚美中國人。說中國人講一句話比外國人立了合同的。還要守信用得多。但是外國人在日本做生意的。和日本人訂貨。縱然立了合同。日本人也常不履行。譬如定貨的時候。那批貨訂明一萬元。在交貨的時候。價格跌到五千元。就是原來有合同。日本人也不要那批貨。去履行合同。所以外國人常常和日本人打官司。在東亞住過很久的外國人。和中國人與日本人都做過了生意的。都讚美中國人。不讚美日本人。至於講到義字。中國在很強盛的時代也沒有完全去滅人國家。比方從前的高麗①。名義上是中國的藩屬。實在是一個獨立國家。就是在二十年以前。高麗還是獨立。到了近來一二十年。高麗纔失去自由。從前有一天我和一位日本朋友談論世界問題。當時適歐戰正劇。日本方參加協商國去打德國。那位日本朋友說。他本不贊成日本去打德國。主張日本要守中立。或者參加德國來打協商國。但說因為日本和英國是同盟的。訂過了國際條約的。日本因為要講信義。履行國際條約。故不得不犧牲國家的權利。去參加協商國。和英國共同去打德國。我就問那位日本人說。日本和中國不是立過了馬關條約嗎。該條約中最要之條件不是要求高麗獨立嗎。為甚麼日本對於英國。能夠犧牲國家權利去履行條約。對於中國。就不講信義。不履行馬關條約呢。對於高麗獨立是日本所發起所要求。且以兵力脅迫而成的。今竟食言而肥。何信義之有呢。簡直的說。日本對於英國。主張履行條約。對於中國。便不主張履行條約。因為英國是很強的。中國是很弱的。日本加入歐戰。是怕強權。

不是講信義罷。中國強了幾千年而高麗猶在。日本強了不過二十年。便把高麗滅了。由此便可見日本的信義不如中國。中國所講的信義。比外國要進步得多。

中國更有一種極好的道德。是愛和平。現在世界上的國家和民族。只有中國是講和平。外國都是講戰爭。主張帝國主義去滅人的國家。近年因為經過許多大戰。殘殺太大。纔主張免去戰爭。開了好幾次和平會議。像從前的海牙會議。歐戰之後的華賽爾會議。金那瓦會議。華盛頓會議。最近的洛桑會議。但是這些會議。各國人共同去講和平。是因為怕戰爭。出於勉強而然的。不是出於一般國民的天性。中國人幾千年酷愛和平都是出於天性。論到個人便重謙讓。論到政治便說不嗜殺人者能一之。和外國人便有大大的不同。所以中國從前的忠孝仁愛信義種種的舊道德。固然是駕乎外國人。說到和平的道德。更是駕乎外國人。這種特別的好道德。便是我們民族的精神。我們以後對於這種精神。不但是要保存。並且要發揚光大。然後我們民族的地位纔可以恢復。

作者

孫文（一八六六——一九二五），號逸仙，在日本時曾化名中山樵，人遂以中山名之。廣東香山（今中山市）人。幼就學於私塾。一八七九年往美國檀香山，在西方教會學辦的意奧蘭尼學校（Iolani School，今尚存）接受教育。一八八四年回國，隨即考入香港中央書院肄業。次年中法戰爭爆發，孫氏有感於列強相侵，滿清腐敗，遂立志倡導革命，創建共和。一八八六年入廣州博濟醫院附設的醫科學校。翌年轉學香港西醫書院。一八九二年畢業後，在澳門及廣州行醫，贈醫施藥之餘，續致力宣揚國民革命。一八九四年孫氏上書清廷大臣李鴻章，提出救國之策，但未獲接納，便遠赴檀香山創立興中會，爭取華僑支持，圖謀革命。一八九五年在廣州發動起義，失敗後逃往日本。一八九六年抵英國倫敦，旋被誘禁於清使館，在輿論壓力下獲釋。孫氏因而聞名於世，事後前往歐洲各地考察政治體制，其三民主義即於此時擬稿。一九零零年惠州起義失敗後，孫氏再赴日本籌款。一九零五年成立中國同盟會，自任總理，同時創辦《民報》，致力推翻清政府。此後數年多次發動起義，直至一九一一年十月武昌起義革命成功，孫中山自美兼程回國出任中華民國臨時大總統，次年卸任，由袁世凱出任總統。一九一三年，袁氏稱帝，孫氏與黃興等發動「二次革命」討袁。事敗後，孫氏再赴日本，翌年組織中華革命黨。一九一九年，孫氏將中華革命黨改組為中國國民黨，將廣州軍政府改為國民政府。一九二一年孫氏被南方的國會選為大總統，立即策劃北伐。翌年，廣東軍閥陳炯明炮轟總統府，孫氏避難上海，發表「聯俄容共」政策，着手改造國民黨。一九二四年，孫氏回廣州主持中國國民黨第一次全國代表大會，並於同年創設黃埔陸軍軍官學校，為掃除軍閥作準備。一九二五年以肝癌病逝於北京。

孫中山是現代中國民主革命的先驅，才智過人，鞠躬盡瘁，被尊為中華民國的國父。他提出三民主義的革命綱領，廢除帝制，建立中華民國。主要著作有《建國方略》、《建國大綱》及《三民主義》等。

## 題解

孫中山從一九二四年一月至八月間，在廣州國立高等師範學校演講三民主義，前後十六講。全部講章經孫氏修訂後出版為《三民主義》一書。

本篇節錄自上世紀二十年代上海商務印書館的《三民主義‧民族主義》第六講，篇名為編者所加。作者文中指出，要恢復中華民族的地位，必須先發揚中華民族的傳統美德。

## 註釋

① 高麗：即今日的韓國。高麗是韓國古王朝名（九一八——一三九二），後為朝鮮王朝所繼（一三九二——一九一零）。一九一零年被日本併吞。本文以高麗代指朝鮮，是我國的習慣。

# 背影

朱自清

我與父親不相見已二年餘了，我最不能忘記的是他的背影。那年冬天，祖母死了，父親的差使也交卸了，正是禍不單行的日子，我從北京到徐州，打算跟着父親奔喪回家。到徐州見着父親，看見滿院狼籍的東西，又想起祖母，不禁簌簌地流下眼淚。父親說，「事已如此，不必難過，好在天無絕人之路！」

回家變賣典質，父親還了虧空；又借錢辦了喪事。這些日子，家中光景很是慘澹，一半為了喪事，一半為了父親賦閒。喪事完畢，父親要到南京謀事，我也要回北京念書，我們便同行。

到南京時，有朋友約去遊逛，勾留了一日；第二日上午便須渡江到浦口，下午上車北去。父親因為事忙，本已說定不送我，叫旅館裏一個熟識的茶房陪我同去。他再三囑付茶房，甚是仔細。但他終於不放心，怕茶房不妥帖；頗躊躇了一會。其實我那年已二十歲，北京已來往過兩三次，是沒有甚麼要緊的了。他躊躇了一會，終於決定還是自己送我去。我兩三回勸他不必去；他只說，「不要緊，他們去不好！」

我們過了江，進了車站。我買票，他忙着照看行李。行李太多了，得向腳夫行些小費，才可過去。他便又忙着和他們講價錢。我那時真是聰明過分，總覺他說話不大漂亮，非自己插嘴不可。但他終於講定了價錢；就送我上車。他給我揀定了靠車門的一張椅子；我將他給我做的紫毛大衣鋪好坐位。他囑我路上小心，夜裏要警醒些，不要受涼。又囑託茶房好好照應我。我心裏暗笑他的迂；他們只認得錢，託他們直是白託！而且我這樣大年紀的，難道還不能料理自己麼？唉，我現在想想，那時真是太聰明了！

我說道，「爸爸，你走吧。」他望車外看了看，說，「我買幾個橘子去。你就在此地，不要走動。」我看那邊月臺的柵欄外有幾個賣東西的等着顧客。走到那邊月臺，須穿過鐵道，須跳下去又爬上去。父親是一個胖子，走過去自然要費事些。我本來要去的，他不肯，只好讓他去。我看見他戴着黑布小帽，穿着黑布大馬褂，深青布棉袍，蹣跚地走到鐵道邊，慢慢探身下去，尚不大難。可是他穿過鐵道，要爬上那邊月臺，就不容易了。他用兩手攀着上面，兩腳再向上縮；他肥胖的身子向左微傾，顯出努力的樣子。這時我看見他的背影，我的淚很快地流下來了。我趕緊拭乾了淚，怕他看見，也怕別人看見。我再向外看時，他已抱了朱紅的橘子望回走了。過鐵道時，他先將橘子散放在地上，自己慢慢爬下，再抱起橘子走。到這邊時，我趕緊去攙他。他和我走到車上，將橘子一股腦兒放在我的皮大衣上。於是撲撲衣上的泥土，心裏很輕鬆似的，過一會說，「我走了；到那邊來信！」我望着他走出去。他走了幾步，回過頭看見我，說，「進去吧，裏邊沒人。」

等他的背影混入來來往往的人裏，再找不着了，我便進來坐下，我的眼淚又來了。

近幾年來，父親和我都是東奔西走，家中光景是一日不如一日。他少年出外謀生，獨力支持，做了許多大事。那知老境却如此頹唐！他觸目傷懷，自然情不能自已。情鬱於中，自然要發之於外；家庭瑣屑便往往觸他之怒。他待我漸漸不同往日。但最近兩年的不見，他終於忘却我的不好，只是惦記着我，惦記着我的兒子。我北來後，他寫了一信給我，信中說道，「我身體平安，惟膀子疼痛利害，舉箸提筆，諸多不便，大約大去之期不遠矣。」我讀到此處，在晶瑩的淚光中，又看見那肥胖的，青布棉袍，黑布馬褂的背影。唉！我不知何時再能與他相見！

## 作者

朱自清（一八九八——一九四八），原名自華，字佩弦，號秋實，一九一七年更名自清。浙江紹興人，生於江蘇東海。一九一七年入北京大學習哲學。一九一九年發表新詩〈睡睡罷，小小的人〉。一九二零年畢業後任教於杭州第一師範中學。同年十一月參加文學研究會。一九二零至二五年先後在揚州江蘇省立第八中學、吳淞中國公學、杭州第一師範、台州浙江省立第六師範、溫州第十中學、寧波浙江省立第四中學及白馬湖春暉中學等校任教，期間發表長詩〈毀滅〉（一九二三）和散文〈槳聲燈影裏的秦淮河〉（一九二四）等作品。一九二五年八月任北京清華學校國文科教師，並從事古典文學研究。一九二八年在《藝畔》第三卷四期中發表〈那裏走〉一文，討論白話文學的發展方向。一九三一年赴英國及歐洲遊學。一九三二年任清華大學中國文學系主任。抗戰期間（一九三七——四五），任教於長沙臨時大學，一九三八年該校遷昆明併入西南聯合大學。光復後仍任清華大學中國文學系主任。一九四八年病逝於北京。

朱自清早期積極參與新文學運動，以擅長散文見稱。後期則改變方向，致力於古典文學研究，並撰文指導青年學習古典文學的方法。主要著作有《蹤跡》、《歐游雜記》、《精讀指導舉隅》及《朱自清全集》等。

## 題解

〈背影〉成於一九二五年十月，同年十一月二十二日在《文學週報》第二零零期發表。並收入於上海開明書店一九二八年出版的同名散文集。本篇所據的是開明書店一九四九年的版本。

朱自清讀了父親的來信，有所感觸，寫成這篇著名的作品。文中描寫父親對他的關心和愛護，回憶當年在車站離別時看着父親背影的情景，真摯感人。

# 我所知道的康橋①

徐志摩

## 一

我這一生的周折，大都尋得出感情的線索。不論別的，單說求學。我到英國是為要從羅素②。羅素來中國時，我已經在美國。他那不確的死耗傳到的時候，我真的出眼淚不夠，還做悼詩來了。他沒有死，我自然高興。我擺脫了哥崙比亞大③博士銜的引誘，買船票過大西洋，想跟這位二十世紀的福祿泰爾④認真念一點書去。誰知一到英國才知道事情變樣了：一為他在戰時主張和平，二為他離婚，羅素叫康橋給除名了，他原來是 Trinity College⑤的 Fellow，這來他的 Fellowship⑥也給取銷了。他回英國後就在倫敦住下，夫妻兩人賣文章過日子。因此我也不曾遂我從學的始願。我在倫敦政治經濟學院裏混了半年，正感着悶想換路走的時候，我認識了狄更生⑦先生。狄更生——Goldsworthy Lowes Dickinson——是一個有名的作者，他的「一個中國人通信」*Letters from John Chinaman* 與「一個現代聚餐談話」(*A Modern Symposium*) 兩本小冊子早得了我的景仰。我第一次會着他是在倫敦國際聯盟協會席上，那天林宗孟⑧先生演說，他做主席；第二次是宗孟寓裏喫茶，有他。以後我常到他家裏去。他看出我的煩悶，勸我到康橋去，他自己是王家學院 (Kings College⑨) 的 Fellow。我就寫信去問兩個學院，回信都說學額早滿了，隨後還是狄更生先生替我去在他的學院裏說好了，給我一個特別生的資格，隨意選科聽講。從此黑方巾黑披袍的風光也被我占着了。初起我在離康橋六英里的鄉下叫沙士頓地方租了幾間小屋住下，同居的有我從前的夫人張幼儀女士與郭虞裳君。每天一早我坐街車 (有時自行車) 上學，到晚回家。這樣的生活過了一個春，但我在康橋還只是個陌生人，誰都不認識，康橋的生活，可以說完全不曾嘗着，我知道的只是一個圖書館，幾個課室，和三兩個吃便宜飯的茶食舖子。狄更生常在倫敦或是大陸上，所以也不常見他。那年的秋季我一個人回到康橋，整整有一學年，那時我才有機會接近真正的康橋生活，同時我也慢慢的「發見」了康橋。我不曾知道過更大的愉快。

二

「單獨」是一個耐尋味的現象。我有時想它是任何發見的第一個條件。你要發見你的朋友的「真」，你得有與他單獨的機會。你要發見你自己的真，你得給你自己一個單獨的機會。你要發見一個地方（地方一樣有靈性），你也得有單獨玩的機會。我們這一輩子，認真說，能認識幾個人？能認識幾個地方？我們都是太匆忙，太沒有單獨的機會。說實話，我連我的本鄉都沒有甚麼了解。康橋我要算是有相當交情的，再次許只有新認識的翡冷翠⑩了。阿，那些清晨，那些黃昏，我一個人發癡似的在康橋！絕對的單獨。

但一個人要寫他最心愛的對象，不論是人是地，是多麼使他為難的一個工作？你怕，你怕描壞了它，你怕說過分了惱了它，你怕說太謹慎了辜負了它。我現在想寫康橋，也正是這樣的心理，我不曾寫，我就知道這回是寫不好的——況且又是臨時逼出來的事情。但我卻不能不寫，上期預告已經出去了。我想勉強分兩節寫，一是我所知道的康橋的天然景色，一是我所知道的康橋的學生生活。我今晚只能極簡的寫些，等以後有興會時再補。

## 三

康橋的靈性全在一條河上；康河⑪，我敢說，是全世界最秀麗的一條水。河的名字是葛蘭大（Granta），也有叫康河（River Cam）的，許有上下流的區別，我不甚清楚。河身多的是曲折，上游是有名的拜倫潭⑫——「Byron's Pool」——當年拜倫⑬常在那裏玩的；有一個老村子叫格蘭騫斯德，有一個果子園，你可以躺在纍纍的桃李樹蔭下吃茶，花果會吊入你的茶杯，小雀子會到你桌上來啄食，那真是別有一番天地。這是上游；下游是從騫斯德頓下去，河面展開，那是春夏間競舟的場所。上下河分界處有一個壩築，水流急得很，在星光下聽水聲，聽近村晚鐘聲，聽河畔倦牛芻艸聲，是我康橋經驗中最神秘的一種：大自然的優美，寧靜，調諧在這星光與波光的默契中不期然的淹入了你的性靈。

但康河的精華是在它的中流⑭，著名的「Backs」⑮，這兩岸是幾個最蜚聲的學院的建築。從上面下來是Pembroke, St. Katharine's, King's, Clare, Trinity, St. John's⑯。最令人留連的一節是克萊亞與王家學院的毗連處，克萊亞的秀麗緊鄰着王家教堂（King's Chapel）的閎偉。別的地方儘有更美更莊嚴的建築，例如巴黎賽因河的羅浮宮一帶，威尼斯的利阿爾多大橋的兩岸，翡冷翠維基烏大橋的周遭；但康橋的「Backs」自有它的特長，這不容易用一二個狀詞來概括，它那脫盡塵埃氣的一種清澈秀逸的意境可說是超出了畫圖而化生了音樂的神味。再沒有比這一羣建築更調諧更勻稱的了！論畫，可比的許只有柯羅（Corot）的田野；論音樂，可比的許只有蕭班[17]（Chopin）的夜曲。就這也不能給你依稀的印象，它給你的美感簡直是神靈性的一種。

假如你站在王家學院橋邊的那棵大椈樹蔭下眺望，右側面，隔着一大方淺草坪，是我們的校友居（Fellows Building），那年代並不早，但它的嫵媚也是不可掩的，它那蒼白的石壁上春夏間滿綴着艷色的薔薇在和風中搖顫，更移左是那教堂，森林似的尖閣不可浼的永遠直指着天空；更左是克萊亞，阿！那不可信的玲瓏的方庭，誰說這不是聖克萊亞（St. Clare）[18]的化身，那一塊石上不閃耀着她當年聖潔的精神？在克萊亞後背隱約可辨的是康橋最潢貴最驕縱的三清學院（Trinity），它那臨河的圖書樓上坐鎮着拜倫神采驚人的雕像。

但這時你的注意早已叫克萊亞的三環洞橋魔術似的攝住。你見過西湖白隄上的西冷斷橋不是（可憐它們早已叫代表近代醜惡精神的汽車公司給踩平了，現在它們跟着蒼涼的雷峯永遠辭別了人間。）？你忘不了那橋上斑駁的蒼苔，木棚的古色，與那橋拱下洩露的湖光與山色不是？克萊亞並沒有那樣體面的襯托，它也不比廬山棲賢寺旁的觀音橋，上瞰五老的奇峯，下臨深潭與飛瀑；它只是怯怜怜的一座三環洞的小橋，它那橋洞間也只掩映着細紋的波鱗與婆娑的樹影，它那橋上櫛比的小穿闌與闌節頂上雙雙的白石球，也只是村姑子頭上不誇張的香草與野花一類的裝飾；但你凝神的看着，更凝神的看着，你再反省你的心境，看還有一絲屑的俗念沾滯不？只要你審美的本能不曾汩滅時，這是你的機會實現純粹美感的神奇！

但你還得選你賞鑒的時辰。英國的天時與氣候是走極端的。冬天是荒謬的壞⑲，逢着連綿的霧盲天，你一定不遲疑的甘願進地獄本身去試試；春天（英國是幾乎沒有夏天的）是更荒謬的可愛，尤其是它那四五月間最漸緩最艷麗的黃昏，那才真是寸寸黃金。在康河邊上過一個黃昏是一服靈魂的補劑。阿！我那時蜜甜的單獨，那時蜜甜的閒暇。一晚又一晚的，只見我出神似的倚在橋闌上向西天凝望：——

看一回凝靜的橋影，
數一數螺細的波紋；
我倚暖了石闌的青苔，
青苔涼透了我的心坎；……
還有幾句更笨重的怎能彷彿那游絲似輕妙的情景：
難忘七月的黃昏，遠樹凝寂，
像墨潑的山形，襯出輕柔暝色，

密稠稠，七分鵝黃，三分橘綠，
那妙意衹可去秋夢邊緣捕捉；……

## 四

這河身的兩岸都是四季常青最葱翠的草坪。從校友居的樓上望去，對岸草場上，不論早晚，永遠有十數匹黃牛與白馬，脛蹄沒在恣蔓的草叢中，從容的在咬嚼，星星的黃花在風中動盪，應和着它們尾鬃的掃拂。橋的兩端有斜倚的垂柳與椈蔭護住。水是澈底的清澄，深不足四尺，勻勻的長着長條的水草。這岸邊的草坪又是我的愛寵，在清朝，在旁晚，我常去這天然的織錦上坐地，有時讀書，有時看水；有時仰臥着看天空的行雲，有時反仆着摟抱大地的溫軟。

但河上的風流還不止兩岸的秀麗。你得買船去玩。船不止一種：有普通的雙槳划船，有輕快的薄皮舟（Canoe），有最別緻的長形撐篙船（Punt）。最末的一種是別處不常有的：約莫有二丈長，三尺寬，你站直在船梢上用長竿撐着走的。這撐是一種技術。我手腳太蠢，始終不曾學會。你初起手嘗試時，容易把船身橫住在河中，東顛西撞的狼狽。英國人是不輕易開口笑人的，但是小心他們不出聲的縐眉！也不知有多少次河中本來優閑的秩序叫我這莽撞的外行給搗亂了。我真的始終不曾學會；每回我不服輸跑去租船再試的時候，有一個白鬍子的船家往往帶譏諷的對我說：「先生，這撐船費勁，天熱累人，還是拏個薄皮舟溜溜吧！」我那裏肯聽話，長篙子一點就把船撐了開去，結果還是把河身一段段的腰斬了去！

你站在橋上去看人家撐，那多不費勁，多美！尤其在禮拜天有幾個專家的女郎，穿一身縞素衣服，裙裾在風前悠悠的飄着，戴一頂寬邊的薄紗帽，帽影在水草間顫動，你看她們出橋洞時的姿態，撚起一根竟像沒分量的長竿，只輕輕的，不經心的往波心裏一點，身子微微的一蹲，這船身便波的轉出了橋影，翠條魚似的向前滑了去。她們那敏捷，那閒暇，那輕盈，真是值得歌詠的。

在初夏陽光漸煖時你去買一支小船，划去橋邊蔭下躺着念你的書或是做你的夢，槐花香在水面上飄浮，魚羣的唼喋聲在你的耳邊挑逗。或是在初秋的黃昏，近着新月的寒光，望上流僻靜處遠去。愛熱鬧的少年們携着他們的女友，在船沿上支着雙雙的東洋綵紙燈，帶着話匣子，船心裏用軟墊鋪着，也開向無人跡處去享他們的野福——誰不愛聽那水底翻的音樂在靜定的河上描寫夢意與春光！

住慣城市的人不易知道季候的變遷。看見葉子掉知道是秋，看見葉子綠知道是春；天冷了裝爐子，天熱了拆爐子；脱下棉袍，換上夾袍，脱下夾袍，穿上單袍：不過如此罷了。天上星斗的消息，地下泥土裏的消息，空中風吹的消息，都不關我們的事。忙着哪，這樣那樣事情多着，誰耐煩管星星的移轉，花草的消長，風雲的變幻？同時我們抱怨我們的生活，苦痛，煩悶，拘束，枯燥，誰肯承認做人是快樂？誰不多少間咒詛人生？

但不滿意的生活大都是由於自取的。我是一個生命的信仰者，我信生活決不是我們大多數人僅僅從自身經驗推得的那樣暗慘。我們的病根是在「忘本」。人是自然的產兒，就比枝頭的花與鳥是自然的產兒；但我們不幸是文明人，入世深似一天，離自然遠似一天。離開了泥土的花草，離開了水的魚，能快活嗎？能生存嗎？從大自然，我們取得我們的生命；從大自然，我們應分取得我們繼續的滋⑳養。那一株婆娑的大木沒有盤錯的根柢深入在無盡藏的地裏？我們是永遠不能獨立的。有幸福是永遠不離母親撫育的孩子，有健康是永遠接近自然的人們。不必一定與鹿豕遊，不必一定回「洞府」去；為醫治我們當前生活的枯窘，只要「不完全遺忘自然」一張輕淡的藥方我們的病象就有緩和的希望。在青草裏打幾個滾，到海水裏洗幾次浴，到高處去看幾次朝霞與晚照——你肩背上的負擔就會輕鬆了去的。

這是極膚淺的道理，當然。但我要沒有過過康橋的日子，我就不會有這樣的自信。我這一輩子就只那一春，説也可憐，算是不曾虛度。就只那一春，我的生活是自然的，是真愉快的！（雖則碰巧那也是我最感受人生痛苦的時期。）我那時有的是閑暇，有的是自由，有的是絕對單獨的機會。説也奇怪，竟像是第一次，我辨認了星月的光明，草的青，花的香，流水的殷勤。我能忘記那初春的睥睨嗎？曾經有多少個清晨我獨自冒着冷去薄霜鋪地的林子裏閒步——為聽鳥語，為盼朝陽，為尋泥土裏漸次蘇醒的花草，為體會最微細最神妙的春信。阿，那是新來的畫眉在那邊凋不盡的青枝上試它的新聲！阿，這是第一朵小雪球花掙出了半凍的地面！阿，這不是新來的潮潤沾上了寂寞的柳條？

靜極了，這朝來水溶溶的大道，只遠處牛奶車的鈴聲，點綴這週遭的沉默。順着這大道走去，走到盡頭，再轉入林子裏的小徑，往烟霧濃密處走去，頭頂是交枝的榆蔭，透露着漠楞楞的曙色；再往前走去，走盡這林子，當前是平坦的原野，望見了村舍，初青的麥田，更遠三兩個饅形的小山掩住了一條通道。天邊是霧茫茫的，尖尖的黑影是近村的教寺。聽，那曉鐘和緩的清音。這一帶是此邦中部的平原，地形像是海裏的輕波，默沈沈的起伏；山嶺是望不見的，有的是常青的草原與沃腴的田壤。登那土阜上望去，康橋只是一帶茂林，擁戴着幾處娉婷的尖閣。嫵媚的康河也望不見蹤跡，你只能循着那錦帶似的林木想像那一流清淺。村舍與樹林是這地盤上的棋子，有村舍處有佳蔭，有佳蔭處有村舍。這早起是看炊烟的時辰：朝霧漸漸的升起，揭開了這灰蒼蒼的天幕，(最好是微霰後的光景）遠近的炊烟，成絲的，成縷的，成捲的，輕快的，遲重的，濃灰的，淡青的，慘白的，在靜定的朝氣裏漸漸的上騰，漸漸的不見，彷彿是朝來人們的祈禱，參差的翳入了天聽。朝陽是難得見的，這初春的天氣。但它來時是起早人莫大的愉快。頃刻間這田野添深了顏色，一層輕紗似的金粉糁上了這草，這樹，這通道，這莊舍。頃刻間這周遭瀰漫了清晨富麗的溫柔。頃刻間你的心懷也分潤了白天誕生的光榮。「春」！這勝利的晴空彷彿在你的耳邊私語。「春」！你那快活的靈魂也彷彿在那裏回響。

伺候着河上的風光，這春來一天有一天的消息。關心石上的苔痕，關心敗草裏的花鮮，關心這水流的緩急，關心水草的滋長，關心天上的雲霞，關心新來的鳥語。怯怜怜的小雪球是探春信的小使。鈴蘭與香草是歡喜的初聲。窈窕的蓮馨，玲瓏的石水仙，愛熱鬧的克羅克斯，耐辛苦的蒲公英與雛菊——這時候春光已是縵爛在人間，更不須殷勤問訊。

瑰麗的春放。這是你野遊的時期。可愛的路政，這裏不比中國，那一處不是坦蕩蕩的大道？徒步是一個愉快，但騎自轉車是一個更大的愉快。在康橋騎車是普遍的技術；婦人，稚子，老翁，一致享受這雙輪舞的快樂。（在康橋聽說自轉車是不怕人偷的，就為人人都自己有車，沒人要偷。）任你選一個方向，任你上一條通道，順着這帶草味的和風，放輪遠去，保管你這半天的消遙是你性靈的補劑。這道上有的是清蔭與美草，隨地都可以供你休憩。你如愛花，這裏多的是錦繡似的草原。你如愛鳥，這裏多的是巧囀的鳴禽。你如愛兒童，這鄉間到處是可親的稚子。你如愛人情，這裏多的是不嫌遠客的鄉人，你到處可以「掛單」借宿，有酪漿與嫩薯供你飽餐，有奪目的果鮮恣你嘗新。你如愛酒，這鄉間每「望」都為你儲有上好的新釀，黑啤如太濃，蘋果酒薑酒都是供你解渴潤肺的。……帶一卷書，走十里路，選一塊清靜地，看天，聽鳥，讀書，倦了時，和身在草綿綿處尋夢去——你能想像更適情更適性的消遣嗎？

陸放翁有一聯詩句：「偶呼快馬迎新月，却上輕輿御晚風；」㉑這是做地方官的風流。我在康橋時雖沒馬騎，沒轎子坐，却也有我的風流：我常常在夕陽西曬時騎了車迎着天邊扁大的日頭直追。日頭是追不到的，我沒有夸父的荒誕，但晚景的溫存却被我這樣偷嘗了不少。有三兩幅畫圖似的經驗至今還是栩栩的留着。只說看夕陽，我們平常只知道登山或是臨海，但實際只須遼闊的天際，平地上的晚霞有時也是一樣的神奇。有一次我趕到一個地方，手把着一家村莊的籬笆，隔着一大田的麥浪，看西天的變幻。有一次是正衝着一條寬廣的大道，過來一大羣羊，放草歸來的，偌大的太陽在它們後背放射着萬縷的金輝，天上却是烏青青的，只賸這不可逼視的威光中的一條大路，一羣生物！我心頭頓時感着神異性的壓迫，我真的跪下了，對着這冉冉漸翳的金光。再有一次是更不可忘的奇景，那是臨着一大片望不到頭的草原，滿開着艷紅的罌粟，在青草裏亭亭的像是萬盞的金燈，陽光從褐色雲裏斜着過來，幻成一種異樣的紫色，透明似的不可逼視，霎那間在我迷眩了的視覺中，這草田變成了……不說也罷，說來你們也是不信的！

一別二年多了，康橋，誰知我這思鄉的隱憂？也不想別的，我只要那晚鐘撼動的黃昏，沒遮攔的田野，獨自斜倚在軟草裏，看第一個大星在天邊出現！

十五年一月十五日

## 作者

徐志摩（一八九七——一九三一），名章垿，字又申，號志摩，浙江海寧人，梁啟超的學生。一九一四年考入北京大學預科。一九一五年轉入上海滬江大學。翌年再轉入天津北洋大學。一九一七年又回到北京大學攻讀法科和政治。翌年赴美國克拉克大學（Clark University）修讀經濟。一九一九年畢業，進入哥倫比亞大學（Columbia University）經濟系肄業。一九二零年考獲碩士學位，因慕羅素（Bertrand Arthur William Russell）之名，到英國的劍橋大學當特別生。留英期間，開始模仿西洋詩的形式去寫作新詩。一九二二年回國，在北京大學英文系任教。一九二五年出版詩集《志摩的詩》，並主編北京《晨報副刊》。一九二六年與聞一多等創辦《晨報副刊·詩鐫》，宣揚白話詩。翌年創辦上海新月書店及籌辦《新月》月刊，並在上海光華大學和東吳大學兼課。一九三一年十一月徐氏從南京返北平途中因飛機失事喪生。

徐志摩被稱為新月派白話詩的代表人物。他以創作白話詩而備受時人注意。他的新詩清婉浪漫，自成風格；散文則自由奔放，富於想像。主要著作有《志摩的詩》、《猛虎集》及《巴黎的鱗爪》等。

## 題解

〈我所知道的康橋〉最初在一九二六年一月的北京《晨報副刊》上發表。一九二七年收入上海新月書店出版的《巴黎的鱗爪》。《巴黎的鱗爪》收錄了作者一九二四至二六年間的作品，大都與他在英、法、意等地的遊學生活有關。本篇所據是蔣復璁、梁實秋主編，一九六九年台北傳記文學出版社出版的《徐志摩全集》。本文記述了作者對劍橋大學美景的回憶和讚美。

## 註釋

① 康橋：又譯劍橋，Cambridge。英國東南部一座小城市。這裏指著名的劍橋大學。一二零九年創校，是現今歷史較悠久的大學之一。

② 羅素：Bertrand Arthur William Russell（一八七二——一九七零），二十世紀英國哲學家、數學家、和平主義者。他因反對英國參加第一次世界大戰，而遭劍橋大學三一學院（Trinity College）停職。著作有《西方哲學史》（*History of Western Philosophy*）、《論教育》（*On Education*）和《婚姻與道德》（*Marriage and Morals*）等。

③ 哥崙比亞大：Columbia University，今譯哥倫比亞大學，美國紐約市著名學府，一七五四年創校。

④ 福祿泰爾：又譯伏爾泰，François-Marie Arouet（一六九四——一七七八），法國作家及思想家。著作有《哲學通信》（*Lettres Philosophiques*）和《路易十四時代》（*Siècle de Louis XIV*）等。

⑤ Trinity College：三一學院，即文中的三清學院，為劍橋眾多學院之一。

⑥ Fellowship：英國傳統式大學學院的院務委員或資深學者。

⑦ 狄更生：Goldsworthy Lowes Dickinson（一八六二——一九三二），英國作家。曾在劍橋大學王家學院（King's College）就讀。著有《正義與自由》（*Justice and Liberty*）和《宗教與不朽》（*Religion and Immortality*）等。

⑧ 林宗孟：即林長民（一八七六——一九二五），福建閩侯人。是當時中國國會眾議院議員、秘書長。曾任福建大學校長。

⑨ Kings College：應為 King's College，王家學院，為劍橋眾多學院中規模最大者之一。

⑩ 翡冷翠：又譯佛羅倫斯，Florence，位於意大利西部，市內多古建築物。

⑪ 康河：又譯劍河，River Cam。是貫穿劍橋大學校區內學院間的河流，流入泰晤士河。

⑫ 拜倫潭：Byron's Pool，為紀念詩人拜倫而命名的一個小潭。

⑬ 拜倫：George Gordon Byron（一七八八——一八二四），英國浪漫主義詩人，曾在劍橋就讀。著有長詩〈貝波〉（*Beppo*）及〈唐璜〉（*Don Juan*）等名篇。

⑭ 中流：原文印作「中權」，現據蔣復璁、梁實秋主編《徐志摩全集》（台北：傳記文學出版社。一九六九）的校勘表，改正為「中流」。

⑮ Backs：譯為「後庭院」，康橋景點之一。

⑯ Pembroke, St. Katharine's, King's, Clare, Trinity, St. John's：都是劍橋大學學院的名字。Pembroke 即 Pembroke College，譯為潘布魯克學院。St. Katharine 即 St. Katherine's College，譯為聖凱莎莉學院。King's 參注⑨。Clare 即 Clare College，譯為克萊亞學院。Trinity 參注⑤。St. John's 即 St. John's College，譯為聖約翰學院。

⑰ 蕭班：即蕭邦，Frédéric François Chopin（一八一零——一八四九），波蘭作曲家。作品有〈前奏曲二十四首〉（24 Preludes, Op. 28）和〈降 B 大調馬祖卡舞曲〉（Mazurka in B-flat major）等。

⑱ St. Clare：原文作 St Ciare，據全集校勘表，改正為 St. Clare。

⑲ 壞：原文作「壊」，據全集校勘表改正為「壞」。

⑳　滋：原文作「資」，據全集校勘表改正為「滋」。

㉑　陸放翁及「偶呼快馬迎新月」兩句：北宋詩人陸游（一一二五——一二一零），字務觀，號放翁，越州山陰（今浙江紹興）人。著有《渭南文集》和《劍南詩稿》等。文中所引詩句出自〈醉中到白崖而歸〉，徐志摩原文作「傳呼快馬迎新月，却上輕輿趁晚涼」，「偶」誤作「傳」，現據原詩改正。

# 死水

聞一多

這是一溝絕望的死水，
清風吹不起半點漪淪。
不如多扔些破銅爛鐵，
爽性潑你的賸菜殘羹。

也許銅的要綠成翡翠，
鐵罐上銹出幾瓣桃花；
再讓油膩織一層羅綺，
黴菌給他蒸出些雲霞。

讓死水酵成一溝綠酒，
飄滿了珍珠似的白沫；
小珠們笑聲變成大珠①，
又被偷酒的花蚊齩破。

那麼一溝絕望的死水②，
也就跨得上幾分鮮明。
如果青蛙耐不住寂寞，
又算死水叫出了歌聲。

這是一溝絕望的死水，
這裏斷不是美的所在，

不如讓給醜惡來開墾，
看他造出個甚麼世界。

## 作者

聞一多（一八九九——一九四六），原名家驊，又名多，字友三、一多，湖北浠水人。一九一二年在北京清華學校修習外文，並成為學生運動的積極分子。一九二一年畢業後留學美國科羅拉多大學及芝加哥美術學院，研究西方文學及美術，並開始寫白話詩。一九二三年出版詩集《紅燭》。一九二五年回國任北京藝術專科學校校務長，與徐志摩等合編上海《晨報》副刊〈詩鐫〉。一九二八年加入新月社，提倡新詩，一度充任《新月》雜誌和《詩刊》的編輯人。一九二九年任武漢大學文學院院長。一九三零年任青島大學文學院院長，致力於古籍整理和研究。一九三二年轉赴清華大學。一九三七年抗日戰爭爆發，聞氏隨校遷往昆明，在西南聯合大學授課。一九四四年加入中國民主同盟。一九四六年在昆明參加民主同盟負責人李公樸的追悼會後，遭暗殺身亡。

聞一多是新詩格律派的代表人物，他的作品講求形式美和格律化。主要著作有《紅燭》、《死水》及《離騷解詁》等。

## 題解

〈死水〉原發表於一九二六年四月十五日的《晨報・詩鐫》第三號。一九二八年一月上海新月書店出版的聞一多詩集即以此篇為集名。本篇所據是一九四八年上海開明書店出版，朱自清、郭沫若等合編的《聞一多全集》。此篇寫作背景，事緣某日聞一多在北京西單二龍坑偶見臭水溝，有感而作此詩。詩中表達了作者對時局的感懷，為現代格律詩的代表作。

## 註釋

① 小珠們笑聲變成大珠：曾作「小珠笑一聲變成大珠」。

② 那麼一溝絕望的死水：曾作「那麼絕望的一溝死水」。

# 太行山裏的旅行(節錄)

丁文江

我們于十一月三十日從太原到陽泉。這是正太鐵路附近煤鐵業的運輸中心點。我們在保晉公司住了八天，把附近的地層次序，煤鐵的價值，調查清楚，然後決定梭爾格擔任測繪鐵路以北的地質圖，東到太行山邊，西到壽陽，北到盂縣。我擔任測繪鐵路以南，東到太行山邊，西到煤系以上的地層，南到昔陽的南境。我于十二月九日離開陽泉，經過義井、南天門到平定。由平定西上冠山，經宋家莊、鎖簧、谷頭、立壁，東上到浮山。從浮山西南坡下來，經安陽嶺、舖溝到昔陽。從昔陽南順南河到柴嶺，東南到蒙山，東北到鳳凰山。然後北上風火嶺，到張莊；再經馬房、立壁、西郊、東溝、白羊墅，于十二月二十三日到陽泉。一共工作了兩星期，我初次在北方過冬，禦寒的衣具本來不完備，而這兩星期中，早上出門的時候，溫度平均在零度以下八度，最低的時候到零度以下十八度。上浮山遇見大雪，上蒙山遇見大風——在蒙山頂上十二點的時候，溫度還在零度以下十度，所以很苦。但是這是我第一次在中國做測量地質圖的工作，興趣很好，回想起來，還是苦少樂多。

太行山裏的水道很值得令人注意。中國的傳統地理學都把山脈當做大水的分水嶺。太行山就可以證明這種說法與事實不符。唐河發源于渾源，經過倒馬關到唐縣；滹沱河發源于繁峙，經過榆棗關、臥石口到平山；漳河兩源，一發源于昔陽，一發源于榆社，出了太行，纔合流到磁縣。這幾條大水，都從山西穿過太行，流到河北。不但大水如此，就是小水，許多也是如此。在我所調查的區域以內，有兩條比較大點的水：一是棉水，發源于壽陽，經過娘子關到井陘；一是沾水，發源于昔陽，經過楊莊口到平山；也都是穿過太行。從浮山和蒙山向西看，就知道這兩水支流的複雜。平定昔陽是一個南北的低地，而且南高于北；西面一個高原，東面一條太行山。我們以為最天然的水流，應該是一條從南向北流的水，吸受東西高處的支流。那知事實上完全不然。所有這區域內的水，除去昔陽城南的南河之外，都發源于高原，從西向東，橫穿過平定昔陽間的低地，直入太行山裏，成功峽谷。最奇怪的是在平定以南的棉水的兩條支流，南川河和馬房河，都不從很鬆的黃土地流入棉水正流，卻都向東流入太行西坡邊上，在石岩上面，沖開一條南北的淺谷。可見得這些水道都與現在的地形有點衝突。研究這種水道的成因，是地文學上極有興味的問題。

我們把太行山的東坡和西坡比較，就知道因為地形構造不同，發生了極重要經濟的結果。太行山全體平均的高度不過一千一二百公尺，比西邊的低地高不了四百公尺，所有煤層都保存在這低地中間。而且低地西面是個高原，地層很平，下面仍然有許多煤可採，煤層露在地面的區域，沿正太路是東西的：從榆次起，經過壽陽到陽泉，延長八十多公里；緊靠太行山西坡是南北的：從盂縣起，經過平定、昔陽、和順、遼縣，到襄垣的南部，延長二百多公里；煤層既多且厚，是全國最大的煤田。東坡逼近平原；獲鹿縣出海面一百二十七公尺，比太行山平均要低九百公尺，所以從東向西坡度很陡。除去陷在半坡的井陘，河北省中部，沒有煤田。一直要到高邑、內邱纔有臨城煤田，又與河南的武安煤田不相連接。武安煤田因為種種關係，煤質煤量都不甚佳。南部的磁縣、安陽是河北、河南最好的煤鑛，但是逼近平原，南北長而東西狹，煤量因之減少。不能與太行以西的煤田相比。一座太行山把它以西的大煤田和用煤多的華北平原隔斷了，可算是中國地理上最不幸的事實。

## 作者

丁文江（一八八七——一九三六），字在君，筆名宗淹，江蘇泰興人。一九零二年得泰興縣知縣資助赴日本留學。翌年轉赴英國蘇格蘭格拉斯哥大學研習動物學及地理學。前後留英七年，深受達爾文主義（Darwinism）及優生學（Eugenics）理論的影響。一九一一年回國，在雲貴高原作地理考察，同年（宣統三年）考取北京學部的格致科進士資格。一九一三年任職民國工商部礦司地質科科長，創辦地質研究班。一九一六年建立中國地質調查所，任所長。一九一八年為北京大學創設地質學科，延攬任教人才。一九一九年主持地質研究所《地質彙報》和《地質叢報》的出版工作。一九二二年與胡適等共同創辦政論雜誌《努力週報》，並創立中國地質學會。一九二三年因撰寫〈玄學與科學〉一文批評張君勱的〈人生觀〉，引起一場所謂「科學與玄學」的論戰。一九二六年五月至八月出任松滬商埠督辦公署的總辦時，提出統一法租界周邊政務的「大上海」計劃，並親自處理市政和外交問題。一九二八年赴西南部視察及繪製地形圖。一九三零年任北京大學地質學系研究教授，再與胡適共同創辦政論雜誌《獨立評論》。一九三四年任中央研究院總幹事。與翁文灝等合編的《中華民國新地圖》，被學界視為上世紀三十年代最完備的中國地圖。一九三五年十二月，丁氏在湖南調查煤礦時不幸中一氧化碳毒，一九三六年一月不治逝世。

丁文江是著名地質學家，是中國現代地質學的奠基人之一，他對推動中國地質學、古生物學及考古學的研究工作不遺餘力，並獲得可觀的成就。主要著作有《徐霞客先生年譜》、與翁文灝等合編的《中華民國新地圖》及與趙豐田合編的《梁啟超年譜長編》等。

## 題解

〈太行山裏的旅行〉選自丁文江的《漫遊散記》。《漫遊散記》由作者在中國二十多個省份考察時所寫的數十篇隨筆組成，這些文章於一九三二年六月至一九三四年一月連載於《獨立評論》。本篇據一九三二年第十四號轉載。丁文江在文章記述在一九一三年十一月十三日至十二月二十三日間，他與德國地質學家梭爾格（Solger）在山西省太行山測繪地質圖的經過和見聞。

# 釣台的春晝①

郁達夫

因為近在咫尺，以為甚麼時候要去就可以去，我們對於本鄉本土的名區勝景，反而往往沒有機會去玩，或不容易下一個決心去玩的。正唯其是如此，我對於富春江②上的嚴陵，二十年來，心裏雖每在記着，但腳卻從沒有向這一方面走過。一九三一，歲在辛未，暮春三月，春服未成，而中央黨帝，似乎又想玩一個秦始皇所玩過的把戲了，我接到了警告，就倉皇離去了寓居。先在江浙附近的窮鄉裏，游息了幾天，偶而看見了一家掃墓的行舟，鄉愁一動，就定下了歸計。繞了一個大彎，趕到故鄉，卻正好還在清明寒食的節前。和家人等去上了幾處墳，與許久不曾見過面的親戚朋友，來往熱鬧了幾天，一種鄉居的倦怠，忽而襲上心來了，於是乎我就決心上釣台去訪一訪嚴子陵的幽居。

釣台去桐廬縣城二十餘里，桐廬去富陽縣治九十里不足，自富陽溯江而上，坐小火輪三小時可達桐廬，再上則須坐帆船了。

我去的那一天，記得是陰晴欲雨的養花天，並且係坐晚班輪去的，船到桐廬，已經是燈火微明的黃昏時候了，不得已就只得在碼頭近邊的一家旅館的高樓上借了一宵宿。

桐廬縣城，大約有三里路長，三千多煙灶，一二萬居民，地在富春江西北岸，從前是皖浙交通的要道，現在杭江鐵路一開，似乎沒有一二十年前的繁華熱鬧了。尤其要使旅客感到蕭條的，卻是桐君山腳下的那一隊花船的失去了蹤影。說起桐君山，卻是桐廬縣的一個接近城市的靈山勝地，山雖不高，但因有仙，自然是靈了。以形勢來論，這桐君山，也的確是可以產生出許多口音生硬，別具風韻的桐嚴嫂來的生龍活脈。地處在桐溪東岸，正當桐溪和富春江合流之所，依依一水，西岸便瞰視着桐廬縣市的人家煙樹。南面對江，便是十里長洲；唐詩人方干的故居，就在這十里桐洲九里花的花田深處。向西越過桐廬縣城，更遙遙對着一排高低不定的青巒，這就是富春山的山子山孫了。東北面山下，是一片桑麻沃地，有一條長蛇似的官道，隱而復現，出沒盤曲在桃花楊柳洋槐榆樹的中間，繞過一支小嶺，便是富陽縣的境界，大約去程明道的墓地程墳，總也不過一二十里地的間隔。我的去拜謁桐君，瞻仰道觀，就在那一天到桐廬的晚上，是淡雲微月，正在作雨的時候。

魚梁渡頭，因為夜渡無人，渡船停在東岸的桐君山下。我從旅館踱了出來，先在離輪埠不遠的渡口停立了幾分鐘，後來向一位來渡口洗夜飯米的年輕少婦，弓身請問了一回，才得到了渡江的秘訣。她說：「你只須高喊兩三聲，船自會來的。」先謝了她教我的好意，然後以兩手圍成了播音的喇叭，「喂，喂，渡船請搖過來！」地縱聲一喊，果然在半江的黑影當中，船身搖動了。漸搖漸近，五分鐘後，我在渡口，卻終於聽出了咿呀柔櫓的聲音。時間似乎已經入了酉時的下刻，小市裏的羣動，這時候都已經靜息，自從渡口的那位少婦，在微茫的夜色裏，藏去了她那張白團團的面影之後，我獨立在江邊，不知不覺心裏頭卻兀自感到了一種他鄉日暮的悲哀。渡船到岸，船頭上起了幾聲微微的水浪清音，又銅東的一響，我早已跳上了船，渡船也已經掉過頭來了。坐在黑影沉沉的艙裏，我起先只在靜聽着柔櫓划水的聲音，然後卻在黑影裏看出了一星船家在吸着的長煙管頭上的煙火，最後因為被沉默壓迫不過，我只好開口說話了：「船家！你這樣的渡我過去，該給你幾個船錢？」我問。「隨你先生把幾個就是。」船家說話冗慢幽長，似乎已經帶着些睡意了，我就向袋裏摸出了兩角錢來。「這兩角錢，就算是我的渡船錢，請你候我一會，上去燒一次夜香，我是依舊要渡過江來的。」船家的回答，只是恩恩烏烏，幽幽同牛叫似的一種鼻音，然而從繼這鼻音而起的兩三聲輕快的喀聲聽來，他卻已經在感到滿足了，因為我也知道，鄉間的義渡，船錢最多也不過是兩三枚銅子而已。

到了桐君山下，在山影和樹影交掩着的崎嶇道上，我上岸走不上幾步，就被一塊亂石絆倒，滑跌了一次。船家似乎也動了惻隱之心了，一句話也不發，跑將上來，他卻突然交給了我一盒火柴。我於感謝了一番他的盛意之後，重整步武，再摸上山去，先是必須點一枝火柴走三五步路的，但到得半山，路既就了規律，而微雲堆裏的半規月色，也朦朧地現出一痕銀線來了，所以手裏還存着的半盒火柴，就被我藏入了袋裏。路是從山的西北，盤曲而上，漸走漸高，半山一到，天也開朗了一點，桐廬縣市上的燈光，也星星可數了。更縱目向江心望去，富春江兩岸的船上和桐溪合流口停泊着的船尾船頭，也看得出一點一點的火來。走過半山，桐君觀裏的晚禱鐘鼓，似乎還沒有息盡，耳朵裏彷彿聽見了幾絲木魚鉦鈸的殘聲。走上山頂，先在半途遇着了一道道觀外圍的女墻，這女墻的柵門，卻已經掩上了。在柵門外徘徊了一刻，覺得已經到了此門而不進去，終於是不能滿足我這一次暗夜冒險的好奇怪癖的。所以細想了幾次，還是決心進去，非進去不可，輕輕用手往裏面一推，柵門卻呀的一聲，早已退向了後方開開了，這門原來是虛掩在那裏的。進了柵門，踏着為淡月所映照的石砌平路，向東向南的前走了五六十步，居然走到了道觀的大門之外，這兩扇朱紅漆的大門，不消說是緊閉在那裏的。到了此地，我卻不想再破門進去了，因為這大門是朝南向着大江開的，門外頭是一條一丈來寬的石砌步道，步道的一旁是道觀的墻，一旁便是山坡，靠山坡的一面，並且還有一道二尺來高的石墻築在那裏，大約是代替欄杆，防人傾跌下山去的用意，石墻之上，鋪的是二三尺寬的青石，在這似石欄又似石凳的墻上，盡可以坐臥游息，飽看桐江和對岸的風景，就是在這裏坐它一晚，也很可以，我又何必去打開門來，驚起那些老道的惡夢呢？

空曠的天空裏，流漲着的只是些灰白的雲，雲層缺處，原也看得出半角的天，和一點兩點的星，但看起來最饒風趣的，卻仍是欲藏還露，將見仍無的那半規月影。這時候江面上似乎起了風，雲腳的遷移，更來得迅速了，而低頭向江心一看，幾多散亂着的船裏的燈光，也忽明忽滅地變換了一變換位置。

這道觀大門外的景色，真神奇極了。我當十幾年前，在放浪的游程裏，曾向瓜州京口一帶，消磨過不少的時日，那時覺得果然名不虛傳的，確是甘露寺外的江山，而現在到了桐廬，昏夜上這桐君山來一看，又覺得這江山的秀而且靜，風景的整而不散，卻非那天下第一江山的北固山所可與比擬的了。真也難怪得嚴子陵，難怪得戴徵士，倘使我若能在這樣的地方結屋讀書，以養天年，那還要甚麼的高官厚祿，還要甚麼的浮名虛譽哩？一個人在這桐君觀前的石凳上，看看山，看看水，看看城中的燈火和天上的星雲，更做做浩無邊際的無聊的幻夢，我竟忘記了時刻，忘記了自身，直等到隔江的擊柝聲傳來，向西一看，忽而覺得城中的燈影微茫地減了，才跑也似地走下了山來，渡江奔回了客舍。

第二日侵晨，覺得昨天在桐君觀前做過的殘夢正還沒有續完的時候，窗外面忽而傳來了一陣吹角的聲音。好夢雖被打破，但因這同吹觱篥似的商音哀咽，卻很含着些荒涼的古意，並且曉風殘月，楊柳岸邊，也正好候船待發，上嚴陵去；所以心裏雖懷着了些兒怨恨，但臉上卻只現出了一痕微笑，起來梳洗更衣，叫茶房去雇船去。雇好了一隻雙槳的漁舟，買就了些酒菜魚米，就在旅館前面的碼頭上上了船。輕輕向江心搖出去的時候，東方的雲幕中間，已現出了幾絲紅韻，有八點多鐘了，舟師急得厲害，只在埋怨旅館的茶房，為甚麼昨晚不預先告訴，好早一點出發。因為此去就是七里灘頭，無風七里，有風七十里，上釣台去玩一趟回來，路程雖則有限，但這幾日風雨無常，說不定要走夜路，才回來得了的。

過了桐廬，江心狹窄，淺灘果然多起來了。路上遇着的來往的行舟，數目也是很少，因為早晨吹的角，就是往建德去的快班船的信號，快班船一開，來往於兩埠之間的船就不十分多了。兩岸全是青青的山，中間是一條清淺的水，有時候過一個沙洲，洲上的桃花菜花，還有許多不曉得名字的白色的花，正在喧鬧着春暮，吸引着蜂蝶。我在船頭上一口一口的喝着嚴東關的藥酒，指東話西地問着船家，這是甚麼山？那是甚麼港？驚嘆了半天，稱頌了半天，人也覺得倦了，不曉得甚麼時候，身子卻走上了一家水邊的酒樓，在和數年不見的幾位已經做了黨官的朋友高談闊論。談論之餘，還背誦了一首兩三年前曾在同一的情形之下做成的歪詩：

不是尊前愛惜身，佯狂難免假成真，
曾因酒醉鞭名馬，生怕情多累美人。

劫數東南天作孽，雞鳴風雨海揚塵，
悲歌痛哭終何補，義士紛紛説帝秦。

直到盛筵將散，我酒也不想再喝了，和幾位朋友鬧得心裏各自難堪，連對旁邊坐着的兩位陪酒的名花都不願意開口。正在這上下不得的苦悶關頭，船家卻大聲的叫了起來説：

「先生，羅芷過了，釣台就在前面，你醒醒罷，好上山去燒飯吃去。」

擦擦眼睛，整了一整衣服，抬起頭來一看，四面的水光山色又忽而變了樣子了。清清的一條淺水，比前又窄了幾分，四圍的山包得格外的緊了，彷彿是前無去路的樣子。並且山容峻削，看去覺得格外的瘦格外的高。向天上地下四圍看去，只寂寂的看不見一個人類。雙槳的搖響，到此似乎也不敢放肆了，鉤的一聲過後，要好半天才來一個幽幽的回響，靜，靜，靜，身邊水上，山下岩頭，只沉浸着太古的靜，死滅的靜，山峽裏連飛鳥的影子也看不見半隻。前面的所謂釣台山上，只看得見兩個大石壘，一間歪斜的亭子，許多縱横蕪雜的草木。山腰裏的那座祠堂，也只露着些廢垣殘瓦，屋上面連炊煙都沒有一絲半縷，像是好久好久沒有人住了的樣子。並且天氣又來得陰森，早晨曾經露一露臉過的太陽，這時候早已深藏在雲堆裏了，餘下來的只是時有時無從側面吹來的陰颼颼的半箭兒山風。船靠了山腳，跟着前面背着酒菜魚米的船夫走上嚴先生祠堂去的時候，我心裏真有點害怕，怕在這荒山裏要遇見一個乾枯蒼老得同絲瓜筋似的嚴先生的鬼魂。

在祠堂西院的客廳裏坐定，和嚴先生的不知第幾代的裔孫談了幾句關於年歲水旱的話後，我的心跳也漸漸兒的鎮靜下去了，囑托了他以煮飯燒菜的雜務，我和船家就從斷碑亂石中間爬上了釣台。

東西兩石壘，高各有二三百尺，離江面約兩里來遠，東西台相去，只有一二百步，但其間卻夾着一條深谷。立在東台，可以看得出羅芷的人家，回頭展望來路，風景似乎散漫一點，而一上謝氏的西台，向西望去，則幽谷裏的清景，卻絕對的不像是在人間了。我雖則沒有到過瑞士，但到了西台，朝西一看，立時就想起了曾在照片上看見過的威廉退兒的祠堂。這四山的幽靜，這江水的青藍，簡直同在畫片上的珂羅版色彩，一色也沒有兩樣，所不同的，就是在這兒的變化更多一點，周圍的環境更蕪雜不整齊一點而已，但這卻是好處，這正是足以代表東方民族性的頹廢荒涼的美。

從釣台下來，回到嚴先生的祠堂——記得這是洪楊以後嚴州知府戴槃重建的祠堂——西院裏飽啖了一頓酒肉，我覺得有點酩酊微醉了。拿着以火柴柄製成的牙籤，走到東面供着嚴先生神像的龕前，向四面的破壁上一看，翠墨淋漓，題在那裏的，竟多是些俗而不雅的過路高官的手筆。最後到了南面的一塊白墻頭上，在離屋檐不遠的一角高處，卻看到了我們的一位新近去世的同鄉夏靈峰先生的四句似邵堯夫而又略帶感慨的詩句。夏靈峰先生雖則只知崇古，不善處今，但是五十年來，像他那樣的頑固自尊的亡清遺老，也的確是沒有第二個人。比較起現在的那些官迷財迷的南滿尚書和東洋宦婢來，他的經術言行，姑且不必去論它，就是以骨頭來稱稱，我想也要比甚麼羅三郎③鄭太郎④輩，重到好幾百倍。慕賢的心一動，醺人的臭技自然是難熬了，堆起了幾張桌椅，借得了一支破筆，我也在高墻上在夏靈蜂先生的腳後放上了一個陳屁，就是在船艙的夢裏，也曾微吟過的那一首歪詩。

從墻頭上跳將下來，又向龕前天井去走了一圈，覺得酒後的喉嚨，有點渴癢了，所以就又走回到了西院，靜坐着喝了兩碗清茶。在這四大無聲，只聽見我自己的啾啾喝水的舌音衝擊到那座破院的敗壁上去的寂靜中間，同驚雷似地一響，院後的竹園裏卻忽而飛出了一聲閑長而又有節奏似的雞啼的聲來。同時在門外面歇着的船家，也走進了院門，高聲的對我說：

「先生，我們回去罷，已經是吃點心的時候了，你不聽見那隻公雞在後山啼麼？我們回去罷！」

一九三二年八月在上海寫

作者

郁達夫（一八九六——一九四五），名文，字達夫，浙江富陽人。一九一三年隨兄赴日本，翌年入東京第一高等學校，開始涉獵西洋文學。一九一九年入東京帝國大學經濟學部。次年寫成白話小說〈銀灰色的死〉。一九二一年出版小說集《沈淪》，同年與郭沫若、成仿吾等組織文學社團創造社。一九二二年畢業回國，負責創造社刊物《創造季刊》的編務，並創作短篇小說。一九二三至二五年間，郁氏先後在北京大學及武昌師範大學任教。一九二七年退出創造社，一九二八年與魯迅合編《奔流》月刊。一九三零年參加中國左翼作家聯盟，旋因政治立場和文學主張有異而遭開除會籍。一九三五年應上海良友圖書印刷公司之請，編選《中國新文學大系・散文二集》，在導言中對新文學運動早期的作家作了評論，是研究現代文學的重要資料。一九三七年七七事變，日本侵華。一九三八年赴新加坡，藉主編報章和文藝刊物宣傳抗日。一九四二年赴蘇門答臘，化名趙廉，秘密營救抗日人士。一九四五年遭日本憲兵殺害。

郁達夫的作品充滿個性，以表現個人的思想經歷為主。小說着重人物心理描寫和氣氛營造，流露出鬱悶感傷的情調。散文以人物情緒為線索，刻劃細膩，惜結構不甚嚴謹。主要著作有《沈淪》、《屐痕處處》及《日記九種》等。

## 題解

〈釣台的春晝〉於一九三二年九月在《論語》半月刊第一期發表。文中所引〈釣台題壁〉一詩，則寫於一九三一年一月。文章又收入上海天馬書店一九三三年出版的《懺餘集》。本篇據一九八二年香港三聯書店及廣州花城出版社聯合出版的《郁達夫文集》（海外版）第三卷轉載。一九三一年一月，當時的政府逮捕創造社社員李初黎，郁達夫奔走營救而受通緝，逃回家鄉富陽。本文是在富陽偶遊釣台所作。

## 註釋

① 釣台：即嚴子陵釣台，在桐廬縣城南十五公里的富春山上。嚴子陵：嚴光（前三七——四三），字子陵，東漢人。嚴光曾隱於富春山，五月披裘垂釣於江邊石上，釣台因而得名。

② 富春江：富春江是錢塘江從桐廬至杭州蕭山區聞家堰一段江水的別稱，支流包括桐江（桐廬至嚴子陵釣台）、七重溪等。下游為錢塘江。

③ 羅三郎：指羅振玉（一八六六——一九四零），初名寶鈺，後改名振玉，字叔蘊，號雪堂。浙江上虞人，生於江蘇淮安。近代甲骨文和考古學家。九一八事變後，日人在東北成立「滿洲國」，羅氏任參議府參議及監察院院長等職（一九三二——三七），追隨清朝末代皇帝溥儀。生平見本書〈國學叢刊序〉。

④ 鄭太郎：指鄭孝胥（一八六零——一九三八），字蘇堪，號海藏，福建閩侯人。曾任「滿洲國」總理及文教總長（一九三二——三五）。有詩名，其作品稱「同光體」，著有《海藏樓詩集》。

# 永久的憧憬和追求

蕭紅

一九一一年，在一個小縣城裏邊，我生在一個小地主的家裏。那縣城差不多就是中國的最東最北部——黑龍江省——所以一年之中，倒有四個月飄着白雪。

父親常常為着貪婪而失掉了人性。他對待僕人，對待自己的兒女，以及對待我的祖父都是同樣的吝嗇而疏遠，甚至於無情。

有一次，為着房屋租金的事情，父親把房客的全套的馬車趕了過來。房客的家屬們哭着，訴説着，向着我的祖父跪了下來，於是祖父把兩匹棕色的馬從車上解下了還了回去。

為着這兩匹馬，父親向祖父起着終夜的爭吵。「兩匹馬，咱們是不算甚麼的，窮人，這兩馬就是命根。」祖父這樣説着，而父親還是爭吵。

九歲時，母親死去。父親也就更變了樣，偶然打碎了一隻杯子，他就要罵到使人發抖的程度。後來就連父親的眼睛也轉了彎，每從他的身邊經過，我就像自己的身上生了針刺一樣：他斜視着你，他那高傲的眼光從鼻樑經過嘴角而往下流着。

所以每每在大雪中的黃昏裏，圍着暖爐，圍着祖父，聽着祖父讀着詩篇，看着祖父讀着詩篇時微紅的嘴唇。

父親打了我的時候，我就在祖父的房裏，一直面向着窗子，從黃昏到深夜——窗外的白雪，好像白棉一樣地飄着；而暖爐上水壺的蓋子，則像伴奏的樂器似地振動着。

祖父時時把多紋的兩手放在我的肩上，而後又放在我的頭上，我的耳邊便響着這樣的聲音：

「快快長吧！長大就好了。」

二十歲那年，我就逃出了父親的家庭。直到現在還是過着流浪的生活。

「長大」是「長大」了，而沒有「好」。

可是從祖父那裏，知道了人生除掉了冰冷的憎惡而外，還有溫暖和愛。

所以我就向這「溫暖」和「愛」的方面，懷着永久的憧憬和追求。

## 作者

蕭紅（一九一一——一九四二），原名張迺瑩，筆名蕭紅。黑龍江呼蘭河縣人。一九二九年在哈爾濱東省特別區立第一女子中學肄業。一九三零年為了逃避父親安排的婚姻而離家出走，翌年到北京女子師範大學附屬中學讀書。一九三二年發表首篇作品〈春曲〉，從此以寫作為生。一九三五年得魯迅的鼓勵，在上海出版中篇小說《生死場》。一九三六年七月赴日本養病，一九三七年一月回國。同年七月日本大舉侵華。蕭紅於蘆溝橋事變後，到山西臨汾的民族革命大學任教。一九四零年南下香港，寫成長篇小說《呼蘭河傳》。一九四二年病逝於香港。

蕭紅的散文多寫她早年的生活。主要著作有《跋涉》、《商市街》、《橋》及《馬伯樂》等。

## 題解

〈永久的憧憬和追求〉成稿於一九三六年十二月十二日，發表於一九三七年一月十日《報告》第一卷一期。本篇所據是一九八一年北京人民文學出版社的《蕭紅選集》第二版。蕭紅曾應美國作家埃德加・斯諾（Edgar Snow）之約，為其所編中國現代短篇小說集《活的中國》（*Living China*）供稿。此文即以自傳形式寫成，但未被該書採用。文中記敘作者童年的一段生活。

# 駱駝祥子（節錄）

老舍

六月十五那天，天熱得發了狂。太陽剛一出來，地上已像下了火。一些似雲非雲，似霧非霧的灰氣低低的浮在空中，使人覺得憋氣。一點風也沒有。祥子在院中看了看那灰紅的天，打算去拉晚——過下午四點再出去；假若掙不上錢的話，他可以一直拉到天亮：夜間無論怎樣也比白天好受一些。

虎妞①催着他出去，怕他在家裏礙事，萬一小福子②拉來個客人呢。「你當在家裏就好受哪？屋子裏一到晌午連墻都是燙的！」

他一聲沒出，喝了瓢涼水，走了出去。

街上的柳樹，像病了似的，葉子掛着層灰土在枝上打着捲；枝條一動也懶得動的，無精嗒彩的低垂着。馬路上一個水點也沒有，乾巴巴的發着些白光。便道上塵土飛起多高，與天上的灰氣聯接起來，結成一片毒惡的灰沙陣，燙着行人的臉。處處乾燥，處處燙手，處處憋悶，整個的老城像燒透的磚窰，使人喘不出氣，狗爬在地上吐出紅舌頭，騾馬的鼻孔張得特別的大，小販們不敢吆喝，柏油路化開；甚至於舖戶門前的銅牌也好像要被晒化。街上異常的清靜，只有銅鐵舖裏發出使人焦燥的一些單調的叮叮噹噹。拉車的人們，明知不活動便沒有飯吃，也懶得去張羅買賣：有的把車放在有些陰涼的地方，支起車棚，坐在車上打盹；有的鑽進小菜館去喝茶；有的根本沒拉出車來，而來到街上看看，看看有沒有出車的可能。那些拉着買賣的，即使是最漂亮的小夥子，也居然甘於丟臉，不敢再跑，只低着頭慢慢的走。每一個井台都成了他們的救星，不管剛拉了幾步，見井就奔過去；趕不上新汲的水，便和驢馬們同在水槽裏灌一大氣。還有的，因為中了暑，或是發痧，走着走着，一頭栽在地上，永不起來。

連祥子都有些膽怯了！拉着空車走了幾步，他覺出由臉到腳都被熱氣圍着，連手背上都流了汗。可是，見了座兒，他還想拉，以為跑起來也許倒能有點風。他拉上了個買賣，把車拉起來，他纔曉得天氣的厲害已經到了不允許任何人工作的程度。一跑，便喘不過氣來，而且嘴唇發焦，明知心裏不渴，也見水就想喝。不跑呢，那毒花花的太陽把手和脊背都要曬裂。好歹的拉到了地方，他的褲褂全裹在了身上。拿起芭蕉扇搧搧，沒用，風是熱的。他已經不知喝了幾氣涼水，可是又跑到茶館去。兩壺熱茶喝下去，他心裏安靜了些。茶由口中進去，汗馬上由身上出來，好像身上已是空膛的，不會再藏儲一點水分。他不敢再動了。

坐了好久，他心中膩煩了。既不敢出去，又沒事可作，他覺得天氣彷彿成心跟他過不去。不，他不能服軟。他拉車不止一天了，夏天這也不是頭一遭，他不能就這麼白白的「泡」一天。想出去，可是腿真懶得動，身上非常的軟，好像洗澡沒洗痛快那樣，汗雖出了不少，而心裏還不暢快。又坐了會兒，他再也坐不住了，反正坐着也是出汗，不如爽性出去試試。

一出來，纔曉得自己的錯誤。天上那層灰氣已散，不甚憋悶了，可是陽光也更厲害了許多：沒人敢抬頭看太陽在哪裏，只覺得到處都閃眼，空中，屋頂上，墻壁上，地上，都白亮亮的，白裏透着點紅；由上至下整個的像一面極大的火鏡，每一條光都像火鏡的焦點，晒得東西要發火。在這個白光裏，每一個顏色都刺目，每一個聲響都難聽，每一種氣味都混含着由地上蒸發出來的腥臭。街上彷彿已沒了人，道路好像忽然加寬了許多，空曠而沒有一點涼氣，白花花的令人害怕。祥子不知怎麼是好了，低着頭，拉着車，極慢的往前走，沒有主意，沒有目的，昏昏沈沈的，身上掛着一層黏汗，發着餿臭的味兒。走了會兒，腳心和鞋襪粘在一塊，好像踩着塊濕泥，非常的難過。本來不想再喝水，可是見了井不由的又過去灌了一氣，不為解渴，似乎專為享受井水那點涼氣，由口腔到胃中，忽然涼了一下，身上的毛孔猛的一收縮，打個冷戰，非常舒服。喝完，他連連的打膈，水要往上鈌！

走一會兒，坐一會兒，他始終懶得張羅買賣。一直到了正午，他還覺不出餓來。想去照例的吃點甚麼，看見食物就要惡心。胃裏差不多裝滿了各樣的水，有時候裏面會輕輕的響，像騾馬似的喝完水肚子裏光光光的響動。

拿冬與夏相比，祥子總以為冬天更可怕。他沒想到過夏天這麼難受。在城裏過了不止一夏了，他不記得這麼熱過。是天氣比往年熱呢，還是自己的身體虛呢？這麼一想，他忽然的不那麼昏昏沈沈的了，心中彷彿涼了一下。自己的身體，是的，自己的身體不行了！他害了怕，可是沒辦法。他沒法趕走虎妞，他將要變成二強子③，變成那回遇見的那個高個子④，變成小馬兒的祖父⑤。祥子完了！

正在午後一點的時候，他又拉上個買賣。這是一天裏最熱的時候，又趕上這一夏裏最熱的一天，可是他決定去跑一趟。他不管太陽下是怎樣的熱了：假若拉完一趟而並不怎樣呢，那就證明自己的身子並沒壞；設若拉不下來這個買賣呢，那還有甚麼可說的，一個跟頭栽死在那發着火的地上也好！

剛走了幾步，他覺到一點涼風，就像在極熱的屋裏由門縫進來一點涼氣似的。他不敢相信自己；看看路旁的柳枝，的確是微微的動了兩下。街上突然加多了人，鋪戶中的人爭着往外跑，都攥着把蒲扇遮着頭，四下裏找：「有了涼風！有了涼風！涼風下來了！」大家幾乎要跳起來嚷着。路旁的柳樹忽然變成了天使似的，傳達着上天的消息：「柳條兒動了！老天爺，多賞點涼風吧！」

還是熱，心裏可鎮定多了，涼風——即使是一點點——給了人們許多希望。幾陣涼風過去，陽光不那麼強了，一陣亮，一陣稍暗，彷彿有片飛沙在上面浮動似的。風忽然大起來，那半天沒有動作的柳條像猛的得到甚麼可喜的事，飄洒的搖擺，枝條都像長出一截兒來。一陣風過去，天暗起來，灰塵全飛到半空。塵土落下一些，北面的天邊見了墨似的烏雲。祥子身上沒了汗，向北邊看了一眼，把車停住，上了雨布，他曉得夏天的雨是說來就來，不容工夫的。

剛上好了雨布，又是一陣風，黑雲滾似的已遮黑半邊天。地上的熱氣與涼風攙合起來，夾雜着腥臊的乾土，似涼又熱；南邊的半個天響晴白日，北邊的半個天烏雲如墨，彷彿有甚麼大難來臨，一切都驚惶失措。車夫急着上雨布，舖戶忙着收幌子，小販們慌手忙腳的收拾攤子，行路的加緊往前奔。又一陣風。風過去，街上的幌子，小攤，與行人，彷彿都被風捲了走，全不見了，只剩下柳枝隨着風狂舞。

雲還沒舖滿了天，地上已經很黑，極亮極熱的晴午忽然變成黑夜了似的。風帶着雨星，像在地上尋找甚麼似的，東一頭西一頭的亂撞。

北邊遠處一個紅閃，像把黑雲掀開一塊，露出一大片血似的。風小了，可是利颼有勁，使人顫抖。一陣這樣的風過去，一切都不知怎好似的，連柳樹都驚疑不定的等着點甚麼。又一個閃，正在頭上，白亮亮的雨點緊跟着落下來，極硬的砸起許多塵土，土裏微帶着雨氣。大雨點砸在祥子的背上幾個，他哆嗦了兩下。雨點停了，黑雲鋪勻了滿天。又一陣風，比以前的更厲害，柳枝橫着飛，塵土往四下裏走，雨道往下落；風，土，雨，混在一處，聯成一片，橫着豎着都灰茫茫冷颼颼，一切的東西都被裹在裏面，辨不清哪是樹，哪是地，哪是雲，四面八方全亂，全響，全迷糊。風過去了，只剩下直的雨道，扯天扯地的垂落，看不清一條條的，只是那麼一片，一陣，地上射起了無數的箭頭，房屋上落下萬千條瀑布。幾分鐘，天地已分不開，空中的河往下落，地上的河橫流，成了一個灰暗昏黃，有時又白亮亮的，一個水世界。

祥子的衣服早已濕透，全身沒有一點乾鬆地方；隔着草帽，他的頭髮已經全濕。地上的水過了腳面，已經很難邁步；上面的雨直砸着他的頭與背，橫掃着他的臉，裹着他的襠。他不能抬頭，不能睜眼，不能呼吸，不能邁步。他像要立定在水中，不知道哪是路，不曉得前後左右都有甚麼，只覺得透骨涼的水往身上各處澆。他甚麼也不知道了，只心中茫茫的有點熱氣，耳旁有一片雨聲。他要把車放下，但是不知放在那裏好。想跑，水裹住他的腿。他就那麼半死半活的，低着頭一步一步的往前曳。坐車的彷彿死了在車上，一聲不出的任着車夫在水裏掙命。

雨小了些，祥子微微直了直脊背，吐出一口氣：「先生，避避再走吧！」

「快走！你把我扔在這兒算怎回事？」坐車的跺着腳喊。

祥子真想硬把車放下，去找個地方避一避。可是，看看身上，已經全往下流水，他知道一站住就會哆嗦成一團。他咬上了牙，淌着水不管高低深淺的跑起來。剛跑出不遠，天黑了一陣，緊跟着一亮，雨又迷住他的眼。

拉到了，坐車的連一個銅板也沒多給。祥子沒説甚麼，他已顧不過命來。

雨住一會兒，又下一陣兒，比以前小了許多。祥子一氣跑回了家。抱着火，烤了一陣，他哆嗦得像風雨中的樹葉。虎妞給他沖了碗薑糖水，他傻子似的抱着碗一氣喝完。喝完，他鑽了被窩，甚麼也不知道了，似睡非睡的，耳中刷刷的一片雨聲。

到四點多鐘，黑雲開始顯出疲乏來，綿軟無力的放着不甚紅的閃。一會兒，西邊的雲裂開，黑的雲峰鑲上金黃的邊，一些白氣在雲下奔走；閃都到南邊去，曳着幾聲不甚響亮的雷。又待了一會兒，西邊的雲縫露出來陽光，把帶着雨水的樹葉照成一片金綠。東邊天上掛着一雙七色的虹，兩頭插在黑雲裏，橋背頂着一塊青天。虹不久消散了，天上已沒有一塊黑雲，洗過了的藍空與洗過了的一切，像由黑暗裏剛生出一個新的，清涼的，美麗的世界。連大雜院裏的水坑上也來了幾個各色的蜻蜓。

可是，除了孩子們赤着腳追逐那些蜻蜓，雜院裏的人們並顧不得欣賞這雨後的晴天。小福子屋的後簷牆塌了一塊，姐兒三個忙着把炕蓆揭起來，堵住窟窿。院牆塌了好幾處，大家沒工夫去管，只顧了收拾自己的屋裏：有的台階太矮，水已灌到屋中，大家七手八腳的拿着簸箕破碗往外淘水。有的倒了山墻，設法去填堵。有的屋頂漏得像個噴壺，把東西全淋濕，忙着往出搬運，放在爐旁去烤，或擱在窗台上去晒。在正下雨的時候，大家躲在那隨時可以塌倒而把他們活埋了的屋中，把命交給了老天；雨後，他們算計着，收拾着，那些損失；雖然大雨過去，一斤糧食也許落一半個銅子，可是他們的損失不是這個所能償補的。他們花着房錢，可是永遠沒人來修補房子；除非塌得無法再住人，纔來一兩個泥水匠，用些素泥碎磚稀鬆的堵砌上——預備着再塌。房錢交不上，全家便被攆出去，而且扣了東西。房子破，房子可以砸死人，沒人管。他們那點錢，只能租這樣的屋子；破，危險，都活該！

最大的損失是被雨水激病。他們連孩子帶大人都一天到晚在街上找生意，而夏天的暴雨隨時能澆在他們的頭上。他們都是賣力氣掙錢，老是一身熱汗，而北方的暴雨是那麼急，那麼涼，有時夾着核桃大的冰雹；冰涼的雨點，打在那開張着的汗毛眼上，至少教他們躺在炕上，發一兩天燒。孩子病了，沒錢買藥；一場雨，催高了田中的老玉米與高粱，可是也能澆死不少城裏的貧苦兒女。大人們病了，就更了不得；雨後，那詩人們吟咏着荷珠與雙虹；窮人家——大人病了——便全家捱了餓。一場雨，也許多添幾個妓女或小賊，多有些人下到監獄去；大人病了，兒女們作賊作娼也比餓着強！雨下給富人，也下給窮人；下給義人，也下給不義的人。其實，雨並不公道，因為下落在一個沒有公道的世界上。

祥子病了。大雜院裏的病人並不止於他一個。

## 作者

老舍（一八九九——一九六六），原名舒慶春，將姓氏中分兩半為字，字舍予，筆名老舍，滿族正紅旗人，生於北京。一九一八年畢業於北京師範學校，任小學校長。一九二二年赴天津南開中學任教，翌年在校刊上發表小說〈小玲兒〉。一九二四年就聘於英國倫敦大學東方學院。一九二六年發表長篇小說《老張的哲學》，以老舍為筆名。一九二九年赴新加坡華僑中學任教。翌年回國，任職於山東齊魯大學。一九三四年轉往山東大學，兩年後辭去教職，專心創作，寫成小說《駱駝祥子》。一九三七年日本大舉侵華，老舍參加抗日宣傳工作。在八年抗戰中（一九三七——四五），他寫下了多種以抗日為題材的小說、鼓書詞及話劇。一九四六年赴美國講學，於寫作之餘，把舊作譯為英文，至一九四九年回國。

一九六六年文化大革命中，老舍被紅衛兵批鬥，憤然自沉於大平湖。

老舍愛以北京事物及方言寫作，他的小說善於刻劃世態炎涼，筆調帶有諷刺和幽默；戲劇則工於人物造型，語句精煉。主要著作有《駱駝祥子》、《老張的哲學》及《茶館》等。

## 題解

《駱駝祥子》於一九三六年在《宇宙風》雜誌中連載，一九三九年由上海人間書局出版。一九四五年譯成英語。一九五零年再以選集形式出版時，曾作刪改。本篇據一九四一年上海文化生活出版社的版本節選。《駱駝祥子》描寫北京洋車夫祥子的坎坷故事。

## 註釋

① 虎妞：祥子妻。

② 小福子：向虎妞借地方賣淫的娼妓。

③ 二強子：小福子父親。

④ 高個子：第十六節出現的人物，四十多歲的洋車夫。

⑤ 小馬兒的祖父：小馬兒，十二三歲。祖父是洋車夫。

# 燈下讀書論

周作人

以前所做的打油詩裏邊，有這樣的兩首是說讀書的，今併錄於後。其辭曰：

飲酒損神茶損氣，讀書應是最相宜，
聖賢已死言空在，手把遺編未忍披。

未必花錢逾黑飯①，依然有味是青燈，
偶逢一冊長恩閣，把卷沈吟過二更。

這是打油詩，本來嚴格的計較不得。我曾說以看書代吸紙烟，那原是事實，至於茶與酒也還是使用，並未真正戒除。書價現在已經很貴，但比起土膏②來當然還便宜得不少。這裏稍有問題的，只是青燈之味到底是怎麼樣。古人詩云，青燈有味似兒時。出典是在這裏了，但青燈究竟是怎麼一回事呢？同類的字句有紅燈，不過那是說紅紗燈之流，是用紅東西糊的燈，點起火來整個是紅色的，青燈則並不如此，普通的說法總是指那燈火的光。蘇東坡曾云，紙窗竹屋，燈火青熒，時於此間，得少佳趣。這樣情景實在很有意思的，大抵這燈當是讀書燈，用清油注瓦盞中令滿，燈芯作炷，點之光甚清寒，有青熒之意，宜於讀書，消遣世慮，其次是說鬼，鬼來則燈光綠，亦甚相近也。若蠟燭的火便不相宜，又燈火亦不宜有蔽障，光須裸露，相傳東坡夜讀佛書，燈花落書上燒却一僧字，可知古來本亦如是也。至於用的是甚麼油，大概也很有關係，平常多用香油即菜子油，如用別的植物油則光色亦當有殊異，不過這些迂論現在也可以不必多談了。總之這青燈的趣味在我們曾在菜油燈下看過書的人是頗能了解的，現今改用了電燈，自然便利得多了，可是這味道却全不相同，雖然也可以裝上青藍的磁罩，使燈光變成青色，結果總不是一樣。所以青燈這字面在現代的詞章裏，無論是真詩或是諧詩，都要打個折扣，減去幾分顏色，這是無可如何的事，好在我這裏只是要說明燈右觀書的趣味，那些小問題都沒有甚麼關係，無妨暫且按下不表。

聖賢的遺編自然以孔孟的書為代表，在這上邊或者可以加上老莊吧。長恩閣是大興傅節子的書齋名，他的藏書散出，我也收得了幾本，這原是很平常的事，不值得怎麼吹聽，不過這裏有一點特別理由，我有的一種是兩小冊抄本，題曰明季雜志。傅氏很留心明末史事，看華延年室題跋兩卷中所記，多是這一類書，可以知道，今此冊只是隨手抄錄，並未成書，沒有多大價值，但是我看了頗有所感。明季的事去今已三百年，併鴉片洪楊義和團諸事變觀之，我輩即使不是能懼思之人，亦自不免沈吟，初雖把卷終亦掩卷，所謂過二更者乃是詩文裝點語耳。那兩首詩說的都是關於讀書的事，雖然不是鼓吹讀書樂，也總覺得消遣世慮大概以讀書為最適宜，可是結果還是不大好，大有越讀越懊惱之概。蓋據我多年雜覽的經驗，從書裏看出來的結論只是這兩句話，好思想寫在書本上，一點兒都未實現過，壞事情在人世間全已做了，書本上記着一小部分。昔者印度賢人不惜種種布施，求得半偈，今我因此而成二偈，則所得不已多乎，至於意思或近於負的方面，既是從真實出來，亦自有理存乎其中，或當再作計較罷。

聖賢教訓之無用無力，這是無可如何的事，古今中外無不如此。英國陀生在講希臘的古代宗教與現代民俗的書中曾這樣的說過：

「希臘國民看到許多哲學者的升降，但總是只抓住他們世襲的宗教。柏拉圖與亞利士多德，什諾與伊壁鳩魯的學說，在希臘人民上面，正如沒有這一回事一般。但是荷馬與以前時代的多神教却是活着。」

斯賓塞在寄給友人的信札裏，也說到現代歐洲的情狀：

「宣傳了愛之宗教將近二千年之後，憎之宗教還是很佔勢力。歐洲住着二萬萬的外道，假裝着基督教徒，如有人願望他們照着他們的教旨行事，反要被他們所辱駡。」

上邊所說是關於希臘哲學家與基督教的，都是人家的事，若是講到孔孟與老莊，以至佛教，其實也正是一樣。在二十年以前寫過一篇小文，對於教訓之無用深致感慨，末後這樣的解說道：

「這實在都是真的。希臘有過梭格拉底，印度有過釋迦牟尼，中國有過孔子老子，他們都被尊崇為聖人，但是在現今的本國人民中間他們可以說是等於不曾有過。我想這原是當然的，正不必代為無謂的悼歎。這些偉人倘若真是不曾存在，我們現在當不知怎麼的更為寂寞，但是如今既有言行流傳，足供有知識與趣味的人的欣賞，那也就儘夠好了。」③

這裏所說本是聊以解嘲的話，現今又已過了二十春秋，經歷增加了不少，却是終未能就此滿足，固然也未必真是床頭摸索好夢似的，希望這些思想都能實現，總之在濁世中展對遺教，不知怎的很替聖賢感覺得很寂寞似的，此或者亦未免是多事，在我自己却不無珍重之意。前致廢名書中曾經說及，以有此種悵惘，故對於人間世未能恝置，此雖亦是一種苦，目下却尚不忍即捨去也。

閉戶讀書論是民國十七年冬所寫的文章，寫的很有點別扭，不過自己覺得喜歡，因為裏邊主要的意思是真實的，就是現在也還是這樣。這篇論是勸人讀史的。要旨云：

「我始終相信二十四史是一部好書，他很誠懇地告訴我們過去曾如此，現在是如此，將來要如此。歷史所告訴我們的在表面的確只是過去，但現在與將來也就在這裏面了。正史好似人家祖先的神像，畫得特別莊嚴點，從這上面却總還看得出子孫的面影，至於野史等更有意思，那是行樂圖小照之流，更充足的保存真相，往往令觀者拍案叫絕，歎遺傳之神妙。」④

這不知道算是甚麼史觀，叫我自己說明，此中實只有暗黑的新宿命觀，想得透徹時亦可得悟，在我却還只是悵惘，即使不真至於懊惱。我們說明季的事，總令人最先想起魏忠賢客氏，想起張獻忠李自成，不過那也罷了，反正那些是太監是流寇而已。使人更不能忘記的是國子監生而請以魏忠賢配享孔廟的陸萬齡⑤，東林而為閹黨，又引清兵入闖的阮大鋮⑥，特別是記起詠懷堂詩與百子山樵傳奇，更覺得這事的可怕。史書有如醫案，歷歷記着證候與結果，我們看了未必找得出方劑，可以去病除根，但至少總可以自肅自戒，不要犯這種的病，再好一點或者可以從這裏看出些衞生保健的方法來也說不定。我自己還說不出讀史有何所得，消極的警戒，人不可化為狼，當然是其一，積極的方面也有一二，如政府不可使民不聊生，如士人不可結社，不可講學，這後邊都有過很大的不幸做實證，但是正面說來只是老生常談，而且也就容易歸入聖賢的說話一類裏去，永遠是空言而已。說到這裏，兩頭的話又碰在一起，所以就算是完了，讀史與讀經子那麼便可以一以貫之，這也是一個很好的讀書方法罷。

古人勸人讀書，常說他的樂趣，如四時讀書樂所廣說，讀書之樂樂陶陶，至今暗誦起幾句來，也還覺得有意思。此外的一派是說讀書有利益，如云書中自有黃金屋，書中自有顏如玉，是陞官發財主義的代表，便是唐朝做原道的韓文公教訓兒子，也說的這一派的話，在世間勢力之大可想而知。我所談的對於這兩派都夠不上，如要說明一句，或者可以說是為自己的教養而讀書吧。既無甚麼利益，也沒有多大快樂，所得到的只是一點知識，而知識也就是苦，至少知識總是有點苦味的。古希伯來的傳道者說：「我又專心察明智慧狂妄和愚昧，乃知這也是捕風，因為多有智慧就多有愁煩，加增知識就加增憂傷。」⑦這所說的話是很有道理的。但是苦與憂傷何嘗不是教養之一種，就是捕風也並不是沒有意思的事。我曾這樣的說：「察明同類之狂妄和愚昧，與思索個人的老死病苦，一樣是偉大的事業。虛空儘由他虛空，知道他是虛空，而又偏去追跡，去察明，那麼這是很有意義的，這實在可以當得起說是偉大的捕風。」⑧這樣說來，我的讀書論也還並不真是如詩的表面上所顯示的那麼消極。可是無論如何，寂寞總是難免的，唯有能耐寂寞者乃能率由此道耳。

民國甲申，八月二日。

作者

周作人（一八八五——一九六七），原名周櫆壽，字星杓，筆名仲密、知堂。浙江紹興人。一九零一年負笈於南京江南水師學堂。在學期間，與兄周樹人（魯迅）合作翻譯歐洲文學作品。一九零六年赴日本學建築，一九零八年轉學立教大學改習古希臘文。三年後回國，即在教育界任職。一九一七年在北京大學國史編纂處工作，兼授歐洲文學史，同時也在燕京大學及女子高等師範學校兼課。一九一七年開始的新文學運動中，周作人發表了〈人的文學〉（一九一八）和〈平民文學〉

（一九一九）等文作為響應。一九二一年他和茅盾、葉紹鈞等成立文學研究會。一九二四年與孫伏園等創辦《語絲》週刊，發表閒適平淡的小品文為讀者稱賞，成為一時的風尚。一九三七年日本侵略中國，發生七七事變，華北各大學紛紛南遷，周作人留居北京。一九三八年任燕京大學客座教授。一九三九年元旦遇刺受輕傷，旋出任日人治下的北京大學文學院院長。一九四一年任「華北政務委員會」委員。一九四五年日本投降，周氏以漢奸罪名被捕入獄，在獄中不忘寫作，寫成舊體詩詞二百多首。一九四九年出獄，年底應上海《亦報》邀請，寫作小品文以維持生計，並翻譯希臘文學作品，也寫了不少記述魯迅事跡的文章。翌年為上海《大報》寫專欄。前後發表小品文近千篇。一九六零年應香港《新晚報》之邀寫回憶錄。一九六七年病逝於北京。

周作人在上世紀二十年代初期已在文壇上建立個人的地位。他的散文平和雅淡、閒適自然、清雋幽默，得到當時文學界的普遍稱許。上世紀三十年代之後，周氏寫作風格及政治立場都有所改變，批評他的人也多。主要著作有《雨天的書》、《魯迅的故家》、《知堂回想錄》及譯作《伊索寓言》等。

## 題解

〈燈下讀書論〉寫於一九四四年八月，同年十月發表於雜誌《風雨談》第十五期，署名十堂。本篇所據的是一九四四年上海太平書局《苦口甘口》的版本。此文是作者讀書心得，有感於聖賢教訓的空泛無力，認為以史為鑒才能夠發揮文章的道德作用。

## 註釋

① 黑飯：鴉片。

② 土膏：鴉片。

③ 語出周作人〈教訓之無用〉。發表於一九二四年二月的《晨報副刊》，收入一九二五年上海北新書局出版的《雨天的書》。

④ 語出周作人〈閉戶讀書論〉。一九二八年作，收入一九二九年上海北新書局出版的《永日集》。

⑤ 陸萬齡：生卒年不詳，明熹宗（一六二一——一六二七）時國子監生。他曲意奉承太監魏忠賢，認為孔子作《春秋》可以名垂千古，因此勸魏忠賢作《三朝會典》。他又認為魏忠賢誅東林黨，可比作孔子誅少正卯，故倡議為魏氏建祠，使與先聖前後輝映。

⑥ 阮大鋮：阮大鋮（一五八七——一六四六），字集之，號圓海，安慶府懷寧縣（今安慶市）人。明萬曆四十四年（一六一六）進士。明亡（一六四四）後，阮氏在南京受福王重用。南明弘光元年

（一六四五），清兵破南京，阮氏逃至浙江。次年乞降，並隨清軍南渡，至浙閩交界處的仙霞關時僵仆石上而死。阮大鋮所作的傳奇《燕子箋》，膾炙人口。另有《詠懷堂詩文集》傳世。

⑦ 語出基督教的舊約聖經〈傳道書〉第一章十七至十八節。

⑧ 語出周作人〈偉大的捕風〉。作於一九二九年，見一九三二年上海開明書店出版的《看雲集》。

# 詩一首

胡漢民

西湖〔民國〕十二年

直搗黃龍①未可期。風流猶憶翠微詩②。青山埋骨尋常事。湖上騎驢卻是誰③。鄂忠武墓

誰遣宵人夜奪關④。南朝天子⑤已生還。悠悠兩代⑥興亡恨。衹葬西湖一處山。于忠肅墓

隱臥孤山境最宜。神清骨冷是君詩。東坡去後無人識。衹有梅花似舊時⑦。林處士墓

見說椎秦⑧願已酬。那知滄海尚橫流。我來風雨亭邊過。不是秋時也欲愁⑨。秋女俠墓

# 作者

胡漢民（一八七九——一九三六），字展堂，原名衍鸛，後改衍鴻，別號不匱室主，廣東番禺人。幼讀私塾，及長，先後就讀於學海堂、菊坡、越華及粵秀等書院。一八九八年任廣州《嶺海報》記者。一九零二年赴日本東京弘文學院師範科留學。一九零四年轉學東京法政大學。一九零五年加入孫中山的同盟會，兼任書記，以筆名「漢民」在《民報》發表文章，與梁啟超主持的《新民叢報》展開一場有關共和政體與君主立憲的筆戰。回國後追隨孫中山在西南各地進行革命。一九一一年辛亥革命成功，任中華民國總統府秘書長。後改任廣東都督兼民政長。一九一七年，袁世凱稱帝失敗，孫中山在南方發起護法運動之時，胡氏任廣州的護法軍政府的交通部長。一九二一年任北伐大本營總參議。一九二四年任廣東省長。一九二七年任國民政府委員會代理主席、國民黨中央宣傳部長及政治會議主席等職。一九二八年任國民政府委員兼立法院長，制訂民國各種重要法典。一九三五年被選為國民黨中央常務委員會主席。一九三六年五月以腦溢血病逝於廣州。

胡漢民的詩詞初學蘇軾、陸游，後改學韓愈、王安石，深得當時同光體詩人陳三立和冒鶴亭的推許，評其詩「才思有餘、以精悍之筆達沈摯之思，不肯作一猶人語，乃詩人之詩也」，可見胡氏文才之一斑。主要著作有《胡漢民自傳》及《不匱室詩鈔》。

## 題解

〈西湖十二年〉錄自一九七八年中國國民黨中央委員會黨史委員會的《胡漢民先生詩集・不匱室詩鈔》。

一九二三年，胡漢民由上海回粵，途經浙江時在西湖寄跡，寫下此四首七絕。

其一是弔南宋岳飛（一一零三——一一四二）之作：前二句寫岳飛壯志未酬，後人仍懷念其風流儒雅。末兩句指意深遠，既惜岳飛之死，也為自己的苦況解嘲。

其二是弔明代忠臣于謙（一三九八——一四五七）之作。前二句寫徐珵、石亨等人以兵迎明英宗在南宮復位一事。後二句寫于謙被枉殺後，只留下西湖的孤墳，深為其悲慘遭遇不值。

其三是弔林逋（九六七——一零二八）之作。林是北宋處士，錢塘人，隱於西湖小孤山，有「梅妻鶴子」之稱，曾作梅花詩聞名於世。

其四是弔秋瑾（一八七五——一九零七）之作，追惜秋瑾的烈士行徑。胡氏認為秋瑾雖已殺身成仁，但國家仍處於紛亂之局，蒿目時艱，怎能沒有「不是秋時也欲愁」的慨歎呢？

## 註釋

① 黃龍：指黃龍府，遼太祖天顯元年（九二六）置。治所在今吉林省農安縣。金熙宗天眷三年（一一四零）改為濟州。《宋史．岳飛傳》：「飛大喜，語其下曰：『直抵黃龍府，與諸君痛飲爾！』」清人趙翼（一七二七——一八一四）〈岳中武墓〉詩：「生平誓踏賀蘭山，未飲黃龍一杯酒。」詩中之意本於此。

② 翠微詩：指岳飛言情寫景之作。

③「青山埋骨尋常事」兩句：「青山埋骨」指岳飛死後葬於西湖青山，後人於墓前題句云：「青山有幸埋忠骨，白鐵無辜鑄佞臣」。「湖上騎驢」，用宋孫光憲《北夢瑣言》中有關唐相國鄭綮在灞橋雪中騎驢苦吟的典故，借指作者在西湖邊作詩覓句的情況。

④ 宵人夜奪關：宵人，小人。夜奪關，指徐珵、石亨等人以兵迎明英宗於南宮復位，殺于謙，並籍其家一事。

⑤ 南朝天子：借指明英宗（一四二七——一四六四）。

⑥ 兩代：指明、清兩代。

⑦ 梅花似舊時：謂梅花彷彿猶是林逋當年所見的舊貌。

⑧ 椎秦：指張良（?——前一八六）命以大鐵椎擊秦始皇（前二五九——前二一零）於博浪沙事，見《史記．張良傳》。今借此指秋瑾組「光復軍」，準備起義，事雖失敗，而願已酬。

⑨ 不是秋時也欲愁：秋瑾就義時，曾唸詩句云：「秋風秋雨愁殺人。」胡氏作詩時不在秋日，但在墓前憑弔仍不免有「不是秋時也欲愁」的感慨。

# 詞一首

汪精衞

## 朝中措

重九日登北極閣讀元遺山詞至故國江山如畫醉來忘却興亡悲不絕于心亦作一首

城樓百尺倚空蒼。雁背正低翔。滿地蕭蕭落葉。黄花①留住斜陽。

闌干拍徧。心頭塊壘②。眼底風光。為問青山綠水。能禁幾度興亡。

### 作者

汪精衞（一八八三——一九四四），原名兆銘，字季新。原籍浙江紹興，生於廣東三水。一九零三年以官費留學日本東京法政大學。一九零五年加入同盟會，兼任同盟會機關報《民報》主編。曾著文抨擊康有為和梁啟超所倡議的君主立憲論。一九一零年初，因謀殺清攝政王載灃失敗，被捕入獄。一九一一年辛亥革命後獲釋，翌年，與檳城華僑富豪之女陳璧君成婚後偕往歐洲。一九一七年回國，獲孫中山委任為機要秘書，參加護法運動。一九二五年孫中山病篤彌留之際，口授遺囑，汪氏在病榻前援筆立就，朗然可讀，可見他的捷才。孫氏去世後，汪精衞與蔣介石及胡漢民角逐政治權位，曾一度被國民黨中央排斥，遠遊法國。一九二七年應胡漢民籲請回到上海，先與蔣介石晤談，後與陳獨秀商討國共兩黨的關係，但最終仍與蔣、胡決裂。是時汪、蔣各自組成武漢、南京國民政府。一九三七年七七事變爆發，汪氏公開宣言「抗戰必亡」。一九四零年三月，汪氏在日本扶植下，在南京組成「淪陷區政府」，任代理主席，取得日本政府的承認。一九四四年三月，汪氏在抗日戰爭即將勝利的前夕，赴日就醫。十一月死於名古屋，後歸葬於南京梅花山。一九四六年一月，墓穴被炸毀。

汪精衞少有大志，才氣縱橫。惜晚節有虧，蒙上漢奸惡名。著有《雙照樓詩詞稿》。

## 題解

〈朝中措〉見汪精衞《雙照樓詩詞稿》，本篇所據的是一九七零年香港吳興記書報社的影印本。原書是線裝本，未註明出版年月。本篇雖有作者自序，卻未註明寫作日期，應是抗日前之作。作者在重九日登北極閣時，偶憶及元好問〈朝中措〉中的哀時之句，因而緣情寫景，追和而作。

## 註釋

① 黃花：指菊花。

② 塊壘：比喻胸中鬱結愁悶。

# 詞二首

劉景堂

## 憶江南

曩者劉伯崇先生過香港戲以此間地名為憶江南詞云油麻地鎮日競相呼深水埗前雲黯淡筲箕灣下雨模糊還到九龍無想見當時冷落呼渡情態忽忽五十餘年一經兵燹盛衰陵谷多異舊觀茲擇其名之較雅而具歷史變遷之迹者追步伯崇先生依調各賦一闋

千峰抱。天險鯉魚門。短夢百年炊黍①盡。逝波依舊送黃昏。誰與弔沈魂②？

官渡③晚。寂寞九龍城。斜日冷搖葵麥影。東風閒遞鷓鴣聲。殘劫待收枰④。

裙帶路⑤。金粉未全消。草暖胡兒驕玉勒⑥。夜分游女墮金翹⑦。意倦莫相招。

## 浣溪沙

耶穌誕之前夕路上行人歌聲徹耳余非教徒閉門獨寤別有所懷也

獨對孤燈分外明。瓶花舊影隔銀屏。今宵老眼為誰青？
日曆亂翻餘幾頁。時鐘催報過三更。六街人似夢中行。

### 作者

劉景堂（一八八七——一九六三），字韶生，號伯端，小名阿韶，別署璞翁。福建上杭人，寄籍廣東番禺。早歲就讀廣州城北大館，後隨父遊宦江南。一九一一年到香港，曾協助俞叔文設塾教學，不久，就任華民司署簿書。劉氏受鄰居黎季裴的引導，浸淫詞學，專志倚聲。一九四一年香港淪陷，劉氏舉家避亂於廣西桂平。一九四五年日軍投降後返港。一九五零至五四年間，劉氏與廖鳳舒、羅忼烈、王韶生、任援道、林碧城、曾希穎及王季友等人，在香港堅尼地道廖寓成立堅社，每月皆有詞會。廖鳳舒去世後，劉氏繼續主持，直至一九五五年為止。一九六三年逝世。

劉氏論詞，推崇宋代的蘇軾、姜夔及清代的蔣春霖、文廷式。一九二零年由陣步墀刊行《心影詞》凡二百二十首，編入《繡詩樓叢書》第二十九種。著有《滄海樓詞》等。

## 題解

〈憶江南〉選錄自劉景堂的《滄海樓詞》自印本，是作者於一九四九年追和劉伯崇〈憶江南〉之作。原文共有六首，今選錄三首。

〈浣溪沙〉寫於香港一九五六年十二月二十四日晚上。基督教徒習慣在該夜（基督教徒稱平安夜）結隊上街唱宗教詩歌，稱為「報佳音」。劉氏並非教徒，但即事成詩。劉氏善於創新，能以新事物入傳統詩詞，這就是「學古而不泥於古」的寫作態度。

## 註釋

① 炊黍：煮黃粱，比喻虛幻的夢境，原典出自唐沈既濟（生卒年不詳）的傳奇〈枕中記〉，比喻香港的百年滄桑，就像炊黍一夢般短暫。

②弔沈魂：沈魂，指南宋末年丞相陸秀夫（一二三六——一二七九）與宋帝昺（一二七一——一二七九）蹈海自殺，其精魂仍為後人所感念。陸秀夫為元將張弘範追迫，攜帝昺一度逃至九龍灣，到了新會崖山時，勢窮力盡，背着幼年的末代宋帝，赴海而死。

③官渡：指昔日鄰近九龍城的官富場。該地是清代官船停泊的港灣，今稱九龍灣。

④收枰：收枰，即收拾和料理。指香港割讓與英國為一劫，如一破殘的棋局，有待後人收拾。

⑤裙帶路：指港島南區繞西半山至中環的一段山路，相傳為水上人陳群帶領英軍登陸所經之地。該山路彎曲蜿蜒，一如裙帶，故名。其約在今天的薄扶林道和蒲飛路一帶。

⑥草暖胡兒驕玉勒：指港島半山名金督馳馬徑的小徑，是昔日香港總督金文泰（Cecil Clementi）馳馬之路。

⑦夜分游女墮金翹：指入夜後妓女們四出招客的情景。

# 詩詞四首

趙尊嶽

## 陰山①歸綏②新城步月

## 獨客蒼茫歸途成詠

煙樹無風送晚晴，清霜寒月受降城③。斗迴杓柄連天直，岸磧砂平絕地橫。廢塔國師④留壞影，窮邊塞主竚殘更。此時勝賞矜幽獨，欲喚團欒⑤共北征。

## 戊戌除夕

縱非萬死已投荒，莫遣三生⑥説故鄉。歷歷冬藏驚夏暍⑦，微微秋氣扇春王⑧。蓬門巷底泥金帖，椰實尊前璧玉漿。權作椒盤資獻歲，天涯漢臈⑨未全忘。

## 思嘉客

何之碩屬題江南春圖

一抹晴絲繞徑栽。三生⑩花草罨樓臺。江南夢好酬珠玉⑪。曾見倪迂⑫舊稿來。

吟海氫。悵風埃。幾時重與繫春回。念家山破⑬消新曲。粉本留真亦可哀。

## 三姝媚

花期容易換。倩瓊枝娉婷。駐春明粲。笑裏傳觴。有舊家公子⑭。賞心游宴。拍按紅牙。裊一曲珠歌宛轉。此際消魂。雲𢃇⑮雕梁。麝溫銀管⑯。

消受芙蓉妙面。共香霧簾櫳。妍風亭院。點檢烏絲⑰。更杜郎薄倖⑱。負他鶯燕。漫倚柔條⑲。須博取珍叢青眼⑳。著意羅衣初試。苔痕翠淺。

## 作者

趙尊嶽（一八九八——一九六五），字叔雍，號珍重閣主，江蘇武進人。父趙鳳昌是晚清大臣張之洞的幕客。趙氏幼承家學，少時隨母學詩。母奩贈甚豐，多舊板剞劂名家詩集。趙氏日夕寢饋其間，漸得作詩心法。初，趙氏在南洋公學畢業之後，曾出任上海《申報》主筆，並以善寫政論聞名。所與遊如譚延闓、林琴南、陳散原、梅蘭芳、章士釗和汪精衞等，皆當世名師勝友。如是者境以日變、詩亦日多，一時頗負詩名。後更從晚清詞家況蕙風學詞，盡得其藝，故終又以詞學名世。趙氏曾與龍榆生等人於上海結詞社，主編《詞學叢刊》，又以惜陰堂之名，刻刊詞集。一九五零年移居香港，任職於商務印書館，並於官立文商學院主講詞學、諸子學及新聞學。一九五八年受聘於南洋大學，主講詞學。一九六四年退休後，改任《南洋日報》及《星洲日報》主筆。一九六五年在新加坡逝世。

趙氏一生，出入新聞、政治、教育、財經及文藝各界。他於撰寫政論之外，創作詩詞劇藝，是近代一大詞家。評論者說，他的小令媲美晏幾道，長調迫近吳文英。著有《高梧軒詩全集》、《珍重閣詞集》及《敦煌舞譜殘帙探微》等。詩詞以外，趙尊嶽的英文翻譯作品有《重臣傾國記》和《玉樓慘語》等。

## 題解

〈陰山歸綏新城步月獨客蒼茫歸途成詠〉一詩載於《高梧軒詩》卷三，是趙尊嶽的女兒趙文漪一九六六年所編印的。此詩是趙氏遠遊關外途中，在月下所寫。此詩意境壯闊，寄慨深遠，中間二聯撫景設想，極盡蒼茫幽渺之致。

〈戊戌除夕〉一詩載於《高梧軒詩》卷十。適逢除夕，趙氏撫今追昔，百感交集所作。

〈思嘉客〉載於《珍重閣詞》下卷，是趙氏題贈友人之作。此詞筆調典麗，風格近於宋人吳文英。

〈三姝媚〉載於《珍重閣詞》中卷，是趙氏少時的麗情寫作。詞意熨貼宛整，格調高雅，已出入秦觀、晏幾道之間。

## 註釋

① 陰山：山脈名，崑崙山的北支。自漢武帝（前一五七——前八十七）伐匈奴得此山後，成為中國歷代北方的屏蔽。

② 歸綏：一九五四年以前綏遠省的省會、平綏鐵路與綏新公路的交點，現併入內蒙古自治區。城南

有漢王昭君墓，史稱青塚。

③ 受降城：漢武帝遣公孫敖所築的受降城，其地在舊綏遠烏拉特旗部北。

④ 國師：指公孫弘（前二零零——前一二一），字季齊，漢武帝時任宰相，封平津侯。「廢塔」、「窮邊」兩句，寫歸途所見的荒涼景象。

⑤ 團圞：也作團欒，指圓月。見宋詩人林逋（九六七——一零二八）〈又詠小梅〉：「摘索又開三兩朵，團欒空繞百千迴。荒鄰獨映山初盡，晚景相禁雪欲來。」

⑥ 三生：佛教語，指前生、今生、來生。見漢牟融（？——七九）〈送僧〉：「三生塵夢醒，一錫衲衣輕。」

⑦ 夏暍：即暑熱病。張仲景《傷寒論．辨痓濕暍病脈証并治》：「太陽中熱者，暍是也。其人汗出惡寒，身熱而渴也。」

⑧ 春王：指正月。《春秋》體例，魯十二公的元年均書為「春王正月公即位」。

⑨ 漢臈：臈，同臘，古代臘祭行於十二月，故世稱十二月為臘月。此指投荒後仍不忘臘祭之事。

⑩ 三生：指三生石。相傳唐代李源與僧圓觀友好，圓觀臨死時與李約定，十二年後在杭州天竺寺相見。李源依期赴約，在天竺寺前遇一牧童唱〈竹枝詞〉道：「三生石上舊精魂，賞月吟風不要論。慚愧情人遠相訪，此身雖異性長存。」遂知牧童即圓觀的轉世。

⑪ 珠玉：指晏殊（九九一——一零五五），字叔同，宋臨川人。著有《珠玉詞》。

⑫ 倪迂：指倪瓚（一三零一——一三七四），號雲林居士，明朝畫家，善畫山水。因行事古怪，人稱

「倪迂」。

⑬ 念家山破：唐曲子名。本為舊曲「念家山」，南唐李煜（九三七——九七八）改為新聲，曰「念家山破」，其聲焦殺，被看作亡國的徵兆。

⑭ 舊家公子：作者自稱。作者出身官宦之家，早年以詩詞得享盛名，常以小晏自況。

⑮ 雲殢：殢即滯留。此處言男女繾綣歡愛之情。

⑯ 銀管：與玉笛同指吹奏樂器。

⑰ 烏絲：即烏絲欄，指寫作用的名貴絲帛箋。

⑱ 杜郎薄倖：杜郎，即杜牧（八零三——八五二），字牧之，號樊川，唐代詩人。薄倖，語出杜牧〈遣懷〉詩：「十年一覺揚州夢，贏得青樓薄倖名。」

⑲ 柔條：指柳枝。

⑳ 珍叢青眼：珍叢，指美麗的花叢；青眼，又稱柳眼，指初生的柳樹嫩葉。

# 參考部分

# 天演論・察變

嚴復 譯 〔英國〕赫胥黎 原著

譯者補充

## 一、嚴復自述生平

嚴復的自述生平資料散見於他的古書案語、翻譯案語、日記及書信中。現存日記有光緒三十四年（一九零八）、宣統元年（一九零九）、一九一一、一九一二、一九一四、一九一六至一九二零共十一冊（王栻編《嚴復集》第五冊輯）；書信：致師友書信及家信共二百五十餘通（《嚴復集》第三冊）、《嚴幾道晚年思想：即嚴幾道與熊純如書札節錄》及王思義編《生斯也何必無情：嚴復家書》等。

在一八九九年三月、四月間給商務印書館創辦人張元濟的信函中，可見嚴復翻譯所秉持的使命感：「今者勤苦譯書，羌無所為，不過憫同國之人，於新理過於蒙昧，發願立誓，勉而為之。」此外，嚴復對於自己的翻譯才能，自視甚高。曾對張元濟言：「有數部要書，非僕為之，可決三十年中無人為此者，縱令勉強而為，亦未必能得其精義也……鄙人於譯書一道，自負於世諸公未遑多讓。」

而嚴復譯書不時加插釋言、例言及案語，作為凡例，並用以詮譯名物、補充原書、聯繫本國實際問題，及闡發自己的見解，據此可見嚴氏的譯書志向及學術思想梗概。如《天演論 · 序》中，嚴復即申述其譯書的用心：

風氣漸通，士知弇陋為恥。西學之事，問塗日多。然亦有一二巨子，訑然謂彼之所精，不外象數形下之末；彼之所務，不越功利之間。逞臆為談，不咨其實。討論國聞，審敵自鏡之道，又斷斷乎不如是也。

其他有關嚴復譯書思想可見：《法意》案語、《名學》案語、《穆勒》案語（上述文章見《嚴復集》第四冊）、南洋學會研究組編《嚴幾道先生遺著》及馬克鋒著《嚴復林紓詩文選譯》等。

## 二、他人撰述嚴復生平

他人撰述嚴復生平的資料有：王蘧常著《民國嚴幾道先生復年譜》；陳寶琛著〈清故資政大夫海軍都統嚴君墓志銘〉（《清史稿 : 本傳》）；王栻著《嚴復傳》及《嚴復》；徐立亭著《嚴復》；林國清、林蔭儂著《嚴復》及王中江著《嚴復》等。

## 三、嚴復評介

嚴復對近代學術的貢獻，在於翻譯和介紹西方哲學及政治思想。晚清政府雖在上海設製造局翻譯西學，但僅限於自然科學和工藝技術等範疇，對西方社會科學、哲學名著的翻譯和介紹，則尚付闕如。梁啟超在《清代學術概論》中說：「西洋留學生與本國思想界發生影響者，復其首也。」胡適亦認為嚴復率先引入了西方哲學思想：「嚴復是介紹西洋近世思想的第一人。」（見《五十年來中國之文學》）。吳相湘的〈「天演宗哲學家」嚴復〉總評嚴復的學行和貢獻（見《民國百人傳》第一冊）：

嚴復是中國第一屆留英海軍學生。在同學十二人中，是惟一未經登艦航海訓練、而被安排從事研究自然科學及槍炮製造與築壘學。顯見當時因材施教，使其成為中國新海軍教育的種子。嚴回國後，主持天津水師學堂約二十年，造就甚宏：伍光建（翻譯家）、黎元洪（大總統）、張伯苓（南開大學校長）均出其門下。中日甲午戰爭後，嚴大聲疾呼「開民智」、「新民德」、「鼓民力」，興教育、重科學為救國強種之根本。譯刊《天演論》、《原富》、《羣學肄言》、《羣己權界論》、《法意》、《社會通詮》、《名學》諸名著，介紹西洋哲學、政治、社會、經濟思想，以開擴國人心胸、改變保守觀念，對於中國近代化運動發生鉅大影響。自號「天演宗哲學家」。綜其學行，實非虛誇。

研究嚴復的參考資料彙編有：朱傳譽主編《嚴復傳記資料》；楊正典著《嚴復評傳》；歐陽哲生著《嚴復評傳》及牛仰山、孫鴻霓編《嚴復研究資料》等。

歷代評論嚴氏的翻譯技巧的資料很多，如胡適在《五十年來中國之文學》評嚴復譯筆：

嚴復譯的書，有幾種——《天演論》，《羣己權界論》，《羣學肄言》，——在原文本有文學價值，他的譯本在古文學史也應該佔一個很高的地位。

此外，嚴氏翻譯西文，除介紹西學，也抒發自己的政見。他還為原著立傳，附帶介紹原作者以及與原著有關的學說。賀麟〈嚴復的翻譯〉(一九二五）詳細評析了嚴復譯作（見《翻譯論集》)：

嚴復初期所譯各書如《天演論》(一八九八)《法意》(一九零二)《穆勒名學》(一九零二）等書，一則因為他欲力求舊文人看懂，不能多造新名詞，使人費解，故免不了用中國舊觀念譯西洋新科學名詞的毛病；二則恐因他譯術尚未成熟，且無意直譯，只求達指，故於信字，似略有虧。他中期各譯品，實在可謂三善俱備：如《羣學肄言》……《羣己權界論》……《社會通詮》……這四種都算是嚴復中期的譯品，比前後兩期的都譯得好些。到了一九零八年譯《名學淺說》，他更自由意譯了。……他這種「引喻舉例多用己意更易」的譯法，實在為中國翻譯界創一新方法。我們可稱之曰「換例譯法」。至一九一四年所譯之《中國教育議》，乃係用報章文學體，譯得更為隨便。此兩種代表他末期的譯品。

關於嚴復翻譯作品的資料有：高惠羣著《翻譯家嚴復傳論》；商務印書館編輯部編《論嚴復與嚴復名著》及汪榮祖著〈嚴復的翻譯〉（《中國文化》一九九四年二月號）等。

其他關於嚴氏思想和學術的參考資料有：周振甫著《嚴復思想述評》；劉富本著《嚴復的富強思想》；陳越光著《搖籃與基地：嚴復的思想和道路》；林保淳著《嚴復：中國近代思想啟蒙者》；張志建著《嚴復學術思想研究》；高大威著《嚴復思想研究》；崔運武著《嚴復教育思想研究》；張志建著《嚴復思想研究》；楊國榮著《從嚴復到金岳霖：實証論與中國哲學》；李承貴著《中西文化之會通：嚴復中西文化比較與結合思想研究》；史華慈（Benjamin Isadore Schwartz）著《尋求富強：嚴復與西方》(*In Search of Wealth and Power: Yen Fu and the West*) 及李承貴著

〈五十年來嚴復思想研究述評〉(《中國文化月刊》一九九七年三月)等。

## 題解補充

### 《天演論》評析

嚴復翻譯的《天演論》有很高學術價值，對當時中國政治和社會有深遠的影響。胡適在〈四十自述〉中提及《天演論》出版後之影響(見《胡適自傳》)：

《天演論》出版之後，不上幾年，便風行到全國，竟做了中學生的讀物了。讀這書的人，很少能了解赫胥黎在科學史和思想史上的貢獻。他們能了解的只是那「優勝劣敗」的公式在國際政治上的意義。在中國屢次戰敗之後，在庚子、辛丑大恥辱之後，這個「優勝劣敗，適者生存」的公式確是一種當頭棒喝，給了無數人一種絕大的刺激。幾年之中，這種思想像野火一樣，燃燒着許多少年人的心和血。「天演」、「物競」、「淘汰」、「天擇」等等術語都漸漸成了報紙文章的熟語，漸漸成了一班愛國志士的「口頭禪」。

稻葉岩吉在《清朝全史》卷下第四章中評論《天演論》：

《天演論》發揮適種生存、弱肉強食之說。四方讀書之子，爭購此新著。

卻當一八九六年中日戰爭之後，人人胸中，抱一眇者不忘視，跛者不忘履之觀念。若以近代中國之革新，為起端於一八九五之後，則《天演論》者，正溯此思潮之源頭，而注以活水者也。

其他關於《天演論》評述的資料主要有：馬克鋒著〈救亡圖存與天演圖說〉（《福建論壇：文史哲版》一九九七年二月）及高時良著〈歷史的畫卷，時代的警鐘——紀念嚴復譯《天演論》一零零週年〉（《福建論壇：文史哲版》一九九七年一月）等。

## 圖文補充

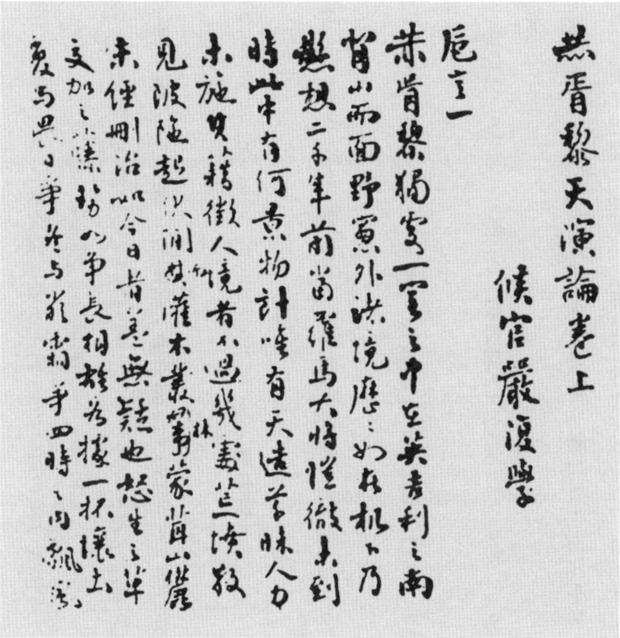
赫胥黎天演論卷上

侯官嚴復學

卮言一

赫胥黎獨處一室之中在英吉利之南背山而面野窗外諸境歷歷如在机下乃懸想二千年前當羅馬大將愷徹未到時此中有何景物計惟有天造草昧人功未施其借徵人境者不過幾處荒墳散見坡陀起伏間而灌木叢林蒙茸山麓未經刪治如今日者則無疑也怒生之草交加之藤勢如爭長相雄各據一抔壤土夏與畏日爭冬與嚴霜爭四時之內飄風

嚴復《天演論》部分手稿。（見王栻著《嚴復》）

# 參考書目

## 一、嚴復著述


1 斯密亞丹（A. Smith）著，嚴復譯《原富》（*Inquiry into the Nature and Cause of the Weath of Nations*）。上海：南洋公學譯書院。一九零一——零二。

2 J. S. Mill 著，嚴復譯《穆勒名學》（*System of Logic*）。上海：商務印書館。一九一二。

3 史賓塞（Herbert Spencer）著，嚴復譯《羣學肄言》（*Study of Sociology*）。上海：文明書局。一九零三。

4 孟德斯鳩（Charles de Secondat Montesquieu）著，嚴復譯《法意》（*Spirit of Laws*）。上海：商務印書館。一九三三。

5 甄克思（Edward Jenks）著，嚴復譯《社會通詮》（*History of Politics*）。上海：商務印書館。一九三一。

6 耶方斯（William Stanley Jevons）著，嚴復譯《名學淺説》（*Primer of Logic*）。上海：商務印書館。一九三一。

7 赫胥黎（Thomas Henry Huxley）著，嚴復譯《天演論》（*Evolution and Ethics*）。上海：上海印書館。一九三三。

8 嚴復著，南洋學會研究組編《嚴幾道先生遺著》。新加坡：南洋學會。一九五九。

9 嚴復著《嚴幾道晚年思想：即嚴幾道與熊純如書札節錄》。香港：崇文書店。一九七四。

10 嚴復著，王栻編《嚴復集》（一至五冊）。北京：中華書局。一九八六。

11　嚴復著，王思義編《生斯也何必無情：嚴復家書》。瀋陽：遼寧古籍出版社。一九九六。
12　嚴復、林紓著，馬克鋒編《嚴復林紓詩文選譯》。成都：巴蜀書社。一九九七。

## 二、他人著述

1　趙爾巽等著《清史稿：本傳》。北京：清史館。一九二七。
2　梁啟超著《清代學術概論》。上海：商務印書館。一九三零。
3　稻葉岩吉著，但燾譯訂《清朝全史》。台北：中華書局。一九六零。
4　周振甫著《嚴復思想述評》。台北：中華書局。一九六四。
5　胡適著《五十年來中國之文學》。香港：神州圖書公司。一九七六。
6　劉富本著《嚴復的富強思想》。台北：文景出版社。一九七七。
7　朱傳譽主編《嚴復傳記資料》。台北：天一出版社。一九七九。
8　王蘧常著《民國嚴幾道先生復年譜》。台北：商務印書館。一九八一。
9　商務印書館編輯部編《論嚴復與嚴復名著》。北京：商務印書館。一九八二。
10　吳相湘著《民國百人傳》(第一冊)。台北：傳記文學雜誌社。一九八二。
11　王栻著《嚴復》。江蘇：江蘇古籍出版社。一九八四。
12　羅新璋編《翻譯論集》。北京：商務印書館。一九八四。
13　高平叔編《蔡元培全集》。北京：中華書局。一九八四。
14　陳越光著《搖籃與墓地：嚴復的思想和道路》。成都：四川人民出版社。一九八五。
15　林保淳著《嚴復：中國近代思想啟蒙者》。台北：幼獅文化事業公司。一九八八。

16 張志建著《嚴復思想研究》。桂林：廣西師範大學出版社。一九八九。
17 林國清、林蔭儂著《嚴復》。福州：福建教育出版社。一九八九。
18 牛仰山著《嚴復研究資料》。福州：海峽文藝出版社。一九九零。
19 高惠羣著《翻譯家嚴復傳論》。上海：上海外語教育出版社。一九九二。
20 高大威著《嚴復思想研究》。台北：國立政治大學中國文學研究所。一九九二。
21 崔運武著《嚴復教育思想研究》。瀋陽：遼寧教育出版社。一九九三。
22 歐陽哲生著《嚴復評傳》。南昌：百花洲文藝出版社。一九九四。
23 胡適著《胡適自傳》。南京：江蘇文藝出版社。一九九五。
24 張志建著《嚴復學術思想研究》。北京：商務印書館。一九九五。
25 徐立亭著《嚴復》。哈爾濱：哈爾濱出版社。一九九六。
26 王栻著《嚴復傳》。上海：上海人民出版社。一九九六。
27 楊國榮著《從嚴復到金岳霖：實證論與中國哲學》。北京：高等教育出版社。一九九六。
28 史華茲（Benjamin Isadore Schwartz）著《尋求富強：嚴復與西方》（*In Search of Wealth and Power: Yen Fu and the West*）。南京：江蘇人民出版社。一九九六。
29 李承貴著《中西文化之會通：嚴復中西文化比較與結合思想研究》。南昌：江西人民出版社。一九九七。
30 王中江著《嚴復》。香港：海嘯出版事業有限公司。一九九七。
31 楊正典著《嚴復評傳》。北京：中國社會科學出版社。一九九七。

# 人間詞話（節錄）

王國維

作者補充

## 一、王國維自述生平

王國維自述生平的資料有：《靜庵文集·自序》（一九零五）、《靜庵文集續編·自序》（一九零七）及《靜庵文集·自序二》（一九零七）等。上述文章見《王國維先生全集·初編》第五冊。

## 二、他人撰述王國維生平

王國維生前已是知名學者，他自殺的消息傳出後，驚動了學術界，引起不少的忖測，從而令他的死亡蒙上一片神秘色彩。他人撰述王氏生平的資料有：羅振玉著〈海寧王忠愨傳〉；趙萬里著〈王靜安先生年譜〉（以上兩文見清華學校研究所編《王靜安先生紀念號》）；錢基博著〈王國維傳〉（《現代中國文學史》）；王德毅著《王國維年譜》；朱傳譽主編《王國維傳記資料》；陳敬之著〈王國維〉（《中國新文學運動的前驅》）；李敖著〈王國維自殺寫真〉（《李敖生死書》）；陳芳著《王國維——新史學的開山祖》；袁英光、劉寅生編《王國維年譜長編》及陳平原、王楓編《追憶王國維》等。

## 三、王國維評介

王國維治學，喜歡作多方面的嘗試。早年以哲學、文學為主，後期轉向經史考據及史地研究，都獲取特殊成就。關於王國維整體學術評價的資料有：吳其昌著〈王觀堂先生學術〉（《王靜安先生紀念號》）；朱芳圃著《王靜安的貢獻》；繆鉞著〈王靜安與叔本華〉（《詩詞散論》）；吳澤主編，袁光英選編《王國維學術研究論集》第一至三輯；洪國樑著《王國維之詩書學》；朱歧祥著《王國維學術研究》及劉烜著《王國維評傳》等。

各家對王國維的學術成就和貢獻，均備極推崇。其中以梁啟超的《王靜安先生紀念號．序》和陳寅恪的《王靜安先生遺書．序》二文評論最為精到，梁啟超的評論：

> 先生貢獻於學界之偉績，其章章在人耳目者：若以今文創讀殷墟書契，而因以是正商周間史蹟及發見當時社會制度之特點，使古文耆然改觀。若搠治《宋元戲曲史》，蒐述《曲錄》，使樂劇成為專門之學。斯二者實空前絕業，

後人雖有補苴附益,終無以度越其範圍。若精校《水經注》,於趙全戴外別有發明。若校注《蒙古史料》,於漠北及西域史實多所懸解。此則續前賢之緒,而卓然能自成一家言。其他單篇著錄於《觀堂集林》及木專號與夫羅氏哈同氏諸叢刻者,其所討論之問題,雖洪纖繁簡不一,然每對於一問題,蒐集資料,殆無少遺失,其結論未或不饜心切理,驟視若新異,反覆推較而卒莫之能易。學者徒歆其成績之優異,而不知其所以能致此者,固別有大本大原在也。先生之學,從弘大處立腳,而從精微處著力;具有科學的天才,而以極嚴正之學者的道德貫注而運用之。其少年喜譚哲學,尤酷嗜德意志人康德叔本華尼采之書,晚雖棄置不甚治,然於學術之整個不可分的理想,印刻甚深,故雖好從事於箇別問題,為窄而深的研究,而常能從一問題與他問題之關係上,見出最適當之理解,絕無支離破碎專己守殘之蔽。先生古貌古飾,望者輒疑為竺舊自封畛,顧其頭腦乃純然為現代的,對於現代文化原動力之科學精神,全部默契,無所牴拒,而每治一業,恆以極忠實極敬慎之態度行之,有絲毫不自信,則不以著諸竹帛。

陳寅恪的評論(一九四零,見《陳寅恪先生論文集》):

先生之學博矣！精矣！幾若無涯岸之可望，轍跡之可尋，然詳繹遺書，其學術內容及治學方法，殆可舉三目以概括之者。

一曰：取地下之實物與紙上之遺文，互相釋證；凡屬於考古學及上古史之作，如：〈殷卜辭中所見先公、先王考〉及〈鬼方、昆吾、玁狁考〉等是也。

二曰：取異族之故書與吾國之舊籍，互相補正；凡屬於遼、金、元史事及邊疆地理之作，如：〈萌古考〉及〈元朝秘史之主因亦兒堅考〉等是也。

三曰：取外來之觀念與固有之材料，互相參證；凡屬於文藝批評及小說戲曲之作，如：《紅樓夢評論》及《宋、元戲曲考》等是也。

此三類之著作，其學術性質，固有異同，所用方法，亦不盡符會；要皆足以轉移一時之風氣，而示來者以軌則，吾國他日文史考據之學，範圍縱廣，途徑縱多，恐亦無以遠出三類之外，此先生之遺書，所以為吾國近代學術界最重要之產物也。

王國維自言早年喜愛西方哲學，其後認為西方哲學不能解決複雜的人生問題，便改由文學創作中尋求出路，最後又自覺感情寡而理性多，在文學創作上無大作為，因而專注於文學研究。其論《紅樓夢》，以哲學、美學及心理學為詮釋的依據；

論詞從釋皎然《詩式》「取境」一項，推廣其意，拈出「境界」二字立説；論戲曲則以實證的觀點，對戲曲的起源演變、表現手法及制度程式等，作創發性的系統論述。關於王氏文學研究的評析資料有：吳文祺著〈王國維的文學批評〉（《近百年來的中國文藝思潮》）；蔣英豪著《王國維文學及文學批評》；羅忼烈著〈王國維與清真詞〉（《兩小山齋論文集》）；葉嘉瑩著《王國維及其文學批評》；佛雛著《王國維詩學研究》；葉程義著《王國維詞論研究》及周明之著〈中國近代文學史的突破：王國維的文學觀〉（《漢學研究》一九九五年第十三卷一期）等。

王國維熟習乾嘉學者的考據和訓詁方法，善於運用獨創的「二重證據法」，將地下史料與文獻記載互相印證，以求得史實的真相，而他在甲骨和殷周古史方面的創獲更有可觀的成就。關於王氏史學成就的評論資料有：余大鈞著〈論王國維對蒙古史的研究〉（《王國維學術研究論集》第一輯）；潘悠著〈王國維在甲骨文研究上的貢獻〉（《王國維學術研究論集》第二輯）及陳元暉著〈王國維的史學方法〉（《論王國維》）等。

至於全面研究王國維著述的資料有：趙萬里編〈王靜安先生著述目錄〉（《王靜安先生紀念號》）；盧善慶編〈王國維研究論文資料索引〉（一九一九——八六）（《王

國維文藝美學觀》）及洪國樑著《王國維著述編年提要》等。

## 題解補充

### 一、《人間詞話》評析

王國維《人間詞話》前後積稿一百餘則。其中以「境界說」評詞的佔了最大部分。不過，此集是隨筆式的作品，對境界這個觀念，並無專章去作系統的論述，只散見於各段，而多屬片言隻字，或有綱而無目，或有目而無綱。又皆要言不繁，往往點到即止。歷來論者鮮能通達其意，讀者宜致意於鑒別。關於《人間詞話》的評析資料主要有：饒宗頤著《人間詞話平議》；何志韶編《人間詞話研究彙編》；許文雨編著〈王國維人間詞話〉（《文論講疏》）；黃維樑著〈王國維《人間詞話》新論〉（《中國詩學縱橫論》）；靳德峻箋證，蒲菁補箋《人間詞話》；姚柯夫編《「人間詞話」及評論匯編》（《王國維研究資料》）；王宗樂著《苕華詞與人間詞話述評》；祖保泉、張曉雲著《王國維與人間詞話》及滕咸惠譯評《人間詞話》等。

## 二、本篇評析

本篇特選王氏手定的有關境界之說的前十則，試加解說，闡釋其精義，使學詞者能窺其旨要。

第一則：「境界」是指作者寫作時能巧妙地將自己的心境或大自然環境描寫出來，而使人感覺意象佳勝。只要格調高，就自然有名句。就像王氏所舉的例子。現再舉他例以作參考，如柳永〈八聲甘州〉：「漸霜風淒緊，關河冷落，殘照當樓」，蘇軾評為「高處不減唐人風致」；又如〈雨霖鈴〉中的「楊柳岸，曉風殘月」，都表現出這種境界。此條是王氏詞學的綱領，以下各段是其細目。

第二則：「造境」指詞人以主觀筆法所創造的意境，也就是王氏所謂的「有我之境」和「理想派」的寫作，如馮延巳〈鵲踏枝〉：「淚眼問花花不語，亂紅飛過秋千去」。「寫境」指詞人以客觀的筆法，如實記寫當時的情景，亦即是第四則所謂「無我之境」，屬於「寫實派」的一種寫作，如陶潛〈飲酒〉的「采菊東籬下，悠然見南山」等都是。

第三則：「有我之境」，依王氏所說，是指「以我觀物，故物皆著我之色彩」。這是說主觀地去看事物的話，所寫的事物便會有作者的心理成分，這種意境便「有我（作者）」在。所以仍屬於作者所獨造的意境，而不同於別人所看見的意境，例如白樂天〈長恨歌〉的「行宮見月傷心色，夜雨聞鈴斷腸聲」、吳文英〈解連環〉的「又長亭暮雪，點點淚痕，總成相憶」等，都是作者的造境，即「有我之境」，而不是人人所見如是的境。作者有意將自己的心境強加於讀者身上，希望讀者看了後能身同感受。至於「無我之境」，依王氏所說，是「以物觀物，故不知何者為我，何者為物」，此言比較費解。推想王氏的意思，是指若以客觀眼光看事物的話，所寫的事物，便分不清哪些屬於作者的心理成分，哪些屬於事物的本身成分了。由此可知，作者雖然有意用客觀的描述筆法去表現「無我之境」，但其實作者的心理成分仍不可避地留存在事物中，其分別不過是所佔的心理成分，較「有我之境」為少。例如「采菊東籬下，悠然見南山」一句，是以客觀眼光看事物，是「寫境」而非「造境」的寫法，應屬「無我之境」；但「悠然」二字，卻多少點出了作者的心意和心境，因此作者的「自我」仍然存在，分別只在於這本是事物的自然狀態，而非經過作者的改造或加入個人主觀成分吧！所以仍可視作「無我之境」。

第四則：「無我之境，人惟於靜中得之」，指填詞者不要露出本意，讓詞中的事物歸於深靜的狀態，然後才能發現所謂的「無我之境」。此論以況周頤的詞學主張最恰當。況氏《蕙風詞話》說：「詞境以深靜為主。韓持國〈胡搗練令〉過拍云：『燕子漸歸春悄，簾幙垂清曉』。境至靜矣，而此中有人，如隔蓬山，思之思之，遂由靜而見深。蓋寫境與言情，非二事也，善言情者，但寫境而情在其中。此等境界，唯北宋詞人往往有之。」此外，王氏「有我之境，於由動之靜時得之」，是指填詞者先以主觀的成分注入事物中，使它們呈現出各種動態，然後再從事物本身的靜態中發現所謂的「有我之境」。由此可知「無我之境」是近於深靜的，可稱為「幽美」；「有我之境」是偏於靈動的，可稱為「宏壯」。

第五則：此為進一步談境界寫作的方法。王氏指事物有本身的自然之理，但是詞人創作時，須放棄事物的實在一面，而表現事物的理想一面；所以寫實家也能兼任理想家，例如「結廬在人境……心遠地自偏。采菊東籬下，悠然見南山」等。此外，王氏認為即使是「虛構之境」，也可以因「求之於自然」及「從自然之法」，而令理想家兼任寫實家。按鹿虔扆〈臨江仙〉的「煙月不知人事改，夜來還照深宮」和「藕花相向野塘中，暗傷亡國，清淚泣香紅」作法，亦屬此類。

第六則：此條說境界的內涵。所謂「景物」，是實景和事物的合稱。景可以指自然之景，也可以指自然事物；而事物也可指人事。人事與景物皆可透過客觀的筆法而成為外境，即「無我之境」；「喜怒哀樂」發自人的內心，就是內境，即「有我之境」。依王氏的說法，「能寫真景物、真感情者，謂之有境界，否則謂之無境界」。可見三項描述中，只要真切，便可發現「境界」。

第十五則：詞有深靜之境，溫庭筠和韋莊的作品就能達此境界，李後主的風格偏於疏放直露，缺少耐人尋味之處。他在亡國後所作的詞，雖有無限的感慨，但眼界只限於亡國之恨和身世之感，所寫景物始終離不開春花秋月，何嘗闊大？

第三三則：周邦彥的〈滿庭芳〉、〈夜飛鵲〉、〈六醜〉，在沉鬱中寄託深遠的思想，較歐陽修和秦觀的詞意更深，這已不是王氏可以了解的了。

第三八則：蘇軾〈水龍吟〉、史達祖〈雙雙燕〉，善於詠物；姜夔〈暗香〉和〈疏影〉也有寄託及體物轉情之妙，怎可以斷言是「無一語道着」呢？其實，王沂孫的〈齊天樂〉（詠蟬）應該被視為絕唱，就算是蘇軾的〈水龍吟〉（楊花）也非其敵。

第六十則：此節可作為王氏詞論的中心思想。

圖文補充

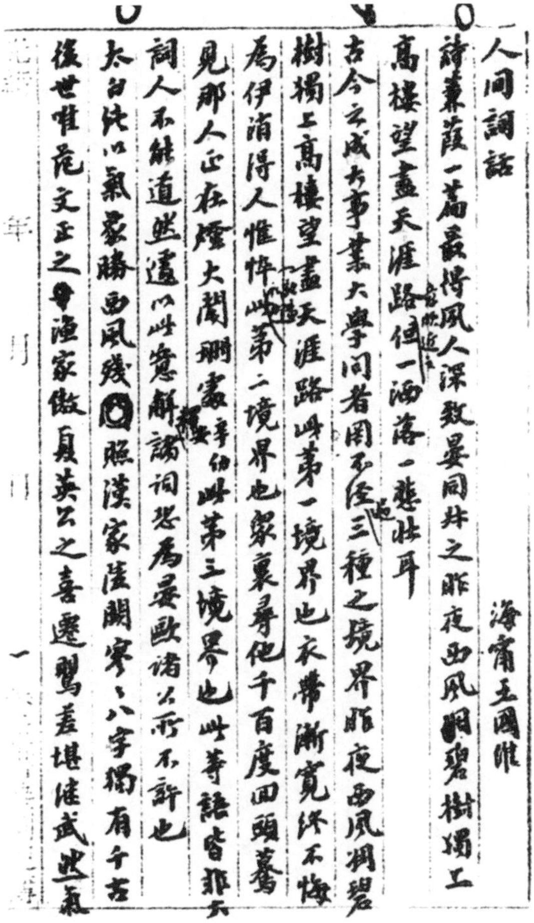

人間詞話　海甯王國維

詩蒹葭一篇最得風人深致晏同叔之昨夜西風凋碧樹獨上高樓望盡天涯路意頗近之但一灑落一悲壯耳

古今之成大事業大學問者罔不經過三種之境界昨夜西風凋碧樹獨上高樓望盡天涯路此第一境界也衣帶漸寬終不悔為伊消得人憔悴此第二境界也衆裏尋他千百度回頭驀見那人正在燈火闌珊處此第三境界也此等語皆非大詞人不能道然遽以此意解諸詞恐為晏歐諸公所不許也

太白純以氣象勝西風殘照漢家陵闕寥寥八字獨有千古後世惟范文正之漁家傲夏英公之喜遷鶯差堪繼武然氣

王國維《人間詞話》手跡。（見劉烜著《王國維評傳》）

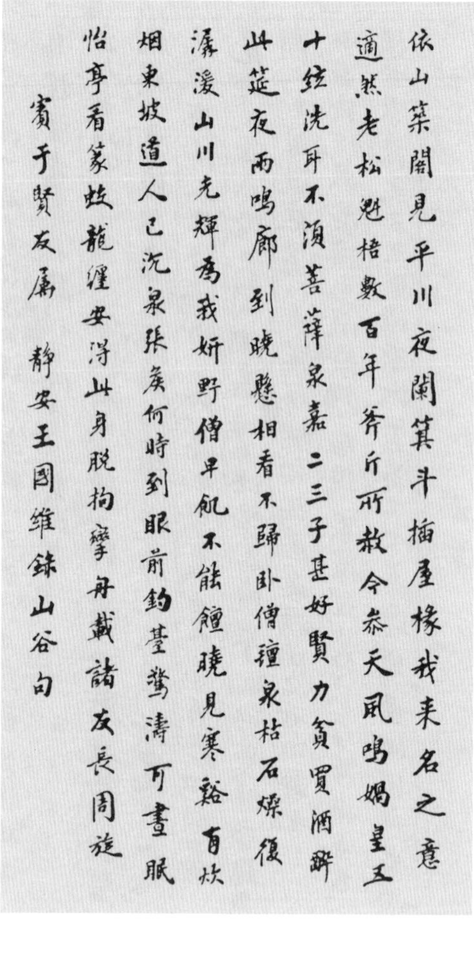
依山築閣見平川夜闌箕斗插屋椽我來名之意
適然老松魁梧數百年斧斤所赦今參天風鳴媧皇五
十絃洗耳不須菩薩泉嘉二三子甚好賢力貧買酒醉
此筵夜雨鳴廊到曉懸相看不歸卧僧氈泉枯石燥復
潺湲山川光輝為我妍野僧早飢不能饘曉見寒谿有炊
烟東坡道人已沉泉張侯何時到眼前釣臺驚濤可晝眠
怡亭看篆蛟龍纏安得此身脫拘攣舟載諸友長周旋
賓于賢友屬 靜安王國維錄山谷句

王國維行書軸。（見四川美術出版社編《民國時期書法》）

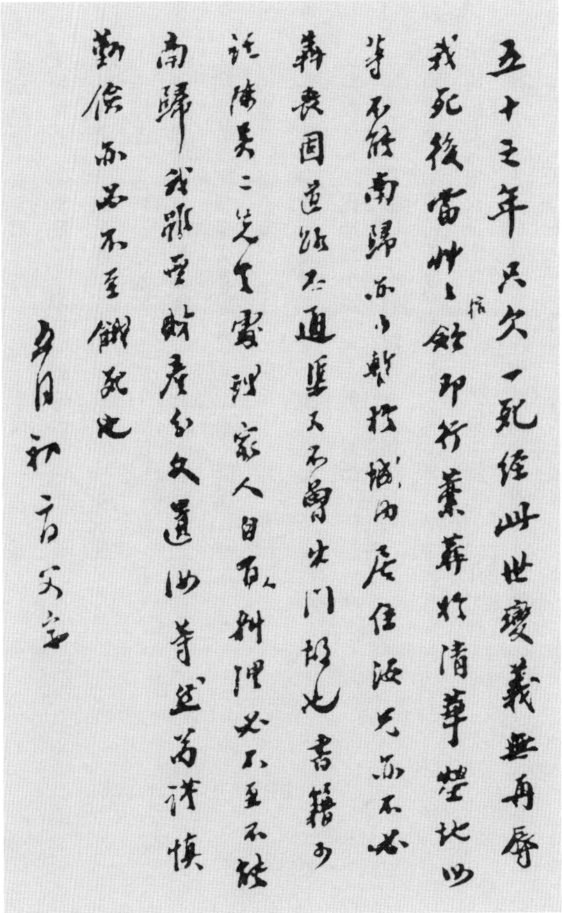
五十之年只欠一死經此世變義無再辱
我死後當草草棺殮即行藁葬於清華塋地汝
等不能南歸亦可暫於城內居住汝兄亦不必
奔喪因道路不通渠又不曾出門故也書籍可
託陳吳二先生處理家人自有人料理必不至不能
南歸我雖無財產分文遺汝等然苟謹慎
勤儉亦必不至餓死也
五月初二日父字

王國維遺書。（見王國維著《王國維先生全集．初編》第一冊）

# 參考書目

## 一、王國維著述

1 王國維著《曲錄》。出版地不詳：晨風閣。一九零九。
2 王國維著《秦漢郡考》。上虞：羅氏。一九一五。
3 王國維著《壬癸集》。上虞：羅振玉。一九一五。
4 王國維著《古胡服考》。上虞：羅氏。一九一五。
5 王國維著《古禮器略説》。上虞：羅氏。一九一五。
6 王國維著《鬼方昆夷玁狁考》。上虞：羅氏。一九一五。
7 王國維著《國朝金文著錄表》。上虞：羅氏。一九一五。
8 王國維著《洛誥箋》。上虞：羅氏。一九一五。
9 王國維著《明堂廟寢通考》。上虞：羅氏。一九一五。
10 王國維著《三代地理小説》。上虞：羅氏。一九一五。
11 王國維著《釋幣》。上虞：羅氏。一九一五。
12 王國維著《生霸死霸考》。上虞：羅氏。一九一五。
13 王國維著《宋代金文著錄表》。上虞：羅氏。一九一五。
14 王國維著《宋元戲曲史》。上海：商務印書館。一九二三。
15 王國維著《觀堂集林》。烏程：蔣氏密韻樓。一九二三。
16 王國維著《觀堂外集》。自印本。一九二七。
17 王國維著《戲曲攷原》。出版地不詳：晨風閣。一九二——。

18 王國維著《王忠愨公遺墨》。出版資料不詳。一九三零。
19 王國維著，羅福頤校補《三代秦漢金文著錄表》。大連：墨緣堂。一九三三。
20 王國維著《王國維先生全集》。台北：大通書局。一九七六。
21 王國維著，劉寅生、袁英光編《王國維全集·書信》。北京：中華書局。一九八四。

## 二、他人著述

1 清華學校研究所編《王靜安先生紀念號》。北京：清華學校研究所。一九二八。
2 錢基博著《現代中國文學史》。上海：世界書局。一九三三。
3 朱芳圃著《王靜安的貢獻》。上海：商務印書館。一九三三。
4 繆鉞著《詩詞散論》。上海：開明書店。一九四八。
5 饒宗頤著《人間詞話平議》。香港：自刊本。一九六六。
6 況周頤著《蕙風詞話》。台北：世界書局。一九六六。
7 王德毅著《王國維年譜》。台北：中國學術著作獎助委員會。一九六七。
8 吳文祺著《近百年來的中國文藝思潮》。香港：龍門書店。一九六九。
9 蔣英豪著《王國維文學及文學批評》。香港：香港中文大學崇基學院華國學會。一九七四。
10 何志韶編《人間詞話研究彙編》。台北：正中書局。一九七五。
11 許文雨編著《文論講疏》。台北：正中書局。一九七六。
12 陳寅恪著《陳寅恪先生論文集》。台北：九思出版有限公司。一九七七。
13 黃維樑著《中國詩學縱橫論》。台北：洪範書店。一九七七。

14 朱傳譽主編《王國維傳記資料》。台北：天一出版社。一九七九。
15 陳敬之著《中國新文學運動的前驅》。台北：成文出版社。一九八零。
16 葉嘉瑩著《王國維及其文學批評》。香港：中華書局。一九八零。
17 靳德峻箋證，蒲菁補箋《人間詞話》。成都：四川人民出版社。一九八一。
18 羅忼烈著《兩小山齋論文集》。北京：中華書局。一九八二。
19 吳澤主編，袁光英選編《王國維學術研究論集》（第一至三輯）。上海：華東師範大學出版社。一九八三、八七、九零。
20 姚柯夫編《「人間詞話」及評論匯編：王國維研究資料》。北京：書目文獻出版社。一九八三。
21 洪國樑著《王國維之詩書學》。台北：國立台灣大學文學院。一九八四。
22 王宗樂著《苕華詞與人間詞話述評》。台北：東大圖書股份有限公司。一九八六。
23 佛雛著《王國維詩學研究》。北京：北京大學出版社。一九八七。
24 四川美術出版社編《民國時期書法》。成都：四川美術出版社。一九八八。
25 盧善慶著《王國維文藝美學觀》。貴陽：貴州人民出版社。一九八八。
26 陳元暉著《論王國維》。長春：東北師範大學出版社。一九八九。
27 洪國樑著《王國維著述編年提要》。台北：大安出版社。一九八九。
28 祖保泉、張曉雲著《王國維與人間詞話》。上海：上海古籍出版社。一九九零。
29 葉程義著《王國維詞論研究》。台北：文史哲出版社。一九九一。
30 陳芳著《王國維——新史學的開山祖》。台北：幼獅文化事業公司。一九九三。
31 朱歧祥著《王國維學術研究》。台北：文史哲出版社。一九九五。

32 袁英光、劉寅生編《王國維年譜長編》。天津：天津人民出版社。一九九六。
33 劉烜著《王國維評傳》。南昌：百花洲文藝出版社。一九九六。
34 陳平原、王楓編《追憶王國維》。北京：中國廣播電視出版社。一九九七。
35 滕咸惠譯評《人間詞話》。長春：吉林文史出版社。一九九九。
36 李敖著《李敖生死書》。台北：商業週刊出版股份有限公司。一九九九。

# 國學叢刊序

羅振玉

## 正文補充

《國學叢刊》除有羅振玉作序外，另有王國維序。詳參《國學叢刊》第一冊或王國維著，趙萬里編《海寧王靜安先生遺書》第三冊卷二十三。

## 作者補充

### 一、羅振玉自述生平

羅振玉自述生平及治學經歷的資料，除見於《雪堂自述》外，也散見於羅氏各種校刊書籍的序跋中，如〈雪堂金石文字跋尾序〉、〈殷虛書契前編序〉、〈襄陽冢墓遺文序〉（上述文章見《羅振玉校刊羣書敍錄》）及〈北宋天聖本齊民要述殘本跋〉（《羅雪堂先生全集．初篇》）等。

## 二、他人撰述羅振玉生平

他人撰述羅振玉生平的資料有：王季烈著〈羅恭敏公家傳〉(《貞松老人遺稿甲集》附錄一)；董作賓著〈羅雪堂先生傳略〉(《羅雪堂先生全集．初編》)；莫榮宗編〈羅雪堂先生年譜〉(《羅雪堂先生全集．初編》)；劉紹唐編著《民國人物小傳．羅振玉》；甘孺輯述《永豐鄉行年錄：羅振玉年譜》；羅繼祖輯述，羅昌霖補《羅振玉年譜》；羅繼祖著《庭聞憶略：回憶祖父羅振玉的一生》；羅琨、張永山著《羅振玉評傳》及胡逢祥、李遠濤編著〈保存文獻，昌明國學──羅振玉(一八六六──一九四零)〉《近代史學家》)等。

## 三、羅振玉評介

羅振玉忠於滿清，晚年為追隨溥儀而接受日人幕後偽職，因此其思想行誼，頗受國人非議。然而，羅氏一生致力學術研究，無論在甲骨學的開創或古代文獻的考訂上，都有鉅大貢獻。王國維嘗把晚清以來的學術盛況，歸功於羅氏的刊刻羣書，〈雪堂校刊羣書敍錄序〉並以漢初的古文經學比喻羅氏在搜羅古籍上的成就(見《羅振玉校刊羣書敍錄》)：

案先生之書，其有功於學術最大者，曰《殷虛書契前、後編》、曰《流沙墜簡》、曰《鳴沙石室古佚書及鳴沙石室古籍叢殘》。此三者之一，已足敵孔壁汲冢之所出。其餘所集之古器古籍，皆世間之神物，而大都出於先生之世。

張舜徽在〈考古學者羅振玉對整理文化遺產的貢獻〉一文中，更對羅氏的學術功績推崇備至（見《訒庵學術講論集》）：

他一生對學術界的貢獻，特別是關於史料的搜討和書籍的傳播，其功績是不可湮沒的。古人稱「不以人廢言」，況且他的成就，還不止以空言著書。他所搜討的史料，十分豐富；他所傳播的書籍，十分繁多。……給近七八十年間史學研究工作者們開闢了新的努力途徑。今人知道用實物上證史傳，舉凡金文甲骨之整理，古器物古書卷的被重視，並加以精密的研究，何一不與羅氏辛勤搜討和熱心傳播有關。

張舜徽這些客觀的評價，是總結羅氏六方面的學術貢獻後得出的。它們分別是：一、殷墟甲骨文的整理；二、金石刻辭的整理；三、古器物的研究；四、熹平石經殘字和漢晉木簡的整理；五、敦煌石室佚書和高昌文物的整理；六、內閣大庫檔案的保存和整理。

羅氏不僅自己治學認真，更樂於獎掖後進，王國維一生成就，與羅氏的支持鼓勵有很大的關係。其他相關資料，可參考林平和的《羅振玉敦煌學析論》及張舜徽的《訒庵學術講論集》。

## 題解補充

### 《國學叢刊》評析

《國學叢刊》是雙月刊，創刊於宣統三年辛亥（一九一一）春季，由北京國學研究會國學叢刊出版部出版。是年，四十六歲的羅振玉已是國內最著名的甲骨收藏家，剛完成了《殷墟書契前編》，正埋首於西北簡牘遺文的研究。《國學叢刊》的編纂，正是羅氏貫徹其尊重歷史遺產、弘揚國學傳統等學術主張的又一明證。

清末期間，學界一度出現各種「國學」研究風氣。他們對於「國學」一詞，有各自的詮釋與表述。「國學保存會」和「國學扶輪社」便刊印了由章炳麟等人編撰的文史研究刊物《國粹學報》與《國粹叢書》，稱為「國粹學」；甚至五四以後，胡適在一九二二至二三年間成立的北京大學研究所國學門，還把轉移自西方「漢學」（Sinology）與日本「支那學」的學問也稱為「國學」。它們的內容都離不開經、史、子、集四部範疇。無論傳統如章炳麟《國故論衡》中所列舉的「小學、文學、諸子學」三門，抑或革新如胡適標榜的「以科學方法整理古書」，都強調中國學術在世界知識領域上的貢獻。一九二七年，許嘯天在以「國故學」之名統攝各種「國學」的前提下，編輯了《國故學討論集》，算是初步總結了該學術思潮的發展與成就。

羅振玉〈國學叢刊序〉中所談的國學，共分八目：經、史、小學、地理、金石、文學、目錄和雜識。從北京國學研究會《國學叢刊》第一期所收的六篇論文所見，仍未超越四部的內容：一、羅振玉〈周易王弼注唐寫本校字記一卷〉；二、羅振玉〈殷虛書契前編卷一〉；三、羅振玉〈折衝府考補一卷〉；四、羅振玉〈隋唐兵符圖錄一卷〉；五、繆荃孫〈藝風堂題跋一卷〉；六、王國維〈古劇腳色考一卷〉。

其他關於國學研究的資料包括：梁啟超著〈治國學的兩條大路〉；胡適著〈再談談整理國故〉及〈論國故學〉：吳文祺著〈重新估定國學之價值〉；曹聚仁著〈國故學之意義與價值〉、〈春雷初動中之國故學〉和〈整理國故的三條途徑〉（以上收入《國故學討論集》上冊第一集「通論」）及牟潤孫著〈北京大學研究所國學門〉（牟潤孫著《海遺雜著》）等。

# 圖文補充

一九一六年羅振玉（右）與王國維攝於日本京都淨土寺町永慕園。
（見羅繼祖輯述，羅昌霖補《羅振玉年譜》）

羅振玉甲骨文手跡。（見四川美術出版社編《民國時期書法》）

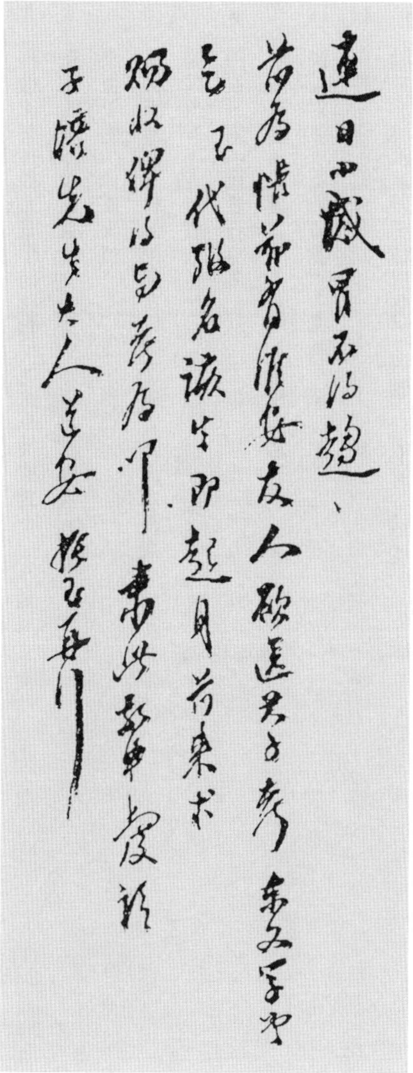

羅振玉墨跡。（見王爾敏、陳善偉編《近代名人手札真蹟》第四冊）

# 參考書目

## 一、羅振玉著述


1 羅振玉著《讀碑小箋》。上虞：羅氏。一八八四。

2 羅振玉著《金石萃編校字記》。上虞：羅氏。一八八五。

3 羅振玉著《毛鄭詩斠議》。上虞：羅氏。一八九零。

4 羅振玉著《再續寰宇訪碑錄》。上虞：羅氏。一八九三。

5 羅振玉著《殷商貞卜文字考》。上虞：羅氏。一九一零。

6 羅振玉編《殷虛書契》。上虞：羅氏。一九一二。

7 羅振玉編《齊魯封泥集存》。上虞：羅氏水慕園。一九一三。

8 羅振玉著《吉石盦叢書》（四集）。上虞：羅氏。一九一四——一七。

9 羅振玉編《漢晉石刻墨影》。上虞：羅氏。一九一四。

10 羅振玉著《殷虛書契菁華》。上虞：羅氏。一九一四。

11 羅振玉著《鐵雲藏龜》。上虞：羅氏。一九一五。

12 羅振玉編《海外貞珫錄》。上虞：羅氏。一九一五。

13 羅振玉編《襄理軍務紀略》（四卷）。上虞：羅氏。一九一五。

14 羅振玉編《日本橘氏敦煌將來藏經目錄》。上虞：羅氏。一九一五。

15 羅振玉編，王國維著《國朝金文著錄表》（六卷）。上虞：羅氏。一九一五。

16 羅振玉著《洛陽存古閣藏石目》。上虞：羅氏。一九一五。

17 羅振玉編《張義潮傳》。上虞：羅氏。一九一五。

18 羅振玉編，王國維著《秦漢郡考》。上虞：羅氏。一九一五。
19 羅振玉著《金泥石屑》（二卷）。上虞：羅氏。一九一六。
20 羅振玉著《殷虛書契後編》。上虞：羅氏。一九一六。
21 羅振玉編《殷虛書契待問編》。上虞：羅氏。一九一六。
22 羅振玉編《器物範圖錄》（三卷）。上虞：羅氏。一九一六。
23 羅振玉編《高昌壁畫菁華》。上虞：羅氏。一九一六。
24 羅振玉編《鳴沙山石室古籍叢殘》。上虞：羅氏。一九一八。
25 羅振玉編《萬年少先生年譜》。上虞：羅氏。一九一九。
26 羅振玉編《雪堂藏古器物目錄》。北京：東方學會。一九二四。
27 羅振玉編《史料初編》。上虞：羅氏。一九二四。
28 羅振玉編《璽印姓氏徵》（二卷）。北京：東方學會。一九二五。
29 羅振玉編《重校訂紀元編》（三卷）。北京：東方學會。一九二五。
30 羅振玉編《增訂歷代符牌圖錄》（二卷）。北京：東方學會。一九二五。
31 羅振玉編《敦煌石室碎金》。北京：東方學會。一九二五。
32 羅振玉著《松翁近稿》。上虞：羅氏。一九二六。
33 羅振玉編《蒿里遺文目錄》。北京：東方學會。一九二六。
34 羅振玉編《雪堂所藏金石文字簿錄》。北京：東方學會。一九二七。
35 羅振玉著《丙寅稿》。上虞：羅氏。一九二七。
36 羅振玉編《增訂殷虛書契考釋》（三卷）。北京：東方學會。一九二七。

37 羅振玉編《古寫隸古定尚書真本殘卷》。北京：東方學會。一九二八。
38 羅振玉編《集錄四編》。上虞：羅氏。一九二九。
39 羅振玉、王國維編《流沙墜簡》。日本：羅氏。一九二九。
40 羅振玉編《集錄》。上虞：羅氏。一九二九。
41 羅振玉編《漢石經殘字集錄道》。上虞：羅氏。一九二九。
42 羅振玉著《漢熹平石經殘字集錄》三卷。上虞：羅氏。一九三零。
43 羅振玉著《殷虛書契續編》。上虞：羅氏。一九三三。
44 羅振玉著《俑盧日札》。北京：東莞容氏頌齋。一九三四。
45 羅振玉著《三代金吉文存》。上虞：羅氏。一九三七。
46 羅振玉編《清文雅正》。長春：滿日文化協會。一九三八。
47 羅振玉著《貞松老人遺稿甲集》。出版資料不詳。一九四一。
48 羅振玉著《羅雪堂先生全集》。台北：文華出版社。一九六八——七零。
49 羅振玉著《羅振玉校刊羣書敍錄》。揚州：江蘇廣陵古籍刻印社。一九九八。
50 羅振玉著，黃愛梅編選《雪堂自述》。南京：江蘇人民出版社。一九九九。

## 二、他人著述

1 劉紹唐編著《民國人物小傳》。台北：傳記文學雜誌社。一九七五。
2 王國維著，趙萬里編《海寧王靜安先生遺書》。台北：商務印書館。一九七六。

3 甘孺輯述《永豐鄉人行年錄：羅振玉年譜》。南京：江蘇人民出版社。一九八零。

4 羅繼祖輯述，羅昌霖補《羅振玉年譜》。台北：華世出版社。一九八六。

5 羅繼祖著《庭聞憶略：回憶祖父羅振玉的一生》。長春：吉林文史出版社。一九八七。

6 王爾敏、陳善偉編《近代名人手札真蹟：盛宣懷珍藏書牘初編》。香港：中文大學出版社。一九八七。

7 林平和著《羅振玉敦煌學析論》。台北：文史哲出版社。一九八八。

8 牟潤孫著《海遺雜著》。香港：中文大學出版社。一九九零。

9 許嘯天編《國故學討論集》。上海：上海書店。一九九一。（據羣學社一九二七年版影印）

10 張舜徽著《訒庵學術講論集》。長沙：岳麓書社。一九九二。

11 羅琨、張永山著《羅振玉評傳》。南昌：百花洲文藝出版社。一九九六。

12 胡逢祥、李遠濤編著《近代史學家》。台北：昭文社。一九九八。

# 嘗試篇

胡適

作者補充

## 一、胡適自述生平

胡適自述生平的資料，主要有胡適原著，曹伯言編選的《胡適自傳》及胡適英語口述，唐德剛中譯的《胡適口述自傳》(*Reminiscences of Dr. Hu Shih*) 等。

胡適留學美國時，曾向朋友提出文學改革的主張，強調必須以白話文取代文言文，當時即引起梅光迪、任叔永等人的反對。他們爭辯的焦點之一是：白話文是否適合作詩？胡適在〈逼上梁山——文學革命的開始〉一文中說明了他的觀點（見《胡適自傳》）：

現在我們的爭點，只在「白話是否可以作詩」的一個問題了。白話文學的作戰，十仗之中，已勝了七八仗。現在只剩一座詩的壁壘，還須用全力去搶奪。待到白話征服這個詩國時，白話文學的勝利就可說是十足的了，所以我當時打定主意，要作先鋒去打這座未投降的壁壘：就是要用全力去試做白話詩。

此外，胡氏決心作白話詩的另一個原因，就是受到了美國實驗主義哲學的影響。他認為，只有「實地試驗」，才能知道效果如何（見〈逼上梁山——文學革命的開始〉）：

> 我的決心試驗白話詩，一半是朋友們一年多討論的結果，一半也是我受的實驗主義的哲學的影響。實驗主義教訓我們：一切學理都只是一種假設；必須要證實了（verified），然後可算是真理。……我的白話文學論不過是一個假設，這個假設的一部分（小說詞曲等）已有歷史的證實了；其餘一部分（詩）還須等待實地試驗的結果。我的白話詩的實地試驗，不過是我的實驗主義的一種應用。

其他關於胡適自述「文學革命」理論的資料有：《胡適留學日記》卷十二至卷十六；〈文學改良芻議〉（一九一七，《胡適文存》第一集卷一）；〈歷史的文學觀念論〉（一九一七，《胡適文存》第一集卷一）；〈建設的文學革命論〉（一九一八，《胡適文存》第一集卷一）及〈提倡白話文的起因〉（一九五二，施瑋等編《胡適文集》卷一）等。

胡適在提倡白話詩的同時，也提出了他的新詩理論。他提出「詩體大解放」，對新詩的形式、內容及修辭等各方面，都有具體的建議。有關理論見：《嘗試集》自序〉（一九一九，《胡適文存》第一集卷一）；〈談新詩〉（一九一九，《胡適文存》第一集卷一）；〈寄徐志摩論新詩〉（一九三一，《胡適文集》卷一）及〈談談「胡適之體」的詩〉（一九三六，《胡適文集》卷一）等。其他有關胡適的新文化理論可參考本書〈文學改良芻議〉作者補充。

## 二、他人撰述胡適生平

他人撰述胡適生平的資料有：朱傳譽主編《胡適傳記資料》；曹伯言、季維龍合編《胡適年譜》；賈祖麟（Jerome B. Grieder）著，張振玉譯《胡適之評傳》（*Hu Shih and the Chinese Renaissance*）；易竹賢著《胡適傳》及季維龍編《胡適著譯繫年目錄》等。

## 三、胡適評介

有關胡適在文學革命中的地位，以及他對新詩發展的影響，不同的意見頗多，有關資料如：胡懷琛著〈胡適之新派詩根本的缺點〉（《時事新報·學燈》一九二一年一月十一日）；曹慕管著〈論胡適與新文學〉（《時事新報・學燈》一九二四年三月二十五日）；陳炳堃（子展）著〈文學革命運動（上）〉（《最近三十年中國文學史》）；朱自清著〈導言〉（趙家璧主編，朱自清編選《中國新文學大系・詩集》）；周策縱著〈論胡適的詩——論詩小札之一〉（陳金淦編《胡適研究資料》）；王拓著〈歷史潮流中的前進與倒退——也論胡適思想及中國文學〉（《夏潮》一九七七年第二卷二期）；周策縱著《五四運動史》；劉詩珍著〈胡適在五四文學革命中的地位〉（《吉首大學學報》一九九二年第一期）及唐德剛著〈新詩變身成古典文學？——論「五四」後文學轉型新詩流產與胡適幽靈〉（《明報月刊》一九九九年第三十四卷一期）等。

其他研究胡適的參考資料有：陳金淦編《胡適研究資料》；雷頤著〈大陸胡適研究十年述評〉（《文史知識》一九九零年第十二期）及王震邦著〈台灣近三十年來的胡適研究〉（《國文天地》一九九一年二月第九期及三月第十期）等。

關於胡適的網址有：

胡適紀念館 http: //www.mh.sinica.edu.tw/koteki/Default.aspx

## 題解補充

### 一、《嘗試集》評析

《嘗試集》收錄了胡適自一九一六至二零年間寫作的詩歌，有關此書的寫作背景，胡適本人在一九一九年發表的《嘗試集・自序》，有如下的說明（見《胡適文存》第一集卷一）：

我的《嘗試集》起於民國五年七月，到民國六年九月我到北京時，已成一小冊子了。這一年之中，白話詩的試驗室裏只有我一個人。因為沒有積極的幫助，故這一年的詩，無論怎樣大膽，終不能跳出舊詩的範圍。……我在美洲做的《嘗試集》，實在不過是能勉強實行了〈文學改良芻議〉裏面的八個條件；實在不過是一些刷洗過的舊詩！這些詩的大缺點就是仍舊用五言七言的句法。句法太整齊了，就不合語言的自然，不能不有截長補短的毛病，不能不時時犧牲白話的字和白話的文法，來遷就五七言的句法。音節一層，也受很大的影響：第一，整齊劃一的音節沒有變化，實在無味；第二，沒有自然的音節，不能跟着詩料隨時變化。

胡適認為，自己的新詩雖然開創寫作的風氣，但形式卻未能擺脱舊體詩詞的規格。有關資料如：〈《嘗試集》再版自序〉（一九二零，《胡適文存》第一集卷一）及〈《嘗試集》四版自序〉（一九二二，《胡適文集》卷三）等。

《嘗試集》是中國現代文學史上第一本新詩集。關於它的評論有：朱湘著〈《嘗試集》〉（《胡適研究資料》）；祝寬著〈詩歌革命的戰鬥實績·《嘗試集》的強烈反響及《女神》的重大成就〉及《《新青年》的主要詩人及其創作·胡適和他的《嘗試集》〉（《五四新詩史》第三章及第四章）；胡懷琛著〈《嘗試集》批評〉（《神州日報》一九二零年四月）；胡光驌著〈評《嘗試集》〉（《學衡》一九二二年第一及二期）；尹雪曼著〈《嘗試集》的嘗試精神〉（《國魂》一九七八年十月第三九五期）及康林著〈《嘗試集》的藝術價值〉（《文學評論》一九九零年第四期）等。

## 二、〈嘗試篇〉評析

從一九一六年七月起，胡適便宣稱不再作舊體詩，決心作白話詩。他把宋朝詩人陸游的詩句，反其意而用作即將出版的詩集名字，並作〈嘗試篇〉以表示嘗試的精神。他在一九一六年九月三日的日記中寫道（見《胡適留學日記》卷十四）：

陸放翁有詩云：

能仁院前有石像丈餘，蓋作大像時樣也。

江閣欲開千尺像，雲龕先定此規模。斜陽徙倚空長歎，嘗試成功自古無。

此與吾主張之實地試驗主義正相反背，不可不一論之。即以此石像而論，像之如何雖不可知，然其為千尺大像之樣，即是實地試驗之一種。倘因此「嘗試」而大像竟成，則此石像亦未為無功也；倘因此「嘗試」而知大像之不可成，則此石像亦未為無功也。「嘗試」之成功與否，不在此一「嘗試」，而在所為嘗試之事。「嘗試」而失敗者，固往往有之。然天下何曾有不嘗試而成功者乎？……吾以是故，作〈嘗試歌〉。

# 圖文補充

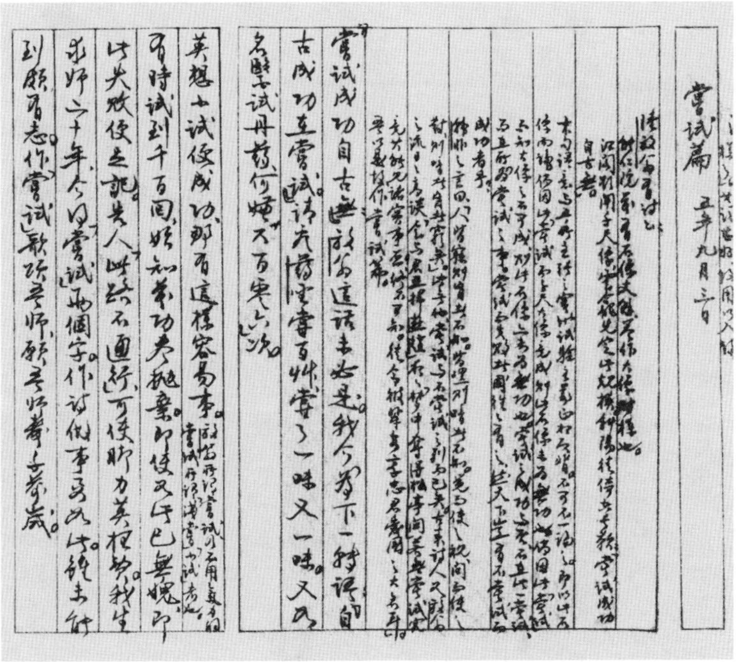

〈嘗試篇〉手稿。（見胡適著，耿雲志主編《胡適遺稿及秘藏書信》十一）

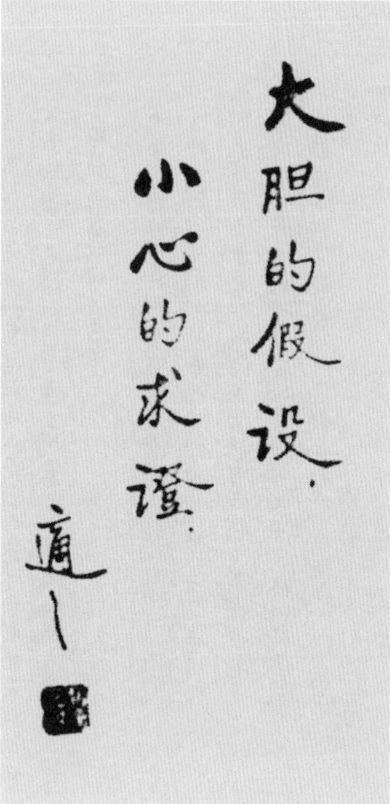
大胆的假设，
小心的求證。
適之

胡適書法及簽署。（見易竹賢著《胡適傳》）

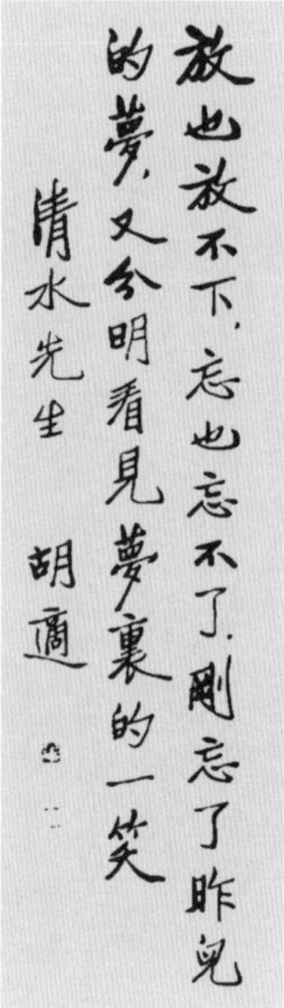
放也放不下，忘也忘不了，剛忘了昨兒
的夢，又分明看見夢裏的一笑
清水先生
胡適

胡適的行書軸。（見四川美術出版社編《民國時期書法》）

# 參考書目

## 一、胡適著述

1 胡適編著《胡適文存》(全四集)。上海:亞東圖書館。一九二一。
2 胡適著《先秦名學史》。上海:亞東圖書館。一九二二。
3 胡適著《五十年來中國之文學》。上海:申報館。一九二五。
4 胡適著《五十年來之世界哲學史》。上海:申報館。一九二五。
5 胡適著《國語文學史》(上卷)。北京:文化學社。一九二七。
6 胡適著《戴東原的哲學》。上海:商務印書館。一九二七。
7 胡適著《白話文學史》。上海:新月書店。一九二八。
8 胡適著《廬山遊記》。上海:新月書店。一九二八。
9 胡適著,姚名達訂補《章寶齋年譜》。上海:商務印書館。一九二九。
10 胡適著《中國中古思想史長編》。北京:中國公學。一九三零。
11 胡適著《中國文學史選例》(卷一)。北京:北京大學出版部。一九三一。
12 胡適著《淮南王書》。上海:新月書店。一九三一。
13 胡適著《中國中古思想史的提要》。北京:北京大學出版部。一九三一。
14 胡適著《四十自述》。上海:亞東圖書館。一九三三。
15 胡適著《胡適日記》。上海:文化研究社。一九三三。
16 胡適著《胡適論學近著》。上海:商務印書館。一九三五。
17 胡適著《藏暉室劄記》。上海:亞東圖書館。一九三九。

18 胡適著《中國章回小說考證》。出版地不詳：實業印書館。一九四二。
19 胡適著《我們必須選擇我們的方向》。香港：自由中國出版社。一九五零。
20 胡適著《台灣紀錄兩種》。台北：台灣省文獻委員會。一九五一。
21 胡適著《治學方法論》。台北：遠東圖書公司。一九五四。
22 胡適著《中國古代哲學史》。台北：商務印書館。一九五八。
23 胡適著《胡適留學日記》。台北：商務印書館。一九五九。
24 胡適著《紅樓夢考證》。台北：遠東圖書公司。一九六一。
25 胡適著《找書的快樂》。台北：萌芽出版社。一九七零。
26 胡適英文口述，唐德剛編校譯註《胡適口述自傳》(*Reminiscences of Dr. Hu Shih*)。台北：傳記文學出版社。一九八一。
27 胡適著，曹伯言編選《胡適自傳》。合肥：黃山書社。一九九一。
28 胡適著，耿雲志主編《胡適遺稿及秘藏書信》。合肥：黃山書社。一九九四。
29 胡適著，施瑋等整理《胡適文集》。北京：北京燕山出版社。一九九五。

## 二、他人著述

1 陳炳堃著《最近三十年中國文學史》。上海：太平洋書店。一九三零。
2 趙家壁主編，朱自清編選《中國新文學大系·詩集》。上海：良友圖書印刷公司。一九三五。
3 朱傳譽主編《胡適傳記資料》。台北：天一出版社。一九七九。

4 曹伯言、季維龍合編《胡適年譜》。合肥：安徽教育出版社。一九八六。
5 祝寬著《五四新詩史》。西安：陝西師範大學出版社。一九八七。
6 四川美術出版社編《民國時期書法》。成都：四川美術出版社。一九八八。
7 周策縱著《五四運動史》。台北：桂冠圖書股份有限公司。一九八九。
8 陳金淦編《胡適研究資料》。北京：北京十月文藝出版社。一九八九。
9 賈祖麟（Jerome B. Grieder）著，張振玉譯《胡適之評傳》(*Hu Shih and the Chinese Renaissance*)。海口：南海出版社。一九九二。
10 易竹賢著《胡適傳》。武漢：湖北人民出版社。一九九四。
11 季維龍編《胡適著譯繫年目錄》。合肥：安徽教育出版社。一九九五。

# 文學改良芻議

胡適

作者補充

## 一、胡適自述生平

胡適自述生平的資料見本書〈嘗試篇〉「作者補充」。

一九一七年，胡適以〈文學改良芻議〉一文首倡文學改革。翌年，他又撰寫〈建設的文學革命論〉，進一步提出文學革命的具體建議（見胡適編著《胡適文存》第一集卷一）：

「國語的文學，文學的國語。」我們所提倡的文學革命，只是要替中國創造一種國語的文學。有了國語的文學，方才可有文學的國語。有了文學的國語，我們的國語才可算得真正國語。國語沒有文學，便沒有生命，便沒有價值，便不能成立，便不能發達。……中國若想有活文學，必須用白話，必須用國語，必須做國語的文學。

除了提倡白話文學外，胡適更積極推動新文化運動，宣揚思想自由和個性獨立。這方面的資料有：〈易卜生主義〉（一九一八，《胡適文存》第一集卷四）；〈新思潮的意義〉（一九一九，《胡適文存》第一集卷四）；《中國哲學史大綱．導言》（一九一九）；〈國學季刊發刊宣言〉（一九二三，《胡適文存》第二集卷一）；〈介紹我自己的思想〉（一九三零，胡適編著《胡適文選》）；〈我的信仰〉（一九三一，曹伯言編選《胡適自傳》）及〈四十自述〉（一九三二，《胡適自傳》）等。

## 二、他人撰述胡適生平

他人撰述胡適生平資料見本書〈嘗試篇〉「作者補充」。

## 三、胡適評介

有關胡適在文學革命和新文化運動中的地位與影響，可見於：青木正兒著〈以胡適為中心旋渦浪湧着的文學革命〉（《支那學》一九二零年第九至十一號）；瞿秋白著〈實驗主義與革命哲學〉（《新青年》一九二四年第三期）；北京三聯書店編《胡適思想批判》；余英時著《中國近代思想史上的胡適》；周策縱著《胡適與近代中國》；朱鴻召著〈文化與政治的歧途——胡適與五四新文化運動〉（《中國文化月刊》一九九七年第二零三期）及張允熠著〈胡適實用主義思想中的儒學情結〉（《二十一世紀》一九九八年二月號）等。

## 題解補充

### 〈文學改良芻議〉評析

關於〈文學改良芻議〉一文寫作緣起的資料有：《胡適留學日記》卷十二至卷十四；〈文學革命的結胎時期〉（胡適英語口述，唐德剛編校譯註《胡適口述自傳》）及〈逼上梁山——文學革命的開始〉（《胡適自傳》）等。

〈文學改良芻議〉是現代文學史上一篇頗具爭議的文章，關於此文的評論資料有：一九一七年錢玄同著〈寄陳獨秀〉（一九一七，《胡適文存》第一集卷一）；戴鎦齡著〈批判胡適所謂「文學改良」的幾個論點〉（《中山大學學報》一九五五年第一期）；鄧必銓著〈重評〈文學改良芻議〉〉（《江西大學學報》一九八二年第一期）及張培英著〈胡適〈文學改良芻議〉與陳獨秀〈文學革命論〉的比較認識〉（《河北大學學報》一九九三年第三期）等。

〈文學改良芻議〉發表後，引起了學術界的強烈反應。當時的北京大學文科學長陳獨秀，隨即在一九一七年二月的《新青年》第二卷六號上刊登〈文學革命論〉，支持胡適的主張，並以更堅決的態度宣揚文學革命（見陳獨秀著《獨秀文存》卷一）：

文學革命之氣運，醞釀已非一日；其首舉義旗之急先鋒，則為吾友胡適。余甘冒全國學究之敵，高張「文學革命軍」大旗，以為吾友之聲援。旗上大書特書吾革命軍三大主義：曰、推倒彫琢的阿諛的貴族文學，建設平易的抒情的國民文學；曰、推倒陳腐的鋪張的古典文學，建設新鮮的立誠的寫實文學；曰、推倒迂晦的艱澀的山林文學，建設明瞭的通俗的社會文學。

其後，新派學者如錢玄同、劉半農等紛紛響應，並乘勢攻擊舊派學者，而林紓、梅光迪等也撰文反駁，造成了一場文學論戰。有關新舊兩派學者對新文學運動的評價，可見於以下資料：趙家璧主編，鄭振鐸編選《中國新文學大系·文學論爭集》；胡適編著《五四新文學論戰集彙編》及耿雲志著〈胡適與梅光迪：關於文學革命的早期爭論〉（《新文學史料》一九九一年第四期）等。

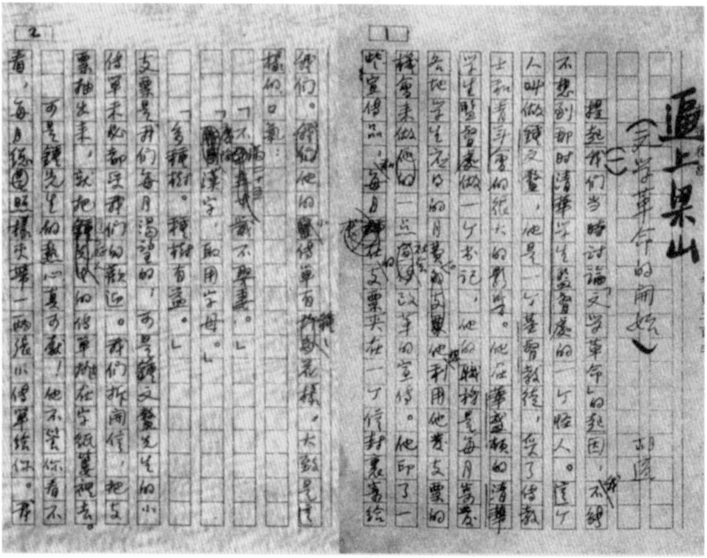

逼上梁山
（文學革命的開始）
胡適

（一）提起我們當時討論文學革命的起因，不能不想到那時清華學生監督處的一個怪人。這個人叫做鍾文鰲，他是一個基督教徒，受了傳教士和青年會的很大的影響。他在華盛頓的清華學生監督處做一個書記，他的職務是每月寄發各地學生應得的月費。他利用他寄發支票的機會來做他的一點社會改革的宣傳。他印了一些宣傳品，每月在支票夾在一個信封裏寄給

我們。他的宣傳單有種種花樣，大致是這樣的口氣：

「不滿二十五歲不娶妻。」

「廢除漢字，取用字母。」

「多種樹，種樹有益。」

支票是我們每月渴望的，可是鍾文鰲先生的小傳單未必都受我們的歡迎。我們拆開信，把支票抽出來，就把那個傳單拋在字紙簍裏去。可是鍾先生的熱心真可敬！他不管你看不看，每月總照樣夾帶一兩張小傳單給你。我

胡適手稿。（見胡適著，耿雲志主編《胡適遺稿及秘藏書信》五）

# 參考書目

## 一、胡適著述


1 胡適著《中國哲學史大綱》。上海：商務印書館。一九一九。
2 胡適著《嘗試集》。上海：亞東圖書館。一九二零。
3 胡適編著《胡適文存》。上海：亞東圖書館。一九二一。
4 胡適著《先秦名學史》。上海：亞東圖書館。一九二二。
5 胡適著《五十年來中國之文學》。上海：申報館。一九二五。
6 胡適著《五十年來之世界哲學史》。上海：申報館。一九二五。
7 胡適著《國語文學史》（上卷）。北京：文化學社。一九二七。
8 胡適著《戴東原的哲學》。上海：商務印書館。一九二七。
9 胡適著《白話文學史》。上海：新月書店。一九二八。
10 胡適著《盧山遊記》。上海：新月書店。一九二八。
11 胡適著，姚名達訂補《章實齋年譜》。上海：商務印書館。一九二九。
12 胡適著《中國中古思想史長編》。北京：中國公學。一九三零。
13 胡適著《中國文學史選例》（卷一）。北京：北京大學出版部。一九三一。
14 胡適著《淮南王書》。上海：新月書店。一九三一。
15 胡適著《中國中古思想史的提要》。北京：北京大學出版部。一九三一。
16 胡適著《四十自述》。上海：亞東圖書館。一九三三。
17 胡適著《胡適日記》。上海：文化研究社。一九三三。

18 胡適著《胡適論學近著》。上海：商務印書館。一九三五。
19 胡適編著《胡適文選》。上海：亞東圖書館。一九三五。
20 胡適著《藏暉室劄記》。上海：亞東圖書館。一九三九。
21 胡適著《中國章回小說考證》。出版地不詳：實業印書館。一九四二。
22 胡適著《我們必須選擇我們的方向》。香港：自由中國出版社。一九五零。
23 胡適著《台灣紀錄兩種》。台北：台灣省文獻委員會。一九五一。
24 胡適著《治學方法論》。台北：遠東圖書公司。一九五四。
25 胡適著《中國古代哲學史》。台北：商務印書館。一九五八。
26 胡適著《胡適留學日記》。台北：商務印書館。一九五九。
27 胡適著《紅樓夢考證》。台北：遠東圖書公司。一九六一。
28 胡適著《找書的快樂》。台北：萌芽出版社。一九七零。
29 胡適編著《五四新文學論戰集彙編》。台北：長歌出版社。一九七六。
30 胡適英文口述，唐德剛編校譯註《胡適口述自傳》。台北：傳記文學出版社。一九八一。
31 胡適著，曹伯言編選《胡適自傳》。合肥：黃山書社。一九九一。
32 胡適著，耿雲志主編《胡適遺稿及秘藏書信》。北京：北京燕山出版社。一九九五。

## 二、他人著述


1 陳獨秀著《獨秀文存》。上海：亞東圖書館。一九二二。
2 趙家璧主編，鄭振鐸編選《中國新文學大系・文學論爭集》。上海：良友圖書印刷公司。一九三五。
3 北京三聯書店編《胡適思想批判》。北京：三聯書店。一九五五。
4 余英時著《中國近代思想史上的胡適》。台北：聯經出版事業公司。一九八四。
5 周策縱著《胡適與近代中國》。台北：時報文化出版企業有限公司。一九九一。
6 易竹賢著《胡適傳》。武漢：湖北人民出版社。一九九四。

# 流星

〔德國〕力器德 原著
劉復 譯

## 作者補充

### 一、力器德生平與作品評析

關於力器德（Johann Paul Friedrich Richter）生平及作品的評析，可參考陳若曦、董橋等譯《尚．保羅》（一九七五，見《從創始到現代——德國文學精華總覽》）：

尚．保羅——全名：尚．保羅．弗里特烈茨．里茨特（一七六三——一八二五）——所寫的敍事性作品，使他成為那個時代的最傑出的作家。雖然我們無法把他歸入一類別，說他是屬於那一個知識運動或文學運動的派別，但是可以說保羅是參加了當時所有的運動的。他在選擇自己作品的主題和風格時想像力極其豐富，他有一種偏向於喜劇的，稀奇古怪的或是絕對簡樸的特點，而且他能夠用極大的幽默感和同情心來對待自己作品中的這些特點。保羅不光是對生活中的小事感興趣，他在自己的長篇小說中還特別闡述了許多重大的問題——雖然他在這些問題上的觀點大半都是含混不清的——

諸如理想和現實的巨大距離，人類真正的教育及其最終目的，或者是忠誠待人的可能性等等。

其他相關的著述有：余祥森編著〈新高地德語時代之德意志文學．同時代中之過渡學派文學〉（一九三三，《德意志文學史》第六章）及 translated by Margaret R. Hale, *Horn of Oberon: Jean Paul Richter's School for Aesthetics.* 等。

## 二、劉復自述生平

劉復自述生平的資料雖然不多，但他自介文學理論的資料卻頗為豐富。自一九一七年文學革命開始後，劉復便響應胡適、陳獨秀的文學主張，對詩歌、小說、散文和翻譯等各種文學體裁提出意見，如提倡創造新的文學形式、造新韻、分段和運用標點符號等。在翻譯方面，劉復也討論過自己選定的原則（見〈奉答王敬軒先生〉（一九一八），劉復著《半農雜文》第一冊）：

> 當知譯書與著書不同，著書以本身為主體；譯書應以原本為主體；所以譯書的文筆，只能把本國文字去湊就外國文，決不能把外國文字的意義神韻硬改了來湊就本國文。

此文與王敬軒的〈致《新青年》編者書〉的信同時發表在一九一八年《新青年》四卷三號。編者之一的錢玄同化名王敬軒，把當時社會上反對新文化運動的論點集中起來，以文言寫信給《新青年》刊登，然後由劉復以記者的名義回應，對信中提出的保守論點予以駁斥。時人稱為「雙簧信」。

在詩詞創作方面，劉復在《揚鞭集・自序》云（一九二六，見瘂弦編《劉半農卷》）：

> 我在詩的體裁上是最會翻新鮮花樣的。當初的無韻詩，散文詩，後來的用方言擬民歌，擬「擬曲」，都是我首先嘗試。至於白話詩的音節問題，乃是我自從民九年（編者按：一九二零年）以來無日不在心頭的事，雖然直到現在，我還不能在這上面具體的說些甚麼，但譬如是一個瞎子，已在黑夜荒山中摸索了多年了。

劉復對散文和韻文提出不少改良的建議。在散文方面，他主張推翻古人作文的「死格式」，讓作者表現自然的真實情感；在白話未成「文學正宗」時，文言和白話可暫時並用；以淺白易明的文字代替用典。在韻文方面，則建議破壞舊韻重造新韻、增多詩體、提高戲曲在文學上的地位。在文學形式方面，他主張文章分段和採用新式標點符號。其他劉復自述文學理論的資料有：〈我之文學改良觀〉（一九一七）；〈詩與小說精神上的革新〉（一九一七）；〈通俗小說之積極教訓與消極教訓〉（一九一八，上述三篇見鮑晶編《劉半農研究資料》）；〈寄《瓦釜集》稿與周啟明〉（一九二一，《半農雜文》第一冊）；《國外民歌譯・自序》（一九二七，《劉半農研究資料》）；《初期白話詩稿・序目》（一九三三，劉復編《初期白話詩稿》）及《半農雜文・自序》（一九三四，《半農雜文》第一冊）等。

此外，劉復在語言學方面的研究很廣泛，包括語音、文字、語法等。他研究語言學的作品有：《中國文法通論》、〈「她」字問題〉（一九二零，《半農雜文》第一冊）及《四聲實驗錄》等。

## 三、他人撰述劉復生平

他人撰述劉復生平的資料有：徐瑞岳著《劉半農評傳》；魏建功著〈故國立北京大學教授法國國家文學博士劉先生行狀〉（一九三五）；王森然著〈劉半農先生評傳〉（一九四一，上述兩文見《劉半農研究資料》）；劉心皇著〈劉半農之一生〉（一九七零，《現代中國文學史話》第二卷〈新文學運動面面觀〉）；鮑晶著〈劉半農傳略〉（一九八五）；鮑晶編〈劉半農生平年表〉（一九八五，上述兩文見《劉半農研究資料》）及秀實編〈詩人劉半農年表新編〉（《詩雙月刊》一九九三年第四卷六期）等。

## 四、劉復評介

劉復早期的寫作生涯（一九一二——一七），以「半儂」的筆名發表不少鴛鴦蝴蝶派的作品。鴛鴦蝴蝶派是一個盛行於辛亥革命（一九一一）之後至五四運動（一九一九）前後的文學流派。他們以「遊戲筆墨，供人消閒」為宗旨，以言情、哀情、偵探及警世等為題材。一九一七年新文學運動出現後，劉復一改作風，積極參加文學改革。他不但提出文學革新的理論，而且實行用白話寫作新詩和散文。魯迅在〈趨時與復古〉一文，提出他對劉復的評價（見人民文學出版社編《魯迅全集》第五卷輯《花邊文學》）：

古之青年，心目中有了劉半農三個字，原因並不在他擅長音韻學，或是常做打油詩，是在他跳出鴛蝴派，罵倒王敬軒，為一個「文學革命」陣中的戰鬥者。

瘂弦對劉復翻譯的造詣有以下的看法（見〈早春的播種者——劉半農先生的生平與作品〉，《劉半農卷》）：

> 劉半農從事翻譯遠在參加新文學革命之前，惟早年譯作都是一些與純文學無甚關係的一般讀物，連他自己也不願提及。不過民國五年（一九一六）他在上海用文言譯過一篇英國詩人拜倫的「家書」，文詞之古樸典雅，不在林琴南、嚴復之下，不容忽視。……另有一篇約翰生（Samuel Johnson）寫的「詩人的修養」，譯於民國六年（一九一七）五月江陰，採用半文半白的文體，讀起來音韻鏗鏘，不像翻譯，簡直是中文創作。……參加新文學革命後，劉半農改用白話譯述，舊語言的羈絆似乎一點也看不出來，他駕馭日常口語的熟練老到，令人驚歎。試讀本書「譯詩選」部份的詩，如泰戈爾的「惡郵差」，「著作資格」、「海濱五首」、「同情二首」等詩，白話文那樣子好法，至少在那個時期除了胡適之外，恐怕找不到第二個人。……除譯詩、詩論外，劉半農還譯過「茶花女」的劇本，左拉的小說等，均暢銷一時。

周作人在〈揚鞭集序〉中評了劉復的白話詩（見張梁編《周作人》）：

> 我與半農是《新青年》上做詩的老朋友，……半農則十年來只做詩，進境

很是明瞭，這因為半農駕御得住口語，所以有這樣的成功，大家只須看《揚鞭集》便可以知道這個情實。……那時做新詩的人實在不少，但據我看來，容我不客氣地說，只有兩個人具有詩人的天分，一個是尹默，一個就是半農。

評介劉復的資料有：全農著〈劉半農譯品的一斑〉（《文學週報》一九二八年第三四二期）；趙景深原評，楊揚輯補《半農詩歌集評》；沈從文著〈論劉半農的《揚鞭集》〉（一九三一，《劉半農研究資料》）；汪馥泉著〈劉半農與五四文學革命〉（《世界文學》一九三四年第一卷一期）；李岳南著〈談劉半農的詩〉（一九五九）；唐弢著〈半農雜文〉（一九六二，上述兩篇見《劉半農研究資料》）；瘂弦著〈早春的播種者——劉半農先生的生平與作品〉（一九七七，《劉半農卷》）；秦賢次著〈劉半農面面觀〉（一九七七，《劉半農卷》）；姚春樹、任偉光著〈新文學革命的先驅——劉半農〉（《中國現代文學研究叢刊》一九八二年第二期）；秀實著〈劉半農的雜文〉（《香港文學》一九九三年第一零五期）及秀實著〈劉半農的民歌（上、下）〉（《香港文學》一九九三年第一零六、一零七期）等。

其他研究劉半農的參考資料有：朱傳譽編《劉半農傳記資料》及《劉半農研究資料》等。

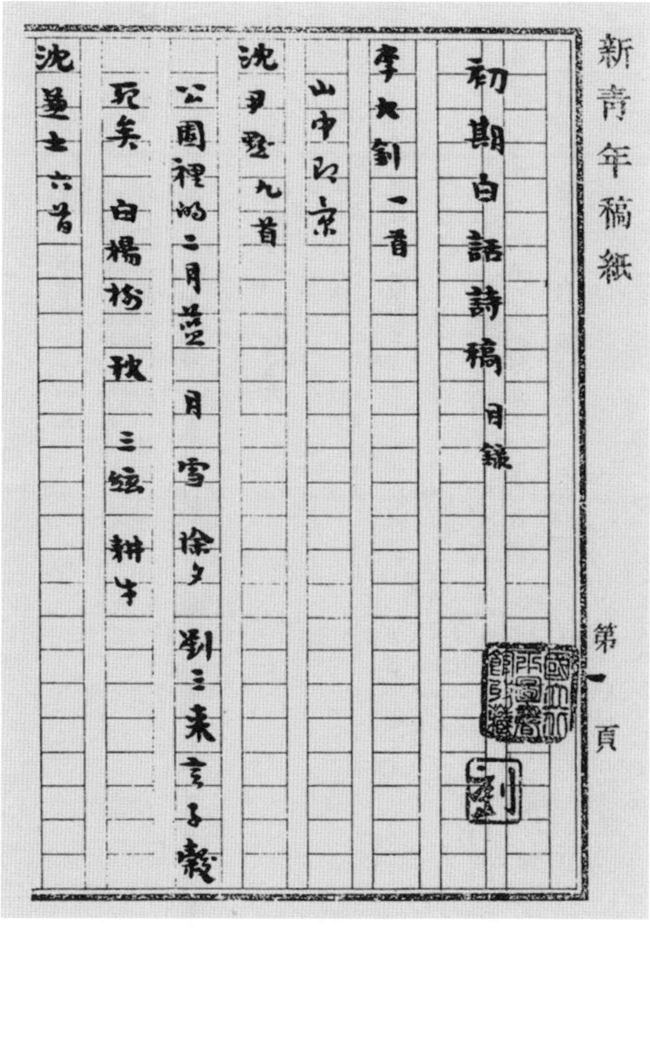
新青年稿紙

初期白話詩稿 目錄

李大釗 一首

山中即景

沈尹默 九首

公園裡的二月蘭 月 雪 除夕 劉三來言子穀

死矣 白楊樹 秋 三弦 耕牛

沈兼士 六首

第一頁

《初期白話詩稿．目錄》手跡。（見劉復編《初期白話詩稿》）

# 參考書目

## 一、劉復著述


1 劉復譯《歐陸縱橫秘史》。上海：中華書局。一九一五。
2 劉復著《中國文法通論》。上海：羣益書社。一九二一。
3 劉復著《四聲實驗錄》。上海：羣益書社。一九二四。
4 小仲馬（Alexandre Dumas *fils*）著，劉復譯《茶花女》（*La Dame aux Camélias*）。北京：北新書局。一九二六。
5 劉復著《瓦釜集》。北京：北新書局。一九二六。
6 劉復著《揚鞭集》（上、中卷）。北京：北新書局。一九二六。
7 左拉（Émile Zola）著，劉復譯《失業》。北京：北新書局。一九二七。
8 左拉（Émile Zola）著，劉復譯《貓的天堂》。北京：北新書局。一九二七。
9 劉復著《半農談影》。北京：真光攝影社。一九二七。
10 劉復著《半農雜文》（第一冊）。北京：星雲堂書店。一九三四。
11 劉復著，痙弦編《劉半農卷》。台北：洪範書店。一九七七。
12 劉復編《初期白話詩稿》。北京：書目文獻出版社。一九八四。

## 二、他人著述


1 余祥森編《德意志文學史》。上海：商務印書館。一九三三。

2 劉心皇著《現代中國文學史話》。台北：正中書局。一九七一。

3 Translated by Margaret R. Hale, *Horn of Oberon: Jean Paul Richter's School for Aesthetics*. Detroit: Wayne State University Press. 1973.

4 陳若曦、董橋等譯《從創始到現代——德國文學精華總覽》。香港：明報社。一九七五。

5 朱傳譽編《劉半農傳記資料》。台北：天一出版社。一九七九——八一。

6 趙景深原評，楊揚輯補《半農詩歌集評》。北京：書目文獻出版社。一九八四。

7 鮑晶編《劉半農研究資料》。天津：天津人民出版社。一九八五。

8 徐瑞岳著《劉半農評傳》。上海：上海文藝出版社。一九九零。

9 周作人著，張梁編《周作人》。香港：三聯書店。一九九四。

10 魯迅著，人民文學出版社編《魯迅全集》。北京：人民文學出版社。一九九六。

# 答大學堂校長蔡鶴卿太史書

林紓

## 正文補充

本文發表之前，林紓在一九一七年二月八日的《民國日報》上發表評論文〈論古文之不當廢〉，並於一九一九年二月及三月分別以短篇小説《荊生》、《妖夢》來影射蔡元培、胡適及陳獨秀等新文化運動人士。然後在同年三月十八日的北京《公言報》發表本文，《公言報》編輯並附以〈請看北京學界思潮變遷之近狀〉專文介紹。其後蔡元培投函《公言報》作為答覆（上述兩文見高平叔編《蔡元培全集》）。茲錄《公言報》〈請看北京學界思潮變遷之近狀〉一文如下：

北京近日教育雖不甚發達，而大學教師各人所鼓吹之各種學説，則五花八門，頗有足紀者。……文科學長陳獨秀氏，以新派首領自居，平昔主張新文學甚力。教員中與陳氏沆瀣一氣者，有胡適、錢玄同、劉半農、沈尹默等。學生聞風興起，服膺師説，張大其辭者，亦不乏人。其主張，以為文學須順應世界思潮之趨勢。若吾中國歷代相傳者，乃為雕琢的、阿諛的貴族文學，陳腐的、鋪張的古典文學，迂晦的、艱澀的山林文學，應根本推翻。代以平民的、抒情的國民文學，新鮮的、立誠的寫實文學，明瞭的、通俗的社會文學。此文學革命之主旨也。自胡適氏主講文科哲學門後，旗鼓大張，新文學之思潮，亦澎湃而不可遏。既前後抒其議論於《新青年》雜誌；而於其所教授之哲學講義，亦且改用白話文體裁；近又由其同派之學生，組織一種雜誌曰《新潮》者，以張皇其學說。……頃林琴南氏有致蔡子民一書，洋洋千言，於學界前途，深致悲憫。

林紓再於同年四月在《文藝叢報》發表〈論古文白話之相消長〉（林薇選註《林紓選集》）作最後的辯駁。

作者補充

**一、林紓自述生平**

林紓自述生平的資料有：〈冷紅生傳〉（《畏廬文集》）。另外也散見於其述先輩遺事的文章中，例如：〈先妣事略〉、〈叔父靜庵公墓前石表辭〉及〈先大母陳太孺人事略〉（上述文章見《畏廬文集》）等；此外，林紓也有自述生平的詩作，如〈七十歲自壽詩〉十五首（朱羲胄編《林畏廬先生年譜》）。

林紓是晚清著名古文家，除創作外，也建立了一套古文理論。他認為古文最重要是「意境」和「神味」，他在〈桐城派古文說〉中指出（見《民權素》一九一五年十二月第十三集）：「文字有義法，有意境，推其所至，始得神韻與味；神也，韻也，味也，古文之止境也。」《春覺齋論文》是林紓較有系統的古文理論著作，內輯文章如〈論意境〉、〈論識度〉及〈論神味〉等。

林紓認為小說的特點有三：第一、揭示社會的黑暗面貌；第二、反映社會低下階層的生活；第三、描寫真實的人生。林紓的小說理論，散見於其序跋及短評中，例如：〈孝女耐兒傳序〉、〈賊史序〉、〈冰雪因緣序〉及〈滑稽外史・短評〉（以上見《林紓選集》文詩詞卷）等。

## 二、他人撰述林紓生平

他人撰述林紓生平的資料有：王森然著《近代二十家評傳・林紓先生評傳》；朱羲胄著《林琴南先生學行譜記四種》；劉太希著〈記林琴南先生〉（《無象庵雜記續集》）；朱傳譽主編《林琴南傳記資料》；朱碧森著《女國男兒淚：林琴南傳》；馬壽著《畏廬生平述略》（《福建師範大學學報》一九九零年第三期）；朱羲胄編

《林畏廬先生年譜》；張俊才著《林紓評傳》；曾憲輝著《林紓》及孔慶茂著《林紓傳》等。

## 三、林紓評介

林紓在古文、詩歌、小說、戲曲、繪畫和文論各方面都有一定的成就。陳衍在《石遺室詩話》卷三中概述了林紓的才學：

> 琴南號畏廬，多才藝，能畫能詩，能駢體文，能長短句，能譯外國小說百十種，自謂古文辭為最。沈酣於班孟堅韓退之者三十年，所作兼有柏梘柈湖之長。而世人第以小說家目之。且有深詆之者，余常為辯護。謂曾滌生所分陽剛陰柔之美，雖不過言其大概，未必真畫鴻溝。然畏廬於陰柔一道下過苦功。少時詩亦多作，近體為吳梅村，古體為張船山張亨甫。識蘇堪後，悉棄去，除題畫外，不問津此道者，殆二十餘年。

其他總評林氏文學成就的資料有：曾憲輝著〈試論林紓的詩論與詩作〉（《福建師範大學學報》一九八四年第三期）；林薇著〈《文詩詞集》前言〉（《林紓選集》文詩詞卷）；石允文著〈中國近代繪畫名家⑪：畫家，文學家，翻譯家——林紓〉（《藝術家》一九八九年第二十八卷三期）；李家驥著《林紓詩文選·前言》（《林紓詩文選》）及郭延禮著〈林紓及近代翻譯文學〉（《中國近代文學發展史》第二冊）等。

林紓古文造詣甚高。錢基博在《現代中國文學史·林紓的古文》中云：「紓之文工為敘事抒情，雜以恢詭，婉媚動人；實前古所未有！固不僅以譯述為能事也！」評論林紓古文的資料有：張俊才著〈林紓古文理論述評〉（《江淮論壇》一九八四年第二期）及曾憲輝著〈林紓論文的「取法乎上」——畏廬文論摭議〉（《福建師範大學學報》一九九二年第二期）等。

林紓的翻譯小説，在當時極為流行，這些小説被後人專稱為「林譯小説」。其中以《巴黎茶花女遺事》（*La Dame aux Camélias*）的影響最大。這是林紓第一部譯著，也是西方小説介紹到中國後影響最大的一部。邱煒萲認為這部小説描寫得淒婉動人（見梁啟超著《晚清文學叢鈔·小説戲曲研究卷·揮麈拾遺》）：

> 中國近有譯者，署名「冷紅生筆」，以華文之典料，寫歐人之性情，曲曲以赴，煞費匠心，好語穿珠，哀感頑豔，讀者但見馬克之花魂，亞猛之淚漬，小仲馬之文心，冷紅生之筆意，一時都活，為之欲嘆觀止。（按：小仲馬 Alexandre Dumas *fils*，法國作家。）

然而，林氏以古文義法翻譯西方小說的方法，卻引來不少爭議，更因此帶出有關中西文法優劣的論題。劉聲木評云（見《萇楚齋五筆》卷八〈論繙譯小說〉）：

> 光緒末年，閩縣林琴南孝廉紓，繙譯西文小說，由商務印書館排印，盛行一時。……友人因謂林譯小說甚佳，力勸閱之。乃略為購置數種，頗覺其所敘述過於浮泛，不合事理。譬如言一國之興衰，引周室之興衰以為證，以吾國文法論，至多不過曰：盛如文武成康，衰如幽厲慎靚與赧王，二句而已。西文必自太王、王季、文王，歷數至慎靚王、赧王，歷百拾句不等，實屬煩冗無當。余雖不識西文，以譯本論之，未足以盡其所長。

劉氏文中所說的西文缺點，除了涉及中西文化和文學本身的差異外，也與林氏中法西用的翻譯技巧不無關係。除這方面的問題外，錢鍾書指出林紓的譯作往往與原著有出入，甚至有遺漏及錯譯的地方，這是由於林紓不諳外語，只靠友人口譯之故。但由於其譯筆生動，文字典雅，其譯作的吸引力歷久不衰。其他關於林譯小說的評論資料有：孔立編《林紓和林譯小說》；郭沫若著《我的童年》；胡適著《五十年來中國之文學》；復旦大學中文系一九五六級《中國近代文學史》編寫組《中國近代文學史稿．近代翻譯小說及林紓》；阿英著〈關於《巴黎茶花女遺事》〉（薛綏之、張俊才編《林紓研究資料》）；陳子展著〈近代翻譯文學〉（羅新璋編《翻譯論集》）；李家驥主編《林紓翻譯小說未刊九種・前言》；牟潤孫著〈林紓逝世六十週年〉（《海遺雜著》）；曾憲輝著〈林譯《巴黎茶花女遺事》考〉（《福建師範大學學報》一九九一年第三期）及馬亞中著〈林紓《茶花女遺事》〉（《近代卷・暮鼓晨鐘》）等。

林紓除翻譯小說外，自己也寫小說。他的作品受西方小說的影響，有的甚至是模仿之作。但這類小說不單打破中國傳統章回小說的體制，而且有豐富的史料價值。其他資料如下：陳炳堃著《最近三十年中國文學史・林紓的小說》及張俊才著〈林紓小說創作簡論〉（《齊魯學刊》一九八五年五期）等。

題解補充

**〈答大學堂校長蔡鶴卿太史書〉評析**

《公言報》刊出林氏此信後，又刊登了蔡元培的〈致公言報函並答林琴南函〉及〈蔡元培抄寄之趙體孟來函〉，引起了一場有關新舊文化的論爭。事實上，林紓在未捲入新文化運動的鬥爭前，他宣揚變法維新，思想並不守舊，這是因為他在翻譯西方小說的過程中，受到西方思想的影響。林紓認為西方文化的精義與儒家的倫理思想可以互相融和，在提倡西學之餘，也可鞏固傳統的道德倫理，可見林紓贊成西學是基於對傳統道德的維護。但到了五四時期，新文化運動大力鼓吹破壞禮教、反對孔子學說及傳統道德，以宣傳科學及民主等口號為要務。林紓深感儒家道統的地位受到挑戰，於是起而抗衡。一九一八年，胡適、陳獨秀及錢玄同等人以北京大學為基地，提倡文學革命，主張廢除古文，斥林紓為桐城派餘孽。再加上北京大學校長蔡元培不認同林紓的古文價值，導致兩人生嫌隙。不久，趙體孟請蔡元培代致函邀梁啟超、章太炎及林紓等人為明人劉應秋的遺著題字，林紓便藉機發表了這篇文字。林氏在文章中認為孔子是聖賢，不應冒犯，文言文是文學的正宗和學問的根柢，故不應廢棄。文章發表後，引起文教界很大的爭論，林紓也成為提倡新思想和新文學人士批評的對象。

　　有關資料如：魯迅〈敬告遺老〉（《每週評論》一九一九年第十五號）；陳獨秀著〈婢學夫人〉（《獨秀文存》）；陳炳堃著《最近三十年中國文學史》；鄭振鐸著《文學論爭集．導言》（趙家璧主編，鄭振鐸編選《中國新文學大系．導論選集》）；尹雪曼著〈白話與文言之爭〉（一九七七，《林紓研究資料》）；劉綬松著〈與封建復古主義的鬥爭〉（一九七九，《林紓研究資料》）；中南七院校《中國現代文學史》編寫組著〈對以林紓為代表的封建復古派的鬥爭〉（一九七九，《林紓研究資料》）；周策縱著，楊默夫編譯《五四運動史》；李大釗著〈新舊思潮之激戰〉（《李大釗詩文選集》第三輯）；沈松僑著〈嚴復、林紓與新文化的辯難〉（《學衡派與五四時期的反新文化運動》）；張曉唯著《蔡元培評傳》；周作人著《知堂回想錄．周作人自傳》；張厚載〈致蔡元培函〉（《新申報》）；蔡元培〈覆張厚載函〉（《新申報》）；〈學海要聞〉及蔡元培〈致《神州日報》函〉（上述兩文見《神州日報》）等。

## 圖文補充

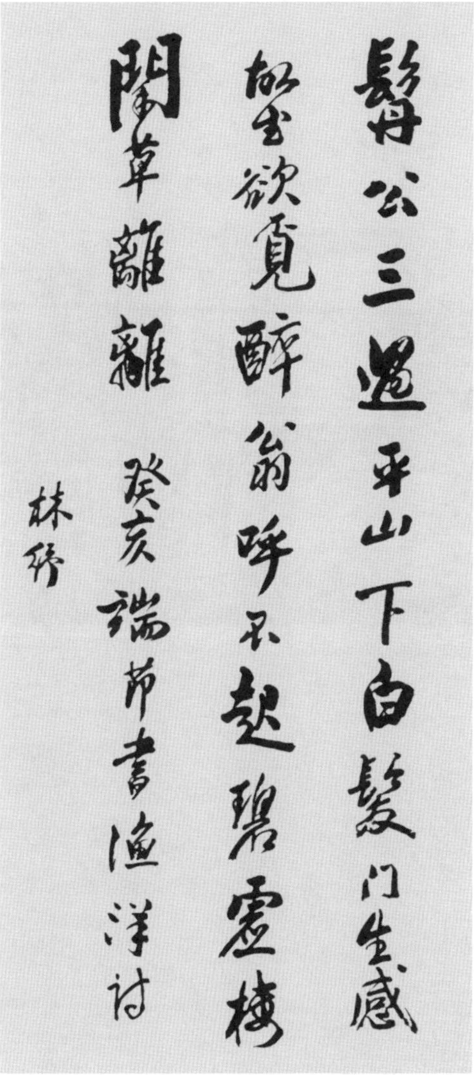


林紓書法。（見四川美術出版社編《民國時期書法》）

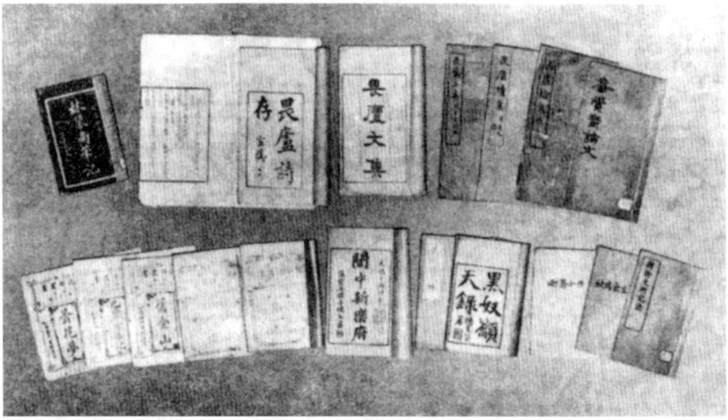


林紓部分譯作及著作書影。（見薛綏之、張俊才編《林紓研究資料》）

# 參考書目

## 一、林紓著述


1 林紓著《閩中新樂府》。福州：魏瀚刻印本。一八九七。

2 斯士活（Harriet Beecher Stowe）著，林紓、魏易譯《黑奴籲天錄》（*Uncle Tom's Cabin*）。上海：商務印書館。一九零一。

3 哈葛德（Henry Rider Haggard）著，林紓、魏易譯《迦茵小傳》（*Joan Haste*）。上海：商務印書館。一九零五。

4 洛加德（John Gibson Lockhart）著，林紓、魏易譯《拿破侖本紀》（*History of Napoleon Bonaparte*）。上海：京師學務處官書局。一九零五。

5 達孚（Daniel Defoe）著，林紓、曾宗鞏譯《魯賓孫飄流記》（*Life and Strange Surprising Adventures of Robinson Crusoe*）。上海：商務印書館。一九零五。

6 哈葛德（Henry Rider Haggard）著，林紓譯《蠻荒志異》（*Black Heart and White Heart and Other Stories*）。上海：商務印書館。一九零六。

7 大仲馬（Alexandre Dumas）著，林紓、李世中譯《玉樓花劫》（*Le Chevalier de Maison-Rouge*）。上海：商務印書館。一九零八。

8 卻爾司達更司（Charles Dickens）著，林紓、魏易譯《塊肉餘生述》（*David Coppefield*）。上海：商務印書館。一九零八。

9 哈葛德（Henry Rider Haggard）著，林紓、曾宗鞏譯《三千年艷屍記》（*She*）。上海：商務印書館。一九一零。

10 卻爾司達更司（Charles Dickens）著，林紓、魏易譯《冰雪因緣》（*Dombey and Son*）。上海：商務印書館。一九一零。

11 林紓著《畏廬文集》。上海：商務印書館。一九一零。

12 林紓著《踐卓翁小說》。北京：都門印書局。一九一三。

13 林紓著《劍腥錄》。北京：都門印書局。一九一三。（又名《京華碧血錄》）

14 林紓著《金陵秋》。上海：商務印書館。一九一四。

15 林紓著《冤海靈光》。上海：商務印書館。一九一六。

16 林紓著《畏廬續集》。上海：商務印書館。一九一六。

17 林紓著《修身講義》。上海：商務印書館。一九一六。

18 林紓著《畏廬筆記》。上海：中華圖書館。一九一七。

19 林紓著《巾幗陽秋》。上海：中華小說社。一九一七。（又名《官場新現形記》）

20 恩海貢斯翁士（Hendrik Conscience）著，林紓、王慶通譯《孝友鏡》（*De arme edelman*）。上海：商務印書館。一九一八。

21 林紓著《畏廬短篇小說》。上海：普通圖書館。一九一八。

22 林紓著《劫外曇花》。上海：中華書局。一九一八。

23 林紓著《左傳擷華》。上海：商務印書館。一九二一。

24 林紓著《〈古文辭類纂〉選本》。上海：商務印書館。一九二一。

25 西萬提司（Miguel de Cervantes Saavedra）著，林紓、陳家麟譯《魔俠傳》（*Don Quijote de la Mancha*）。上海：商務印書館。一九二二。

26 林紓著《莊子淺説》。上海：商務印書館。一九二三。

27 林紓著《畏廬詩存》。上海：商務印書館。一九二三。

28 林紓著《畏廬三集》。上海：商務印書館。一九二四。

29 林紓著《林氏選評名家文集》。上海：商務印書館。一九二四。

30 林紓著《畏廬遺跡》。上海：商務印書館。一九二五。

31 林紓著《春覺齋論畫遺稿》。北京：燕京大學圖書館。一九三五。

32 林紓著《春覺齋論文》。北京：人民文學出版社。一九五九。

33 林紓著《韓柳文研究法》。香港：龍門書店。一九六九。

34 小仲馬（Alexandre Dumas *fils*）著，林紓譯《巴黎茶花女遺事》（*La Dame aux Camélias*）。北京：商務印書館。一九八一。

35 林紓著《林琴南文集》。北京：北京市中國書店、北京：新華書店。一九八五。

36 林紓著，林薇選注《林紓選集》。成都：四川人民出版社。一九八八。

37 林紓著，李家驥等整理《林紓詩文選》。北京：商務印書館。一九九三。

38 林紓著《文微》。出版資料不詳。

## 二、他人著述

1 陳獨秀著《獨秀文存》。上海：亞東圖書館。一九二二。
2 陳炳堃著《最近三十年中國文學史》。上海：太平洋書店。一九三零。
3 王森然著《近代二十家評傳》。北京：杏巖書局。一九三四。
4 趙家璧主編，鄭振鐸編選《中國新文學大系．導論選集》。上海：上海良友圖書印刷公司。一九三五——三六。
5 陳衍著《石遺室詩話》。台北：商務印書館。一九六一。
6 孔立編《林紓和林譯小説》。北京：中華書局。一九六二。
7 朱羲胄著《林琴南先生學行譜記四種》。台北：世界書局。一九六五。
8 郭沫若著《我的童年》。香港：文學出版社。一九六八。
9 劉太希著《無象庵雜記續集》。台北：正中書局。一九七五。
10 胡適著《五十年來中國之文學》。香港：神州圖書公司。一九七六。
11 復旦大學中文系一九五六級《中國近代文學史》編寫組《中國近代文學史稿》。香港：達文社。一九七八。
12 朱傳譽主編《林琴南傳記資料》。台北：天一出版社。一九八一。
13 錢鍾書著《林紓的翻譯》。北京：商務書印館。一九八一。
14 李大釗著《李大釗詩選集》（第三輯）。北京：人民文學出版社。一九八一。
15 薛綏之、張俊才編《林紓研究資料》。福州：福建人民出版社。一九八二。
16 李家驥主編《林紓翻譯小説未刊九種》。福州：福建人民出版社。一九八二。

17 蔡元培著，高平叔編《蔡元培全集》。北京：中華書局。一九八四。
18 周策縱著，楊默夫編譯《五四運動史》。台北：龍田出版社。一九八四。
19 沈松僑著《學衡派與五四時期的新文化運動》。台北：國立台灣大學出版委員會。一九八四。
20 羅新璋編《翻譯論集》。北京：商務印書館。一九八四。
21 錢基博著《現代中國文學史》。長沙：岳麓書社、湖南：新華書店。一九八六。
22 鄭振鐸著《鄭振鐸文集》。北京：人民文學出版社。一九八八。
23 四川美術出版社編《民國時期書法》。成都：四川美術出版社。一九八八。
24 朱碧森著《女國男兒淚：林琴南傳》。北京：中國文聯出版公司。一九八九。
25 梁啟超著《晚清文學叢鈔．小說戲曲研究卷》。台北：新文豐出版公司。一九八九。
26 牟潤孫著《海遺雜著》。香港：中文大學出版社。一九九零。
27 朱羲胄編《林畏廬先生年譜》。上海：上海書館。一九九一。
28 郭延禮著《中國近代文學史》（第三冊）。濟南：山東教育出版社。一九九一。
29 張俊才著《林紓評傳》。天津：南開大學出版社。一九九二。
30 曾憲輝著《林紓》。福州：福建教育出版社。一九九三。
31 張曉唯著《蔡元培評傳》。南昌：百花洲文藝出版社。一九九三。
32 馬亞中著《近代卷．暮鼓晨鐘》。香港：中華書局。一九九七。
33 周作人著《知堂回想錄．周作人自傳》。蘭州：敦煌文藝出版社。一九九八。
34 劉聲木著《萇楚齋隨筆續筆三筆四筆五筆》（全二冊）。北京：中華書局。一九九八。
35 孔慶茂著《林紓傳》。北京：團結出版社。一九九八。

# 致公言報函並答林琴南函

蔡元培

作者補充

## 一、蔡元培自述生平

蔡元培自述生平的資料頗多，有的是自己執筆寫作的，有的是他人筆錄的。這些資料多由後人編輯成書，例如：傳記文學出版社編《蔡元培自述》；高平叔主編《蔡元培文集》卷一自傳；楊楊編《自述與印象》自述部分及朱鴻召編選《孑民自述》等。

## 二、他人撰述蔡元培生平

他人撰述蔡元培生平的資料有：陶英惠著《蔡元培年譜（上）》；周佳榮著《辛亥革命前的蔡元培》；孫德中著，孫常煒增訂《民國蔡孑民先生元培簡要年譜》；蔡建國編《蔡元培先生紀念集》；高平叔編著《蔡元培年譜長編》；陳平原、鄭勇編《追憶蔡元培》；王世儒編著《蔡元培先生年譜》；張樂天、檀傳寶著《蔡元培傳》；中國蔡元培研究會編《蔡元培紀念集》及蕭夏林編《為了忘卻的紀念：北大校長蔡元培》等。

## 三、蔡元培評介

蔡元培是中國教育現代化的推動者。他出身於科舉舊學，但他卻反對中國教育的傳統，以現代西方的教育文化思想取而代之。他在民國初年先後擔任教育總長、北京大學校長及中央研究院院長等要職，因此其教育主張得以成為政策，影響深遠。他主張學校應以「五育」並舉，又強調學術自由，實施男女同校、學生文理互修等教育方針，受到時論的推許。然而他主張取消小學讀經、教科書改用白話文等，則被批評為中國傳統文化及語文教育根基的破壞者。從教育方面評介蔡元培的資料有：孫德中編著《蔡元培教育學說》；孫常煒著《蔡元培先生的生平及其教育思想》；王煥琛著〈蔡元培先生的教育風範〉；朱麗麗著〈從現代教育觀點看蔡元培先生的教育主張〉（上述兩文見文訊雜誌社編《憂患中的心聲：吳稚暉、蔡元培、胡適》）；陶英惠著〈蔡元培與民國新教育〉（《近代中國》一九九一年第八十四期）；楊森源著〈蔡元培「以美育代宗教」思想之評述〉（《現代教育》一九九二年第七卷四期）；徐元民著〈蔡元培的體育思想——以民元教育宗旨為中心〉（《體育學報》一九九三年第十六期）；金林祥著《蔡元培教育思想研究》；敖小蘭著〈蔡元培與中國近代音樂教育〉（《中國文化月刊》一九九六年第一九八期）及歐陽哲生著

〈蔡元培與中國現代教育體制的建立——為紀念五四運動八十週年〉（《傳記文學》一九九九年第七十四卷六期）等。

此外，對蔡元培作整體評論的文字有：蔡尚思著《蔡元培學術思想傳記》；蔡元培研究會編《論蔡元培：紀念蔡元培誕辰 120 週年學術討論會文集》；馮友蘭著〈新文化運動的創始人、教育家、哲學家蔡元培〉（湯一介編《論傳統與反傳統——五四 70 週年紀念文選》）及中國蔡元培研究會編《蔡元培研究集：紀念蔡元培先生誕辰 130 週年國際學術討論會文集》等。

## 題解補充

## 〈致公言報函並答林琴南函〉評析

蔡元培與林紓這一場筆戰，牽涉到新文化運動中新舊兩派勢力的鬥爭。雖然蔡元培在新文化運動中所起的作用，受到不少批評。但是，新文化運動能夠迅速展開，實與蔡氏以其特殊的身份地位為運動護航有密切關係。蔡氏實行兼容並包的辦學宗旨，延聘陳獨秀、胡適、李大釗等人，把新文化刊物《新青年》帶進北京大學來辨，顯示出他對新文化運動的支持。蔡氏在〈洪水與猛獸〉（一九二零）一文中，更以勢不可當的洪水來比喻新思潮（見高平叔編《蔡元培全集》第三卷）：

> 我以為用洪水來比新思潮，很有幾分相像。他的來勢很勇猛，把舊日的習慣衝破了，總有一部分的人感受痛苦；彷彿水源太旺，舊有的河槽，不能容受他，就泛濫岸上，把田廬都掃蕩了。對付洪水，要是如鯀的用湮法，便愈湮愈決，不可收拾。所以禹改用導法，這些水歸了江河，不但無害，反有灌溉之利了。對付新思潮，也要捨湮法，用導法，讓他自由發展，定是有利無害的。孟氏稱「禹之治水，行其所無事」，這正是舊派對付新派的好方法。

此外，對於林紓在〈答大學堂校長蔡鶴卿太史書〉中就孔教問題和白話文學作出的責難，蔡元培答辯得不卑不亢。他力求保持客觀，但是字裏行間卻難掩其維護新文化運動的立場。周策縱在《五四運動史》(*May Fourth Movement*) 第三章中對此有精闢的評論：

> 蔡元培的答覆雖然堅定而嚴肅，在某些論點上仍顯露出避重就輕的痕跡。在某些方面，他否認或削減了新運動教授們所提倡過的種種事項。蔡元培處於當時情況之下，即受到落後軍閥政府的統治，還受到羣集的保守勢力的這種猛攻，他答信的首要目的實在不得不為了維持北大的自由，使它不受政府

干涉。他絕不可能全力為新思想辯護。然而，即使受到這些限制，他仍然為新運動作了一個很好的辯護。

蔡氏的覆文後來被廣泛徵引和轉載，成為新文化運動最有力的支持。

至於評析蔡元培與新文化運動關係的資料則有：方山著〈蔡元培與新文化運動〉（周玉山主編《五四論集》）；梁柱著《蔡元培與北京大學》第九章「在新舊思潮的激戰中」；蔡建國著《蔡元培與近代中國》第十三章「蔡元培在五四新文化運動中的作用和地位」及高平叔著〈五四運動時期的蔡元培先生〉（《自述與印象》）等。

## 圖文補充

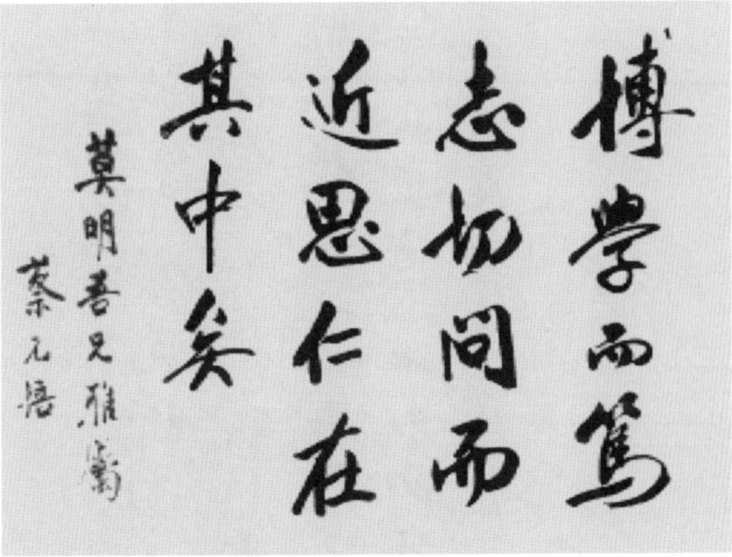


蔡元培手跡。（見啟功、牟小東編《蔡元培先生手跡》）

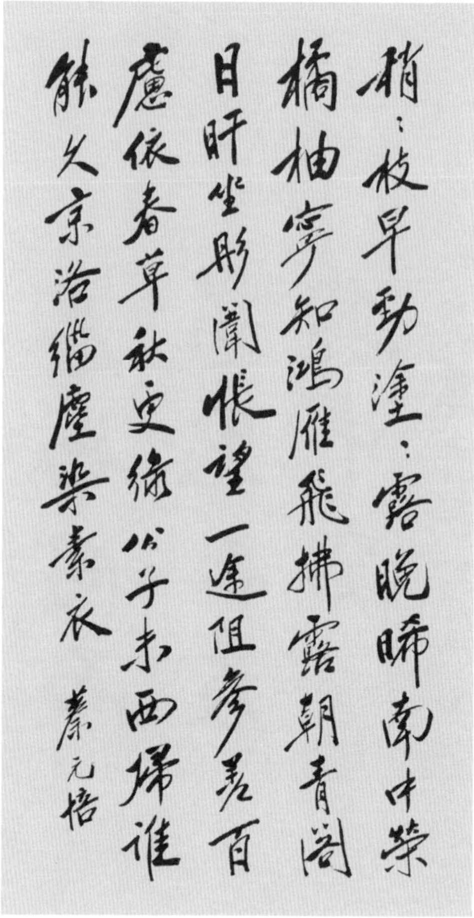

蔡元培行書軸。（見四川美術出版社編《民國時期書法》）

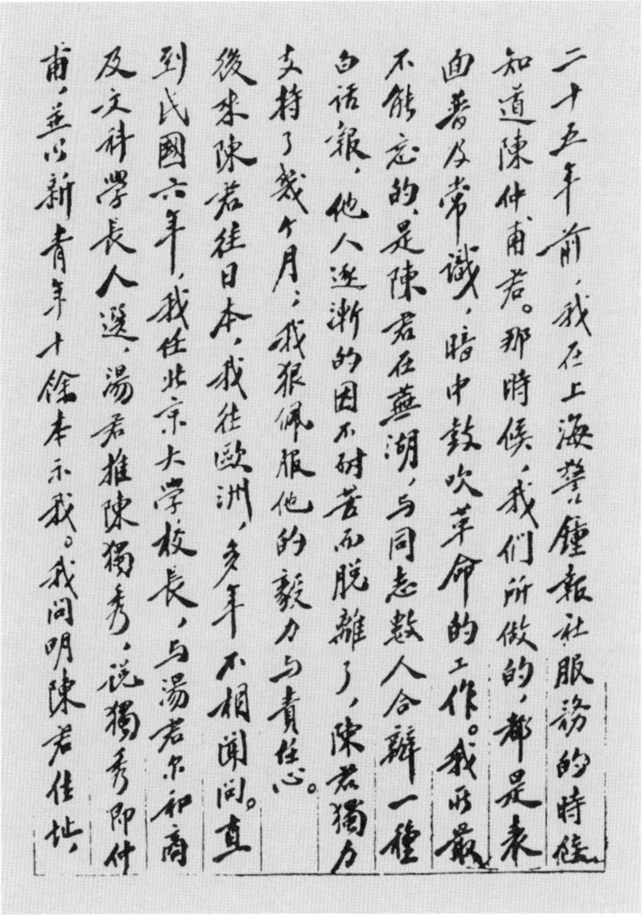
二十五年前，我在上海警鐘報社服務的時候
知道陳仲甫君。那時候，我們所做的，都是表
面普及常識，暗中鼓吹革命的工作。我所最
不能忘的，是陳君在蕪湖，與同志數人合辦一種
白話報，他人逐漸的因不耐苦而脫離了，陳君獨力
支持了幾個月，我很佩服他的毅力與責任心。
後來陳君往日本，我往歐洲，多年不相聞問。直
到民國六年，我任北京大學校長，與湯君爾和商
及文科學長人選，湯君推陳獨秀，說獨秀即仲
甫，並以新青年十餘本示我。我問明陳君住址，

蔡元培撰《獨秀文存・序》手跡。（見啟功、牟小東編《蔡元培先生手跡》）

# 參考書目

## 一、蔡元培著述


1 蔡元培著《學堂教科論》。上海：普通學堂室。一九零一。
2 蔡元培著《中國倫理學史》。上海：商務印書館。一九一零。
3 蔡元培著《中學修身教科書》。上海：商務印書館。一九一二。
4 蔡元培著《哲學大綱》。上海：商務印書館。一九一五。
5 蔡元培著《石頭記索隱》。上海：商務印書館。一九一七。
6 蔡元培著《蔡孑民先生言行錄》。北京：北京大學新潮社。一九二零。
7 蔡元培著《美學通論》。手稿。一九二一。
8 Yuan-pei Tsai, *The Development of Chinese Education*. London: East and West Ltd. 1924.
9 蔡元培著《簡易哲學綱要》。上海：商務印書館。一九二四。
10 蔡元培著 *Chinese Education, Its Present and Its Historical Condion*。北京：Leader Press。一九二五。
11 蔡元培著 *Painting and Calligraphy*。China Institute of Pacific Relations。一九三一。
12 蔡元培著，隴西約翰編《蔡元培言行錄》。上海：廣益書局。一九三一。
13 蔡元培著，余研因編《蔡元培文選》。上海：啟智書局。一九三一。
14 蔡元培著，高平叔筆錄及編訂《蔡孑民先生傳略》。重慶：商務印書館。一九四三。
15 蔡元培著《蔡元培選集》。北京：中華書局。一九五九。
16 蔡元培著《蔡元培選集》。台北：文星書局。一九六七。

17 蔡元培著，傳記文學出版社編《蔡元培自述》。台北：傳記文學出版社。一九六七。
18 蔡元培著，高平叔編《蔡元培教育文選》。北京：人民教育出版社。一九八零。
19 蔡元培著，高平叔主編《蔡元培文集》。台北：錦繡出版事業股份有限公司。一九九五。
20 蔡元培著，楊楊編《自述與印象》。上海：三聯書店。一九九七。
21 蔡元培著，朱鴻召編選《孑民自述》。南京：江蘇人民出版社。一九九九。

## 二、他人著述

1 蔡尚思著《蔡元培學術思想傳記》。上海：棠棣出版社。一九五零。
2 孫德中編著《蔡元培教育學説》。台北：復興書局。一九五六。
3 孫常煒著《蔡元培先生的生平及其教育思想》。台北：商務印書館。一九七六。
4 陶英惠著《蔡元培年譜》(上)。台北：中央研究院近代史研究所。一九七六。
5 周玉山主編《五四論集》。台北：成文出版社。一九八零。
6 周佳榮著《辛亥革命前的蔡元培》。香港：波文書局。一九八零。
7 孫德中著，孫常煒增訂《民國蔡孑民先生元培簡要年譜》。台北：商務印書館。一九八一。
8 周策縱原著，楊默夫編譯《五四運動史》(*May Fourth Movement*)。台北：龍田出版社。一九八一。
9 梁柱著《蔡元培與北京大學》。銀川：寧夏人民出版社。一九八三。
10 蔡建國編《蔡元培先生紀念集》。北京：中華書局。一九八四。
11 四川美術出版社編《民國時期書法》。成都：四川美術出版社。一九八八。

12 啟功、牟小東編《蔡元培先生手跡》。北京：北京大學出版社。一九八八。
13 蔡元培研究會編《論蔡元培：紀念蔡元培誕辰 120 週年學術討論會文集》。北京：旅遊教育出版社。一九八九。
14 湯一介編《論傳統與反傳統——五四 70 週年紀念文選》。台北：聯經出版事業公司。一九八九。
15 文訊雜誌社編《憂患中的心聲：吳稚暉、蔡元培、胡適》。台北：文訊雜誌社。一九九一。
16 金林祥著《蔡元培教育思想研究》。瀋陽：遼寧教育出版社。一九九四。
17 高平叔編著《蔡元培年譜長編》。北京：人民教育出版社。一九九六。
18 陳平原、鄭勇編《追憶蔡元培》。北京：中國廣播電視出版社。一九九七。
19 蔡建國著《蔡元培與近代中國》。上海：上海社會科學院出版社。一九九七。
20 王世儒編著《蔡元培先生年譜》。北京：北京大學出版社。一九九八。
21 張樂天、檀傳寶著《蔡元培傳》。北京：團結出版社。一九九八。
22 中國蔡元培研究會編《蔡元培紀念集》。杭州：浙江教育出版社。一九九八。
23 蕭夏林編《為了忘卻的紀念：北大校長蔡元培》。北京：經濟日報出版社。一九九八。
24 中國蔡元培研究會編《蔡元培研究集：紀念蔡元培先生誕辰 130 週年國際學術討論會文集》。北京：北京大學出版社。一九九九。

# 藥

魯迅

## 正文補充

在《藥》一篇中，「人血饅頭」是故事的主線。作者在一九一八年發表的《狂人日記》中，也有「人血饅頭」的故事，作者藉此一再對「吃人」的社會予以申斥（見人民文學出版社編《魯迅全集》卷一輯《吶喊》）：

我只有幾句話，可是說不出來。大哥，大約當初野蠻的人，都吃過一點人。後來因為心思不同，有的不吃人了，一味要好，便變了人，變了真的人。有的卻還吃——也同蟲子一樣，有的變了魚鳥猴子，一直變到人。有的不要好，至今還是蟲子。這吃人的人比不吃人的人，何等慚愧。怕比蟲子的慚愧猴子，還差得很遠很遠。

易牙蒸了他兒子，給桀紂吃，還是一直從前的事。誰曉得從盤古開闢天地以後，一直吃到易牙的兒子；從易牙的兒子，一直吃到徐錫林；從徐錫林，又一直吃到狼子村捉住的人。去年城裏殺了犯人，還有一個生癆病的人，用饅頭蘸血舐。

他們要吃我，你一個人，原也無法可想；然而又何必去入伙。吃人的人，甚麼事做不出；他們會吃我，也會吃你，一伙裏面，也會自吃。但只要轉一步，只要立刻改了，也就人人太平。

## 作者補充

### 一、魯迅自述生平

魯迅撰寫的自傳有：〈俄文譯本《河Q正傳》序及著者自敍傳略〉（一九二五，《魯迅全集》第七卷輯《集外集》）；《朝花夕拾》（一九二八，《魯迅全集》第二卷。編者按：原是魯迅在一九二六年所作的回憶錄，共有十篇散文）；〈自傳〉（一九三零。編者按：此文收錄在一九三八年出版的《魯迅全集》中）；〈自傳〉（一九三四，《魯迅全集》第八卷輯《集外集拾遺補編》。編者按：此文原無標題。一九三四年，魯迅與茅盾應美國人伊羅生之邀，選編一部中國現代短篇小說集《草鞋腳》。該書計劃收錄各入選作者的小傳，本文即為此而寫）及人民文學出版社編《魯迅日記》（一九五九。編者按：此書自一九一二年五月五日魯迅初到北京起，至一九三六年十月十八日於上海病逝前一日止。其中一九二二年的部分，原稿已經散失，是該書編者據許壽裳手抄的資料補入）等。

魯迅在〈墳〉一篇中，討論文藝的社會功能，他認為文藝要反映真實的人生，文學家不但要考察社會的現象，還要有正視社會問題的勇氣，把社會的真相顯示出來。如在〈論睜了眼看〉（一九二五）一文，他便指出文藝與國民精神的關係（見《魯迅全集》卷一輯《墳》）：

文藝是國民精神所發的火光，同時也是引導國民精神的前途的燈火。這是互為因果的，正如麻油從芝麻榨出，但以浸芝麻，就使它更油。……中國人向來因為不敢正視人生，只好瞞和騙，由此也生出瞞和騙的文藝來，由這文藝，更令中國人更深地陷入瞞和騙的大澤中，甚而至於已經自己不覺得。世界日日改變，我們的作家取下假面，真誠地，深入地，大膽地看取人生並且寫出他的血和肉來的時候早到了；早就應該有一片嶄新的文場，早就應該有幾個兇猛的闖將！……沒有衝破一切傳統思想和手法的闖將，中國是不會有真的新文藝的。

魯迅自述文藝思想的資料很多，如：〈文化偏至論〉（一九零八，《魯迅全集》卷一輯《墳》。編者按：文中提到國家要富強，先要「立人」，而立人首要做的是喚起國人的自覺，以及強調個人的尊嚴。這些都是魯迅文藝思想的重點）；〈摩羅詩力說〉（一九零八，《魯迅全集》卷一輯《墳》）；〈吶喊．自序〉（一九二二，《魯迅全集》卷一輯《吶喊》。編者按：文中提出要改變國民的精神首推文藝）；〈革命文學〉（一九二七，《魯迅全集》卷三輯《而已集》）；〈革命時代的文學〉（一九二七，《魯迅全集》卷三輯《而已集》。編者按：文中說革命以前的文學應是富於反抗性的怒吼。革命以後的文學應屬平民文學，不過待工人和農民的思想得到解放後才達到）；〈文藝與政治的歧途〉（一九二七，《魯迅全集》卷七輯《集外集》。編者按：作者在文中指出文藝是催促社會進化的。文藝家的話就是社會的話）；〈對於左翼作家聯盟的意見〉（一九三零，《魯迅全集》卷四輯《二心集》）；〈二心集．序言〉（一九三二，《魯迅全集》卷四輯《二心集》。編者按：文章提出在「蝸牛盧」裏是沒有文藝的。所謂「蝸牛」，是指那些不敢批評社會現象、但求自保的作家）及〈論現在我們的文學運動〉（一九三六，《魯迅全集》卷六輯《且介亭雜文末編》）等。

魯迅的文藝思想，完全顯現在他的作品中，尤其在散文上。這裏所指的「散文」，包括議論性的雜文，敘事和抒情成分較強的散文詩和小品文等（詳見林非著《中國現代散文史稿．散文的分類及其前進的軌跡》）。魯迅認為散文應該用來針砭時弊，揭出病源以求改革。魯迅自述散文創作理論的資料有：〈熱風．題記〉（一九二五，《魯迅全集》卷一輯《熱風》。編者按：魯迅自言他的文字是攻擊時弊的，是有情的諷刺）；〈華蓋集．題記〉（一九二五，《魯迅全集》卷三輯《華蓋集》。編者按：此文鼓勵青年讀者學習寫文章去批評社會的缺點）；〈華蓋集續編．小引〉（一九二六，《魯迅全集》卷三輯《華蓋集續編》）；〈我還不能「帶住」〉（一九二六，《魯迅全集》卷三輯《華蓋集續編》。編者按：魯迅自言他的文筆尖銳，措辭率直，惟有這樣才能撕下社會偽善的假面具）；〈小品文的危機〉（一九三三，《魯迅全集》卷四輯《南腔北調集》。編者按：魯迅認為小品文應有掙扎和戰鬥的成分。文章必須是匕首、投槍，與讀者一同殺出血路）；〈偽自由書．前記〉（一九三三，《魯迅全集》卷五輯《偽自由書》）；〈准風月談．後記〉（一九三四，《魯迅全集》卷五輯《准風月談》）；〈商賈的批評〉（一九三四，《魯迅全集》卷五輯《花邊文學》。編者按：文中提出寫雜文的要求：要有常識，下苦功，否則便是粗製濫造）；〈做「雜文」也不易〉（一九三四，《魯迅全集》卷八輯《集外集拾遺補編》。編者按：魯迅認為雜文雖然在文學史上地位不高，但卻是一種嚴肅的工作，與人生有關）；〈且介亭雜文．序言〉（一九三五，《魯迅全集》卷六輯《且介亭雜文》）及〈徐懋庸作《打雜集》

序〉（一九三五，《魯迅全集》卷六輯《且介亭雜文二集》）等。

魯迅於一九一八年在《新青年》發表了他第一篇白話小說〈狂人日記〉。他寫小說的目的是要改良社會。在〈我怎麼做起小說來〉（一九三三）一文中，魯迅敘述了寫小說的目的和態度（見《魯迅全集》卷四輯《南腔北調集》）：

> 我也並沒有要將小說抬進「文苑」裏的意思，不過想利用他的力量，來改良社會。……自然，做起小說來，總不免自己有些主見的。例如，說到「為甚麼」做小說罷，我仍抱着十多年前的「啟蒙主義」，以為必須是「為人生」，而且要改良這人生。……所以我的取材，多採自病態社會的不幸的人們中，意思是在揭出病苦，引起療救的注意。

魯迅自述小說創作理論和經驗的資料有：〈吶喊‧自序〉（一九二二，《魯迅全集》卷一輯《吶喊》）；〈俄文譯本《阿Q正傳》序及著者自序傳略〉（一九二五，《魯迅全集》卷七輯《集外集拾遺》）。編者按：魯迅稱自己的小說是依個人觀察，把國人沉默的靈魂勾畫出來）；〈《近代世界短篇小說集》小引〉（一九二九，《魯迅全集》卷四輯《三閑集》）。編者按：文中論述短篇小說的特點和好處〉；〈答北斗雜誌社問——創作要怎樣才會好？〉（一九三一，《魯迅全集》卷四輯《二心集》）；〈關於小說題材的通信〉（一九三一，《魯迅全集》卷四輯《二心集》。編者按：文中提出寫小說選材要嚴，開掘要廣，不必趨時，也不可苟安，對時代社會要有助力和貢獻）；〈英譯本《短篇小說選集》自序〉（一九三三，《魯迅全集》卷七輯《集外集拾遺》。編者按：魯迅直言他的小說是反映上流社會的墮落和下層社會的不幸）；〈致董永舒〉（一九三三年八月十三日，《魯迅全集》卷十二輯《書信》。編者按：信中提到自己創作小說的經驗和心得：多觀察、多看別人的作品，博採眾家，取其所長）；〈《草鞋腳》小引〉（一九三四，《魯迅全集》卷六輯《且介亭雜文》）；〈中國新文學大系．小說二集．序〉（一九三五）及〈葉紫作《豐收》序〉（一九三五，以上兩文見《魯迅全集》卷六輯《且介亭雜文二集》）等。

## 二、他人撰述魯迅生平

他人撰述魯迅生平的資料有：馮雪峰著《回憶魯迅》（一九五二）；馬蹄疾輯錄《許廣平憶魯迅》（一九七九）；林非、劉再復著《魯迅傳》（一九八一）；魯迅博物館魯迅研究室編《魯迅年譜》（一九八一——八四）；周建人口述，周曄編寫《魯迅故家的敗落》（一九八四）；林志浩編著《魯迅傳》（一九八一年初版，一九九一年修訂版）；蒙樹宏編《魯迅年譜》（一九八八）；上海魯迅紀念館編《魯迅著譯繫年目錄》（一九八九）；周遐壽（作人）著，止庵編《關於魯迅》（一九九七。編者按：書中輯錄周作人撰述的關於魯迅生平的三本書，包括《魯迅的故家》（一九五三）、《魯迅小說裏的人物》（一九五四）和《魯迅的青年時代》（一九五七）。此外，書中亦編入一些有關魯迅的零散篇章）及鈕岱峰著《魯迅傳》（一九九九）等。

## 三、魯迅評介

魯迅的作品大都以當時社會的實況為主題。關於魯迅思想及其作品的評價有：方璧（茅盾）著〈魯迅論〉（一九二七，李何林編《魯迅論》）；錢杏邨著〈魯迅〉（一九三零，《魯迅論》）；李澤厚著〈略論魯迅思想的發展〉（一九七九，李宗英、張夢陽編《六十年來魯迅研究論文選》下）；唐弢著〈魯迅在文藝理論上的貢獻〉（一九七九，《中國現代文學史》第七章四節）；劉再復著〈魯迅的人格力量和藝術氣魄〉（《福建文學》一九八二年第九期）；李歐梵著，尹慧珉譯《鐵屋中的吶喊——魯迅研究》（一九九一）；黃繼持著〈魯迅的行程〉（一九九二，《中國近代名家著作選粹——魯迅卷・導言》）及朱曉進著《魯迅文學觀綜論》等。

魯迅的雜文是他省察人生、剖析社會的利器。瞿秋白在〈魯迅雜感選集．序言〉中，指出魯迅的雜文是一種「社會論文」（見瞿秋白編《魯迅雜感選集》）：

> 魯迅的雜感其實是一種「社會論文」——戰鬥的「阜利通」（feuilleton）。……雜感這種文體，將要因為魯迅而變成文藝性的論文（阜利通——feuilleton）的代名詞。自然，這不能夠代替創作，然而它的特點是更直接的更迅速的反應社會上的日常事變。

關於魯迅散文的評價有：阿英著〈魯迅小品文序〉（一九三五，《現代十六家小品》）；郁達夫著〈導言〉（一九三五，趙家璧主編，郁達夫編選《中國新文學大系．散文二集》）；李長之著〈魯迅之雜感文〉（一九三五，中國現代文學社編《魯迅卷》第十二輯李長之《魯迅批判》）；巴人著《論魯迅的雜文》（一九四零。編者按：這是研究魯迅雜文的專著。書中以中國近代思想發展史為背景，討論近代不同的文學思想和風格，從而歸納出魯迅作品的傳承和獨到之處；朱自清著〈魯迅先生的雜感〉（一九四八，《六十年來魯迅研究論文選》上。編者按：朱自清認為魯迅創造了一種結合詩和詩誦的政論文藝的形式）；唐弢著〈魯迅雜文的藝術特徵〉（一九五六，《六十年來魯迅研究論文選》下）；王瑤著〈論魯迅作品與中國古典文學的歷史聯繫〉(一九五六,《六十年來魯迅研究論文選》下。編者按:文中論述魯迅雜文與中國古典散文,特別是魏晉散文的關係);何家槐著〈魯迅的散文和散文詩〉(《語文學習》一九五九年第三期。編者按:文中所述的「散文」,指狹義的散文,即在《朝花夕拾》和一些收入雜文集的小品);林非著〈魯迅的雜文〉上、下(一九八一,《中國現代散文史稿》第二章)及錢理羣著〈生命體驗和話語方式——魯迅散文論〉(一九九六,《精神的煉獄——中國現代文學從「五四」到抗戰的歷程》上篇第四章。編者按:這裏所指的亦是狹義的散文,如《野草》、《朝花夕拾》)等。

魯迅的小說不多,但在中國現代文學的發展史上卻奠下重要的地位,是短篇小說的典範。關於魯迅小說的評價有:許壽裳著〈魯迅的精神〉(一九四六,魯迅博物館、魯迅研究室、《魯迅研究月刊》選輯《魯迅回憶錄・專著》上冊);巴人著〈魯迅小說的藝術特點〉(一九五六,《六十年來魯迅研究論文選》下);唐弢著〈魯迅〉上(一九七九,《中國現代文學史》第二章。編者按:此章詳細分析了《吶喊》、《彷徨》和《阿Q正傳》的內容和技巧);邵伯周著《〈吶喊〉〈彷徨〉藝術特色探索》(一九八二);汪暉著《反抗絕望——魯迅及其〈吶喊〉〈彷徨〉研究》(一九九零);嚴家炎著〈〈吶喊〉〈彷徨〉的歷史地位〉(一九九五,《世紀的足音》);林非著《中國現代小說史上的魯迅》（一九九六）及楊義著《魯迅作品綜論》（一九九八，《楊義文存》第五卷）等。

研究魯迅的參考資料有：樂黛雲編《國外魯迅研究論集》（一九八一）；薛綏之主編《魯迅生平史料匯編》（一九八一——八六）；《六十年來魯迅研究論文選》上、下（一九八二）；中國社會科學院文學研究所魯迅研究室編《一九一三——一九八三魯迅研究學術論著資料匯編》卷一——卷五（一九八五——九零）；方美芬編〈台灣近年來魯迅研究論文索引〉上、下（《國文天地》一九九一年第七卷四、五期）及王潤華著〈魯迅研究重要參考書目題解〉（《中國書目季刊》一九九二年第廿五卷四期）等。

關於魯迅的網址有：

魯迅：http: //www.xys.org/pages/luxun.html

## 題解補充

### 一、《吶喊》評析

一九二三年，魯迅把十五篇作品編成《吶喊》一書（《吶喊》初版收十五篇作品。至一九三零年十三次印刷時，魯迅抽去〈不周山〉一篇，後改名〈補天〉，於一九三六年編入《故事新編》）。命名為「吶喊」，是響應新文學運動，支持文學革命的意思。魯迅在〈吶喊．自序〉曾自述其寫作背景（見《魯迅全集》卷一輯《吶喊》）：

我在年青時候也曾經做過許多夢，後來大半忘卻了，但自己也並不以為可惜。所謂回憶者，雖說可以使人歡欣，有時也不免使人寂寞，使精神的絲縷還牽着已逝的寂寞的時光，又有甚麼意味呢，而我偏苦於不能全忘卻，這不能全忘的一部分，到現在便成了《吶喊》的來由。……「假如一間鐵屋子，是絕無窗户而萬難破毀的，裏面有許多熟睡的人們，不久都要悶死了，然而是從昏睡入死滅，並不感到就死的悲哀。現在你大嚷起來，驚起了較為清醒的幾個人，使這不幸的少數者來受無可挽救的臨終的苦楚，你倒以為對得起他們麼？」

「然而幾個人既然起來，你不能說決沒有毀壞這鐵屋的希望。」

是的，我雖然自有我的確信，然而說到希望，卻是不能抹殺的，因為希望是在於將來，決不能以我之必無的證明，來折服了他之所謂可有，於是我終於答應他也做文章了，這便是最初的一篇〈狂人日記〉。從此以後，便一發而不可收，每寫些小說模樣的文章，以敷衍朋友們的囑託，積久就有了十餘篇。

在我自己，本以為現在是已經並非一個切迫而不能已於言的人了，但或者也還未能忘懷於當日自己的寂寞的悲哀罷，所以有時候仍不免吶喊幾聲，聊以慰藉那在寂寞裏奔馳的猛士，使他不憚於前驅。

魯迅自述《吶喊》寫作背景的資料有：《〈自選集〉自序》（一九三二，《魯迅全集》卷四輯《南腔北調集》。編者按：文中敘述《吶喊》的寫作目的：響應文學革命；揭露舊社會的病根，從而引起療救的希望）；〈題《吶喊》〉（一九三三，《魯迅全集》卷七輯《集外集拾遺》）及〈中國新文學大系・小說二集・序〉（一九三五，《魯迅全集》卷六輯《且介亭雜文二集》。編者按：魯迅評述《吶喊》顯示了文學革命的實績，其表現的深刻和形式的特別，頗激動了青年讀者的心）等。

《吶喊》出版後，引起了很大的反應。論者認為這本小說集揭露社會的病態，足以發人深省。魯迅以創新的形式、獨特的技巧，吸引了不少讀者。關於《吶喊》的評析有：茅盾著〈讀《吶喊》〉（一九二三，《茅盾論中國現代作家作品》）；張定璜著〈魯迅先生〉（一九二五，李何林編《魯迅論》。編者按：文中分析《吶喊》的作品，並概括了魯迅小說的特點：以冷靜的態度作沉默的旁觀者，對社會上各類人物作深刻的剖析）；西諦（鄭振鐸）著〈《吶喊》〉（一九二六，《魯迅論》）；許欽文著《吶喊分析》；支克堅著〈《吶喊》與新文學革命現實主義的形成〉（《中國現代文學研究叢刊》一九八二年第二輯）；〔英〕卜立德著，尹慧珉譯〈《吶喊》的骨幹體系〉（《魯迅研究月刊》一九九二年第八期）及盧今著《吶喊論》等。

## 二、〈藥〉評析

為了不要使〈藥〉的氣氛太消極，魯迅故意用曲筆及象徵的手法，為讀者帶出希望。他自言故事的結尾有俄國作家安特萊夫（Leonid Nikolaevich Andreev，一八七一——一九一九）式的陰冷。有關自述見〈吶喊・自序〉（一九二二，《魯迅全集》卷一輯《吶喊》）及〈中國新文學大系・小說二集・導言〉（一九三五，《魯迅全集》卷六輯《且介亭雜文二集》）等。魯迅曾多次評析安特萊夫的作品和風格，如

《黯澹的煙靄裏》譯者附記〉（一九二一，《魯迅全集》卷十輯《譯文序跋集》）及〈致許欽文〉（一九二五年九月三十日，《魯迅全集》卷十一輯《書信》）等。

論者一般認為〈藥〉是一個「兩線結構」的故事：一條線索圍繞着華老栓一家的遭遇，另一條線索圍繞着革命烈士夏瑜的遭遇，一明一暗，以「人血饅頭」將兩條線索交織起來。此外，也有學者以為夏瑜是辛亥革命烈士秋瑾的寫照。華老栓一家與夏瑜的悲慘命運，反映出羣眾的愚昧和革命者的悲哀。孫伏園在〈談《藥》——紀念魯迅先生〉一文中，便有如此的論述（見李宗英、張夢陽編《六十年來魯迅研究論文選》上）：

〈藥〉描寫羣眾的愚昧，和革命者的悲哀；或者說，因羣眾的愚昧而來的革命者的悲哀；更直接說，革命者為愚昧的羣眾奮鬥而犧牲了，愚昧的羣眾並不知道這犧牲為的是誰，卻還要因了愚昧的見解，以為這犧牲可以享用，增加羣眾中的某一私人的福利。……夏瑜兩個字顯然是從先烈秋瑾這名字來的。

關於〈藥〉的評析有：徐中玉著〈《藥》研究〉（一九五五，《魯迅生平思想及其代表作研究》）；馮雪峰著〈藥〉（一九五四，《魯迅的文學道路（論文集）》）；屈正平著〈夏瑜的形象和《藥》的主題〉(《語言文學》一九八一年第二期);范伯羣、曾華鵬合著〈因羣眾的愚昧而來的革命者的悲哀——論《藥》〉(一九八六,《魯迅小說新論》);蘇慶昌著〈論「曲筆」:對《藥》的結尾的讀解〉(《河北師範學院學報》一九九二年第一期)及相浦杲(Takashi Aiura)著,胡金定譯〈魯迅小說的一個側面——談《藥》〉(一九九六,《考證、比較、鑒賞——二十世紀中國文學研究論集》)等。

## 圖文補充

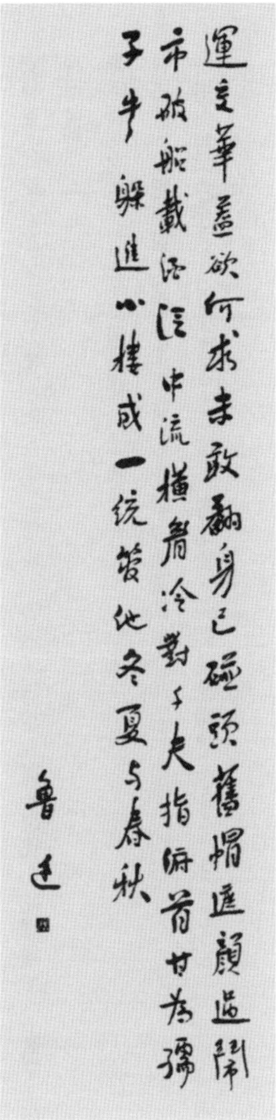
運交華蓋欲何求未敢翻身已碰頭舊帽遮顏過鬧
市破船載酒泛中流橫眉冷對千夫指俯首甘為孺
子牛躲進小樓成一統管他冬夏與春秋
魯迅

魯迅詩稿〈自嘲〉。（見北京魯迅博物館編《魯迅》）

# 參考書目

## 一、魯迅著述


1 儒勒・凡爾納 (Jules Gabriel Verne) 著，魯迅譯《月界旅行》。日本東京：進化社。一九零三。
2 魯迅、周作人譯《域外小説集》(上、下冊)。自印本。一九零九。
3 武者小路實篤 (Saneatsu Mushanokōji) 著，魯迅譯《一個青年的夢》。上海：商務印書館。一九二二。
4 安特萊夫 (Leonid Nikolaevich Andreev) 等著，魯迅、周作人譯《現代小説譯叢》。上海：商務印書館。一九二二。
5 魯迅著《吶喊》。北京：新潮社。一九二三。
6 魯迅著《中國小説史略》(上下卷)。北京：新潮社。一九二三——二四。
7 廚川白村 (Hakuson Kuriyagawa) 著，魯迅譯《苦悶的象徵》(*Kumon no shōchō*)。北京：未名社。一九二四。
8 魯迅著《熱風》。上海：北新書局。一九二五。
9 廚川白村 (Hakuson Kuriyagawa) 著，魯迅譯《出了象牙之塔》。北京：未名社。一九二五。
10 魯迅著《熱風》。上海：北新書局。一九二五。
11 魯迅著《彷徨》。上海：北新書局。一九二六。
12 魯迅著《華蓋集》。上海：北新書局。一九二六。
13 魯迅著《華蓋集續編》。上海：北新書局。一九二七。
14 魯迅著《墳》。北京：未名社。一九二七。

15 魯迅著《野草》。上海：北新書局。一九二七。
16 魯迅著《朝花夕拾》。北京：未名社。一九二八。
17 魯迅著《而已集》。上海：北新書局。一九二八。
18 法捷耶夫 (Alexander Alexandrovich Fadeyev) 著，魯迅譯《毀滅》。上海：大江書鋪。一九三一。
19 魯迅著《三閑集》。上海：北新書局。一九三二。
20 魯迅著《二心集》。上海：合眾書店。一九三二。
21 雅柯夫列夫著 (Alexander Stepanovich Yakovlev)，魯迅譯《十月》。上海：神州出版社。一九三三。
22 魯迅著《准風月談》。上海：興中書局。一九三四。
23 魯迅著《集外集》。上海：羣眾圖書公司。一九三五。
24 魯迅著《門外文談》。上海：天馬出版社。一九三五。
25 魯迅著《故事新編》。上海：文化生活出版社。一九三六。
26 魯迅著《花邊文學》。上海：聯華書局。一九三六。
27 魯迅著《且介亭雜文》。上海：三閒書局。一九三六。
28 魯迅著《且介亭雜文二集》。上海：三閒書局。一九三七。
29 魯迅著《且介亭雜文末編》。上海：三閒書局。一九三七。
30 魯迅著《集外集拾遺》。上海：魯迅全集出版社。一九三八。
31 魯迅著，魯迅先生紀念委員會編《魯迅全集》。上海：魯迅全集出版社。一九三八。

32 魯迅著，人民文學出版社編《魯迅日記》。北京：人民文學出版社。一九五九。
33 魯迅著，黃繼持編《中國近代名家著作選粹——魯迅卷》。香港：商務印書館。一九九五。
34 魯迅著，人民文學出版社編《魯迅全集》。北京：人民文學出版社。一九九六。

## 二、他人著述

1 李何林編《魯迅論》。上海：北新書局。一九三零。
2 徐中玉著《魯迅生平思想及其代表作研究》。上海：自由出版社。一九五五。
3 許欽文著《吶喊分析》。北京：中國青年出版社。一九五六。
4 北京魯迅博物館編《魯迅》。北京：文物出版社。一九七六。
5 茅盾著，樂黛雲編《茅盾論中國現代作家作品》。北京：北京大學出版社。一九八零。
6 馮雪峰著《魯迅的文學道路（論文集）》。長沙：湖南人民出版社。一九八零。
7 李宗英、張夢陽編《六十年來魯迅研究論文選》（上、下）。北京：中國社會科學出版社。一九八二。
8 范伯羣、曾華鵬著《魯迅小說新論》。北京：人民文學出版社。一九八六。
9 盧今著《吶喊論》。西安：陝西人民教育出版社。一九九六。
10 相浦杲（Takashi Aiura）著《考證、比較、鑒賞——二十世紀中國文學論集》。北京：北京大學出版社。一九九六。

# 風箏

魯迅

## 正文補充

魯迅在寫〈風箏〉之前，寫過一篇名為〈我的兄弟〉的散文詩，發表在一九一九年九月九日的《國民公報．新文藝》專欄。詩中說（見人民文學出版社編《魯迅全集》第八卷輯《集外集拾遺補編．自言自語》）：

我是不喜歡放風箏的，我的一個小兄弟是喜歡放風箏的。

我的父親死去之後，家裏沒有錢了。我的兄弟無論怎麼熱心，也得不到一個風箏了。

一天午後，我走到一間從來不用的屋子裏，看見我的兄弟，正躲在裏面糊風箏，有幾支竹絲，是自己削的，幾張皮紙，是自己買的，有四個風輪，已經糊好了。

我是不喜歡放風箏的，也最討厭他放風箏，我便生氣，踏碎了風輪，折了竹絲，將紙也撕了。

我的兄弟哭着出去了，悄然的在廊下坐着，以後怎樣，我那時沒有理會，都不知道了。

我後來悟到我的錯處。我的兄弟卻將我這錯處全忘了，他總是很要好的叫我「哥哥」。

我很抱歉，將這事說給他聽，他卻連影子都記不起了。他仍是很要好的叫我「哥哥」。

阿！我的兄弟。你沒有記得我的錯處，我能請你原諒麼？

然而還是請你原諒罷！

此篇散文詩的內容與〈風箏〉是相同的。

## 作者補充

### 一、魯迅自述生平

魯迅自述生平資料見本書〈藥〉「作者補充」。

## 二、他人撰述魯迅生平

他人撰述魯迅生平資料見本書〈藥〉「作者補充」。

## 三、魯迅評介

魯迅評介資料見本書〈藥〉「作者補充」。

# 題解補充

## 一、《野草》評析

《野草》收錄魯迅於一九二四至二六年間的作品。期間魯迅正受段祺瑞政府的通緝。當時各地軍閥對論政的文人作種種壓迫，因此魯迅在他的作品中運用象徵的寫法，表達內心對時局的不滿。魯迅自述《野草》的寫作背景，見〈野草・題辭〉（一九二七，《魯迅全集》卷二輯《野草》）；〈《野草》英譯本序〉（一九三一，《魯迅全集》卷四輯《二心集》）；〈《自選集》自序〉（一九三二，《魯迅全集》卷四輯《南腔北調集》）及〈致蕭軍〉（一九三四年十月九日，《魯迅全集》卷十二輯《書信》）等。

魯迅在寫《野草》之前，翻譯了日本作家廚川白村（Hakuson Kuriyagawa）的

《苦悶的象徵》（*Kumon no shōchō*）（一九二四）。論者認為《野草》的內容和表現手法均受到廚川的影響（編者按：魯迅在〈苦悶的象徵・引言〉中自言該書的主旨是「生命力受了壓抑而生的苦悶懊惱乃是文藝的根柢，而其表現法乃是廣義的象徵主義。」見《魯迅全集》卷十輯《譯文序跋集》）。此外，《野草》也揉合了德國哲學家尼采（Nietzsche，一八四四——一九零零）、法國詩人波特萊爾（Charles Baudelaire，一八二一——一八六七）、俄國小說家屠格涅夫（Ivan Sergeyevitch Turgeniev，一八一八——一八八三）等人的特色，形成了該書獨特的風格。關於《野草》的評析有：馮雪峰著〈論《野草》〉（一九五五，《六十年來魯迅研究論文集》下）；王瑤著〈論《野草》〉（一九六一，《魯迅作品論集》）；孫玉石著《野草研究》（一九八二）；陳元塏著〈《野草》與外國文學〉（一九八七，《二十世紀中國文學與世界》）；汪暉著〈「反抗絕望」與《野草》的人生哲學〉（一九九零，《反抗絕望——魯迅及其《吶喊》《彷徨》研究》）；葉維廉著〈兩間餘一卒，荷戟獨彷徨——論魯迅兼談《野草》的語言藝術〉（《當代》一九九一年十二月第六十八期、一九九二年一月第六十九期）及相浦杲（Takashi Aiura）著，宿玉堂、能勢良子譯〈從比較文學的角度考察魯迅的散文詩集《野草》〉（一九九六，《考證、比較、鑒賞——二十世紀中國文學論集》）等。

## 二、〈風箏〉評析

〈風箏〉中敘述「我」在幼年時拆毀小兄弟的風箏一事，不少學者都認為是魯迅的自白。然而，周作人在〈魯迅與「兄弟」〉一文中卻指出這只是魯迅虛構的故事（見《關於魯迅》輯《魯迅的青年時代》）。關於〈風箏〉的評析有：許欽文著〈魯迅先生譯《苦悶的象徵》〉（一九四七，《一九一三——一九八三魯迅研究學術論著資料匯編》卷四）；劉明著〈《風箏》的教學設想〉（《語文教學通訊》一九八一年第九期）；孫玉石著〈高尚情操的形象自白——《風箏》〉（一九八二，《野草研究》第三章）；常根榮著〈從形象比照中看《風箏》的主旨〉（《昆明師範學院學報》一九八三年第三期）及片山智行（Tomoyuki Katayama）著，李冬木譯〈風箏〉（一九九三，《魯迅野草全釋》）等。

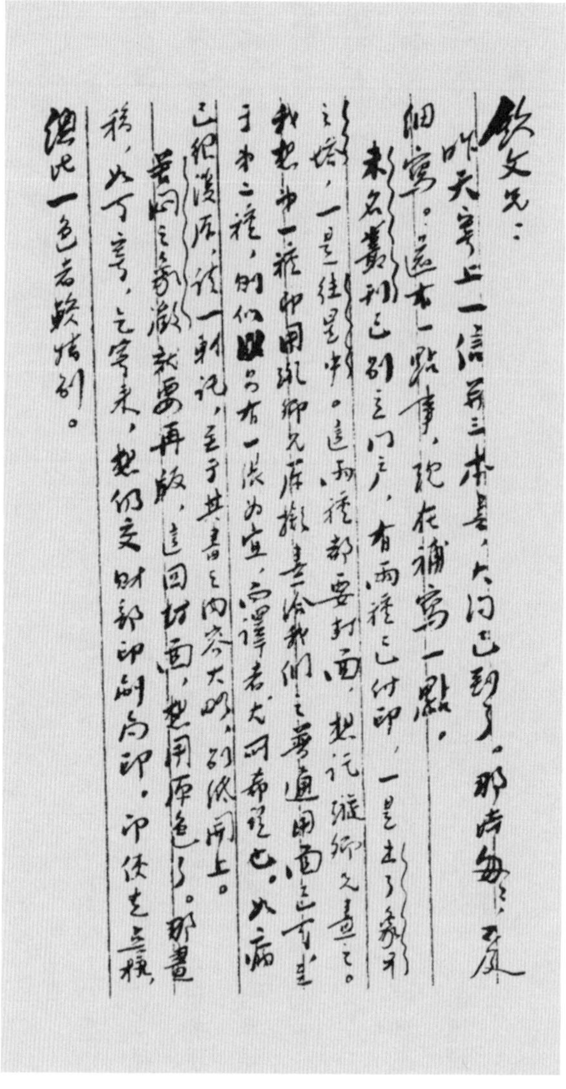

欽文兄：

昨天寄上一信並三本書，大約已到了。那時每々忘

細寫。還有一點事，現在補寫一點。

《未名叢刊》已到了門口，有兩種已付印，一是《出了象牙

之塔》，一是《往星中》。這兩種都要封面，我想託璇卿兄畫之。

我想其中一種可用璇卿兄所擬去給我們之書適用面已寄出

于書二種，則似只有一張為宜，而譯者大有希望也。如為

已經復原，請一並託之，至于其書之內容大略，則照同上。

《苦悶的象徵》就要再版，這回封面，想用原色印了。那畫

稿，如可寄，亦寄來，想仍交財部印刷局印。印後是否損，

總比一色者較特別。

致許欽文書信手稿。（見魯迅手稿全集編輯會編《魯迅手稿全集》書信第一冊）

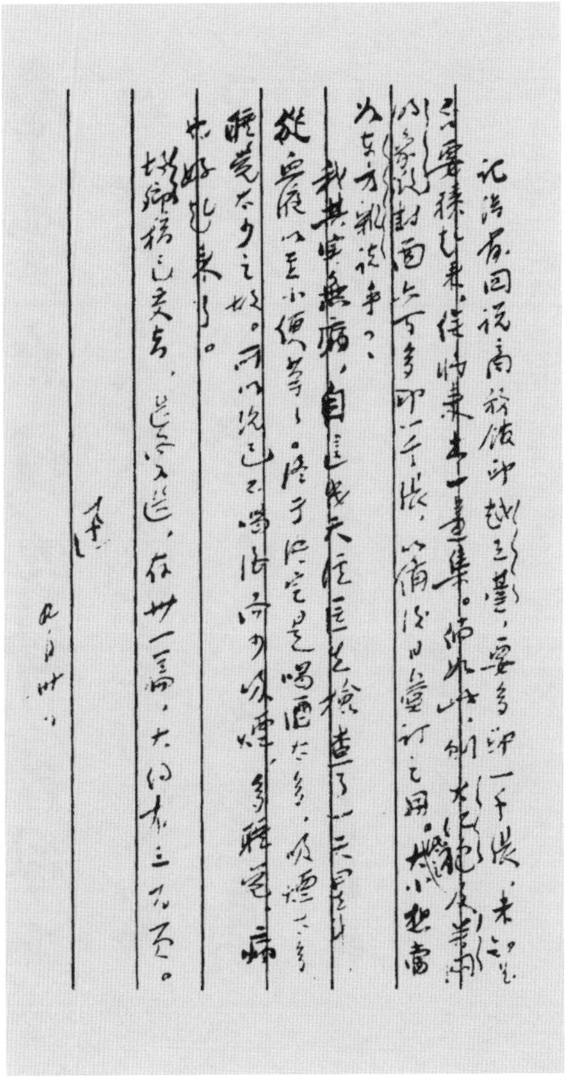

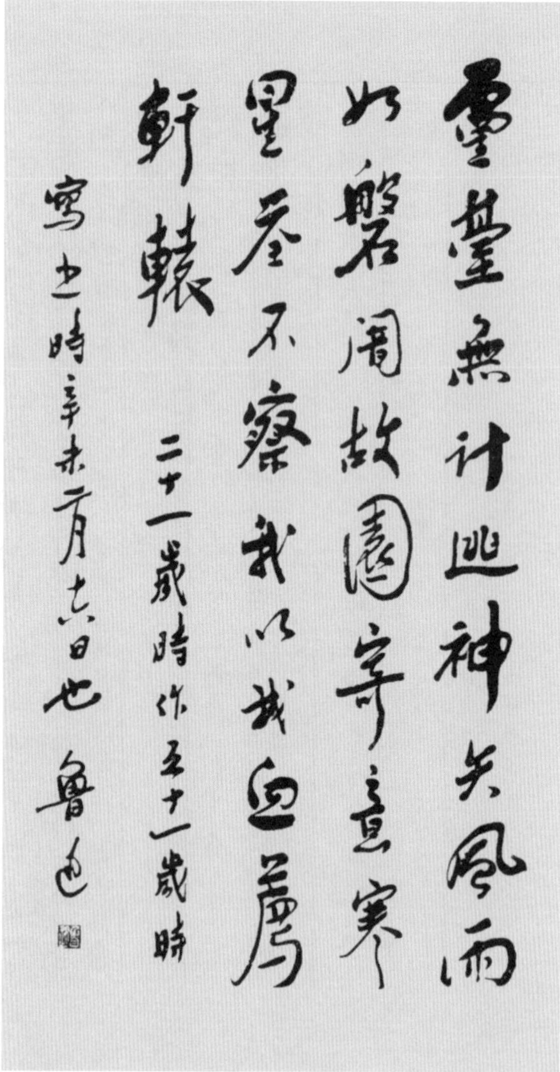

魯迅詩稿，自題小像。（見北京魯迅博物館編《魯迅》）

# 參考書目

## 一、魯迅著述

參考的魯迅著述見本書〈藥〉「參考書目」。

## 二、他人著述


1 李何林編《魯迅論》。上海：北新書局。一九三零。
2 趙家璧主編，郁達夫編選《中國新文學大系・散文二集》。上海：良友圖書印刷公司。一九三五。
3 巴人著《論魯迅的雜文》。上海：遠東書店。一九四零。
4 馮雪峰著《回憶魯迅》。北京：人民文學出版社。一九五二。
5 中國現代文學社編《魯迅卷》。香港：中國現代文學社。一九七二。
6 北京魯迅博物館編《魯迅》。北京：文物出版社。一九七六。
7 魯迅手稿全集編輯委員會編《魯迅手稿全集》。北京：文物出版社。一九七八。
8 馬蹄疾輯錄《許廣平憶魯迅》。廣州：人民文學出版社。一九七九。
9 唐弢著《中國現代文學史》。北京：人民文學出版社。一九七九。
10 翟秋白（何凝）編《魯迅雜感選集》。上海：上海文藝出版社。一九八零。
11 林非著《中國現代散文史稿》。北京：中國社會科學出版社。一九八一。
12 林非、劉再復著《魯迅傳》。北京：中國社會科學出版社。一九八一。

13 樂黛雲編《國外魯迅研究論集》。北京：北京大學出版社。一九八一。
14 魯迅博物館魯迅研究室編《魯迅年譜》。北京：人民文學出版社。一九八一——八四。
15 薛綏之主編《魯迅生平史料匯編》。天津：天津人民出版社。一九八一——八六。
16 李宗英、張夢陽編《六十年來魯迅研究論文選》（上、下）。北京：中國社會科學出版社。一九八二。
17 孫玉石著《野草研究》。北京：中國社會科學出版社。一九八二。
18 邵伯周著《《吶喊》《彷徨》藝術特色探索》。成都：四川人民出版社。一九八二。
19 周建人口述，周曄編寫《魯迅故家的敗落》。長沙：湖南人民出版社。一九八四。
20 王瑤著《魯迅作品論集》。北京：人民文學出版社。一九八四。
21 中國社會科學院文學研究所魯迅研究室編《一九一三——一九八三魯迅研究學術論著資料匯編》（卷一——卷五）。北京：中國文聯出版社。一九八五——九零。
22 陳元愷著《二十世紀中國文學與世界》。西安：陝西人民出版社。一九八七。
23 蒙樹宏編《魯迅年譜》。桂林：廣西師範大學出版社。一九八八。
24 上海魯迅紀念館編《魯迅著譯繫年目錄》。上海：上海文藝出版社。一九八九。
25 汪暉著《反抗絕望——魯迅及其《吶喊》《彷徨》研究》。台北：久大文化股份有限公司。一九九零。
26 阿英編《現代十六家小品》。天津：天津市古籍書店。一九九零。
27 李歐梵著，尹慧珉譯《鐵屋中的吶喊——魯迅研究》。香港：三聯書店。一九九一。
28 林志浩編著《魯迅傳》。北京：北京出版社。一九九一。

29 片山智行（Tomoyuki Katayama）著，李冬木譯《魯迅野草全釋》。長春：吉林大學出版社。一九九三。

30 嚴家炎著《世紀的足音》。香港：天地圖書有限公司。一九九五。

31 林非著《中國現代小說史上的魯迅》。西安：陝西人民教育出版社。一九九六。

32 朱曉進著《魯迅文學觀綜論》。西安：陝西人民教育出版社。一九九六。

33 錢理羣著《精神的煉獄——中國現代文學從「五四」到抗戰的歷程》。南寧：廣西教育出版社。一九九六。

34 相浦杲（Takashi Aiura）著，宿玉堂、能勢良子譯《考證、比較、鑒賞——二十世紀中國文學論集》。北京：北京大學出版社。一九九六。

35 周遐壽著，止庵編《關於魯迅》。烏魯木齊：新疆人民出版社。一九九七。

36 楊義著《楊義文存》（第五卷）。北京：北京人民出版社。一九九八。

37 魯迅博物館、魯迅研究室、《魯迅研究月刊》選編《魯迅回憶錄·專著》。北京：北京出版社。一九九九。

38 鈕岱峰著《魯迅傳》。北京：中國文聯出版社。一九九九。

# 學問之趣味

梁啟超

作者補充

## 一、梁啟超自述生平

梁啟超自述生平的資料有：〈三十自述〉（一九零三，林志鈞編輯《飲冰室合集．文集之十七》）及《飲冰室合集．文集．清代學術概論》第二十五、二十六節等。

在近代文學史中梁啟超佔有重要的地位。他對詩歌和小說的主張可見於以下資料：〈譯印政治小說序〉（一八九八，《飲冰室合集．文集之三》）；〈論小說與羣治之關係〉（一九零二，《飲冰室合集．文集之十》）；〈告小說家〉（一九一五，《飲冰室合集．專集之二十三》）及《飲冰室合集．文集．詩話》等。此外，梁啟超以散文著稱。他談到自己的散文時說（見《飲冰室合集．文集．清代學術概論》二十五）：

啟超夙不喜桐城派古文。幼年為文。學晚漢魏晉。頗尚矜鍊。至是自解放。務為平易暢達。時雜以俚語韻語及外國語法。縱筆所至不檢束。學者競效之。號新文體。老輩則痛恨。詆為野狐。然其文條理明晰。筆鋒常帶情感。

對於讀者。別有一種魔力焉。

梁啟超長期同時從事政治活動及學術研究，集政治家與大學者的形象於一身。他在〈外交歟內政歟〉中作下面自述（一九二二，見《飲冰室合集．文集之三十七》）：

我的學問興味政治興味都甚濃。兩樣比較。學問興味更為濃些。我常常夢想能𣪊在稍為清明點子的政治下。容我專作學者生涯。但又常常感覺。我若不管政治。便是我逃避責任。

## 二、他人撰述梁啟超生平

他人撰述梁啟超生平的資料有：鄭振鐸著〈梁任公先生〉（一九二九，《鄭振鐸文集》第六卷）；毛以亨著《梁啟超》；李文蓀（Joseph Richmond Levenson）原著，張力譯《梁啟超》（*Liang Ch'i Ch'ao and the Mind of Modern China*。編者按：劉偉等人亦曾譯此書，名為《梁啟超與中國近代思想》）；朱傳譽主編《梁啟超傳記資料》；丁文江、趙豐田編《梁啟超年譜長編》（編者按：此年譜據一九三六年二人所編十二冊油印本之《梁任公先生年譜長編初稿》修訂而成）；李國俊編《梁啟超著述繫年》及吳天任編《民國梁任公先生啟超年譜》等。

## 三、梁啟超評介

梁啟超是「詩界革命」和「小說界革命」的倡導者之一，他創造的「新民體」，開啟了近代白話文的先河。鄭振鐸曾在〈梁任公先生〉一文論及梁啟超散文的價值(見《鄭振鐸文集》第六卷)：

他的散文，平心論之，當然不是晶瑩無疵的珠玉，當然不是最高貴的美文，卻另自有他的價值。最大的價值，在於他能以他的「平易暢達，時雜以俚語韻語及外國語法」的作風，打到了所謂懨懨無生氣的桐城派的古文，六朝體的古文，使一般的少年們都能肆筆自如，暢所欲言，而不再受已僵死的散文套式與格調的拘束；可以說是前幾年的文體改革的先導。在這一方面，他的功績是可以與他的在近來學術界上所造的成績同科的。黃遵憲在詩歌方面，曾做着這種同樣的解放的工作，然梁氏的影響似為更大，這因散文的勢力較詩歌為更大之故。至於他的散文的本身，卻是時有蕪句累語的；他的魔力足以迷惑少年人，一過了少年期，卻未免要覺得他的文有些淺率。

其他評論梁啟超文學成就的資料有：胡適著〈五十年來中國之文學〉五（一九二二，《胡適文存》第二集卷二）；夏志清著，張漢良譯〈中國新小說的提倡者：嚴復和梁啟超〉（'Yen Fu and Liang Ch'i-ch'ao as adocates of new fiction'。《幼獅月刊》一九七五年第四十二卷四期）；連燕堂著〈梁啟超小說理論試評〉（《中國近代文學研究》一九八五年第一輯）；林明德著〈梁啟超與詩界革命〉（《輔仁國文學報》一九八九年第五集）；夏曉虹著《覺世與傳世：梁啟超的文學道路》；連燕堂著《梁啟超與晚清文學革命》及林明德著〈梁啟超的散文風格〉（《國文天地》一九九二年第七卷十期）等。

梁啟超前半生是一個活躍的政治人物，評介他的政治思想和活動的資料有：張朋園著《梁啟超與清季革命》及《梁啟超與民國政治》；鄧明炎著《梁啟超生平及其政治思想》及董方奎著《清末政體變革與國情之論爭：梁啟超與立憲政治》等。

梁啟超的學術研究，遍及政治、法律、財政和歷史等各方面。評介他學術成就的資料有：易新鼎著《梁啟超和中國學術思想史》及蔣廣學著《梁啟超和中國古代學術的終結》等。梁啟超的學術研究，以史學的成績最為卓越，這方面的評介資料有：汪榮祖著〈梁啟超新史學試論〉（《中央研究院近代史研究所集刊》一九七一年第二期）；羅炳錦著〈梁啟超對中國史學研究的創新〉（《新亞學報》一九七一年第十卷一期上），許冠三著〈梁啟超：存真史　現活態　為人生〉（《新史學九十年》上冊卷一第一章）及林德政著〈梁啟超對傳統史學的態度及其新史主張〉（《歷史學報（成大）》一九九零年第十六期）等。

此外，研究梁啟超的專刊有《梁啟超研究》。

## 題解補充

### 〈學問之趣味〉評析

在〈學問之趣味〉這篇演講辭中，梁啟超認為學問應以趣味始、以趣味終。要嚐到學問的趣味，第一要無所為而為，第二要恆久不息，第三要深入研究，第四要與朋友切磋。學問的趣味必須自己去領略，因此青年人必須發憤自學。

梁啟超在學術上興趣廣泛，他曾計劃編著一部規模宏大的《中國文化史》，但是，由於受到為學博而不專、廣而不深的限制，加以不幸英年早逝，志願終未達成。梁啟超是個頗能自省的人，也注意到自己的缺點（見《飲冰室合集．文集．清代學術概論》二十六）：

啟超務廣而荒。每一學稍涉其樊。便加論列。故其所述著。多模糊影響籠統之談。甚者純然錯誤。……啟超「學問慾」極熾。其所嗜之種類亦繁雜。每治一業。則沈溺焉。集中精力。盡抛其他。歷若干時日。移於他業。則又抛其前所治者。以集中精力故。故常有所得。以移時而抛故。故入焉而不深。彼嘗有詩題其女令嫻藝蘅館日記云。「吾學病愛博。是用淺且蕪。尤病在無恆。有獲旋失諸。百凡可效我。此二無我如。」可謂有自知之明。

若以梁啟超〈學問之趣味〉中所提出的四項治學態度來審視他自己，那麼，「深入的研究」一項大概是他未能做到的了。

梁啟超自題五十五歲像。（見梁啟超著，李華興、吳嘉勛編《梁啟超選集》）

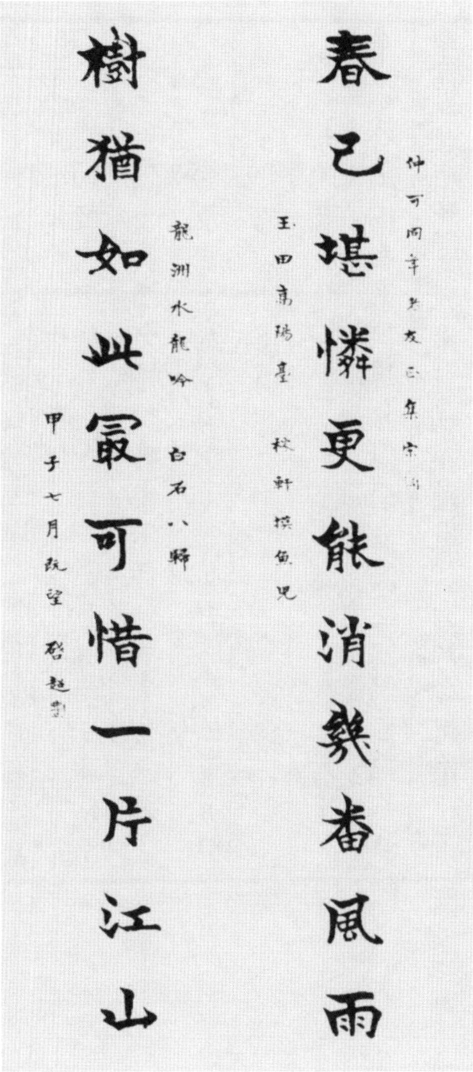
春已堪憐更能消幾番風雨
樹猶如此最可惜一片江山

梁啟超楷書聯。（見四川美術出版社編《民國時期書法》）

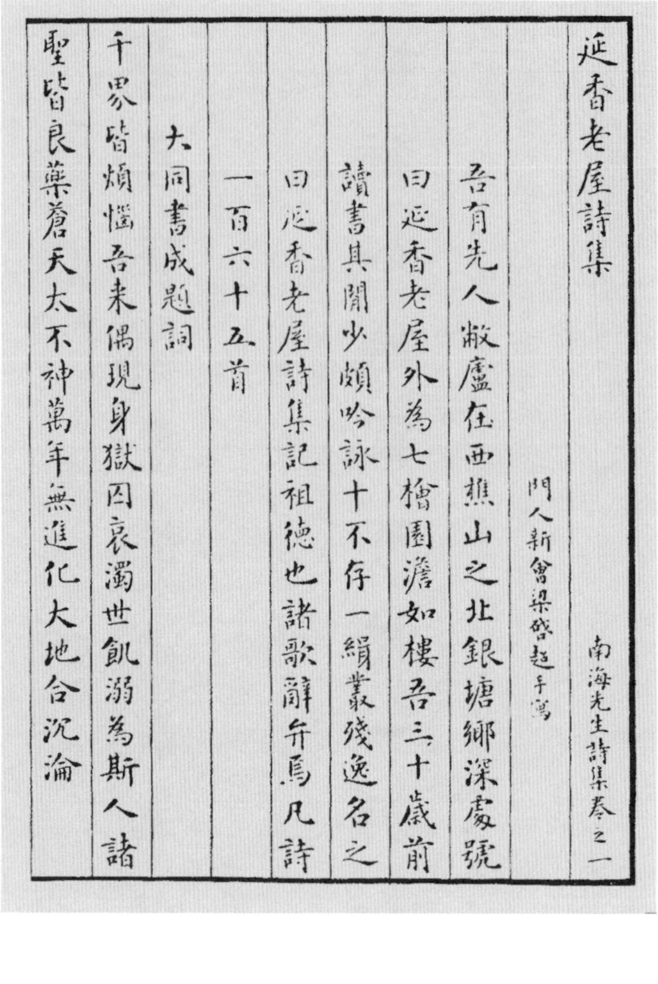

延香老屋詩集　　南海先生詩集卷之一

門人新會梁啓超手寫

吾有先人敝廬在西樵山之北銀塘鄉深處號曰延香老屋外為七檜園澹如樓吾三十歲前讀書其間少頗吟詠十不存一緝叢殘逸名之曰延香老屋詩集記祖德也諸歌辭弁焉凡詩一百六十五首

大同書成題詞

千界皆煩惱吾來偶現身獄囚哀濁世飢溺為斯人諸聖皆良藥蒼天太不神萬年無進化大地合沉淪

梁啟超鈔《南海先生詩集》手跡。（見康有為著，梁啟超鈔《南海先生詩集》）

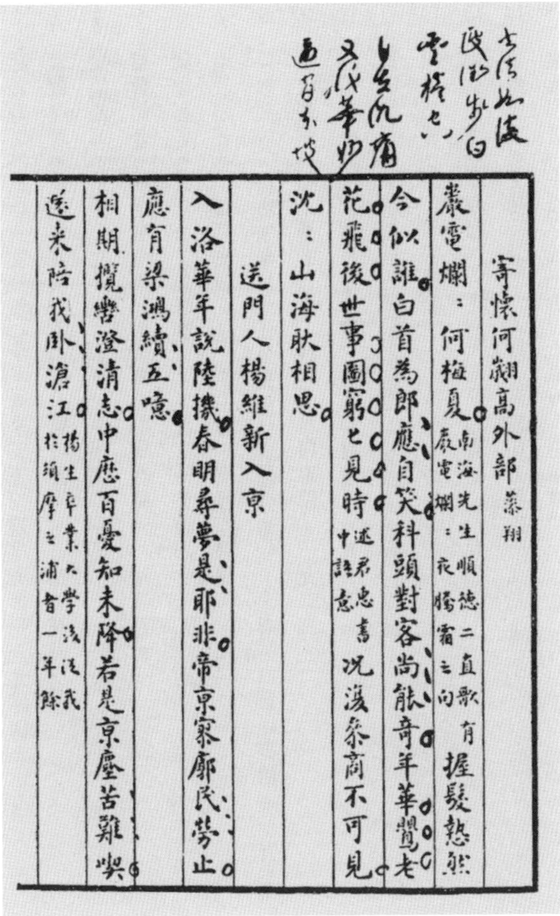

寄懷何翽高外部 蔡翔

叢電爛爛何梅夏（南海先生順德二直歌有叢電爛爛花勝霜之句）握髮慇慇今似誰。白首為郎應自笑，科頭對客尚能奇。年華鬢老花飛後，世事圖窮匕見時。（述君忠書中語意）況復參商不可見，沉沉山海耿相思。

送門人楊維新入京

入洛華年說陸機，春明尋夢是耶非。帝京家廓民勞止，應有梁鴻續五噫。相期攬轡澄清志，中歷百憂知未降。若是京塵苦難喫，遂來陪我臥滄江。（楊生卒業大學後從我於須摩之浦者一年餘）

梁啟超詩手跡。（見梁啟超著，康有為評《梁任公詩稿手跡》）

# 參考書目

## 一、梁啟超著述


1 梁啟超著《新編分類飲冰室文集全編》。上海：廣智書局。一九零二——零三。
2 梁啟超著《飲冰室文集類編》。東京：下河邊半五郎。一九零四。
3 梁啟超著《飲冰室文集》。上海：廣智書局。一九零五。
4 梁啟超著《梁任公文鈔》。上海：中國圖書公司。一九一六。
5 梁啟超著《飲冰室全集》。上海：中華書局。一九一六。
6 梁啟超著《梁任公文集彙編》。上海：時還書局。一九一七。
7 梁啟超著《中國歷史研究法》。上海：商務印書館。一九二二。
8 梁啟超著，楊維新編《梁任公先生最近講演集》。上海：商務印書館。一九二二。
9 梁啟超著《墨子學案》。上海：商務印書館。一九二三。
10 梁啟超著《陶淵明》。上海：商務印書館。一九二四。
11 梁啟超著《梁啟超近著》（第一輯）。上海：商務印書館。一九二三。
12 梁啟超著《清代學術概論》。上海：商務印書館。一九二七。
13 梁啟超著《墨學微》。上海：商務印書館。一九二——。
14 梁啟超著《史傳今義》。上海：商務印書館。一九二——。
15 梁啟超著《中國之武士道》。上海：中華書局。一九三六。
16 梁啟超著《佛學研究十八篇》。上海：中華書局。一九三六。

17 梁啟超著《國史研究六篇》。上海：中華書局。一九三六。
18 梁啟超著《飲冰室合集．文集》。上海：中華書局。一九四一。
19 梁啟超著《中國文化史》。台北：中華書局。一九五六。
20 梁啟超著《飲冰室詩話》。北京：人民文學出版社。一九五九。
21 梁啟超著，康有為評《梁任公詩稿手跡》。台北：文海出版社。一九六七。
22 梁啟超著，李華興、吳嘉勛編《梁啟超選集》。上海：上海人民出版社。一九八四。

## 二、他人著述

1 胡適著《胡適文存》（第二集）。上海：亞東圖書館。一九二四。
2 張朋園著《梁啟超與清季革命》。台北：中央研究院近代史研究所。一九六四。
3 康有為著，梁啟超鈔《南海先生詩集》。香港：康同環。一九六六。
4 毛以亨著《梁啟超》。台北縣永和鎮：華世出版社。一九七五。
5 李文蓀（Joseph Richmond Levenson）原著，張力譯《梁啟超》（*Liang Ch'i Ch'ao and the Mind of Modern China*）。台北：長河出版社。一九七八。
6 張朋園著《梁啟超與民國政治》。台北：食貨出版社。一九七八。
7 朱傳譽主編《梁啟超傳記資料》。台北：天一出版社。一九七九——八一。
8 鄧明炎著《梁啟超生平及其政治思想》。台北：天山出版社。一九八一。
9 丁文江、趙豐田編《梁啟超年譜長編》。上海：上海人民出版社。一九八三。
10 李國俊編《梁啟超著述繫年》。上海：復旦大學出版社。一九八六。

11 許冠三著《新史學九十年》(上冊)。香港:中文大學出版社。一九八六。
12 鄭振鐸著《鄭振鐸文集》(第六卷)。北京:人民文學出版社。一九八八。
13 吳天任編《民國梁任公先生啟超年譜》。台北:台灣商務印書館。一九八八。
14 四川美術出版社編《民國時期書法》。成都:四川美術出版社。一九八八。
15 董方奎著《清末政體變革者與國情之論爭:梁啟超與立憲政治》。武漢:華中師範大學出版社。一九九一。
16 夏曉虹著《覺世與傳世:梁啟超的文學道路》。上海:上海人民出版社。一九九一。
17 連燕堂著《梁啟超與晚清文學革命》。桂林:灕江出版社。一九九一。
18 易新鼎著《梁啟超和中國學術思想史》。鄭州:中州古籍出版社。一九九二。
19 蔣廣學著《梁啟超和中國古代學術的終結》。南京:江蘇教育出版社。一九九八。

# 落花生

許地山

作者補充

## 一、許地山自述生平

許地山自述生平的資料有：〈我的童年〉（一九四一，周俟松、杜汝森編《許地山研究集》）。

許地山認為文學創作有「三寶」。見〈創作底三寶和鑒賞底四依〉（《許地山選集》）：

我很讚許創作有這三種寶貝，所以要略略地將自己底見解陳述一下。

（一）智慧寶　創作者個人的經驗，是他的作品底無上根基。他要受經驗底嘿示，然後所創作底方能有感力達到鑒賞者那方面。他底經驗，不論是由直接方面得來，或者由間接方面得來，只要從他理性的評度，選出那最玄妙的段落——就是個人特殊的經驗有裨益於智慧或識見底片段——描寫出來。這就是創作底第一寶。

（二）人生寶　創作者底生活和經驗既是人間的，所以他底作品需含有人生的原素。人間生活不能離開道德的形式。創作者所描寫底縱然是一種不道德的事實，但他底筆力要使鑒賞者有「見不肖而內自省」底反感，才能算為佳作。即使他是一位神秘派、象徵派，或唯美派底作家，他也需將所描那些虛無縹渺的，或超越人間生活的事情化為人間的，使之和現實或理想的道德生活相表裏。這就是創作底第二寶。

（三）美麗寶　美麗本是不能獨立的，他要有所附麗才能充分地表現出來。所以要有樂器、歌喉，才能表現聲音美；要有光暗、油彩，才能表現顏色美；要有綺語、麗詞，才能表現思想美。若是沒有樂器、光暗、言文等，那所謂美就無着落，也就不能存在。單純的文藝創作——如小說、詩歌之類——底審美限度只在文字底組織上頭；至於戲劇，非得具有上述三種美麗不可。因為美有附麗的性質，故此，列它為創作底第三寶。

另可參考：〈論「反新式風花雪月」〉（一九二一，《許地山研究集》）；〈解放者．弁言〉（一九三三，《許地山研究集》）及〈中國文字底命運〉（一九四六，《國粹與國學》）等。

## 二、他人撰述許地山生平

他人撰述許地山生平的資料有：王盛著《許地山評傳》；周俟松編〈許地山年表〉（許洒翔、徐明旭編選《許地山選集》）；〈許地山著作編目〉（《許地山研究集》）；盧瑋鑾編〈許地山在香港活動紀程〉（《許地山卷》附錄。編者按：內記許地山在港活動）；宋喬益著《追求終極的靈魂——許地山傳》及黃金文著〈許地山一八九三——一九四一〉（《中外雜誌》一九九八年第六十三卷六期）等。

## 三、許地山評介

在上世紀二十年代的文壇，許地山已獨樹一幟。他的作品表現出雙重的人生觀：對人生懷疑卻不消極；又表現了雙重的文學風格：既寫實又浪漫。此外，其作品又具有華僑的情操及南洋色彩，小說在這方面尤其突出。上世紀三十年代中後期，他的作品風格漸趨於穩重洗練。趙家璧主編，茅盾著《中國新文學大系・小說一集・導言》：

他這人生觀是二重性的。一方面是積極的昂揚意識的表徵，（這是「五四」初期的），另一方面卻又是消極的退嬰的意識……，在作品形式方面，落華生的，也多少有點二重性。……有濃厚的「異域情調」，這是浪漫主義的；然而同時我們在加陵和敏明的情死中（《命命鳥》），在尚潔或惜官的顛沛生活中，在和鸞和祖鳳的戀愛中（《換巢鸞鳳》），我們覺得這些又是寫實主義的。他這形式上的二重性，也可以跟他「思想上的二重性」一同來解答。浪漫主義的成分是昂揚的積極的「五四」初期的市民意識的產物，而寫實主義的成分則是「五四」的風暴過後覺得依然滿眼是平凡灰色的迷惘心理的產物。

關於許地山作品的評析資料頗多：沈從文著〈論落花生〉（一九三零，《許地山選集》）；茅盾著〈落花生論〉（一九三四，樂黛雲編《茅盾論中國現代作家作品》）；阿英著〈落花生小品序〉（一九三六，《現代十六家小品》）；陳信元著〈落花生：評介許地山早期散文創作〉（《自由青年》一九八八年第十卷五期）；陳平原著《許地山散文全編．前言》及施友佃著〈成功秘訣在於求異：許地山小說的特有風貌〉（《甘肅社會科學》一九九三年第四期）等。

許地山曾從事宗教研究。在香港大學任教期間，改組了香港大學中文系早年由前清翰林留下來的課程。關於他在宗教研究及教育改革方面的資料有：陳寅恪著〈論許地山先生宗教史之學〉（一九四一，《許地山卷》）；李鏡池著〈許地山先生與道教研究〉（一九四一，《許地山先生追悼會特刊》）；馬鑑著〈許地山先生對於香港教育界之貢獻〉（一九四一，《許地山先生追悼會特刊》）及盧瑋鑾著〈許地山與香港大學中文系的改革〉（《香港文學》一九九一年第八十期）等。

## 題解補充

### 一、《空山靈雨》評析

《空山靈雨》是作者所作隨筆。內收短文四十餘篇，皆寫於許地山二十五至二十九歲時，記述他早年的思想與人生體驗。《空山靈雨》〈弁言〉有如下的敘述（一九二二，見《空山靈雨》）：

在睡不着時，將心中似憶似想的事，隨感隨記；在睡着時，偶得趾離（編者按：指亡妻）過愛，引領我到回憶之鄉，過那游離的日子，更不得不隨醒隨記。積時累日，成此小冊。以其雜沓紛紜，毫無線索，故名《空山霝雨》。

關於《空山靈雨》的評論資料頗多：阿英著〈落花生小品序〉（一九三六，《現代十六家小品》）；李鏡池著〈吾師許地山先生〉（一九四一，《許地山卷》）；王盛著〈五四以來最初成冊的小品文集——《空山靈雨》〉（《許地山評傳》五、蜚聲文壇）；徐明旭著〈略論許地山的《空山靈雨》〉（一九八二，《許地山研究集》）及〈文學研究會的散文創作〉（傅德岷等著《中國現代散文發展史》第三章）等。

## 二、〈落花生〉評析

〈落花生〉一篇，透過平凡的家庭生活的描寫，寄託了人生哲理。作者不但以落花生的特性為立身處世的典範，更以之為筆名。評析〈落花生〉及論述許地山與該文關係的資料有：朱武著〈論許地山的〈落花生〉〉（一九八零，《許地山研究集》）；林容著〈落花生精神的體現者——許地山〉（《中國青年報》一九八二年第一卷十八期）；王盛錄〈許地山夫人談落花生〉（《語文教學》一九八五年第九期）及〈落花生的樸素美〉（《落花生評傳》附錄三）等。

# 圖文補充

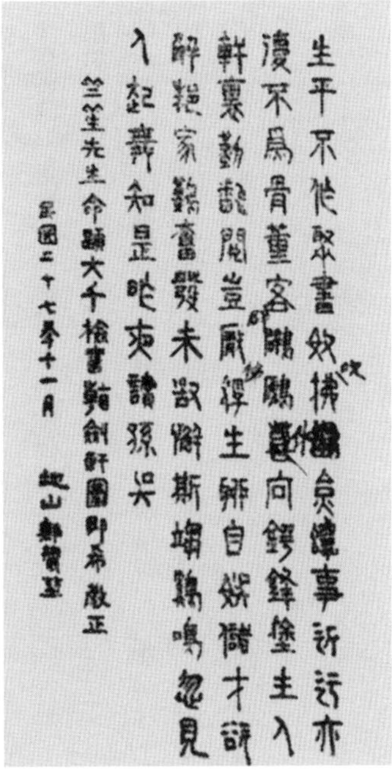

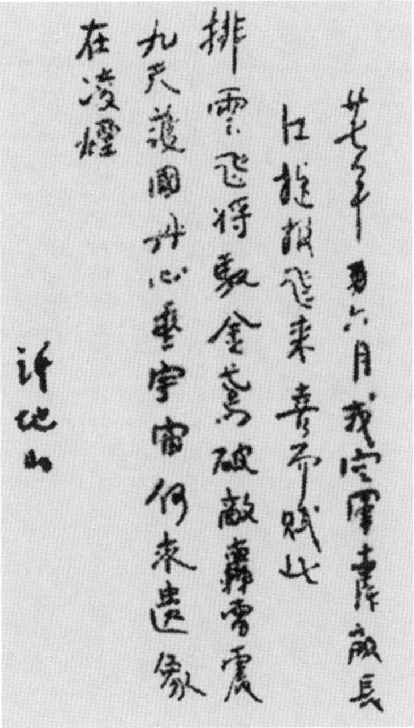

許地山書法。（見宋喬益著《追求終極的靈魂——許地山傳》）

# 參考書目

## 一、許地山著述

1 許地山著《語體文法大綱》。上海：中華書局。一九二一。
2 許地山著〈粵謳在文學上底地位〉。《民鐸》一九二二年第三卷三期。
3 許地山著〈宗教的生長與滅亡〉。《東方雜誌》一九二二年第十九卷十期。
4 許地山著〈我對〈孔雀東南飛〉的提議〉。《戲劇》一九二二年第二卷三期。
5 許地山著〈中國文學所受的印度伊蘭文學的影響〉。《小說月報》一九二五年第十六卷七號。
6 許地山著《綴網勞蛛》。上海：商務印書館。一九二五。
7 落華生著《空山靈雨》。上海：商務印書館。一九二五。
8 許地山著《無法投遞之郵件》。北京：文化書社。一九二七。
9 許地山著〈大乘佛教之發展〉。《哲學評論》一九二七年第一卷一——四期。
10 許地山著《中國文學研究》。上海：商務印書館。一九二七。
11 許地山著《道家思想與道教》。《燕京學報》一九二七年第二期。
12 許地山著〈陳那以前中觀派與瑜珈派之《因明》〉。《燕京學報》一九二八年第三期。
13 許地山著〈大中磬刻文時代管見〉。《燕京學報》一九二九年第五期。
14 許地山著〈三百年來印度文學概觀〉。天津《益世報》副刊一九二九年分八次載。
15 許地山著〈燕京大學校址小史〉。《燕京學報》一九二九年第六期。
16 許地山著《印度文學》。上海：商務印書館。一九三零。

17 許地山著《達衷集》。上海：商務印書館。一九三一。
18 許地山、洪業等編《佛藏子目引得》。北京：燕京大學圖書館引得編纂處。一九三三。
19 許地山著《解放者》。北京：星雲堂書局。一九三三。
20 許地山著《道教史》(上)。上海：商務印書館。一九三四。
21 許地山著〈近三百年來的中西女裝〉。天津《大公報》一九三五年五月——八月。
22 許地山著〈摩尼之二宗三際論〉。《燕京學報》一九三五年第十八期。
23 許地山著《扶乩迷信底研究》。上海：商務印書館。一九四一。
24 許地山著，陳君葆編《許地山語文論文集》。香港：新文字學會。一九四一。
25 許地山著，周俟松編《雜感集》。上海：商務印書館。一九四六。
26 許地山著，周俟松編《國粹與國學》。上海：商務印書館。一九四六。
27 許地山著，鄭振鐸編《危巢墜簡》。上海：商務印書館。一九四七。
28 許地山著《許地山選集》。北京：人民文學出版社。一九八二。
29 許地山著，徐迺翔、徐明旭編選《許地山選集》。福建：海峽文藝出版社。一九八五。
30 許地山著，陳平原編《許地山散文全編》。杭州：浙江文藝出版社。一九九二。

## 二、他人著述

1 趙家璧主編，茅盾編選《中國新文學大系．小説一集》。上海：良友圖書印刷公司。一九三五。
2 全港文化界追悼許地山先生大會籌備會編印《許地山先生追悼會特刊》。一九四一。
3 茅盾著，樂黛雲編《茅盾論中國現代作家作品》。北京：北京大學出版社。一九八零。

4 周俟松、杜汝森編《許地山研究集》。南京：南京大學出版社。一九八九。
5 王盛著《許地山評傳》。南京：南京出版社。一九八九。
6 盧瑋鑾編《許地山卷》。香港：香港中華文化促進中心、三聯書店。一九九零。
7 阿英編校《現代十六家小品》。天津：天津市古籍書店。一九九零。（據一九三零年光明書局鉛印本影印）
8 傅德岷等編著《中國現代散文發展史》。成都：四川教育出版社。一九九七。
9 宋喬益著《追求終極的靈魂——許地山傳》。福州：海峽文藝出版社。一九九八。

# 恢復中國固有道德

孫中山

作者補充

## 一、孫中山自述生平

孫中山自述生平的資料有：〈覆翟理斯函〉；甘作霖譯《倫敦被難記》（*Kidnapped in London*）；江楓譯〈我的回憶——與倫敦《海濱雜誌》記者的談話〉（'*My Reminiscences*'）。上述三篇文章見廣東省社會科學院歷史研究室等編《孫中山全集》第一卷）；〈有志竟成〉（《孫中山全集》第六卷）及〈中國革命史〉（《孫中山全集》第七卷）等。

三民主義是孫中山思想中最重要的部分。所謂三民，就是民族、民權和民生三項的簡稱。孫氏曾多次透過著述和演講，向國民介紹三民主義。有關資料如下：〈在東京《民報》創刊週年慶祝大會的演說〉（一九零六，《孫中山全集》第一卷）；〈三民主義〉（一九一九，《孫中山全集》第五卷）；〈在桂林軍政學校七十六團體歡迎會的演說〉（一九二四，《孫中山全集》第六卷）；《三民主義》（一九二四，《孫中山全集》第九卷）及〈在廣州第一女子師範學校校慶紀念會的演說〉（一九二四，

《孫中山全集》第十卷）等。

至於三民主義這一概念的來源，孫中山曾在一九二一年的〈在中國國民黨本部特設駐粵辦事處的演說〉中作過解釋（見《孫中山全集》第五卷）：

兄弟底三民主義，是集合中外底學說，應世界底潮流所得的。就是美國前總統林肯底主義，也有與兄弟底三民主義符合底地方，其原文為 The government of the people, by the people, for the people，這話苦沒有適當底譯文，兄弟把他譯作「民有」、「民治」、「民享」。of the people 就是民有，by the people 就是民治，for the people 就是民享。他這「民有」、「民治」、「民享」主義，就是兄弟底「民族」、「民權」、「民生」主義。

## 二、他人撰述孫中山生平

他人撰述孫中山生平的資料有：宮崎滔天著，黃中黃譯《大革命家孫逸仙》；James Cantlie and C. Sheridan Jones, *SunYat-sen and the Awakening of China*；Paul Myron Wentworth Linebarger, *Sun Yat-sen and the Chinese Republic*；高爾柏、高爾松編著《孫中山先生與中國》；胡去非編，吳敬恒校《孫中山先生傳》；羅家倫主

編，黃季陸增訂《國父年譜》（增訂本）；賀嶽僧著《孫中山年譜》；廣東省哲學社會科學研究所歷史研究室等編《孫中山年譜》；史扶鄰（Harold Z. Schiffrin）著，丘權政、符致興譯，黃沫校《孫中山與中國革命的起源》（*Sun Yat-sen and the Origins of the Chinese Revolution*）；吳相湘編著《孫逸仙先生傳》；陳錫祺主編《孫中山年譜長編》及孫穗芳著《我的祖父孫中山》等。

## 三、孫中山評介

論者認為孫中山的最大成就，是領導並組織革命，推翻清朝，建立民國。他創立的三民主義，也成為革命的理論基礎。有關孫中山一生行誼和總體思想的評價，可見於以下資料：馬璧編《孫總理思想的研究》；崔書琴著《孫中山與共產主義》；王德昭著《國父革命思想研究》；羅剛著《國父思想之研究》；李華沛著《國父革命之學》；周世輔編著《國父思想綱要》；鄧璞磊著《孫中山先生革命思想之研究》；李敖著《孫中山研究》；張緒心（Sidney Hsu-Hsin Chang）、高理寧（Leonard H. D. Gordon）著，卜大中譯《孫中山未完成的革命》（*All Under Heaven...: Sun Yat-sen and His Revolutionary Thought*）及張益弘著，孫科校訂《孫學體系新論》等。

研究孫中山的索引及書目有：中國國民黨中央委員會孫逸仙博士圖書館編《中華民國全國圖書館公藏國父孫中山先生遺教、總統蔣公中正言行圖書聯合目錄》；香港中山圖書館編《國父思想研究資料選目》；廣東省中山圖書館編《館藏孫中山文獻及研究資料目錄》；蘇愛榮、劉永為編《孫中山研究總目》及劉真主編《中山先生研究書目》等。

關於孫中山的網址有：

孫中山故居紀念館：http://www.sunyat-sen.org/

## 題解補充

### 一、《三民主義》評析

三民主義是孫中山思想學說的核心，被視作革命建國的原則。其理念發軔於一八九六年，至一九一一年正式提出。一九二四年，孫中山藉着演講三民主義的機會，重新整理文稿，並於同年出版《三民主義》。《三民主義》的評價資料有：戴季陶著《孫文主義之哲學基礎》；胡漢民著《三民主義的連環性》；何幹之著《三民主義研究》；葉青著《三民主義概論》；張其昀著《三民主義的理論》及成中英著《論現代與傳統的理性的結合：三民主義的中西哲學基礎》等。

## 二、〈恢復中國固有道德〉評析

〈恢復中國固有道德〉一篇，節錄自《三民主義．民族主義》第六講。孫中山在這一講中指出，要恢復中國的民族地位，必先要恢復包括中國傳統道德、知識和能力在內的民族精神。同時，也需要學習歐美國家的長處。作者在文中指出，因為中國的道德高尚，故國家衰亡，民族還能存在。如今要恢復民族的地位，就要先恢復固有的道德。可見孫中山的三民主義雖然受到西方理論的影響，但是仍保留着中國文化的優良傳統。

孫中山「天下為公」手跡。（見曾一士編《中山文物真蹟大展圖錄》）

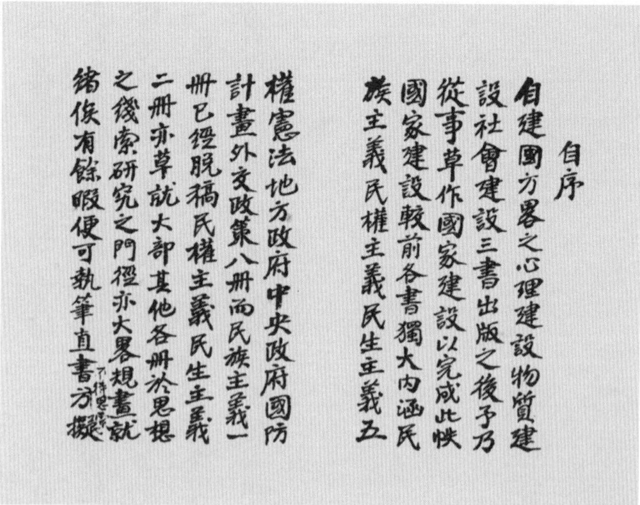

自序

自建國方畧之心理建設物質建
設社會建設三書出版之後予乃
從事草作國家建設以完成此帙
國家建設較前各書獨大內涵民
族主義民權主義民生主義五
權憲法地方政府中央政府國防
計畫外交政策八冊而民族主義一
冊已經脫稿民權主義民生主義
二冊亦草就大部其他各冊於思想
之綫索研究之門徑亦大畧規畫就
緒俟有餘暇便可執筆直書不待思索方擬

孫中山〈民族主義序〉手跡。（見曾一士編《中山文物真蹟大展圖錄》）

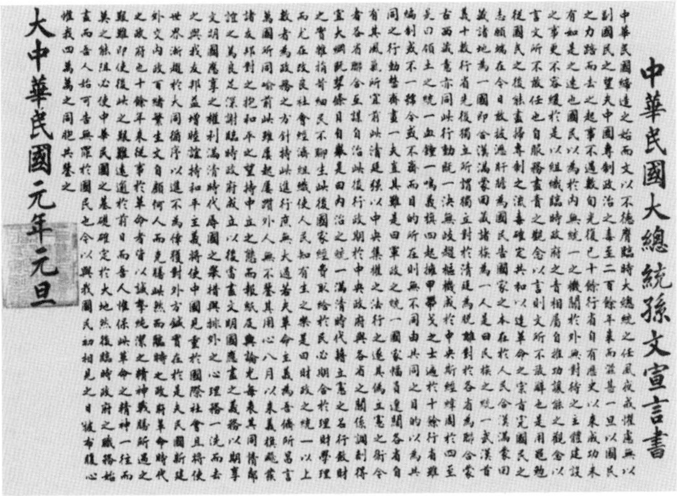

# 中華民國大總統孫文宣言書

中華民國締造之始，而文以不德，膺臨時大總統之任，夙夜戒懼，慮無以副國民之望。夫中國專制政治之毒，至二百餘年來而滋甚，一旦以國民之力，踣而去之，起事不過數旬，光復已十餘行省，自有歷史以來，成功未有如是之速也。國民以為於內無統一之機關，於外無對待之主體，建設之事，更不容緩，於是以組織臨時政府之責相屬。自推功讓能之觀念以言，則文所不敢任也；自服務盡責之觀念以言，則文所不敢辭也。是用黽勉從國民之後，能盡掃專制之流毒，確定共和，以達革命之宗旨，完國民之志願，端在今日。敢披瀝肝膽為國民告：國家之本，在於人民。合漢滿蒙回藏諸地為一國，即合漢滿蒙回藏諸族為一人，是曰民族之統一。武漢首義，十數行省先後獨立。所謂獨立，對於清廷為脫離，對於各省為聯合，蒙古西藏意亦同此。行動既一，決無歧趨，樞機成於中央，斯經緯周於四至，是曰領土之統一。血鐘一鳴，義旗四起，擁甲帶戈之士遍於十餘行省，雖編制或不一，號令或不齊，而目的所在則無不同。由共同之目的，以為共同之行動，整齊畫一，夫豈其難，是曰軍政之統一。國家幅員遼闊，各省自有其風氣所宜。前此清廷以中央集權之法行之，遂其偽立憲之術；今者各省聯合，互謀自治，此後行政，期於中央政府與各省之關係調劑得宜，大綱既挈，條目自舉，是曰內治之統一。滿清時代藉立憲之名，行斂財之實，雜捐苛細，民不聊生。此後國家經費取給於民，必期合於理財學理，而尤在改良社會經濟組織，使人民知有生之樂，是曰財政之統一。以上數者為政務之方針，持此進行，庶無大過。若夫革命主義，為吾儕所昌言，萬國所同喻，前此雖屢起屢躓，外人無不鑒其用心。八月以來，義旗飆發，諸友邦對之抱和平之望，持中立之態，而報紙及輿論尤每表其同情。鄰誼之篤，良足深謝。臨時政府成立以後，當盡文明國應盡之義務，以期享文明國應享之權利。滿清時代辱國之舉措與排外之心理，務一洗而去之；與我友邦益增睦誼，持和平主義，將使中國見重於國際社會，且將使世界漸趨於大同。循序以進，不為倖獲。對外方針，實在於是。夫民國新建，外交內政，百緒繁生，文自顧何人，而克勝此？然而臨時之政府，革命時代之政府也。十餘年來從事於革命者，皆以誠摯純潔之精神，戰勝所遇之艱難。即使後此之艱難遠逾於前日，而吾人惟保此革命之精神，一往而莫之能阻，必使中華民國之基礎確定於大地，然後臨時政府之職務始盡，而吾人始可告無罪於國民也。今以與我國民初相見之日，披布腹心，惟我四萬萬之同胞共鑒之。

大中華民國元年元旦

孫中山就任中華民國臨時大總統後發佈的內政外交宣言書。（見曾一士編《中山文物真蹟大展圖錄》）

# 參考書目

## 一、孫中山著述


1 孫中山講《孫中山先生最近講演集》。廣州：中國國民黨中央宣傳部。一九二四。

2 孫中山著《建國方略》。上海：民社。一九二七。

3 孫中山講《孫總理演講集》。黃埔：黃埔中央軍事政治部宣傳科。一九二七。

4 孫中山著《中山叢書》。上海：新民書局。一九二七。

5 孫中山著《總理遺墨》。出版資料不詳。一九二八。

6 孫中山著《三民主義　建國大綱》。上海：商務印書館。一九二九。

7 孫中山著《中山先生遺墨》。上海：廣智書店。一九二——。

8 孫中山著《三民主義》。上海：商務印書館。一九二——。

9 孫中山著，胡漢民編《總理全集》。上海：民智書局。一九三零。

10 孫中山著《中山全書》。上海：明利書局。一九三二。

11 孫中山著，中央改造委員會黨史史料編纂委員會編《實業計劃》。台北：中央改造委員會。一九五二。

12 孫中山著《孫中山選集》。北京：北京人民出版社。一九五六。

13 孫中山著，徐文珊纂輯《三民主義總輯：國父遺教》。台北：中華叢書編審委員會。一九六零。

14 孫中山著，中國國民黨中央委員會黨史委員會編《國父全集》。台北：中央文物供應社。一九六一。

15 孫中山著，中華民國各界紀念國父百年誕辰籌備委員會學術論著編纂委員會、中國國民黨中央黨史史料編纂委員會編《國父全集》。台北：中華民國各界紀念國父百年誕辰籌備委員會。一九六五。

16 孫中山著，廣東省社會科學院歷史研究室等編《孫中山全集》。北京：中華書局。一九八一。

17 孫中山著，郝盛潮、王耿雄等編《孫中山集外集補編》。上海：上海人民出版社。一九九四。

## 二、他人著述

1 James Cantlie and C. Sheridan Jones, *Sun Yat-sen and the Awakening of China*, New York: Fleming H. Revell Co.. 1912.

2 Pau Myron Wentworth Linebarger, *SunYat-sen and the Chinese Republic*, New York: Century. 1925.

3 高爾柏、高爾松編著《孫中山先生與中國》。上海：民智書局。一九二五。

4 戴季陶著《孫文主義之哲學基礎》。上海：民智書局。一九二五。

5 胡漢民著《三民主義的連環性》。上海：民智書局。一九二八。

6 胡去非編，吳敬恆校《孫中山先生傳》。上海：商務印書館。一九三零。

7 何幹之著《三民主義研究》。台北：新中出版社。一九四零。

8 馬璧編《孫總理思想的研究》。台北：世界書局。一九四一。

9 葉青著《三民主義概論》。台北：帕米爾書店。一九五二。

10 張其昀著《三民主義的理論》。台北：中華文化出版事業委員會。一九五二。

11 崔書琴著《孫中山與共產主義》。香港：亞洲出版社。一九五四。

12 宮崎滔天著，黃中黃譯《大革命家孫逸仙》。台北：文星書店。一九六二。（據一九零三年版影印）

13 王德昭著《國父革命思想研究》。台北：中國文化研究所。一九六二。

14 羅剛著《國父思想之研究》。台北：幼獅書店。一九六六。

15 羅家倫主編，黃季陸增訂《國父年譜》（增訂本）。台北：中國國民黨中央委員會黨史史料編纂委員會。一九六九。

16 賀嶽僧著《孫中山年譜》。台北縣永和鎮：文海出版社。一九七一。

17 李華沛著《國父革命之學》。台北：開明書店。一九七五。

18 中國國民黨中央委員會孫逸仙博士圖書館編《中華民國全國圖書館公藏國父孫中山先生遺教、總統蔣公中正言行圖書聯合目錄》。台北：中國國民黨中央委員會孫逸仙博士圖書館。一九七八。

19 廣東省哲學社會科學研究所歷史研究室等編《孫中山年譜》。北京：中華書局。一九八零。

20 周世輔編著《國父思想綱要》。台北：三民書局股份有限公司。一九八零。

21 史扶鄰（Harold Z. Schiffrin）著，丘權政、符致興譯，黃沫校《孫中山與中國革命的起源》（*Sun Yat-sen and the Origins of the Chinese Revolution*）。北京：中國社會科學出版社。一九八一。

22 吳相湘編著《孫逸仙先生傳》。台北：遠東圖書公司。一九八二。

23 鄧璞磊著《孫中山先生革命思想之研究》。台北：名山出版社。一九八四。

24 成中英著《論現代與傳統的理性的結合：三民主義的中西哲學基礎》。台北：中央研究院三民主義研究所。一九八四。

25 香港中山圖書館編《國父思想研究資料選目》。香港：香港中山圖書館。一九八四。

26 廣東省中山圖書館編《館藏孫中山文獻及研究資料目錄》。廣州：廣東省中山圖書館。一九八六。

27 李敖著《孫中山研究》。台北：李敖出版社。一九八七。

28 蘇愛柴、劉永為編《孫中山研究總目》。北京：團結出版社。一九九零。

29 陳錫祺主編《孫中山年譜長編》。北京：中華書局。一九九一。

30 盛永華等編《孫中山與澳門》。北京：文物出版社。一九九一。

31 張緒心（Sidney Hsu-Hsin Chang）、高理寧（Leonard H. D. Gordon）著，卜大中譯《孫中山未完成的革命》（*All Under Heaven...: Sun Yat-sen and His Revolutionary Thought*）。台北：時報文化出版企業有限公司。一九九三。

32 孫穗芳著《我的祖父孫中山》。台北：禾馬文化事業有限公司。一九九五。

33 劉真主編《中山先生研究書目》。台北：中華民國中山學術文化基金會。一九九五。

34 張益弘著，孫科校訂《孫學體系新論》。台北：張益弘教授、中華大典編印會。一九九七。

35 曾一士編《中山文物真蹟大展圖錄》。台北：國立國父紀念館。一九九八。

# 背影

朱自清

作者補充

## 一、朱自清自述生平

朱自清自述生平的資料有：〈給亡婦〉（一九二二，《你我》）；〈笑的歷史〉（一九二三，葉聖陶等編《朱自清文集．笑的歷史》第一卷）；〈兒女〉（一九二八，《背影》）；《歐游雜記》；〈詩多義舉例〉（一九三五，蔡清富等編選《朱自清選集．語文教育的其他論文》第三卷）；〈回來雜記〉（一九三五，《朱自清文集．標準與尺度》第三卷）及〈我是揚州人〉（一九四一，《朱自清文集．雜文遺集》第三卷）等。

朱自清在一九四八年發表〈知識分子今天的任務〉，認為知識分子不應有優越感，而應與羣眾一起生活（見《朱自清文集．雜文遺集》）：

知識分子的道路有兩條：一條是幫閒幫兇，向上爬的，封建社會和資本主義社會都有這種人；一條是向下的。知識分子是可上可下的，所以是一個階層而不是一個階級。

第三點關於剛纔談到的優越感。知識分子們的既得利益雖然趕不上豪門，但生活到底比農人要高。從前的士比較苦，我們的上一代就提倡節儉勤苦。到資本主義進來，一般知識分子纔知道闊了起來，纔都講營養講整潔，洋化多了。這種既得利益使他們改變很慢。我想到以前看《延安一月》的時候，大家討論，有一個感想。就是如果一個人落到井裏去了，在井旁救他是不行的，得跳下井去救他，一起上來。要許多知識分子每人都丟開既得利益不是容易的事，現在我們過羣眾生活還過不來。這也不是理性上不願接受；理性上是知道該接受的，是習慣上變不過來。所以我對學生說，要教育我們得慢慢地來。

朱自清自述個人思想的資料還有：〈信三通〉（一九二二，朱金順編《朱自清研究資料》）；〈那裏走〉（一九二八，《朱自清研究資料》）及〈論無話可說〉（一九三一，《你我》）等。

關於文學創作，朱自清在《背影・序》（一九二八）中寫道：

我是大時代中一名小卒，是個平凡不過的人。才力的單薄是不用說的，所以一向寫不出甚麼好東西。我寫過詩，寫過小說，寫過散文。二十五歲以前，喜歡寫詩；近幾年詩情枯竭，擱筆已久。……短篇小說是寫過兩篇。現在翻出來看，〈笑的歷史〉只是庸俗主義的東西，材料的擁擠，像一個大肚皮的掌櫃；〈別〉的用字造句，那樣扭扭揑揑的，像半身不遂的病人，讀着真怪不好受的。我覺得小說非常地難寫；不用說長篇，就是短篇，那種經濟的，嚴密的結構，我一輩子也學不來！我不知道怎樣處置我的材料，使它們各得其所。至於戲劇，我更是始終不敢染指。我所寫的大抵還是散文多。既不能運用純文學的那些規律，而又不免有話要說，便只好隨便一點說着；憑你說「懶惰」也罷，「欲速」也罷，我自然而然採用了這種體製。……只當時覺着要怎樣寫，便怎樣寫了。我意在表現自己，盡了自己的力便行；……

朱自清自述創作經驗的資料還有：〈寫作雜談〉(一九四三)；〈關於寫作答問〉(一九四三，以上兩篇均見朱喬森編《朱自清全集．國文教學》第二卷)及〈歐游雜記．序〉(《朱自清全集．歐游雜記》第一卷)等。

朱自清主張以精煉的白話去作文章，其言論見：〈論白話——讀〈南北極〉及〈小彼得〉的感想〉(一九三二，《你我》)及〈我所知道的康橋精讀指導〉(一九四二，《朱自清全集．教學指導》)等。其他討論語言的篇章有：〈中國語的特徵在那裏〉

（一九三二，《朱自清文集．語文拾零》第二卷）及〈語文學常談〉（一九三五，《朱自清文集．標準與尺度》第三卷）等。關於詞句的分析，如：〈「海闊天空」與「古今中外」〉（一九二五）及〈你我〉（一九三三，上述兩篇文章見《你我》）等。可是到了上世紀四十年代，他又同意白話文走通俗化的路向。有關文章有：〈民眾文學談〉（一九二二，《朱自清文集．笑的歷史》第一卷）；〈論嚴肅〉（一九四七）；〈論標語口號〉（一九四七）及〈文學的標準與尺度〉（一九四七，上述三篇見《朱自清文集．標準與尺度》第三卷）等。

## 二、他人撰述朱自清生平

他人撰述朱自清生平的資料有：季鎮淮編《朱自清年譜》；姜建、吳為公編《朱自清年譜》；李廣田著〈朱自清先生傳略〉（一九五零，張守常編《最完整的人格：朱自清先生哀念集》（內有俞平伯著〈憶白馬湖寧波舊遊——朱佩弦兄遺念〉（一九四八）、鄭振鐸著〈哭佩弦〉（一九四八）及李廣田著〈最完整的人格——哀念朱自清先生〉（一九四八）等同時代人紀念朱自清的文章）；陳孝全著《朱自清傳》；郭良夫編《完美的人格：朱自清的治學和為人》及朱金順編〈朱自清作品目錄集〉（《朱自清研究資料》）等。

## 三、朱自清評介

朱自清早期的文學創作以新詩為主，一九二五年以後則以散文居多。

葉聖陶在〈朱佩弦先生〉一文中，對朱氏不同時期的散文作了簡要的評析（見朱喬森編《朱自清》）：

他早期的散文如〈匆匆〉〈荷塘月色〉〈槳聲燈影裏的秦淮河〉都有點兒做作，太過於注重修辭，見得不怎麼自然。到了寫〈歐遊雜記〉〈倫敦雜記〉的時候就不然了，全寫口語，從口語中提取有效的表現方式，雖然有時候還帶一點文言成分，但是唸起來上口，有現代口語的韻味，叫人覺得那是現代人口裏的話，不是不尷不尬的「白話文」。……近年來他的文字越見得周密妥貼，可是平淡質樸，讀下去真個像跟他面對面坐着，聽他親親切切的談話。

不過，余光中在〈論朱自清的散文〉中則有不同的看法（一九七七，見《青青邊愁》）：

樸素，忠厚，平淡，可以說是朱自清散文的本色，但是風華，幽默，腴厚的一面似乎並不平衡。朱文的風格，論腴厚也許有七八分，論風華不見得怎麼突出，至於幽默，則更非他的特色。我認為朱文的心境溫厚，節奏舒緩，文字清淡，絕少瑰麗，熾熱，悲壯，奇拔的境界，所以咀嚼之餘，總有一點中年人的味道。……只能説，朱自清是二十年代一位優秀的散文家：他的風格溫厚，誠懇，沉靜，這一點看來容易，許多作家卻難以達到。他的觀察頗為精細，宜於靜態的描述，可是想像不夠充沛，所以寫景之文近於工筆，欠缺開闔吞吐之勢。他的節奏慢，調門平，情緒穩，境界是和風細雨，不是蘇海韓潮。他的章法有條不紊，堪稱扎實，可是大致平起平落，順序發展，很少採用逆序和旁敲側擊柳暗花明的手法。他的句法變化少，有時嫌太俚俗繁瑣，且帶點歐化。他的譬喻過分明顯，形象的取材過分狹隘，至於感性，則仍停留在農業時代，太軟太舊。他的創作歲月，無論寫詩或是散文，都很短暫，產量不豐，變化不多。

用古文大家的水準和分量來衡量，朱自清還夠不上大師。置於近三十年來新一代散文家之列，他的背影也已經不高大了，在散文藝術的各方面，都有新秀跨越了前賢。朱自清仍是一位重要的作家。可是作家的重要性原有「歷史的」和「藝術的」兩種。例如胡適之於新文學，重要性大半是歷史的開創，不是藝術的成就。朱自清的藝術成就當然高些，但事過境遷，他的歷史意義已經重於藝術價值了。

其他評論資料有，郁達夫著〈導言〉（一九三五，趙家璧主編，郁達夫編選《中國新文學大系・散文二集》）；阿英著〈朱自清小品序〉（一九三五，《現代十六家小品》）；楊振聲著〈朱自清先生與現代散文〉（一九四八，《最完整的人格：朱自清先生哀念集》）；朱德熙著〈漫談朱自清的散文〉（一九六三，上海教育學院編《中國現代作家作品選》中冊）；墨默著〈朱自清先生的散文與人格〉（《今日中國》一九七四年第四十期）；鄭明娳著〈論朱自清的散文〉（《出版與研究》一九七八年五、六月）；周錦著《朱自清研究》；余蓋著〈朱自清散文的藝術特色〉（一九七九，《朱自清研究資料》）；諸孝正著〈朱自清散文藝術談〉（《華南師範學院學報》一九八一年第三期）；楊昌江著《朱自清的散文藝術》；袁躍興著〈朱自清散文中的議論〉（《語文教學》一九八五年第八期）；賀大綏著《朱自清散文的寫作藝術》；朱曦著〈朱自清散文創作的文化困境〉（《雲南師範大學學報》一九九二年二月）；吳周文、張王飛、林道立著《朱自清散文藝術論》及林興仁著〈論朱自清的「意在表現自己」〉（《中國現代文學理論》一九九七年第五期）等。

## 題解補充

### 〈背影〉評析

有關〈背影〉的寫作背景，見姜建、吳為公編《朱自清年譜》一九一七年二十歲：

因祖母逝世，回揚州奔喪。父親時任徐州榷運局長，在徐州納了幾房妾。此事被當年從寶應帶回的淮陰籍潘姓姨太得知，她趕至徐州大鬧一場，終至上司怪罪下來，撤了父親的差。為打發徐州的姨太太，父親花了許多錢，以至虧空五百元，讓家裏變賣首飾，才算補上窟窿。祖母不堪承受此變故而辭世，終年七十一歲。

朱自清從北京先到徐州與父親會合，然後一道回揚州。父親借錢才辦了喪事。經此變故，朱家徹底破落。

季鎮淮編《朱自清年譜》記一九四七年（五十歲）朱自清答《文藝知識》關於散文寫作八問，其中有關〈背影〉一條：

我寫〈背影〉，就因為文中所引的父親的來信裏那句話。當時讀了父親的信，真的淚如泉湧。我父親待我的許多好處，特別是〈背影〉裏所敘的那一回，想起來跟在眼前一般無二。我這篇文只是寫實，似乎說不到意境上去。

李廣田在〈最完整的人格——哀念朱自清先生〉中，認為〈背影〉所表達的真情，是這篇樸實的文章最令人感動之處（見《最完整的人格——朱自清先生哀念集》）：

〈背影〉一篇，論行數不滿五十行，論字數不過千五百言，它之所以能夠歷久傳誦而有感人至深的力量者，當然並不是憑藉了甚麼宏偉的結構和華贍的文字，而只是憑了它的老實，憑了其中所表達的真情。這種表面上看起來簡單樸素，而實際上卻能發生極大的感動力的文章，最可以作為朱先生的代表作品，因為這樣的作品，也正好代表了作者之為人。

其他關於〈背影〉的評論有：朱金順著〈讀朱自清的〈背影〉〉（一九八零，《朱自清研究資料》）；屈寶賢、王曉暉著〈淡筆寫離思．情真則入神——讀朱自清的〈背影〉〉（《語文教學研究》一九八一年第一期）；李憲國著〈對〈背影〉的不同看法〉（《語文戰線》一九八二年第十期）；李培然著〈試論朱自清〈背影〉一類散文的藝術特點〉（《學習與探索》一九八五年第三期）；陳孝全著〈〈背影〉的魅力〉（陳孝全、劉泰隆編《朱自清》）；許瓊文著〈試論朱自清〈背影〉的結構與特色〉（《傳習》

一九九四年第十二期）及王鴻卿著〈朱自清〈背影〉的修辭技巧〉（《東吳中文研究集刊》一九九七年第四期）等。

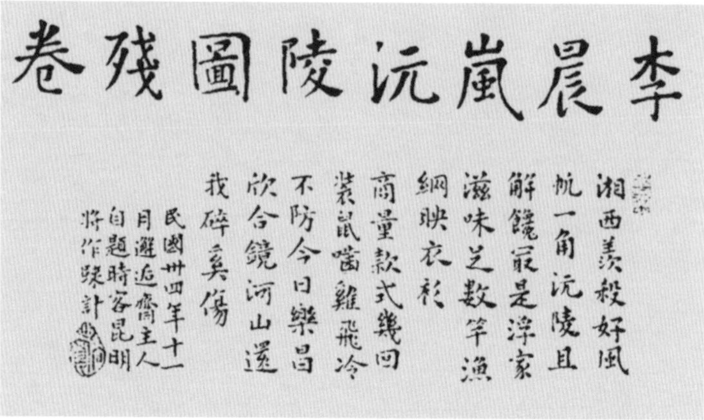


朱自清一九三九年寫的書法。（見朱自清著《朱自清全集》第五卷）

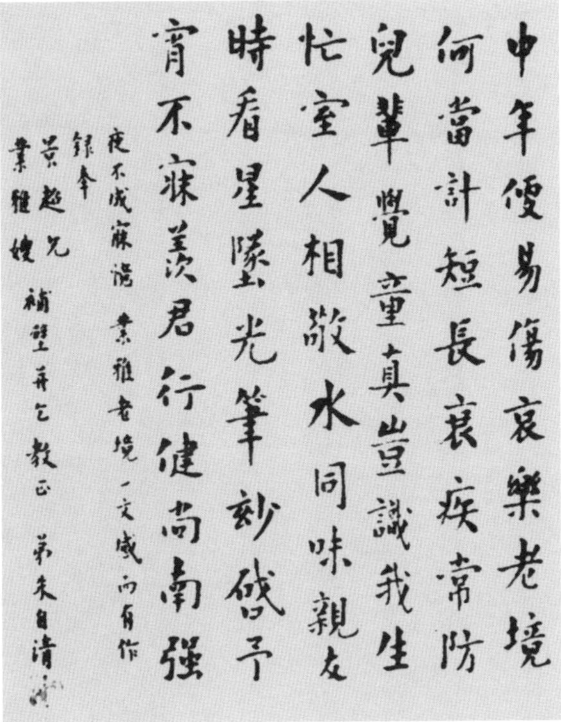
中年便易傷哀樂老境
何當計短長衰疾常防
兒輩覺童真豈識我生
忙室人相敬水同味親友
時看星墜光筆妙啓予
宵不寐羨君行健尚南強
夜不成寐讀素雅老境一文感而有作
錄奉
景超兄
素雅嫂 補壁并乞教正 弟朱自清

朱自清一九四七年寫的書法。（見朱自清著《朱自清全集》第五卷）

《背影》初版時的書影，一九二八年十月上海開明書店印行。（見朱自清著《朱自清全集》第一卷）

# 參考書目

## 一、朱自清著述

1 朱自清著《雪朝》。上海：商務印書館。一九二二。
2 朱自清著《蹤跡》。上海：亞東圖書館。一九二四。
3 朱自清著《背影》。上海：開明書店。一九二八。
4 朱自清著《歐游雜記》。上海：開明書店。一九三四。
5 朱自清著《你我》。上海：商務印書館。一九三六。
6 朱自清著《朱自清創作選》。上海：仿古書店。一九三六。
7 朱自清、葉紹鈞著《精讀指導舉隅》。上海：商務印書館。一九四二。
8 朱自清、葉紹鈞著《略讀指導舉隅》。上海：商務印書館。一九四三。
9 朱自清著《倫敦雜記》。上海：開明書店。一九四三。
10 朱自清、葉紹鈞著《國文教學》。上海：開明書店。一九四五。
11 朱自清著《經典常談》。上海：文光書店。一九四六。
12 朱自清著《詩言志辨》。上海：開明書店。一九四七。
13 朱自清著《新詩雜話》。北京：作家書屋。一九四七。
14 朱自清著《文學的標準和尺度》。上海：文光書店。一九四八。
15 朱自清著《論雅俗共賞》。上海：觀察社。一九四八。
16 朱自清著《中國歌謠》。台北：世界書局。一九五七。
17 朱自清著，葉聖陶等編《朱自清文集》。香港：文學研究社。一九七二。

18 朱自清著《朱自清全集》。香港：文化圖書公司。一九七六。
19 朱自清著，朱喬森編《朱自清全集》。南京：江蘇教育出版社。一九八八——九零。
20 朱自清著，蔡清富等編選《朱自清選集》（三卷）。石家莊：河北教育出版社。一九八九。
21 朱自清著，陳孝全、劉泰隆編《朱自清》。台北：海風出版社。一九九零。

## 二、他人著述

1 趙家璧主編，郁達夫編選《中國新文學大系・散文二集》。上海：良友圖書印刷公司。一九三五。
2 季鎮淮編《朱自清年譜》。香港：匯文閣書店。一九七二。
3 余光中著《青青邊愁》。台北：純文學出版社。一九七七。
4 周錦著《朱自清研究》。台北：智燕出版社。一九七八。
5 上海教育學院編《中國現代作家作品選》。福州：福建人民教育出版社。一九七九——八一。
6 朱金順編《朱自清研究資料》。北京：北京師範大學出版社。一九八一。
7 楊昌江著《朱自清的散文藝術》。北京：北京出版社。一九八三。
8 郭良夫編《完美的人格：朱自清的治學和為人》。北京：三聯書店。一九八七。
9 張守常編《最完整的人格：朱自清先生哀念集》。北京：北京出版社。一九八八。
10 阿英編校《現代十六家小品》。天津：天津市古籍書店。一九九零。（據一九三五年光明書局版影印）

11 陳孝全著《朱自清傳》。北京：北京十月文藝出版社。一九九一。
12 賀大綏著《朱自清散文的寫作藝術》。鄭州：文心出版社。一九九二。
13 吳周文、張王飛、林道立著《朱自清散文藝術論》。南京：江蘇教育出版社。一九九四。
14 姜建、吳為公編《朱自清年譜》。合肥：安徽教育出版社。一九九六。

# 我所知道的康橋

徐志摩

## 正文補充

徐志摩對英國劍橋大學所在地康橋（Cambridge）有深厚的感情，為它寫下了不少文字。他在一九二一年到劍橋大學當特別生。翌年回國，寫了新詩〈康橋再會罷〉。一九二五年他重到英國探訪朋友，翌年又寫下回憶康橋生活的〈吸煙與文化〉和〈我所知道的康橋〉二文。一九二八年他再到英國，年底在回國的船上又寫下新詩〈再別康橋〉。除上述四篇外，還有不少詩文表現了他對康橋生活的回憶。康橋對徐志摩最大的影響，是培養了他對文學的興趣。他曾在一封給英國畫家傅來儀（Roger Fry 一八六六——一九三四）的信（一九二二年八月七日）中說明了這點（見陸耀東、吳宏聰、胡從經主編《徐志摩全集補編》書信集）：

I have always thought if the greatest occasion in my life to meet Mr. Dickinson. It is due to him that I could have come to Cambridge and been enjoying all these happy days; that my interest in literature and arts began to shape and perpetuate itself, …

有關部分中文翻譯如下（見梁錫華編譯《徐志摩英文書信集》）：

我一直認為，自己一生最大的機緣是得遇狄更生先生。是因着他，我才能進劍橋享受這些快樂的日子，而我對文學藝術的興趣也就這樣固定成形了。

## 作者補充

### 一、徐志摩自述生平

徐志摩自述生平及創作的資料有：〈詩鐫弁言〉（一九二六，徐志摩著，蔣復璁、梁實秋主編《徐志摩全集》第六輯）；〈輪盤小説集．序〉（一九二九，《徐志摩全集》第四輯）；〈猛虎集．序〉（一九三一，《徐志摩全集》第二輯）；陸小曼編《志摩日記》及劉煒編《徐志摩自敍》等。

### 二、他人撰述徐志摩生平

他人撰述徐志摩生平的資料有：胡適編〈徐志摩著述索引〉（《讀書月刊》一九三一年第三期）；梁實秋著《談徐志摩》；〈徐志摩年譜〉（一九六九，《徐志摩全集》第一輯）；朱傳譽主編《徐志摩傳記資料》；陳從周編《徐志摩年譜》；陸耀東著《徐志摩評傳》；蕭麗玉編〈徐志摩先生作品繫年〉（《徐志摩及其作品研究》第二章）及孫琴安著《徐志摩傳》等。

## 三、徐志摩評介

徐志摩的新詩，在新文學裏佔有重要的地位。朱自清有如下的評論（見趙家璧主編，朱自清著《中國新文學大系・詩集・導言》）：

但作為詩人論，徐氏更為世所知。他沒有聞氏（編者按：聞一多）那樣精密，但也沒有他那樣冷靜。他是跳着濺着不舍晝夜的一道生命水。他嘗試的體製最多，也譯詩；最講究用比喻，……

茅盾在〈徐志摩論〉云（一九三二，見劉煒編《徐志摩》資料部分）：

《猛虎集》是志摩的「中堅作品」，是技巧上最成熟的作品；圓熟的外形，配着淡到幾乎沒有的內容，而且這淡極了的內容也不外乎感傷的情緒，——輕烟似的微哀，神秘的象徵的依戀感喟追求：而志摩是中國文壇上傑出的代表者，志摩以後的繼起者未見有能并駕齊驅，我稱他為「末代的詩人」，就是指這一點而說的。

至於他的散文，也得到很高的評價。梁實秋在〈談志摩的散文〉中云（一九三二，見《徐志摩全集》第一輯）：

志摩的散文，無論寫的是甚麼題目，永遠的保持一個親熱的態度。……他的散文裏充滿了同情和幽默。他的散文沒有教訓的氣味，沒有演講的氣味，而是像和知心的朋友談話。……志摩常說他寫文章像是「跑野馬」。他的意思是說，他寫起文章來任性，信筆拈來，扯到山南海北，兜了無數的圈子，然後好費事的纔回到本題。……志摩的散文優於他的詩的緣故，就是因為他在詩裏為格局所限不能「跑野馬」，以至於不能痛快的顯露他的才華。

相關評論有：周作人著〈志摩記念〉（一九三二，《徐志摩全集》第一輯）；阿英著〈徐志摩小品序〉（一九三五，《現代十六家小品》）；蘇雪林著〈徐志摩的散文〉（《二三十年代作家與作品》第二十一章）；曉林著〈性靈的樂章，如歌的行板：徐志摩詩歌音樂美探尋〉（《牡丹江師範學院學報》一九九一年第二期）及楊昌年著〈新文藝名家名作析評（三）——濃麗華美：徐志摩的詩與散文〉（《國文天地》一九九七年第十二卷十一期）等。

# 題解補充

## 一、《巴黎的鱗爪》評析

《巴黎的鱗爪》一書約寫於一九二四至二六年間。除少數篇章與巴黎有關外，其餘都是描述英國和意大利的人事、風光和生活情況。關於《巴黎的鱗爪》的評析資料有：陸耀東著〈巴黎的鱗爪．重印《巴黎的鱗爪》序〉（一九八七）。

## 二、〈我所知道的康橋〉評析

〈我所知道的康橋〉表達了徐志摩對康橋風光的讚美。他用上許多排比句、倒裝句，以加強文章的節奏感。當中更有不少修飾詞、擬人化詞語，使文章姿態百出，妙語連珠。在寫作手法方面，描寫、議論、聯想甚至幻想都兼收並蓄，構成了豐富的內容，洋溢着無限的感情。關於〈我所知道的康橋〉的評析資料有：聖陶（編者按：即葉紹鈞）著〈徐志摩〈我所知道的康橋〉〉（《新少年》一九三六年四月十日第一卷七期）；朱自清著〈〈我所知道的康橋〉讀法指導〉（一九四二，《朱自清全集．教學指導》）及鄭成偉著〈心靈的絕唱——徐志摩〈我所知道的康橋〉賞析〉（《廣州文藝》一九八三年第二期）等。

## 註釋補充

② 羅素：Bertrand Arthur William Russell（一八七二——一九七零）。徐志摩很仰慕羅素，〈我所知道的康橋〉提到他為了要追隨羅素而到英國，放棄了在哥倫比亞大學的學業。他寫了不少關於羅素的文章，如：〈羅素與中國〉（一九二二）、〈羅素又來說話了〉（一九二三）等。關於羅素與徐志摩的交遊資料有：〈徐志摩先生的生平．志摩先生的師承及交遊〉關於羅素部分（《徐志摩及其作品研究》第一章）。

⑦ 狄更生：Goldsworthy Lowes Dickinson（一八六二——一九三二）。徐志摩的文學思想受到狄更生的影響。他形容自己與狄更生的相識是一生中最大的機遇。關於徐志摩與狄更生的交遊資料有：〈徐志摩先生的生平．志摩先生的師承及交遊〉關於狄更生部分（《徐志摩及其作品研究》第一章），另可參考正文補充部分引錄的信件。

⑧ 林宗孟：與徐志摩是莫逆之交，徐志摩的小說〈春痕〉（一九二三），故事主人翁就是林宗孟。另外他寫〈傷雙栝老人〉一文（一九二六）以悼念林宗孟。關於二人交情的資料有：〈徐志摩先生的生平．志摩先生的師承及交遊〉關於林宗孟部分（《徐志摩及其作品研究》第一章）。

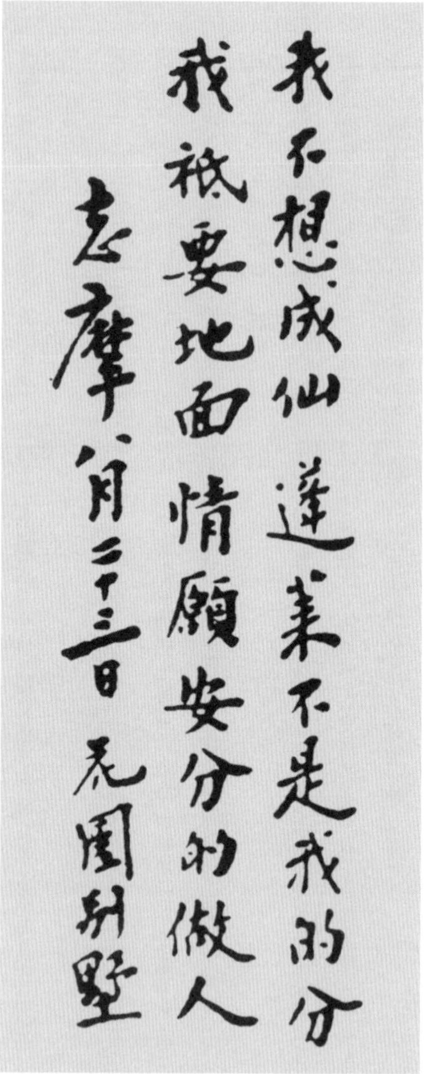
我不想成仙 蓬萊不是我的分
我祇要地面情願安分的做人
志摩 八月二十三日 花園別墅

徐志摩手跡。（見徐志摩著，劉煒編《徐志摩自敍》）

劍河風光。(見陳凌著《劍河霧語》)

劍河泛舟。(見陳凌著《劍河霧語》)

# 參考書目

## 一、徐志摩著述

1 徐志摩著《志摩的詩》。出版地不詳：中華書局。一九二五。
2 徐志摩著《落葉》。北京：北新書局。一九二六。
3 徐志摩著《翡冷翠的一夜》。上海：新月書店。一九二七。
4 徐志摩著《巴黎的鱗爪》。上海：新月書店。一九二七。
5 徐志摩、陸小曼著《卞昆崗》。上海：新月書店。一九二八。
6 徐志摩著《自剖》。上海：新月書店。一九二八。
7 徐志摩著《輪盤》。上海：中華書局。一九三零。
8 徐志摩著《秋》。上海：良友圖書印刷公司。一九三一。
9 徐志摩著《猛虎集》。上海：新月書店。一九三一。
10 徐志摩著《雲游》。上海：新月書店。一九三二。
11 徐志摩、陸小曼著，陸小曼編《愛眉小札》。上海：良友圖書印刷公司。一九三六。
12 徐志摩著，陸小曼編《志摩日記》。上海：晨光出版公司。一九四七。
13 徐志摩著，蔣復璁、梁實秋主編《徐志摩全集》。台北：傳記文學出版社。一九六九。
14 徐志摩著，梁錫華編譯《徐志摩英文書信集》。台北：聯經出版事業公司。一九七九。
15 徐志摩著《巴黎的鱗爪》。長沙：湖南人民出版社。一九八八。
16 徐志摩著，陸耀東、吳宏聰、胡從經主編《徐志摩全集補編》。香港：商務印書館。一九九三。

17 徐志摩著，劉煒編《徐志摩》。香港：三聯書店。一九九四。
18 徐志摩著，劉煒編《徐志摩自敘》。北京：團結出版社。一九九六。

## 二、他人著述

1 趙家璧主編，朱自清編選《中國新文學大系．詩集》。上海：良友圖書印刷公司。一九三五。
2 梁實秋著《談徐志摩》。台北：遠東圖書公司。一九五八。
3 朱自清著《朱自清全集》。香港：文化圖書公司。一九七六。
4 朱傳譽主編《徐志摩傳記資料》。台北：天一出版社。一九七九。
5 蘇雪林著《二三十年代作家與作品》。台北：廣東出版社。一九八零。
6 陳從周編《徐志摩年譜》。上海：上海書局。一九八一。
7 陸耀東著《徐志摩評傳》。西安：陝西人民出版社。一九八六。
8 藺麗玉著《徐志摩及其作品研究》。台北：中國文化大學出版部。一九八六。
9 阿英編校《現代十六家小品》。天津：天津市古籍書店。一九九零。（據一九三五年光明書局版影印）
10 孫琴安著《徐志摩傳》。西安：陝西人民教育出版社。一九九五。
11 陳凌著《劍河霧語》。台北：歐語出版社。一九九七。

# 死水

聞一多

作者補充

## 一、聞一多自述生平

聞一多自述生平的資料有〈聞多〉（楊匡滿、楊匡漢編《聞一多》資料部分）及《聞一多書信選集》等。

在新詩發展的過程中，聞一多佔有重要地位。他要改變當時新詩散文化和歐化的風格，試行創造新詩的藝術形式。他在〈女神之地方色彩〉中作如下表述（一九二三，朱自清等編《聞一多全集》丁集）：

我總以為新詩逕直是「新」的，不但新於中國固有的詩，而且新於西方固有的詩；換言之，它不要作純粹的本地詩，但還要保存本地的色彩，它不要做純粹的外洋詩，但又盡量的吸收外洋詩的長處；他要做中西藝術結婚後產生的寧馨兒。

他提出新詩的理論，指出新詩應着重格律，而且要表現出三種美：「繪畫美」，即豐富的詞藻；「音樂美」，即和諧的音節；「建築美」，即節和句的勻稱。有關理論見〈詩的格律〉（一九二六，《聞一多全集》丁集）：

詩的所以能激發情感，完全在它的節奏；節奏便是格律。……格律可從兩方面講：（一）屬於視覺方面的，（二）屬於聽覺方面的。……屬於視覺方面的格律有節的勻稱，有句的均齊。屬於聽覺方面的有格式，有音尺，有平仄，有韻腳；……詩的實力不獨包括音樂的美（音節），繪畫的美（詞藻），並且還有建築的美（節的勻稱和句的均齊）。

此外可參考：〈冬夜草兒評論〉（一九二二）及〈女神之時代精神〉（一九二三，上述兩文見《聞一多全集》丁集）等。

## 二、他人撰述聞一多生平

他人撰述聞一多生平的資料有：史靖著《聞一多的道路》；朱自清等編〈年譜〉（《聞一多全集》）；梁實秋著《談聞一多》；劉烜著《聞一多評傳》；聞黎明著《聞一多傳》及聞黎明、侯菊坤編《聞一多年譜長編》等。

## 三、聞一多評介

聞一多對新詩的貢獻，在於理論的建設和藝術的實踐。朱自清評曰（見趙家璧主編，朱自清著《中國新文學大系・詩集・導言》）：

聞一多氏的理論最為鮮明，……那時候大家都做格律詩；有些從前極不顧形式的，也上起規矩來了。「方塊詩」「豆腐干塊」等等名字，可看出這時期的風氣。……《詩鐫》裏聞一多氏影響最大。徐志摩氏雖在努力於「體製的輸入與試驗」，卻只顧了自家，沒有想到用理論來領導別人。聞氏才是「最有興味探討詩的理論和藝術的」；……講究用比喻，又喜歡用別的新詩人用不到的中國典故，最為繁麗，真教人有藝術至上之感。

有關的評論資料甚多，例如：朱湘著〈評聞君一多的詩〉（《小說月報》一九二六年第十七卷五號）；秦亢宗著〈試論聞一多的「三美」論〉（《杭州大學學報》一九八四年第四期）；許芥昱著，卓以玉譯《新詩的開路人——聞一多》；黃維樑著〈中國傳統詩歌格律的現代化：聞一多對新詩形式的啟示〉（《文星》一九八六年第一零一期）；龍泉明著〈聞一多的詩歌美學觀及其發展演變：從積極浪漫主義到革命現實主義的美學歷程〉（《武漢大學學報》一九九一年第二期）；唐鴻棣著《詩人聞一多的世界》及龔顯宗著〈聞一多的詩律與創作〉（《中國現代文學理論》一九九六年第三期）等。

聞一多在《楚辭》和古典文學的研究上也有傑出成就，請參閱：郭沫若著《聞一多全集．序言》（一九四七。又名為〈聞一多做學問的態度〉）；季鎮淮著〈聞一多先生與中國傳統文學研究〉（一九八七，季鎮淮主編《聞一多研究四十年》）；費振剛著〈聞一多先生的《楚辭》研究〉（《聞一多研究四十年》）及吳艷秋著〈詩人學者兩斐（編者按：斐為蜚字之訛）聲：試論聞一多詩歌創作和學術研究的一體性〉（《淮陰師專學報》一九九零年第二期）等。

此外還有：武漢大學聞一多研究室編《聞一多研究叢刊》及商金林著《聞一多研究述評》等。

## 題解補充

### 一、《死水》評析

論者認為，《死水》是聞一多新格律詩的代表作。聞氏本人對《死水》詩集的自述在一九四三年十二月給臧克家的信（見《聞一多書信選集》）：

我只覺得自己是座沒有爆發的火山，火燒得我痛，卻始終沒有能力（就是技巧）炸開那禁錮我的地殼，放射出光和熱來。只有少數跟我很久的朋友（如夢家）才知道我有火，並且就在《死水》裏感覺出我的火來。

其他評論有：沈從文著〈論聞一多的《死水》〉（一九三零，《沈從文文集》第十一卷。編者按：聞一多曾稱許沈從文的評論最能道出詩集的長處與短處）；蘇雪林著〈論聞一多的詩〉（一九三四，《聞一多》資料部分。編者按：文中蘇雪林把作者兩本詩集《紅燭》與《死水》作比較）；朱湘著〈聞一多與《死水》〉（《文藝復興》一九四七年第三卷五期）；謝冕著〈死水下面的火山——論聞一多的《紅燭》及《死水》〉（《十月》一九八一年第三期）及陳乃剛著〈在長夜中探索的足跡——評聞一多詩集《紅燭》、《死水》的思想傾向〉（《深圳大學學報》一九八五年第二期）等。

## 二、〈死水〉評析

根據沈從文及饒孟侃的說法，〈死水〉寫於聞一多一九二五年回國之後，但梁實秋認為寫於回國前。關於〈死水〉寫作背景的資料有：饒孟侃著〈夏夜憶亡友聞一多〉（《詩刊》一九七九年第一二三期）；劉元樹著〈聞一多的〈死水〉作於何時？〉

《安徽大學學報》一九八二年第三期）及《聞一多年譜長編》一九二六年一月部分（編者按：劉文中引述〈死水〉初發表時同期評論者的評價，以及〈死水〉的寫作背景資料，都具參考價值）等。

評論〈死水〉的文字甚多，朱自清寫道（見朱自清著《聞一多全集・序》）：

這不是「惡之花」的讚頌：而是索性讓「醜惡」早些「惡貫滿盈」，「絕望」裏纔有希望。

史靖認為（見《聞一多的道路》）：

提到「死水」的寫作，那是一九二五年的時候。軍閥專橫，政治腐敗；至於藝術，一向被視為小玩意兒，不值得看重的。教育經費沒有保障，服務教育的人的生活也成了問題，聞先生為此甚至不得不把家眷送回故鄉。他那時候的心情的抑鬱和失望，不僅是個人事業的，也是對於整個中國的。……他終於用了一種假想的也是譏諷的詩句寫成了「死水」，對當年失望的局面表示了他的憤慨。

梁實秋卻有不同意見（見《談聞一多》）：

這首詩的主旨是寫現實的醜惡，當然也有「化腐朽為神奇」的企圖，一多為人有一強烈的矛盾，理想與現實的要求在他心裏永遠在鬥爭，他想在藝術裏詩裏求得解脱與協調。我在前面提到的 Grigson 編的那本書也曾提到這一首詩，他説「『那一溝絕望的死水』當然即是中國，聞一多終其生都在希望着破銅爛鐵能變成為翡翠一般的綠。」這完全是附會。……這一首詩可以推為一多的代表作之一，我們可以清楚的看出這整齊的形式，有規律的節奏，是霍斯曼的作風的影響。那醜惡的描寫，是伯朗寧的味道，那細膩的刻劃，是丁尼孫的手段。

其他評論有：俞兆平著〈〈死水〉與「以醜為美」的藝術表現方式〉（《江漢論壇》一九八四年第二期）及徐福鍾著〈對「以醜為美」評〈死水〉質疑——與俞兆平同志商榷〉（《武漢師範學院學報》一九八四年第一期）等。較早期評論〈死水〉詩的內容多見於評《死水》詩集的資料，可參題解補充「一、《死水》評析」及作者補充「三、聞一多評介」。

## 圖文補充

這是一溝絕望的死水，
清風吹不起半點漪淪，
不如多扔些破銅爛鐵，
爽性潑你的賸菜殘羹。
也許銅的要綠成翡翠，
鐵罐上銹出幾瓣桃花；
再讓油膩織一層羅綺，
黴菌給他蒸出些雲霞。
讓死水酵成一溝綠酒，
漂滿了珍珠似的白沫；
小珠們笑聲變成大珠，
[illegible]

〈死水〉手稿。（見聞一多著，劉福友編《聞一多代表作》）

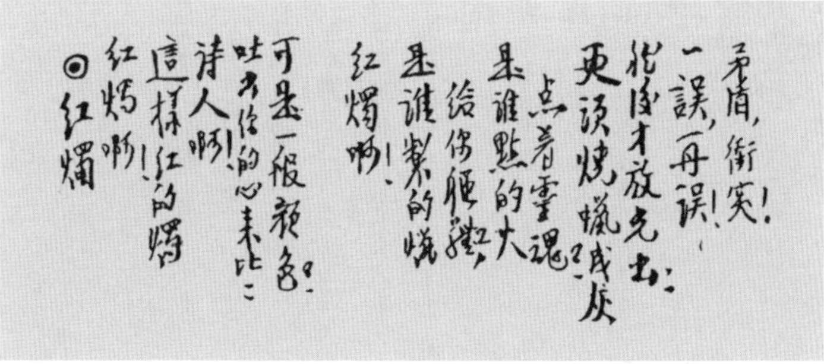
◎紅燭
紅燭啊！
這樣紅的燭
詩人啊！
吐出你的心來比比
可是一般顏色？
紅燭啊！
是誰製的蠟
給你軀體，
是誰點的火
点着靈魂
更須燒蠟成灰
然後才放光出；
一誤，再誤！
矛盾，衝突！

〈紅燭〉手稿。（見聞一多著，孫黨伯、袁謇正編《聞一多全集》第一卷）

# 參考書目

## 一、聞一多著述


1 聞一多、梁實秋著《冬夜草兒評論》。北京：清華文學社。一九二二。

2 聞一多著《紅燭》。上海：泰東書局。一九二三。

3 聞一多著《死水》。上海：新月書店。一九二八。

4 聞一多、葉崇智合選《近代英美詩選》。上海：新月書店。一九二八。

5 聞一多著《岑嘉州繫年考證》（《清華學報》抽印本）。出版資料不詳。一九三三。

6 聞一多著《楚辭斠補》。出版地不詳：國民圖書出版社。一九四二。

7 聞一多著，朱自清、郭沫若等編《聞一多全集》。上海：開明書店。一九四八。

8 聞一多、郭沫若、許維遹著《管子集校》。北京：科學出版社。一九五六。

9 聞一多著《神話與詩》（上、下冊。聞一多全集選刊之一）。上海：上海古籍出版社。一九五六。

10 聞一多著《古典新義》（聞一多全集選刊之二）。上海：上海古籍出版社。一九五六。

11 聞一多著《唐詩雜論》（聞一多全集選刊之三）。上海：上海古籍出版社。一九五六。

12 聞一多著《詩選與校箋》（聞一多全集選刊之四）。上海：上海古籍出版社。一九五六。

13 聞一多著《天問疏證》。北京：三聯書店。一九八零。

14 聞一多著《離騷解詁》。上海：上海古籍出版社。一九八五。

15 聞一多著《九歌解詁、九章解詁》。上海：上海古籍出版社。一九八五。

16 聞一多著《聞一多書信選集》。北京：人民文學出版社。一九八六。

17 聞一多著，劉福友編《聞一多代表作》。鄭州：河南人民出版社。一九九二。
18 聞一多著，孫黨伯、袁謇正編《聞一多全集》。武漢：湖北人民出版社。一九九三。

## 二、他人著述

1 趙家璧主編，朱自清編選《中國新文學大系．詩集》。上海：良友圖書印刷公司。一九三五。
2 史靖著《聞一多的道路》。上海：生活書店。一九四七。
3 梁實秋著《談聞一多》。台北：傳記文學出版社。一九六七。
4 許芥昱著，卓以玉譯《新詩的開路人——聞一多》。香港：波文書局。一九八二。
5 劉烜著《聞一多評傳》。北京：北京大學出版社。一九八三。
6 沈從文著《沈從文文集》。香港：三聯書店；廣州：花城出版社聯合編輯出版。一九八二——八四。
7 季鎮淮主編《聞一多研究四十年》。北京：清華大學出版社。一九八八。
8 商金林著《聞一多研究述評》。天津：天津教育出版社。一九九零。
9 聞黎明著《聞一多傳》。北京：人民出版社。一九九二。
10 聞黎明、侯菊坤編《聞一多年譜長編》。武漢：湖北人民出版社。一九九四。
11 唐鴻棣著《詩人聞一多的世界》。上海：學林出版社。一九九六。
12 楊匡滿、楊匡漢編《聞一多》。香港：三聯書店；北京：人民文學出版社。一九九六。
13 武漢大學聞一多研究室編《聞一多研究叢刊》。武漢：武漢大學出版社。一九八九。

# 太行山裏的旅行（節錄）

丁文江

## 作者補充

### 一、丁文江自述生平

丁文江除在地質學上的成就外，在科學、人生哲學和政治思想上的主張都受時人注意。如〈我們的政治主張〉（見《努力週報》一九二二年第二期）：

「好政府」的至少涵義是：在消極方面，要有正當的機關可以監督防止一切營私舞弊的官吏；在積極方面，第一要充分運用政治的機關為社會全體謀充分的福利，第二要充分容納個人的自由，愛護個性的發展。……（編者按：以下是對政治改革的要求）(1) 一個憲政的政府，(2) 一個公開的政府，包括財政的公開與公開考試的用人等等，(3) 一種有計劃的政治？……（編者按：以下是對欲從政者的忠告）第一是要保持我們「好人」的資格。消極的講，就是「不作無益」。積極的講，是躬行克己，把責備人家的事從自己做起。第二是要做有職業的人，並且增加我們在職業上的能力。第三是設法使我們的生活程度不要增高。第四，就我們認識的朋友，結合四五個人、八九個人的小團體，試做政治生活的具體預備。其他如〈少數人的責任〉（《努力週報》一九二三年第六十七期）、〈我的信仰〉（《獨立評論》一九三四年第一零零期）及〈再論民主與獨裁〉（《獨立評論》一九三五年第一三七期）等，都反映了他的政治思想。

丁文江對科學與人生的觀點見於他在一九二三年與張君勱展開的「科學與人生觀」的論戰中。張氏在《清華週刊》第二七二期發表了〈人生觀〉（演講辭），然後丁文江在同年的《努力週報》上發表〈玄學與科學〉一文作回應，以科學派的立場反對張氏的觀點：

到如今，歐洲的國家果然都因戰爭破了產了，然而一班應負責任的玄學家、教育家、政治家卻絲毫不肯悔過，反要把物質文明的罪名加到純潔高尚的科學身上，說他「務外遂物」，豈不可憐！……科學不但無所謂「向外」，而且是教育同修養最好的工具。因為天天求真理，時時想破除成見，不但使學科學的人有求真理的能力，而且有愛真理的誠心。無論遇見什麼事，都能平心靜氣去分析研究，從複雜中求單簡，從紊亂中求秩序；拿論理來訓練他的意想，而意想力愈增；用經驗來指示他的直覺，而直覺力愈活。了然於宇宙、生物、心理種種的關係，才能夠真知道生活的樂趣。這種「活潑潑地」心境，只有拿望遠鏡仰察過天空的虛漠，用顯微鏡俯視過生物的幽微的人方能參領得透徹。———又豈是枯坐談禪、妄言玄理的人所能夢見？……張君勱說：「自孔孟以至宋元明之理學家側重內心生活之修養，其結果為精神文明。」我們試拿歷史來看看這種精神文明的結果。

提倡內功的理學家，宋朝不止一個，最明顯的是陸象山一派。……我們看南渡時士大大的沒有能力，沒有常識，已經令人駭怪。其結果叫我們受蒙古人統治了一百年，江南的人被他們屠割了數百萬，漢族的文化幾乎絕了種。……我們平心想想，這種精神文明有甚麼價值？配不配拿來做招牌攻擊科學？……

懶惰的人，不細心研究歷史的實際，不肯睜眼看所謂「精神文明」究竟在甚麼地方，不肯想想世人可有單靠內心修養造成的「精神文明」！他們不肯承認所謂「經濟史觀」，也還罷了，難道他們也忘記了那「衣食足而後知禮節，倉廩實而後知榮辱」的老話嗎？

言心言性的玄學，「內心生活之修養」，所以能這樣哄動一般人，都因為這種玄談最合懶人的心理，一切都靠內心，可以否認事實，可以否認論理與分析。顧亭林說的好，「……以其襲而取之易也。」

丁文刊出後，張君勱再撰長文答辯，林宰平也撰文加入戰團，於是展開一場「人生觀大論戰」。丁氏於是年五月三十日續撰〈玄學與科學——答張君勱〉，六月五日再撰〈玄學與科學的討論的餘興〉，後來胡適把有關的論戰文章輯錄成《科學與人生觀》一書。

## 二、他人撰述丁文江生平

他人撰述丁文江生平的資料有：朱傳譽主編《丁文江傳記資料》；胡適著《丁文江的傳記》；王仰之著《丁文江年譜》；張其昀編〈丁文江先生著作繫年目錄〉（一九三六）；李日章編〈丁文江年表〉（上述兩項見《丁文江傳記資料》）及吳相湘著〈丁文江走遍全國探寶藏〉（《民國百人傳》）等。

## 三、丁文江評介

丁文江設立中國地質研究所培訓人才，親身考察及發表調查報告，對中國的地質學發展，起了先導的作用。楊鍾健著〈悼丁在君先生〉中有對丁文江的評介（見胡適等著《丁文江這個人》）：

丁先生無疑的是中國地質界事業開創之一人，民國初年尚無多人能了解地質學為何事，有一知半解的人，也往往把地質學當作開礦或混為一談。彼時丁先生即與章演存先生，翁詠霓先生通力合作，奠定中國地質界的基石。初年許多規劃，丁先生為最得力之一人。民十八（一九二九）後，丁先生雖有時忙于他事，然于地質界工作之襄助與指導並未中輟，即如地質調查所與協和醫學校解剖系合作關于中國新生代地質脊椎動物化石及化石之研究，丁先生實為贊助成功最力之人。其他關于他方面研究或好為主持或從旁贊助，其功實不可沒。

在中國過去十五年地質學發展中，有一個重大的關鍵，就是純粹科學方面研究的濃厚，特別是古生物的研究，關于此層丁先生主持最力。中國古生物研究的發達最有關係的為葛利普教授之來中國，而葛先生就是丁先生親身聘請來的。直到丁先生去世，他尚是中國最重要的古生物刊物《中國古生物誌》的主編人。所以我們偏重古生物學研究的，想到中國古生物學發達起來的經過，不能不歸功于丁先生。

丁先生雖因服務社會的事務太多，未能充分貢獻其所得于學術，但是他也有不少的重要的發表，這是人所共知的。另外一方面，還有一些地質上的重要工作，如三門系地層在丁先生雖未發表，而經近年來吾人各地研究的結果，知三門系實為中國新生代後期最重要的一時期，認識黃土下與紅土上的地層和其重要性，也是丁先生開的先河。

其他評論丁氏在地質學上的貢獻的資料有：阮維周著〈丁在君先生在地質學上之貢獻〉（一九五六，《丁文江印象》）；蔡學忠著〈中國地質界先驅——丁文江〉（《近代中國》一九七七年第二期）；〈地質學的啟蒙人——丁文江〉（《科學月刊》一九七七年第八卷五期）；王鴻禎主編《中國地質事業早期史：紀念丁文江 100 週年章鴻釗 110 週年誕辰》及張國柱著〈地質學家丁文江〉（《中外雜誌》一九九零年第四十八卷四期）等。

關於丁氏在「科學與人生觀」論戰中所扮演的角色，陳獨秀在《科學與人生觀・序》中說：

就是主將丁文江大攻擊張君勱唯心的見解，其實他自己也是以五十步笑百步，這是因為有一種可以攻破敵人大本營的武器，他們素來不相信，因此不肯用。「科學何以不能支配人生觀」，敵人方面卻舉出一些似是而非的證據出來；「科學何以能支配人生觀」，這方面卻一個證據也沒舉出來，我以為不但不曾得着勝利，而且幾乎是卸甲丟盔的大敗戰，大家的文章寫得雖多，大半是「下筆千言離題萬里」，令人看了好像是「科學概論講義」，不容易看出他們和張君勱的爭點究竟是什麼，張君勱那邊離開爭點之枝葉更加倍之多，這乃一場辯論的最大遺憾！……丁在君不但未曾說明「科學何以能支配人生觀」，並且他的思想之根底，仍和張君勱走的是一條道路。

其他評論資料有：梁啟超著〈人生觀與科學〉（一九二三，《丁文江傳記資料》）；葛利普著，高振西譯〈丁文江先生與中國科學之發展〉（《丁文江這個人》）；夏絲蒂．弗思著，丁子霖等譯《丁文江——科學與中國文化》；王駿著〈近代中國知識分子的一面鏡子——論丁文江的科學文化觀和社會政治觀及對五四的一點反思〉（湯一介等編《論傳統與反傳統——五四 70 週年紀念文選》）；葉其忠著〈從張君勱和丁文江兩人和「人生觀」一文看一九二三年「科玄論戰」的爆發與擴張〉（《中央研究院近代史研究所集刊》一九九六年第二十五期）；李澤厚著〈記中國現代三次學術論戰．一九二零年代科玄論戰〉（《中國現代思想史論》二）及楊國策著〈科玄論戰的歷史意蘊〉（《文匯報》一九九七年九月九日第九版）等。

對丁文江作整體評論的文章則有：傅斯年著〈我所認識的丁文江先生〉（一九三六）及胡適著〈丁文江這個人〉（一九三六。上述兩文見《丁文江這個人》，書內還輯有其他評論丁文江的文章）；中央研究院編《丁故總幹事文江逝世廿週年紀念刊》；Charlotte Furth 著，洪小韻譯〈丁文江——介於東西方之間的理性主義者〉（《仙人掌雜誌》一九七八年第二卷四期）及雷啟立編《丁文江印象》等。

## 題解補充

### 一、《漫遊散記》評析

《漫遊散記》是丁文江進行地理考察時記下的印象和心得，其中包括〈我第一次的內地旅行〉及〈東川銅礦等的重要〉等篇。丁文江曾自述寫作《漫遊散記》的目的（見《丁故總幹事文江逝世廿週年紀念刊》丙部遺著選輯）：

這二十年來因為職務的關係，常常在內地旅行，二十二省差不多都走遍了。旅行的途中，偶然也有日記。但是始終沒有整理。現在把其中比較有興趣的事情，摘錄出來，給適之補篇幅。因為次序沒有一定，事實也不能聯貫，所以叫做散記。

其他可參考的資料有：《丁故總幹事文江逝世廿週年紀念刊》丙部遺著選輯及翁文灝著〈丁文江先生傳〉（《地質論評》一九四一年第六卷一——二期）等。

## 二、〈太行山裏的旅行〉評析

〈太行山裏的旅行〉記述丁文江在太行山測繪地質圖的經過。這次旅程的主要發現有：太行山之地理學定義有重訂的必要、山西「平定昔陽鐵礦」並無開採價值、地理學上把山脈當作大水的分水嶺的解說與事實不符。有關資料見〈民國初年的旅行〉（胡適著《丁文江的傳記》）。

## 圖文補充

丁文江於一九一四年入滇考察時攝。（見胡適等著《丁文江這個人》）

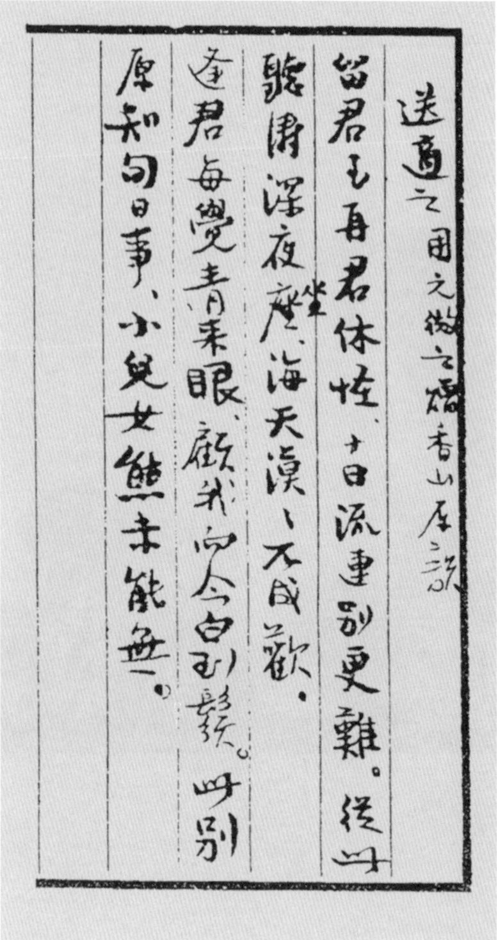

送適之用元微之贈香山原韻

留君至再君休怪，十日流連別更難。從此聽濤深夜坐，海天漠漠不成歡。
逢君每覺青來眼，顧我如今白到鬚。此別原知旬日事，小兒女態未能無。

丁文江手跡。（見胡適等著《丁文江這個人》）

# 參考書目

## 一、丁文江著述

1 丁文江著《揚子江下流之地質》(*Geology of Yangtze Estuary Below Wuhu*)。上海：上海濬浦總局。一九一九。
2 丁文江著《鑛政管見附修改礦業條例意見書》。北京：地質調查所。一九二零。
3 丁文江著《徐霞客遊記》。上海：商務印書館。一九二五。
4 丁文江著《中國官辦鑛業史略》。北京：地質調查所。一九二八。
5 丁文江著《外資鑛極史資料》。北京：地質調查所。一九二九。
6 丁文江、翁文灝、曾世英編《中華民國新地圖》。上海：申報館。一九三三。
7 丁文江著《爨文叢刻：甲編》。上海：商務印書館。一九三六。
8 丁文江、翁文灝、曾世英編《中國分省新圖》。上海：分報。一九三九。

## 二、他人著述

1 中央研究院編《丁故總幹事文江逝世廿週年紀念刊》。南港：中央研究院。一九五六。
2 胡適等著《丁文江這個人》。台北：傳記文學出版社。一九六七。
3 張君勱等著《科學與人生觀》。台北：問學出版社。一九七七。
4 朱傳譽主編《丁文江傳記資料》。台北：天一出版社。一九八一。
5 吳相湘著《民國百人傳》。台北：傳記文學出版社。一九八一。

6 胡適著《丁文江的傳記》。台北：遠流出版事業股份有限公司。一九八六。
7 夏絲蒂．弗思著，丁子霖等譯《丁文江——科學與中國文化》。長沙：湖南科學技術出版社。一九八七。
8 王仰之著《丁文江年譜》。南京：江蘇教育出版社。一九八九。
9 湯一介編《論傳統與反傳統——五四 70 週年紀念文選》。台北：聯經出版事業公司。一九八九。
10 王鴻禎主編《中國地質事業早期史：紀念丁文江 100 週年章鴻釗 110 週年誕辰》。北京：北京大學出版社。一九九零。
11 李澤厚著《中國現代思想史論》。台北：三民書局股份有限公司。一九九六。
12 雷啟立編《丁文江印象》。上海：學林出版社。一九九七。

# 釣台的春晝

郁達夫

作者補充

## 一、郁達夫自述生平

郁達夫自述生平的資料有：《日記九種》（編者按：內輯〈病閑日記〉（一九二三）及〈勞生日記〉（一九二六）等）；《達夫日記集》（編者按：內輯〈水明樓日記〉（一九三二）及〈一月日記〉（一九三四）等）。另郁達夫有自傳九篇，例如：〈水樣的春愁〉自傳之四（一九三五，胡從經編《郁達夫日記集》附錄）及〈郁達夫自傳〉一——三（《中外雜誌》一九八九年四十五卷第二、四及五期）等。而郁達夫的散文中也有不少敍寫自身的經歷，例如：〈一個人在途上〉（一九二六，《郁達夫文集》第三卷）等。

郁達夫認為文學作品可算是作家的自傳。不論小說、詩詞、散文所寫的都是作家所思所遇，他在《郁達夫全集．五六年來創作生活的回顧》（一九二七）中寫道：

我覺得「文學作品，都是作家的自敍傳」這一句話，是千真萬真的，……作家的個性，是無論如何，總須在他的作品裏頭保留着的。……所以我對於創作，抱的是這一種態度，起初就是這樣，現在還是這樣，將來大約也是不會變的。我覺得作者的生活，應該和作者的藝術緊抱在一塊，作品裏的individuality是決不能喪失的。

郁達夫自述創作的資料有：〈日記文學〉（一九二七，《郁達夫文集》第五卷）；〈自選集序〉（一九三二，《達夫自選集》）；〈清新的小品文字〉（一九三三，《郁達夫文集》第六卷）及〈導言〉（趙家璧主編，郁達夫編選《中國新文學大系．散文二集》）等。

## 二、他人撰述郁達夫生平

他人撰述郁達夫生平的資料有：朱傳譽主編《郁達夫傳記資料》；唐鴻棣編〈郁達夫著作編目補遺〉（《文教資料簡報》一九八一年第三期）；〈郁達夫著譯目錄〉及補遺（王自立、陳子善編《郁達夫研究資料》下）；諸孝正著〈關於郁達夫在新加坡情況的一些補正〉（《新文學史料》一九八三年第一期）；曾焯文著〈郁達夫之死與一首佚詩〉(《明報月刊》一九九五年九月號第三十卷九期);郭文友編《千秋飲恨——郁達夫年譜長編》及袁慶豐著《欲將沉醉換悲涼——郁達夫傳》等。

## 三、郁達夫評介

郁達夫以創作小說知名於時,他的遊記和舊體詩詞也為讀者稱道。他的小說着重人物心理和景物的描寫,擅長點染氣氛。然而結構鬆散,句法單調,卻是郁氏作品的弱點。蘇雪林在〈郁達夫及其作品〉中有如下評論(見《蘇雪林文集》第三卷):

郁氏的作品,所表現的思想都是一貫的,那就是所謂「性欲」的問題。……他的作品自《沉淪》始,莫不以「我」為主體,即偶爾揑造幾個假姓名,也毫不含糊的寫他自己的經歷,……但是,像郁達夫的自我表現,與其說他想踵美西洋,特意提倡這一派文學,無寧說他藝術手腕過於拙劣,除了自己經歷的事件便無法想像而寫不出罷了。……郁氏作品不講結構,原也不算甚麼奇怪,但篇篇如此,卻也討厭,只顯得他對文字缺乏安排組織的天才,一味亂寫罷了。……句法單調是郁達夫作品最大毛病。

他的散文,同樣着重人物和氣氛鋪寫。阿英在《阿英文集·郁達夫》(一九三五)

中云：

他在小品文方面，是主張着以「清新為勝」的。他近來寫的一些紀游的小品，我覺得很能達到這種境地。其他的，因為大多屬於「雜感」一類的文字，當然是變「清新飄逸」而走向「憤激」，除去一些屬於個人的抒情的小品文章。……在郁達夫的小品文字中，一般的說，多的是「解剖自己，闡明苦悶的心理的記載」（〈論日記文學〉），以及對於現實的不滿之談。紀游的小品，如〈釣台的春晝〉之類，固以「清新」勝；這一類的小品，則抒情的較多，……郁達夫的小品文是充分的表現了一個富有才情的知識分子，在亂動的社會裏的苦悶心懷。即使是記游文罷，如果不是從文字的浮面來了解作者的話，我感到他的憤悶也是透露在字裏行間的。他說出游並非「寫憂」，而「憂」實際上是存在的。超出景物的描寫，……

其他評介資料有：賀玉波編《郁達夫論》（編者按：內輯上世紀三十年代以前評論郁達夫的文章）；辛憲錫著《郁達夫的小說創作》；張恩和編著《郁達夫研究綜論》；劉淑玲著〈「零餘者」抉心自食的哀寞：郁達夫散文中的自我悲劇意識〉（《河北師範學院學報》一九九二年第四期）；蕭建林著〈從直抒胸臆到熔鑄意境：

試論郁達夫小說文體的嬗變〉（《福建師範大學學報》一九九三年第二期）及馬森著〈從寫實主義到現代主義：論郁達夫小說的承傳地位〉（《成功大學學報》人文社會篇一九九七年第三十二期。編者按：另名為'From Realism to Modernism: Yu Dafu's Transitional Position in Modern Chinese Fiction'）等。

研究郁達夫的參考資料有：陳子善、王自立輯錄〈郁達夫資料目錄索引〉（《郁達夫研究資料》）。

## 題解補充

### 一、《懺餘集》評析

《懺餘集》是郁達夫的小說及散文合集，另收錄了日記數則。關於《懺餘集》的資料及評析有：郁達夫著〈懺餘獨白〉（一九三一，《郁達夫全集》）；蘇汶著〈懺餘集〉（一九三三，《郁達夫研究資料》下）及祖正著〈讀《懺餘集》——郁達夫追憶之二〉（《文藝時代》一九四六年第一卷四期）等。

## 二、〈釣台的春晝〉評析

〈釣台的春晝〉是郁達夫（一九三一年）為逃避政府通緝而避居家鄉富陽時所作，作者除了在文中述幽紀勝外，不忘議論時局。文章借景抒情，處處流露作者的個人思想和情感，體現了郁達夫以文學作品為作家自傳的特色。張恩和在〈「展痕處處」——後期散文〉中云（見《郁達夫研究綜論》第二部分「三、散文創作」）：

郁達夫的後期散文實際是從三十年代開始的，開卷之篇應該是作於一九三二年的〈釣台的春晝〉。……文中雖然基本上是寫山川古跡，但也夾雜些帶政治性的議論，……其中寫到在舟裏夢吟後又題在嚴祠壁上的一首詩，不但由它可以看出作者此時心情，在文中也起了畫龍點睛的作用。……這首詩，雖只有短短四聯，卻把作者狷介狂傲、疾俗憤世的性格表現得淋漓盡致。

背景資料有：《千秋飲恨——郁達夫年譜長編》一九三二年部分。郁達夫寫了不少遊記，評論者多把〈釣台的春晝〉與其他遊記一併評論，評析資料有：張夢陽著〈郁達夫遊記中的美學〉（《散文》一九八五年第八期）及裘惠民著〈略論郁達夫遊記的語言藝術〉（《台州師專學報》一九九三年第四期）等。

圖文補充

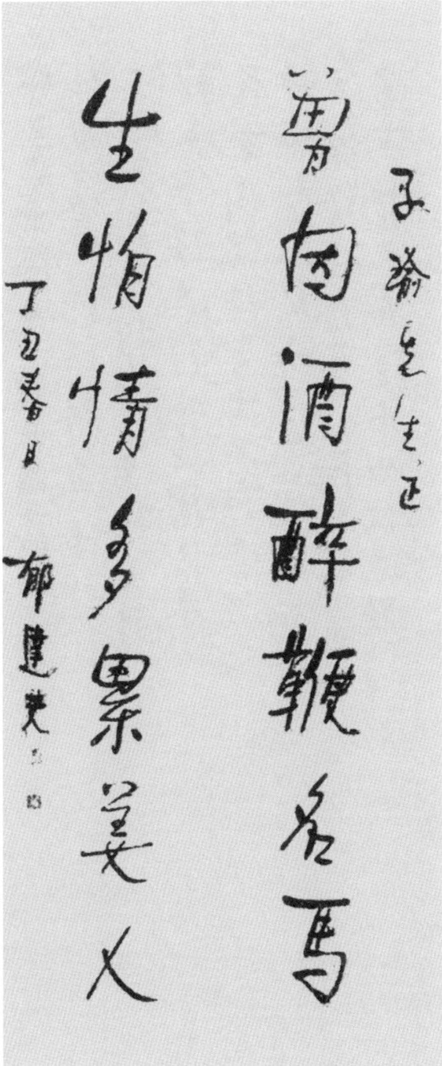
曾因酒醉鞭名馬
生怕情多累美人
丁丑春日
郁達夫

〈釣台題壁〉手稿。（見郁達夫著《郁達夫全集》第三卷）

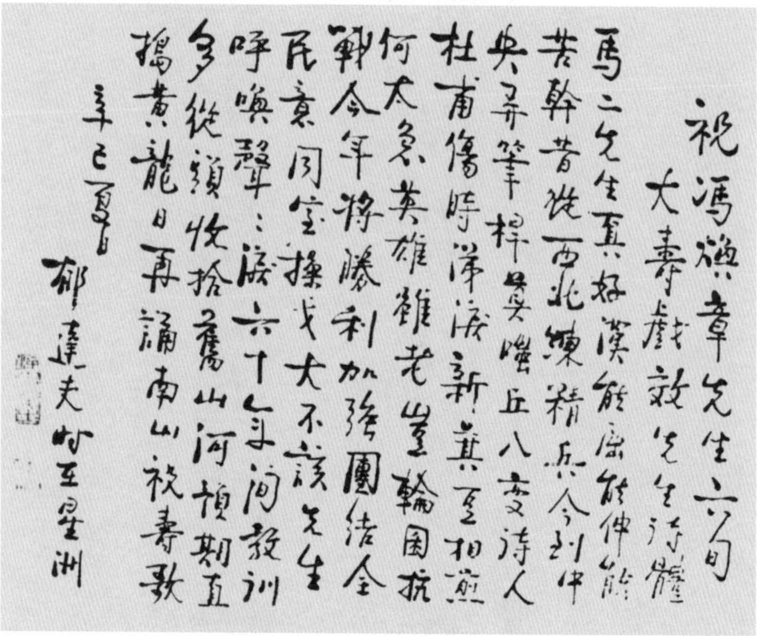


郁達夫書法。（見四川美術出版社編《民國時期書法》）

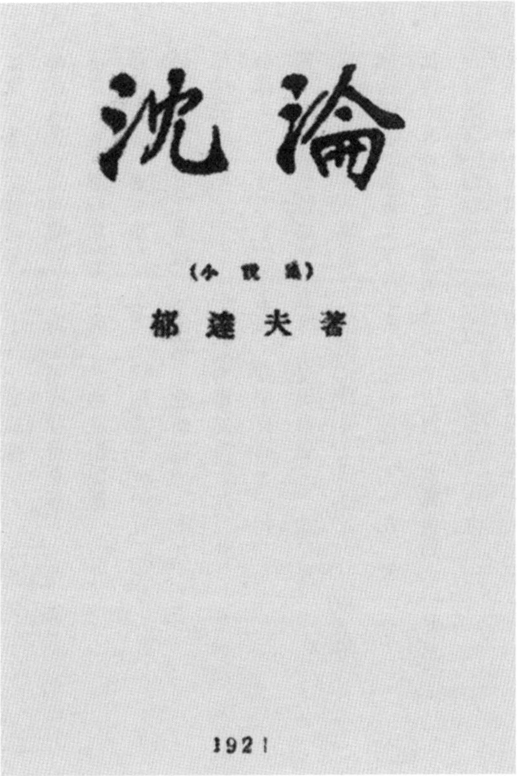


郁達夫成名作，小說《沈淪》初版書影。（見袁慶豐著《欲將沉醉換悲涼——郁達夫傳》）

# 參考書目

## 一、郁達夫著述


1 郁達夫著《沈淪》。上海：泰東圖書局。一九二一。
2 郁達夫著《蔦蘿集》。上海：泰東圖書局。一九二三。
3 郁達夫著《文藝論集》。上海：光華書局。一九二六。
4 郁達夫著《寒灰集》。上海：創造社出版部。一九二七。
5 郁達夫著《雞肋集》。上海：創造社出版部。一九二七。
6 郁達夫著《過去集》。上海：開明書店。一九二七。
7 郁達夫著《日記九種》。上海：北新書局。一九二七。
8 郁達夫著《迷羊》。上海：北新書局。一九二八。
9 郁達夫著《奇零集》。上海：開明書店。一九二八。
10 郁達夫著《蔽帚集》。上海：現代書局。一九二八。
11 郁達夫著《在寒風裏》。廈門：世界文藝書社。一九二九。
12 郁達夫著《薇蕨集》。上海：北新書局。一九三零。
13 郁達夫著《她是一個弱女子》。上海：湖風書局。一九三二。
14 郁達夫著《懺餘集》。上海：天馬書店。一九三三。
15 郁達夫著《斷殘集》。上海：北新書局。一九三三。
16 郁達夫著《屐痕處處》。上海：現代書局。一九三四。
17 郁達夫著《達夫日記集》。上海：北新書局。一九三五。

18 郁達夫著《達夫遊記》。上海：文學創造社。一九三六。
19 郁達夫著《閑書》。上海：良友圖書印刷公司。一九三六。
20 郁達夫著，鄭子瑜編《達夫詩詞集》。廣州：宇宙風社。一九四八。
21 郁達夫著《達夫日記集》。台北：長歌出版社。一九七六。
22 郁達夫著《達夫自選集》。香港：聯合圖書公司。一九七八。（據天馬書店版本影印）
23 郁達夫著《郁達夫文集》。香港：三聯書店；廣州：花城出版社聯合編輯出版。一九八二。
24 郁達夫著，胡從經編《郁達夫日記集》。西安：陝西人民出版社。一九八四。
25 郁達夫著《郁達夫全集》。杭州：浙江文藝出版社。一九九二。

## 二、他人著述

1 趙家璧主編，郁達夫編選《中國新文學大系．散文二集》。上海：良友圖書印刷公司。一九三五。
2 賀玉波編《郁達夫論》。香港：實用書局。一九七二。
3 朱傳譽主編《郁達夫傳記資料》。台北：天一出版社。一九七九。
4 阿英著《阿英文集》。香港：三聯書店。一九七九。
5 王自立、陳子善編《郁達夫研究資料》。天津：天津人民出版社。一九八二。
6 辛憲錫著《郁達夫的小説創作》。北京：北京出版社。一九八六。
7 四川美術出版社編《民國時期書法》。成都：四川美術出版社。一九八八。
8 張恩和編著《郁達夫研究綜論》。天津：天津教育出版社。一九八九。

9 郭文友編《千秋飲恨——郁達夫年譜長編》。成都：四川大學出版社。一九九六。
10 蘇雪林著《蘇雪林文集》。合肥：安徽文藝出版社。一九九六。
11 袁慶豐著《欲將沉醉換悲涼——郁達夫傳》。上海：上海文藝出版社。一九九八。

# 永久的憧憬和追求

蕭紅

## 作者補充

### 一、蕭紅自述生平

蕭紅自述生平的資料有：《商市街》（一九三五。編者按：寫她與蕭軍在哈爾濱同居的生活）；〈孤獨的生活〉（一九三六，《蕭紅選集》。編者按：是她在東京的記述）及《呼蘭河傳》（一九四零。編者按：記在呼蘭河的童年）等。此外，也有根據蕭紅的作品和書信，選輯成自傳的，如：肖鳳編《蕭紅自傳》。

蕭紅自述創作的資料主要見於序跋文字中，如：一九三八年蕭紅與聶紺弩談及她的寫作（一九八零，見《蕭紅選集．聶紺弩序》）：

有一種小說學：小說有一定的寫法，一定要具備某幾種東西，一定寫得像巴爾扎克或契訶甫的作品那樣。我不相信這一套，有各式各樣的作者，有各式各樣的小說。若說一定要怎樣才算小說，魯迅的小說有些就不是小說，如〈頭髮的故事〉、〈一件小事〉、〈鴨的喜劇〉等等。……魯迅以一個自覺的知識分子，從高處去悲憫他的人物。他的人物，有的也曾經是自覺的知識分子，但處境卻壓迫着他，使他變成聽天由命，不知怎麼好，也無論怎樣都好的人了。這就比別的人更可悲。我開始也悲憫我的人物，他們都是自然奴隸，一切主子的奴隸。但寫來寫去，我的感覺變了。我覺得我不配悲憫他們，恐怕他們倒應該悲憫我咧！悲憫只能從上到下，不能從下到上，也不能施之於同輩之間。我的人物比我高。

## 二、他人撰述蕭紅生平

他人撰述蕭紅生平的資料有：肖鳳著《蕭紅傳》；駱賓基著《蕭紅小傳》；葛浩文(Howard Goldblatt) 著《蕭紅新傳》；蕭軍著《蕭紅書簡輯存注釋錄》；丁昭年、蕭耘輯錄〈蕭紅年表〉(《蕭紅書簡輯存注釋錄．附錄八》) 及王述編〈蕭紅著作編目〉(《中國現代作家選．蕭紅》) 等。

## 三、蕭紅評介

關於蕭紅創作評介的資料有：陸文采、邢富君著〈論蕭紅創作的藝術特色〉(《齊魯學刊》一九八三年第四期)；陳瑞琳著〈試談蕭紅作品的語言特色〉(《社會科學輯刊》一九八四年第四期）；姜穆著〈論蕭紅及其作品〉上、下（《文藝月刊》一九八四年第一八零及一八二期）；陸文采著〈談談蕭紅創作的寂寞感〉（《東北現代文學史料》一九八五年第八期）；陳世澂著〈試論魯迅對蕭紅創作的影響〉（北方論叢編輯部編《蕭紅研究》）；秦林芳著〈論蕭紅創作的文體特色〉（《江海學刊》一九九二年第二期）；邢富君、楊曉莉著〈蕭紅創作的時代內容與藝術足跡〉（《遼寧師範大學學報》一九九二年第六期）；何寄澎著〈鄉土與女性——蕭紅筆下永遠的關懷〉（《中外文學》一九九二年第二十一卷三期）；陳漢雲著〈論蕭紅創作的審美特徵〉（《社會科學家》一九九八年第三期）及皇甫曉濤著《蕭紅現象：兼談中國現代文化思想的幾個困惑點》等。

研究蕭紅的參考資料有：蕭耘輯錄〈有關蕭紅研究中外文著作資料〉（《蕭紅書簡輯存注釋錄》附錄之十二）及葛浩文等修訂增補〈蕭紅研究資料目錄索引〉（《蕭紅新傳》附錄二）等。

## 題解補充

### 〈永久的憧憬和追求〉評析

蕭紅的〈永久的憧憬和追求〉是一篇自傳性質的散文，她用優美簡潔的文筆，描述自己的故鄉和家世。李淑玲在〈妙筆寫故家　真情化永生——〈永久的憧憬和追求〉賞析〉中云（《名作欣賞》一九九三年第四期）：

〈永久的憧憬和追求〉是蕭紅於一九三六年應美國友人斯諾編譯《活躍的中國》一書之約寫的一篇小傳。這傳略寫得很別緻，它不是常規的自我介紹和敍述，而是以優美簡潔的文筆描述了自己的家鄉、家世，創作了一篇散文詩。僅僅在六百字的短文中熔敍述、描寫、抒情、對話於一爐，表達了精湛豐富的內容。……在〈永〉篇散文中，她筆下的細節更其鮮明。她選擇了家庭爭執的情節以表達父親的貪婪和冷酷。……家庭爭執的情景給蕭紅年幼的心靈深深的刺激，她看到了生活中善惡美醜的對撞。……作者描述祖父的筆調是活潑温婉，帶着無限眷戀的。蕭紅永遠紀念着她兒時惟一的保護人，祖父。《呼蘭河傳》裏寫她跟祖父在一起的生活，祖父教她讀《千家詩》，帶她在菜園裏種菜，用泥巴糊住淹死的小豬、小鴨燒烤成熟肉給她吃。祖父給兒時蕭紅以温暖和撫慰。……〈永〉篇散文也是一篇優美的散文詩。開頭指出家鄉的地理位置、自然環境：「那縣城差不多就是中國的最東最北部——黑龍江省——所以一年之中，倒有四個月飄着白雪。」呈現在讀者面前的是一幅白雪皚皚的風景畫。這畫不是平面的，而是立體的；不是靜止的，而是以活動着的影像生發出雪落大地靜無聲的詩意氛圍。……作者在文章的結尾抒發了自己的理想和懷抱，她向着這「温暖」和「愛」的方面懷着永久的憧憬和追求。蕭紅追求的不僅僅是從祖父那兒得到的温暖和愛，而是人間的大暖大愛。是蕭紅所理想的沒有貧困和苦難，人與人之間沒有冷酷和欺壓，互相信任有着真摯的情意……的光明美好的世界。

二十世紀四十年代的蕭紅。（見丁言昭著《愛路跋涉：蕭紅傳》）

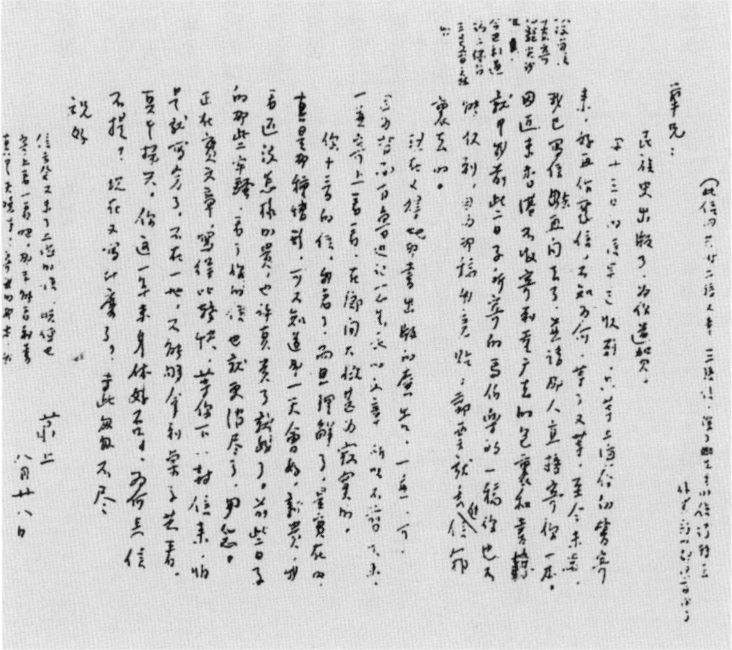

華兄：

民族史出版了，為你道賀。

[illegible]

祝好

紅上

八月廿八日

蕭紅的手跡。（見蕭紅著《蕭紅散文》）

# 參考書目

## 一、蕭紅著述


1 蕭紅著《生死場》。上海：奴隸社。一九三五。
2 蕭紅著《橋》。上海：文化生活出版社。一九三六。
3 蕭紅著《商市街》。上海：上海文化生活出版社。一九三六。
4 蕭紅著《牛車上》。上海：文化生活出版社。一九三七。
5 蕭紅著《曠野的呼喊》。重慶：大時代書局。一九三九。
6 蕭紅著《回憶魯迅先生》。重慶：婦女生活社。一九四零。
7 蕭紅著《馬伯樂》。重慶：大時代書局。一九四一。
8 蕭紅著《小城三月》。香港：上海書局。一九六一。
9 蕭紅著《呼蘭河傳》。哈爾濱：黑龍江人民出版社。一九七九。
10 蕭紅著《蕭紅選集》。北京：人民文學出版社。一九八一。
11 蕭紅著，王述編《中國現代作家選．蕭紅》。香港：三聯書店。一九八二。
12 蕭紅著，范橋、盧今編《蕭紅散文》。北京：中國廣播電視出版社。一九九三。
13 蕭紅著，肖鳳編《蕭紅自傳》。南京：江蘇文藝出版社。一九九六。


## 二、他人著述


1 肖鳳著《蕭紅傳》。天津：百花文藝出版社。一九八零。
2 蕭軍著《蕭紅書簡輯存注釋錄》。哈爾濱：黑龍江人民出版社。一九八零。

3 北方論叢編輯部編《蕭紅研究》。哈爾濱：北方論叢編輯部。一九八三。

4 葛浩文（Howard Goldblatt）著《蕭紅新傳》。香港：三聯書店。一九八九。

5 駱賓基著《蕭紅小傳》。香港：天地圖書有限公司。一九九一。

6 皇甫曉濤著《蕭紅現象：兼談中國現代文化思想的幾個困惑點》。天津：天津人民出版社。一九九一。

7 丁言昭著《愛路跋涉：蕭紅傳》。台北：業強出版社。一九九一。

# 駱駝祥子（節錄）

老舍

## 正文補充

老舍的《駱駝祥子》有多個不同版本。一九三九年上海人間書局出版的是第一個版本，可說是原本。

一九五零年上海晨光出版公司所出版的《駱駝祥子》，編者刪去原作幾個段落。一九五一年，老舍自己又作刪改，收於《老舍選集》之內，該集由北京開明書店出版。一九五五年北京人民文學出版社出版的《駱駝祥子》，由老舍再作修改潤飾，成為第四個版本。一九八二年北京人民文學出版社將初版重印，《駱駝祥子》始再以原文行世。

以下是老舍及他人對《駱駝祥子》的寫作、版本的説明及研究資料：〈自序〉（一九五零，《老舍選集》）；〈我怎樣寫《駱駝祥子》〉（《老舍文學創作和語言》。編者按：一九七九年登載，寫作時間不詳）；〈《駱駝祥子》序〉（一九五零，《老舍序跋集》）及〈駱駝祥子．後記〉（一九五五，《老舍序跋集》）等。文學研究者的説法有：朱金順著〈《駱駝祥子》版本初探〉（一九八八，《新文學考據舉隅》）及白峰著〈百煉工純始自然：評老舍刪改《駱駝祥子》及其他〉（《遼寧大學學報》一九九零年第三期）等。

## 作者補充

### 一、老舍自述生平

老舍自述生平的資料有：《老牛破車》、〈三年寫作自述〉（一九四一）、〈自述〉（一九四一）、〈習作二十年〉（一九四四）及〈八方風雨〉（一九四五，上述文章見胡絜青編《老舍生活與創作自述》）等。

老舍作品多以不同的人物為主題，探索人生的哲理。他在〈事實的運用〉（一九三六，見《老舍文集》卷十五）中云：

> 一點風一點雨也是與人物有關係的，即使此風此雨不足幫助事實的發展，亦至少對人物的心感有關。

此外，其他老舍自述創作的資料有：〈談幽默〉（一九三六）、〈景物的描寫〉（一九三六）、〈怎樣寫小說〉（一九四一）、〈我怎樣寫短篇小說〉（一九四一）及〈寫與讀〉（一九四五，上述文章皆見《老舍文集》卷十五）等。

## 二、他人撰述老舍生平

他人撰述老舍生平的資料有：曉鐘著〈老舍之死〉（《南北極》一九七四年第四十八期）；（法國）巴迪著〈論老舍之死〉（香港中文大學《譯叢》一九七八年）；黃東濤著〈老舍是自殺死的嗎？〉（《老舍小識》）；〈老舍著譯年表〉（吳懷斌、曾廣燦編《老舍研究資料》）；郝長海、吳懷斌編《老舍年譜》；郎雲、蘇雷著《老舍傳：寫家春秋》；張桂興編《老舍年譜》；關紀新著《老舍評傳》及〈老舍著譯目錄〉（高樹森編選《老舍專集》）等。

## 三、老舍評介

老舍善於以北京方言寫作，又多以北京城為背景。馬森著〈幽默與寫實——老舍的小說〉（見《燦爛的星空：現當代小說的主潮》）：

最引起讀者注意，而同時使作者一鳴驚人的，還不是故事與人物，而是作者所獨有的一種幽默的文筆。幽默的風俗，除了在《儒林外史》中時有所見外，在我國文學中還是種相當新鮮的玩藝兒。……只是在老舍以前，從不曾有一個作家用幽默來形成一種個人的風格。然而不幸得很，老舍初期所用的幽默，常不免流於滑稽膚淺，以致到了惹厭的程度。……老舍是五四運動以來第一個用北京口語寫作的人。……老舍對於北京話的運用，也是逐漸地在他較晚的作品中慢慢成熟的。……長篇小說之外，老舍也寫了不少短篇小說。……我們看到老舍擅長的寫實幽默的筆法，已達到了十分醇熟的境地。背景的描寫、氣氛的製造，與人物之間的和諧一致，更是無懈可擊。然而特別值得強調的，還是在〈微神〉和〈月牙兒〉中的抒情情調和散文詩的筆法。把散文詩用在寫實小說裏，用得如此成功，在我國新文學中，老舍還是獨步一人。……不過老舍短篇小說在人物塑造上，存在着一個相當大的缺點（這個缺點自然也見於他的長篇小說）。這就是老舍有時候放棄了對現實世界的觀察，愛根據一種抽象的觀念來創造人物。

王惠雲等著〈老舍的戲劇．老舍的戲劇觀〉（見《老舍論稿》）：

老舍劇作中的形象卻極為鮮明：人物栩栩如生且富有個性。這是老舍戲劇與眾不同的地方，……他出人意外地將小說刻劃人物的手法巧妙地引入了戲劇。……在戲劇中運用小說的手法來塑造人物，這正是老舍的獨特技巧。……老舍戲劇的結構比較寬鬆，情節的進展也較舒緩，……然而人物卻活潑生動而性格鮮明。這是因為老舍的結構重心在於「人」，而不在「情節」。……《龍鬚溝》和《茶館》都是這種「以人帶戲」的範例。……老舍對戲劇的語言的哲理美是極為重視的。他認為好的戲劇不僅應有含蓄美、崇高美，也應有哲理美。

其他關於老舍作品的評析有如下資料：凌鶴著〈老舍的風趣及其作品〉（《掃蕩報》一九四四年四月十六日「老舍創作二十週年專頁」）；蘇雪林著〈幽默作家老舍〉（一九八三，《蘇雪林文集》第三卷）；Cyril Birch, 'The Humour of the Humorist'（*The China Quarterly No.8*）；洪忠煌著〈老舍話劇的幽默藝術〉（《社會科學》一九九一年第八期）；潘先軍、趙國宏著〈柔弱：老舍筆下市民性格的核心〉（《內蒙古師範大學學報》一九九零年第三期）；官正梅著〈老舍小說敍述基點芻議〉（《天津師範大學學報》一九九二年第六期）；洪忠煌、克瑩編著《老舍話劇的藝術世界》；謝昭新著《老舍小說藝術心理研究》；王潤華著《老舍小說新論》；王建華著《老舍的語言藝術》及李春雷著〈老舍戲劇的北京地域民俗特徵〉（《國際關係學院學報》一九九八年第三期）等。

此外，可參考：黃東濤編〈老舍研究、評論資料一覽〉（《老舍小識》）；舒濟編〈老舍作品國外譯本與研究論著目錄〉（孟廣來、史若平等編《老舍研究論文集》）；《老舍研究資料》內輯〈老舍研究資料散見篇目索引〉、〈老舍研究專題資料．專題目錄索引〉、〈有關著作中老舍研究資料目錄索引〉、〈國外老舍研究資料目錄索引〉（上述四種索引輯錄上世紀三十年代至八十年代日本、前蘇聯、前東德研究論文資料）；〈老舍研究資料目錄索引補編（一九八二——一九九零）〉（《老舍小說藝術心理研究》附錄三）及〈老舍研究重要參考書目解題〉（《老舍小說新論》附錄）等。

## 題解補充

### 一、《駱駝祥子》評析

《駱駝祥子》是老舍成為職業作家後的首部作品。故事取材於北京城洋車夫的生活。老舍自述《駱駝祥子》的寫作經過，見〈我怎樣寫《駱駝祥子》〉（一九三六，《老舍文學創作和語言》）。

《駱駝祥子》是老舍的代表作之一。在《駱駝祥子》中，他一改以往輕鬆活潑和幽默諷刺的作風，而是用簡樸直截的文字，把富有北京風情的題材寫得淋漓盡致。

夏志清著，劉紹銘等譯《中國現代小說史．老舍》評云：

《駱駝祥子》是一本深含個人情感的小說，在這裏老舍想具體寫出他對個人的努力的必然徒勞所感覺到的新信念。……而《駱駝祥子》儘管免不了有缺點，基本上仍不失為一本感人很深、結構嚴謹的真正寫實主義小說。書中鋒快直截的文字傳達了北京方言的地道韻味。其中主要人物都實實在在的使人難忘。小說的戲劇力量和敍述技巧都超過作者以前的作品；……

在〈幽默與寫實——老舍的小說〉中，馬森評云：

老舍的頂峰階段不可否認乃在《駱駝祥子》的創作。這部小說不但可視為老舍的代表作，同時也是中國新文學中一部出類拔萃的作品。……老舍擅長的幽默筆鋒也在這部作品中，大為收斂了。這並不是說《駱駝祥子》沒有了幽默，而是老舍第一次真正把幽默守住，只有在確實無礙的情形下才小心地釋放出來，所以在這部作品中幾乎已經沒有任何無謂的幽默與多餘的誇張。這也可以證明，當時的老舍在文字運用上，已經達到了成熟的階段。

關於《駱駝祥子》的評論資料還有：聖陶（編者按：即葉紹鈞）著〈老舍的〈北

平的洋車夫〉〉（一九三六，《老舍研究資料》「一、小說研究部分」）；許傑著〈論《駱駝祥子》〉（一九四八，《老舍研究資料》上）；〔匈牙利〕冒壽福著〈《駱駝祥子》中所運用的語言〉（一九八零年布達佩斯大學博士論文）；鄭富成著〈從心態的角度塑造藝術形象：重讀《駱駝祥子》〉（《河北師範大學學報》一九九一年第三期）；謝昭新著〈論《駱駝祥子》心理描寫藝術〉（《老舍小說藝術心理研究》附錄二）；張慧珠著〈祥子悲劇命運的典型性〉（《老舍創作論》第三輯）；王潤華著〈從康拉德的熱帶叢林到老舍的北平社會——論老舍小說人物「被環境鎖住不得不墮落的主題結構」〉、〈《駱駝祥子》中《黑暗的心》的結構〉（上述兩文見《老舍小說新論》）及楊昌年著〈新文學名家名作析評（八）——濡沫與自棄：老舍的《駱駝祥子》〉（《國文天地》一九九七年第十三卷五期）等。

## 二、本篇評析

對於本篇的主旨，意見紛紜。有人認為它是寫洋車夫與窮苦大眾生活的艱苦；有人認為是寫虎妞對祥子的控制；有人以為是對祥子悲劇命運的寄慨。有關評論資料見：李效廣著〈談〈在烈日和暴雨下〉的寫景〉（《語文》一九六零年第四期）；

李軍著〈舊社會勞動人民悲慘生活的真實寫照——讀老舍的〈在烈日和暴雨下〉（《語文教學》一九七八年第六期）；孫鈞政著〈用圖像感訴的作家‧紫禁城裏的狂風暴雨〉（《老舍的藝術世界》）；王行之著〈《駱駝祥子》中的時間問題〉（轉引自舒乙著〈國際老舍學術討論會散記〉，《香港文學》一九九三年第九十八期）及王潤華著〈《駱駝祥子》中的性疑惑試探〉（《老舍小說新論》）等。

## 註釋補充

④ 高個子：高個子是第十六節中出現的中年洋車夫。他對故事主人翁祥子表示，成家立室後便甚麼都完了，連拉車也會額外辛苦。他的話使祥子對與虎妞結婚一事產生疑慮。詳見《駱駝祥子》十六節。

⑤ 小馬兒祖父：小馬兒祖父在小說中出現了兩次，每一次的動作和說話，都使祥子的人生觀有所改變。詳見《駱駝祥子》第十、十一節及第二十三節。而闡釋小馬兒祖父在小說中作用的資料有夏志清著，蔣信正譯〈老舍〉（見《中國現代小說史》第七章）：

在這本小說裏，發言人是一個老車夫，他兩次在祥子的生活裏出現，每次都使祥子做了一種決定，減少了他的自尊和自信。第一次祥子看到老頭子帶着孫子蹌踉地走進一家茶館，祥子扶着他坐下，二人攀談起來，祥子發覺這個骷髏似的、一貧如洗的人，以前是個獨立的車夫，自己有車子。於是祥子怕起來了：自己有車，就能逃得了窮命嗎？和虎妞結婚又有甚麼大不了的壞處？

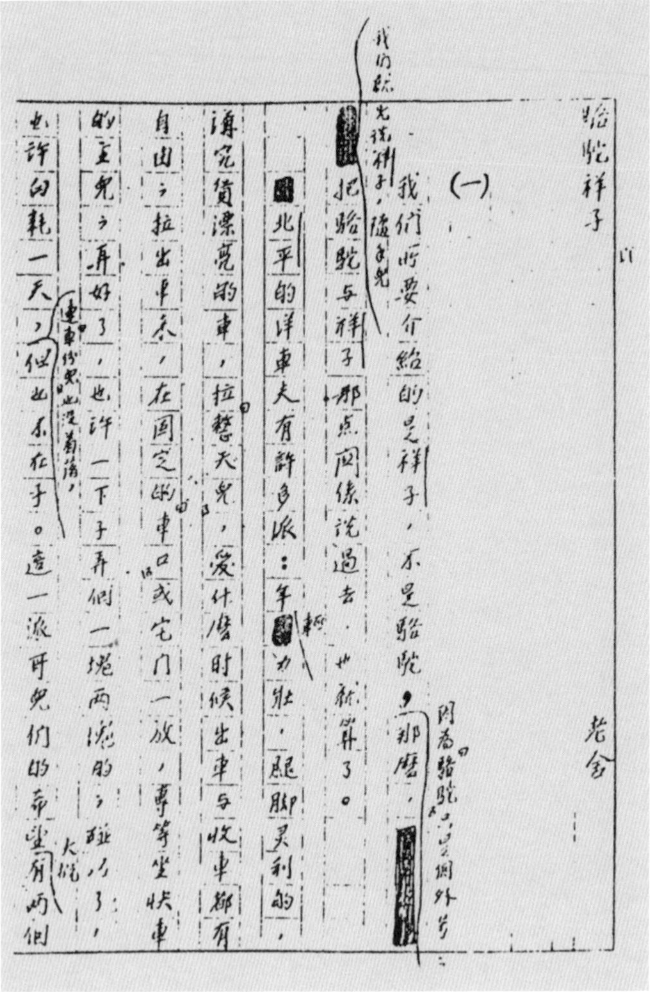
駱駝祥子　老舍

（一）

我們所要介紹的是祥子，不是駱駝，那麼，[redacted]因為駱駝只是個外號
我們就先說祥子，隨手兒
[redacted]把駱駝與祥子那點關係說過去，也就算了。
[redacted]北平的洋車夫有許多派：年[redacted]力壯，腿腳靈利的，
講究賃漂亮的車，拉整天兒，愛什麼時候出車與收車都有
自由；拉出車來，在固定的車口或宅門一放，專等坐快車
的主兒；弄好了，也許一下子弄個一塊兩塊的；碰巧了，連車份兒也沒著落，
也許白耗一天，但也不在乎。這一派哥兒們的希望大概有兩個

《駱駝祥子》手稿。（見老舍著，舒濟、舒乙編《老舍小說全集》第四卷）

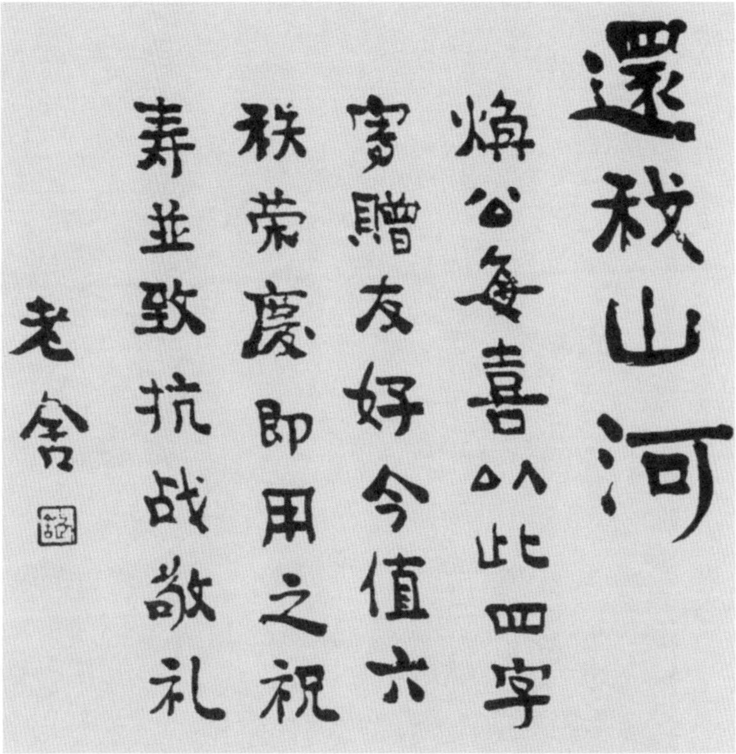
還我山河
煥公每喜以此四字
寄贈友好今值六
秩榮慶即用之祝
壽並致抗战敬礼
老舍

老舍書法。（見四川美術出版社編《民國時期書法》）

老舍在青島居住的房舍，他在此寫成《駱駝祥子》。（見張桂興編《老舍年譜》）

# 參考書目

## 一、老舍著述


1 老舍著《老張的哲學》。上海：商務印書館。一九二八。
2 老舍著《趙子曰》。上海：商務印書館。一九二八。
3 老舍著《二馬》。上海：商務印書館。一九三一。
4 老舍著《貓城記》。上海：現代書局。一九三三。
5 老舍著《離婚》。上海：良友圖書印刷公司。一九三三。
6 老舍著《小坡的生日》。上海：生活書店。一九三四。
7 老舍著《趕集》。上海：良友圖書印刷公司。一九三四。
8 老舍著《櫻海集》。上海：人間書屋。一九三五。
9 老舍著《牛天賜傳》。上海：人間書屋。一九三六。
10 老舍著《老牛破車》。上海：人間書局。一九三七。
11 老舍著《火車集》。上海：雜志公司。一九三九。
12 老舍著《文博士》。香港：作者書社。一九四零。
13 老舍著《駱駝祥子》。上海：文化生活出版社。一九四一。
14 老舍著《面子問題》。重慶：正中書局。一九四一。
15 老舍著《劍北篇》。重慶：文藝獎助金管委會。一九四二。
16 老舍著《四世同堂》。第一部《惶惑》。上海：良友復興圖書印刷公司。一九四六。第二部《偷生》(上、下冊)。上海：晨光出版公司。一九七五。第三部《饑荒》。香港：文化生活出版社。一九七五。
17 老舍著《老舍選集》。北京：開明書店。一九五一。
18 老舍著《龍鬚溝》。北京：大眾書店。一九五一。
19 老舍著《茶館》。北京：中國戲劇出版社。一九五八。
20 老舍著《正紅旗下》(未完長篇)。北京：人民文學出版社。一九八零。
21 老舍著，胡絜青編《老舍生活與創作自述》。香港：三聯書店。一九八零。
22 老舍著《老舍文學創作和語言》。香港：文教出版社。一九八一。
23 老舍著《老舍文集》。北京：人民文學出版社。一九八二。
24 老舍著《老舍序跋集》。廣州：花城出版社。一九八四。
25 老舍著，舒濟、舒乙編《老舍小説全集》。武漢：長江文藝出版社。一九九三。

## 二、他人著述

1 黃東濤著《老舍小識》。香港：世界出版社。一九八零。
2 孟廣來、史若平等編《老舍研究論文集》。濟南：山東人民出版社。一九八三。
3 吳懷斌、曾廣燦編《老舍研究資料》。北京：北京十月文藝出版社。一九八五。
4 郝長海、吳懷斌編《老舍年譜》。合肥：黃山書社。一九八八。
5 郎雲、蘇雷著《老舍傳：寫家春秋》。太原：北岳文藝出版社。一九八八。
6 四川美術出版社編《民國時期書法》。成都：四川美術出版社。一九八八。

7 高樹森編選《老舍專集》。香港：神州圖書公司。一九八八。
8 朱金順著《新文學考據舉隅》。北京：中國文史出版社。一九九零。
9 夏志清著，劉紹銘等編譯《中國現代小說史》。台北：傳記文學雜誌社。一九九零。
10 孫鈞政著《老舍的藝術世界》。北京：北京十月文藝出版社。一九九二。
11 洪忠煌、克瑩編著《老舍話劇的藝術世界》。北京：學苑出版社。一九九三。
12 王惠雲等著《老舍論稿》。徐州：中國礦業大學出版社。一九九三。
13 謝昭新著《老舍小說藝術心理研究》。北京：北京十月文藝出版社。一九九四。
14 張慧珠著《老舍創作論》。上海：三聯書店。一九九四。
15 王潤華著《老舍小說新論》。台北：東大圖書股份有限公司。一九九五。
16 王建華著《老舍的語言藝術》。北京：北京語言文化大學出版社。一九九六。
17 蘇雪林著《蘇雪林文集》。合肥：安徽文藝出版社。一九九六。
18 馬森著《燦爛的星空：現當代小說的主潮》。台北：聯合文學出版社。一九九七。
19 張桂興編《老舍年譜》。上海：上海文藝出版社。一九九七。
20 關紀新著《老舍評傳》。重慶：重慶出版社。一九九八。

# 燈下讀書論

周作人

## 正文補充

周作人在〈燈下讀書論〉一篇中，引用了過往所作的三篇文章：〈教訓之無用〉（一九二四）、〈閉戶讀書論〉（一九二八）及〈偉大的捕風〉（一九二九），摘錄於後，供讀者參考。

對於聖賢教訓之無用無力，周作人在〈教訓之無用〉（見《雨天的書》）有如下相似的說法：

至於期望他們教訓的實現，有如枕邊摸索好夢，不免近於癡人，難怪要被罵了。

對於以史為鑒，周作人在〈閉戶讀書論〉（見《永日集》）作相似的言論：

正如獐頭鼠目再生于十世之後一樣，歷史的人物亦常重現于當世的舞台，恍如奪舍重來，慴人心目，此可怖的悅樂為不知歷史者所不能得者也。……宜趁現在不甚適宜於說話做事的時候，關起門來努力讀書，翻開故紙，與活人對照，死書就變成活書，可以得道，可以養生，豈不懿歟？……

對於追求知識是苦澀與虛空一事，周作人在〈偉大的捕風〉（見《看雲集》）作下面的描寫：

對於虛空的唯一的辦法其實還只有虛空之追跡，而對於狂妄與愚昧之察明乃是這虛無的世間第一有趣味的事……

綜上所述，足見周作人上世紀二十年代的作品，與上世紀四十年代寫成的〈燈下讀書論〉，對知識的看法是一貫的。

# 作者補充

## 一、周作人自述生平

周作人自述生平的資料頗多，有〈我的雜學〉（一九四四，《苦口甘口》）。編者按：文章敍述作者的思想與學術背景。可見周作人深受中國古代的類書與筆記的影響）；〈留學的回憶〉（一九四四，《藥堂雜文》）；〈知堂年譜大要〉（一九六四，張菊香、張鐵榮編《周作人研究資料》）；《知堂回想錄》及《周作人日記》等。

周作人的作品，表現出平淡和含蓄的風格。他自述創作經驗的資料有：〈自己的園地〉（一九二二，《自己的園地》）；〈雨天的書．自序二〉（一九二一，《雨天的書》。編者按：在文中作者認為寫作亦崇尚平淡自然，評論者亦以此為周氏作品的主要特色）；〈兩個鬼〉（一九二六，《談虎集》下。編者按：作者說自己的魂魄內有「紳士」及「叛徒」兩個鬼）；〈閉戶讀書論〉（一九二八，《永日集》）；〈自己的文章〉（一九三六，《瓜豆集》）；〈藥味集．序〉（一九四二，《藥味集》）及〈兩個鬼的文章〉（一九四五，《過去的工作》）等。

周作人在上世紀三四十年代向以引用大段古典文字為其寫作特色，這類文體得到的評價好壞不一，但他卻不以為是躲懶省事。他在《苦竹雜記．後記》（一九三五）有這樣的辯解：

不問古今中外，我只喜歡兼具健全的物理與深厚的人情之思想，混和散文的樸實與駢文的華美之文章，理想固難達到，少少具體者也就不肯輕易放過。……故不佞抄書並不比自己作文為不苦，然其甘苦則又非他人所能知耳。

其他的自述資料有：〈玄同紀念〉（一九三九，《藥味集》）及〈致鮑耀明信〉（黃開發編《知堂書信》一九六五年四月廿一日）等。

周作人在新文學發展初期，發表了不少理論，推動新文學的發展，成為研究新文學的重要資料。有關文章有：〈人的文學〉（一九一八，《藝術與生活》）。編者按：作者認為文學須以人道主義為本，對人生問題須加以紀錄研究。本文的論點成為新文學運動早期重要思想之一）；〈平民文學〉（一九一八，《藝術與生活》）；〈新文學的要求〉（一九一八，黃志清編《周作人論文集》）；〈思想革命〉（一九一九，《談虎集》上）；〈美文〉（一九二一，《談虎集》上）；〈導言〉（趙家璧主編，周作人編選《中國新文學大系・散文一集》）及〈中國文學上的兩種思想〉（一九四三，《藥堂雜文》）等。

周作人在上世紀二十年代多次發表批評中國文化、社會及民族性的文章，頗為讀者所重視。如：〈祖先崇拜〉（一九一九，《談虎集》上）；〈新希臘與中國〉（一九二二，《談虎集》下）；〈與友人論國民文學書〉（一九二五，《雨天的書》）；〈半春〉（一九二六，《談虎集》下）；〈詛咒〉（一九二七，《談虎集》上）及〈中國的思想問題〉（一九四二，《藥堂雜文》）等。

## 二、他人撰述周作人生平

他人撰述周作人生平的資料有：張菊香、張鐵榮編〈周作人著譯繫年〉、〈著譯書目〉、〈周作人年譜〉（以上三種見《周作人研究資料》）；錢理羣著《周作人傳》；張鐵錚著〈周作人晚年遺事〉（《大成》一九九零年第二零一期）；舒蕪著《周作人的是非功過》及雷啟立著《苦境故事：周作人傳》等。

## 三、周作人評介

在上世紀二十年代初期，周作人已憑其閒適雋永、平淡深刻的散文享譽文壇。尤以小品文得到最高評價，引來眾多模仿者。

胡適在《五十年來中國之文學》中云：

這幾年來，散文方面最可注意的發展乃是周作人等提倡的「小品散文」。這一類的小品，用平淡的談話，包藏着深刻的意味；有時很像笨拙，其實卻是滑稽。這一類的作品的成功，就可徹底打破那「美文不能用白話」的迷信了。

至於他在上世紀三十年代以後寫的散文，卻被批評為空洞、貧乏及抄襲的作品。佘樹森在〈周作人的閒談體〉中云（見《中國現當代散文研究》下編）：

這一時期在其散文創作裏，「讀書錄」式的散文佔着很大比重；「藝術的閒談」式的散文，不僅數量很少，而且其意味亦不似先前那樣深刻雋永了。

所以我認為：作為散文家的周作人，其藝術的生命和靈魂，只屬於二十年代在老北京城的「苦雨齋」。

直至上世紀八十年代中期，才有人提出要對周作人上世紀三十年代以後的散文重作評論。甚至認為這時期所作的散文比他早期的作品還要好。

舒蕪在〈周作人散文的審美世界〉中云（一九八七，見周作人著，張梁編《周作人》）：

周作人的小品文的真正大成就，還是在他的後期，甚至包括了他附敵以後的部分作品，這是今天應該冷靜地承認的。

其他有關的參考資料如：朱光潛著〈雨天的書〉（一九二六，《朱光潛全集》第八卷）；蘇雪林著〈周作人先生研究〉（一九三四，《蘇雪林文集》第三卷。編者按：文中蘇雪林主要評論周作人散文的思想）；陶明志編《周作人論》（編者按：內輯一九三四年及以前評論文章）；郁達夫著〈導言〉關於周作人散文部分（趙家璧主編，郁達夫編選《中國新文學大系．散文二集》）；阿英著〈周作人小品序〉（一九三六，《現代十六家小品》）；胡蘭成著〈談談周作人〉（《人間》一九四三年第一卷四期）；李景彬著《周作人評析》；經芳著〈試論周作人早期小品散文藝術風格及形成原因〉(《佳木斯教育學院學報》一九九二年第一期);韋俊識及何休著〈「叛徒」與「隱士」二重人格的生動顯現:周作人早期散文概況〉(《浙江師範大學學報》一九九二年第三期);劉緒源著《解讀周作人》;張鐵榮著〈周作人一九四九年以後的散文論〉(《周作人平議》);錢理羣著〈別一種文學——周作人散文論〉(《精神的煉獄——中國現代文學從「五四」到抗戰的歷程》六);鄭穎著〈從「浮躁凌厲」到「平和沖淡」——論周作人前後期小品文特質的轉變〉(《中國現代文學理論》一九九七年第八期)及楊昌年著〈新文藝名家名作析評(二)——冷與澀味:周作人散文〉(《國文天地》一九九七年第十二卷九期)等。

新文學發展初期,周作人所提出的改革文學內容及形式的意見,產生很大影響,尤以〈人的文學〉一篇為然。有關評論資料有:朱德發著〈試評五四時期周作人的文學主張〉(《文學評論叢刊》一九八二年第八輯);徐虹著〈〈人的文學〉及其他——周作人對「文學革命」的貢獻〉(《克山師專學報》一九八四年第三期);李景彬著〈新文學運動的先驅〉、〈文學革命中的主張和評論〉(上述兩項見《周作人評析》);錢理羣著〈周作人與五四文學語言的變革〉、〈周作人對現代小說、散文理論的歷史貢獻〉(上述兩項見《周作人論》第二編〈開拓者的足跡〉)及王志明著〈評五四文學革命運動中周作人「人的文學」思想〉（《蘭州教育學院學報》一九九二年第二期）等。

周作人在中學求學時期，已開始翻譯外國文學佳作，其中以日本及希臘文學譯本最受歡迎。評論資料有：胡適著《五十年來中國之文學》關於翻譯部分；鄭健行著〈周作人前期的希臘文學介紹工作及其貢獻〉（《中外文學》一九八九年第十八卷四期）；錢理羣著〈周作人的翻譯理論與實踐〉（《周作人論》第二編〈開拓者的足跡〉）；張鐵榮著〈關於周作人的貢獻與評價問題〉（《周作人平議》）及王錦厚著〈「五四」新文學與希臘文學．揭開譯介希臘文學的新篇章〉（《五四新文學與外國文學》三）等。

周作人及其兄魯迅對新文學運動的發展及文學創作分別作出可觀的貢獻，論者常把二人的文學成就作比較，評論資料有：次豐著〈魯迅、周作人之文藝的時代價值〉一、二（《民言日報》一九三零年五月十五日、二十二日）；李景彬著〈論魯迅與周作人所走的不同道路〉（《文學評論》一九八一年第五期）；錢理羣著〈「周作人道路」及其意義〉第一、二及三部分（《周作人論》第一編。編者按：三部分分別比較魯迅與周作人的思想發展、文學觀及人生哲學）；袁良駿著〈魯迅與周作人雜文比較論〉（《北京社會科學》一九九三年第四期。編者按：周作人雖以寫閒適小品為主，但早期寫了不少評論性雜文。至於魯迅，更是以雜文著名）及孫郁著《魯迅與周作人》等。

專門研究周作人的參考資料有〈研究資料目錄索引〉（《周作人研究資料》。編者按：包括專著目錄及非專著目錄，以及在期刊、報刊上所見關於周作人的論文資料）及《周作人著作及研究資料》等。

題解補充

**《苦口甘口》評析**

《苦口甘口》出版於一九四四年，內容包括小品文及論文。其中〈我的雜學〉一篇，約二萬餘字，從中可了解周作人的學術淵源，是研究周作人的重要資料。有關《苦口甘口》的評析資料不多，可參考司馬斌著〈評《苦口甘口》〉（《雜志》一九四五年新年號第十四卷四期）。

# 圖文補充

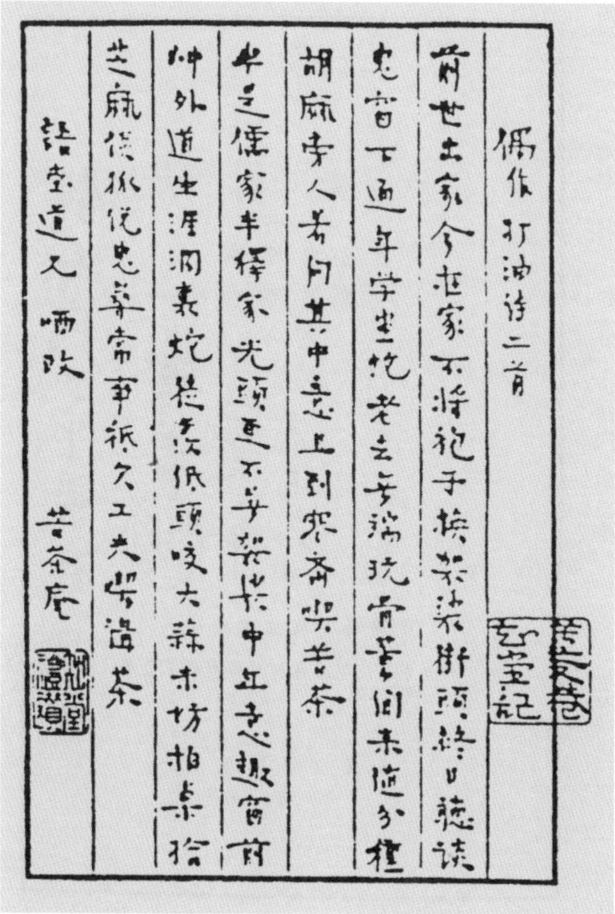
偶作打油詩二首

前世出家今在家，不將袍子換袈裟。街頭終日聽談鬼，窗下通年學畫蛇。老去無端玩骨董，閑來隨分種胡麻。旁人若問其中意，且到寒齋吃苦茶。

半是儒家半釋家，光頭更不著袈裟。中年意趣窗前草，外道生涯洞裏蛇。徒羨低頭咬大蒜，未妨拍桌拾芝麻。談狐說鬼尋常事，只欠工夫吃講茶。

語堂道兄哂政

苦茶庵

周作人手跡。（見周作人著《周作人代表作》）

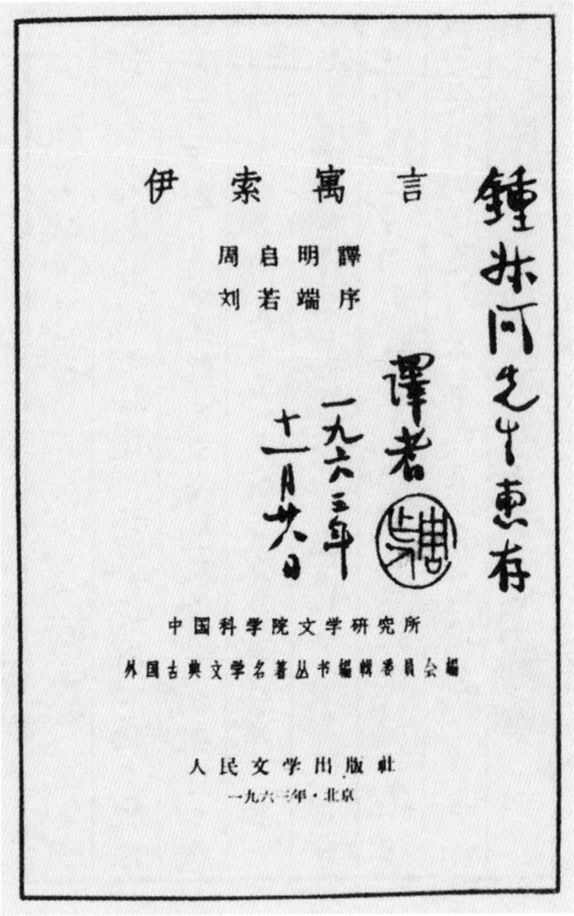
鍾叔河先生惠存
譯者
一九六三年十一月廿六日

伊索寓言

周启明譯
刘若端序

中国科学院文学研究所
外国古典文学名著丛书编辑委员会编

人民文学出版社
一九六三年·北京

周作人晚年主要從事翻譯工作，其中以翻譯希臘文學作品為多，這是其中一部。（見周作人著，鍾叔河選編《周作人文選》）

# 參考書目

## 一、周作人著述

1 愛倫·坡（Edgar Allan Poe）著，周作人譯《玉蟲緣》（*The Gold Bug*）。出版地不詳：小說林。一九零四。

2 原作者不詳，周作人譯《俠女奴》（*Arabian Nights*）。蘇州：女子世界社。一九零四。

3 哈葛德（Henry Rider Haggard）、安朱梁著，周作人譯《紅星佚史》。上海：商務印書館。一九零七。

4 周作人、魯迅譯《域外小說集》。東京：出版社不詳。一九零九。

5 周作人著《自己的園地》。上海：北新書局。一九二三。

6 周作人著《過去的生命》。上海：北新書局。一九二四。

7 周作人譯《陀螺》（希臘譯詩集）。北京：新潮社。一九二五。

8 周作人著《雨天的書》。上海：北新書局。一九二五。

9 路吉亞諾斯（Lucian）著，周作人譯《冥土旅行》。上海：北新書局。一九二七。

10 周作人著《談龍集》。上海：開明書店。一九二七。

11 周作人著《永日集》。上海：北新書局。一九二九。

12 國木田獨步等著，周作人譯《現代日本小說集》。上海：商務印書館。一九三零。

13 海羅達思（Herodas）、諦阿克列多思（Theokritos）著，周作人譯《希臘擬曲》。上海：商務印書館。一九三二。

14 周作人著《看雲集》。上海：開明書局。一九三二。
15 周作人著《夜讀抄》。上海：北新書局。一九三四。
16 周作人著《苦茶隨筆》。上海：北新書局。九三五。
17 周作人著《風雨談》。上海：北新書局。一九三六。
18 周作人著《苦竹雜記》。上海：良友圖書印刷公司。一九三六。
19 周作人著《藝術與生活》。上海：中華書局。一九四零。
20 周作人著《藥堂語錄》。天津：庸報館。一九四一。
21 周作人著《秉燭後談》。北京：新民印書館。一九四四。
22 周作人著《苦口甘口》。上海：太平書局。一九四四。
23 周作人著《藥堂雜文》。北京：新民印書館。一九四四。
24 周作人譯《希臘女詩人薩波》。上海：上海出版公司。一九五一。
25 周作人著《魯迅的故家》。上海：上海出版公司。一九五三。
26 周作人著《魯迅小說裏的人物》。上海：上海出版公司。一九五四。
27 周作人譯《希臘的悲劇與喜劇》。上海：文化生活出版社。一九五四。
28 周作人著《過去的工作》。香港：新地出版社。一九五九。
29 周作人著《知堂乙酉文編》。香港：三育圖書文具公司。一九六零。
30 周作人著《談虎集》(上、下)。香港：實用書局。一九六七。
31 周作人著《瓜豆集》。香港：實用書局。一九六九。

32 周作人著《知堂回想錄》。香港：三育圖書文具公司。一九七一。
33 周作人著《藥味集》。香港：實用書局。一九七三。
34 周作人著《兒童雜事詩》。香港：崇文書店。一九七三。
35 周作人著，黃開發編《知堂書信》。北京：華夏出版社。一九九四。
36 周作人著，張梁編《周作人》。香港：三聯書店；北京：人民文學出版社。一九九四。
37 周作人著，鍾叔河選編《周作人文選》。廣州：廣州出版社。一九九五。
38 周作人著《周作人日記》。鄭州：大眾出版社。一九九六。
39 周作人著，中國現代文學館編，陳為民編選《周作人代表作》。北京：華夏出版社。一九九七。
40 周作人著《自己的園地》。北京：人民文學出版社。一九九八。
41 周作人著，楊揚編《周作人批評文集》。廣州：珠海出版社。一九九八。

## 二、他人著述

1 胡適著《五十年來中國之文學》。上海：申報館。一九二五。
2 趙家璧主編，周作人編選《中國新文學大系·散文一集》。上海：良友圖書印刷公司。一九三五。
3 趙家璧主編，郁達夫編選《中國新文學大系·散文二集》。上海：良友圖書印刷公司。一九三五。
4 編著者不詳《周作人著作及研究資料》。香港：實用書局。一九七七。

5 李景彬著《周作人評析》。西安：陝西人民出版社。一九八六。
6 張菊香、張鐵榮編《周作人研究資料》。天津：天津人民出版社。一九八六。
7 朱光潛著，朱光潛全集編輯委員會編《朱光潛全集》。合肥：安徽教育出版社。一九八七。
8 陶明志編《周作人論》。上海：上海書店。一九八七。（據一九三四年上海北新書局版重印）
9 錢理羣著《周作人傳》。北京：北京十月文藝出版社。一九九零。
10 阿英編校《現代十六家小品》。天津：天津市古籍書店。一九九零。
11 錢理羣著《周作人論》。上海：上海人民出版社。一九九一。
12 佘樹森著《中國現當代散文研究》。北京：北京大學出版社。一九九三。
13 舒蕪著《周作人的是非功過》。北京：人民文學出版社。一九九三。
14 劉緒源著《解讀周作人》。上海：上海文藝出版社。一九九四。
15 雷啟立著《苦境故事：周作人傳》。上海：上海文藝出版社。一九九六。
16 蘇雪林著《蘇雪林文集》。合肥：安徽文藝出版社。一九九六。
17 張鐵榮著《周作人平議》。天津：天津人民出版社。一九九六。
18 錢理羣著《精神的煉獄——中國現代文學從「五四」到抗戰的歷程》。南寧：廣西教育出版社。一九九六。
19 王錦厚著《五四新文學與外國文學》。成都：四川大學出版社。一九九六。
20 孫郁著《魯迅與周作人》。石家莊：河北人民出版社。一九九七。

# 詩一首

胡漢民

## 作者補充

### 一、胡漢民自述生平

胡漢民自述生平的資料，見於《胡漢民自傳》及《胡漢民先生文集》中。

胡漢民熱衷於舊體詩歌的寫作，少有評論詩詞的文字。他對文學創作的主張只偶然出現於他的政治演説中，如：《胡漢民先生演講集》、《胡先生（漢民）紀念專刊》及《胡漢民先生文集》等。

### 二、他人撰述胡漢民生平

研究胡漢民生平及思想的著作有：鄒魯編《中國國民黨史稿．胡漢民傳》；姚漁湘著《胡漢民先生傳》；劉紹唐主編《民國人物小傳．胡漢民》；墨人著《詩人革命家：胡漢民傳》；蔣永敬編著《民國胡展堂先生漢民年譜》；須力求著《胡漢民評傳》及周聿峨著，嶺南文庫編輯委員會、廣東中華民族文化促進會合編的《胡漢民》等。

## 三、胡漢民評介

胡漢民是共和時代的黨國要人，熟諳舊體詩詞，在近代詩壇應佔一席位。胡詩雖能脱胎自唐宋名家，但仍深受韓愈和王安石的影響。其詩歌風格，被認為是晚清以來宋詩派及同光體的延續。胡氏有才思，最喜次韻疊韻，陳聲聰《荷堂詩話·不匱室》云：

國民黨人中，胡展堂（漢民）與譚組安（延闓）為舊式詩人，舊學根柢深厚。展堂《不匱室詩鈔》用力在昌黎、荊公之間，散原老人（按：陳三立）謂其探微如諜，追契冥漠。……展堂詩極好疊韻，有《至》字古體五言，疊至二十幾篇者。

錢仲聯以一八八零年（清德宗光緒六年）至一九八零年為時限，選推近代詩人有〈近百年詩壇點將錄〉，以胡漢民為「地異星白面郎君鄭天壽」，論曰（見《夢苕盦論集》）：

國民黨文人高官能詩者，世稱胡漢民。與程潛一文一武，對張詩幟。程宗八代，胡尚荊公，流派亦不同。陳衍《石遺室詩話續編》，論胡詩綦詳，褒揚過情。余則以為胡詩時不免以文為詩之病耳。

也有論者以為胡漢民作詩特遑力學，而非肆才情，因此其詩以理勝於辭。

其他相關的資料如：陳衍著〈不匱室詩鈔序〉（《胡漢民先生詩集》）；《石遺室詩話續編》；李猷著〈胡展堂先生之不匱室詩〉（《近代詩推介》）及王晉光著〈胡漢民和陳寶琛模仿王安石詩之得失〉（中國古典文學研究會編《二十世紀中國文學》）等。

# 圖文補充

一九二七年胡漢民（右）與蔣介石攝於上海。（見胡漢民著《胡漢民先生文集》）

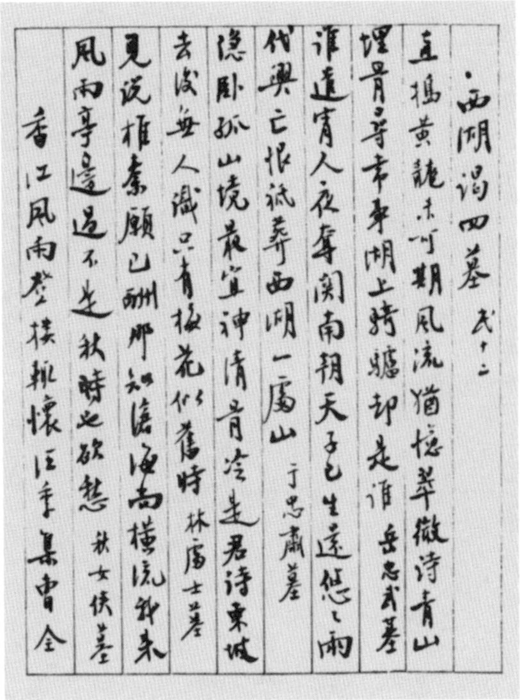

西湖謁四墓 戊十二

直搗黃龍未可期風流猶想舉徽詩青山埋骨尋常事湖上精靈卻是誰 岳忠武墓

誰遣宵人夜奪關南朝天子已生還悠悠兩代興亡恨祇葬西湖一座山 于忠肅墓

隱卧孤山境最宜神清骨冷是君詩東坡去後無人識只有梅花似舊時 林處士墓

見說椎秦願已酬那知滄海尚横流秋來風雨亭邊過不是秋時也欲愁 秋女俠墓

香江風雨樓懷汪手集曹全

胡漢民〈西湖十二年〉四首手跡。（見胡漢民著《胡漢民先生墨蹟》）

# 參考書目

## 一、胡漢民著述

1 胡漢民著《胡漢民先生演講集》。上海：民智書局。一九二七。
2 胡漢民著《胡漢民先生最近之政見續編》。香港：出版者不詳。一九三二。
3 胡漢民著《不匱室詩鈔》。南京：國葬典禮委員會。一九三六。
4 胡漢民著，吳曼君選《胡漢民選集》。台北：帕米爾書店。一九五九。
5 胡漢民著《胡漢民自傳》。台北：傳記文學出版社。一九六九。
6 萌漢民著《胡先生（漢民）紀念專刊》。台北：文海出版社。一九七三。
7 胡漢民著《胡漢民先生文集》。台北：中國國民黨中央委員會黨史委員會輯錄。一九七八。（據一九三二年上海民智書局《革命理論與革命工作》七輯原版影印）
8 胡漢民著《胡漢民先生墨蹟》。台北：中國國民黨中央委員會黨史委員會。一九七八。

## 二、他人著述

1 鄒魯編《中國國民黨史稿》。上海：商務印書館。一九二七。
2 姚漁湘著《胡漢民先生傳》。台北：中央文物供應社。一九五四。
3 李猷著《近代詩推介》。台北：商務印書館。一九七三。
4 劉紹唐主編《民國人物小傳》。台北：傳記文學雜誌社。一九七五。
5 墨人著《詩人革命家：胡漢民傳》。台北：近代中國出版社。一九七八。

6 蔣永敬編著《民國胡展堂先生漢民年譜》。台北：商務印書館。一九八一。

7 須力求著《胡漢民評傳》。鄭州：河南教育出版社。一九九零。

8 中國古典文學研究會編《二十世紀中國文學》。台北：台灣學生書局。一九九二。

9 錢仲聯著《夢苕盦論集》。北京：中華書局。一九九三。

10 周聿峨著，嶺南文庫編輯委員會、廣東中華民族文化促進會合編《胡漢民》。廣州：廣東人民出版社。一九九四。

11 陳聲聰著《荷堂詩話》。福州：福建美術出版社。一九九六。

12 陳衍著《石遺室詩話續編》。瀋陽：遼寧教育出版社。一九九八。

# 詞一首

汪精衛

## 正文補充

汪精衛〈朝中措〉小序說：「重九日登北極閣，讀元遺山詞，至『故國江山如畫，醉來忘卻興亡』，悲不絕于心，亦作一首。」可見汪氏此次填詞，是想起金朝詩人元好問（一一九零——一二五七）的舊作而寫的。現錄元好問〈朝中措永寧時作〉第四首，以供讀者參考（見賀新輝輯注《元好問詩詞集》）：

時晴天意枉論量，樂事苦相忘。白酒家家新釀，黃花日日重陽。

城高望遠，煙濃草澹，一片秋光。故國江山如畫，醉來忘卻興亡。

## 作者補充

### 一、汪精衛自述生平

汪精衛自述生平的資料，可參考《汪精衛先生最近言論集》及《汪精衛文存》等。

汪精衛的文學理論著作並不多見，其文學著述只見於〈趙執信集序〉（《汪精衛文存》）、〈南社叢選序〉（《汪精衞文存》）及〈小休集序〉（《雙照樓詩詞稿》）等。

## 二、他人撰述汪精衞生平

研究汪精衞生平的著作，多數與汪氏政治活動有關，如：蔡德金、李惠賢編《汪精衞偽國民政府紀事》；蔡德金著《汪精衞評傳》；王美真編著《汪精衞傳》；李理、夏潮著《汪精衞評傳》；聞少華著《汪精衞傳》；雷鳴著《汪精衞先生傳》；王關興著《汪精衞傳》及萬仁元、王曉華、中國歷史檔案館編《汪精衞與汪偽政府》等。

## 三、汪精衞評介

汪精衞早年致力國民革命，曾因圖謀暗殺攝政王載灃失敗而下獄，烈行可敬。可惜其後貪戀權位，不惜事日，身死名辱，青史無情，批判難免。邵迎武《南社人物吟評．汪精衞》以二十八字詠其一生行誼：「大奸附逆天難應，椎敵當年效聶荊；筆削尼山歷歷在，由來袞鉞最無情！」類似的評論不少，可以視為對汪氏的蓋棺定論。

汪精衞才氣洋溢，早年如〈庚戌獄中雜詩〉和〈辛亥獄中雜詩〉等作，慷慨激昂，充滿家國情懷與革命理想。早在一九二九年編竣的《汪精衞詩存．前言》中，編者雪澄就對汪氏其人其詩推崇備至：「從文藝中我們更能認識這大革命家的真摯的性情，和偉大的人格。」雪澄之所以作出此等論調，固然因為當時無人預知「盡瘁國事」的汪精衞，另有十年後叛國的一面，也由於尊重「不以人廢言」的文學批評原則。編者認為汪詩有其文學價值。

關於汪精衞的網址有：

從刺客到被刺的汪精衞 http://www.hoplite.cn/templates/hpzczt0075.html

## 題解補充

### 〈朝中措〉評析

汪精衞〈朝中措〉收入其《雙照樓詩詞稿》的「三十年以後作」中，未註明寫作年月。汪詞的創作靈感來自金朝詩人元好問之舊作〈朝中措 永寧時作〉，可見兩詞在題材上有密切關係。元詞作於一二一六年，當時蒙古兵圍攻太原，元好問與家人南渡遷居至福昌縣三鄉鎮。是年十月蒙古兵破潼關，元氏避兵禍於女兒山三潭，兵退後才返回三鄉，可見元詞作於戰亂之時。而汪詞也是在國家面對內憂外患的情勢下的作品。

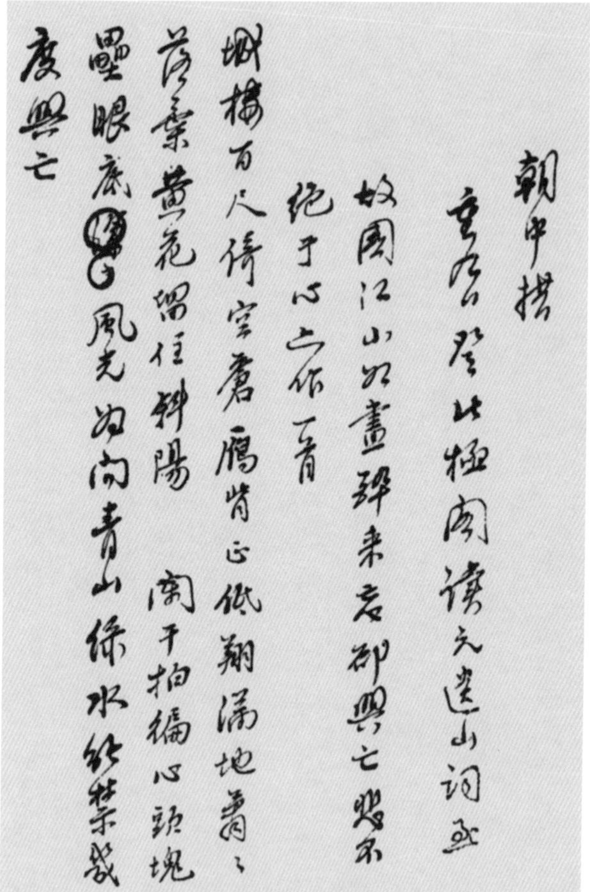
朝中措
重九登北極閣讀元遺山詞感
故國江山如畫醉來忘卻興亡悲不
絕于心亦作一首
城樓百尺倚空蒼雁背正低翔滿地蕭蕭
落葉黃花留住斜陽 闌干拍遍心頭塊
壘眼底風光為問青山綠水能禁幾
度興亡

汪精衛〈朝中措〉手跡。（見汪精衛著《雙照樓詩詞稿》）

# 參考書目

## 一、汪精衛著述

1 汪精衛著《汪精衛先生的文集》。上海：中山書店。一九二九。
2 汪精衛著《汪精衛先生最近言論集》。香港：南華日報社。一九三零。
3 汪精衛著《護黨救國集》。出版資料不詳。一九三一。
4 汪精衛著，時希聖編《汪精衛言行錄》。上海：廣益書局。一九三三。
5 汪精衛著《汪精衛文存》。上海：啟智書局。一九三五。
6 汪精衛著《組府還都言論集》。廣州：中國國民黨廣東省執行委員會。一九四零。
7 汪精衛著《雙照樓詩詞稿》。香港：永泰印務公司。一九五零。
8 汪精衛著，雪澄編《汪精衛詩存》。上海：匯文閣出版社。出版年份不詳。（據一九三一年上海光明書局本影印）

## 二、他人著述

1 蔡德金、李惠賢編《汪精衛偽國民政府紀事》。北京：中國社會科學出版社。一九八二。
2 元好問著，賀新輝輯注《元好問詩詞集》。北京：中國展望出版社。一九八六。
3 蔡德金著《汪精衛評傳》。成都：四川人民出版社。一九八七。
4 王美真編著《汪精衛傳》。台北：國際文化事業有限公司。一九八八。
5 李理、夏潮著《汪精衛評傳》。武漢：武漢出版社。一九八八。

6 聞少華著《汪精衞傳》。長春：吉林文史出版社。一九八八。
7 雷鳴著《汪精衞先生傳》。上海：上海書店。一九八九。
8 王關興著《汪精衞傳》。合肥：安徽人民出版社。一九九三。
9 萬仁元、王曉華、中國史檔案館編《汪精衞與汪偽政府》。香港：商務印書館。一九九四。
10 邵迎武著《南社人物吟評》。北京：社會科學文獻出版社。一九九四。

# 詞二首

劉景堂

作者補充

## 一、劉景堂自述生平

劉景堂自述生平的資料不多，只能從其詞集《滄海樓詞鈔》中得知。劉景堂一九一一年到香港，公餘學詞，曾說：「三十學詞，六十而後方得其旨要。」一九四九年，劉氏在黎季裴《玉紫樓詞鈔跋》中說：

余癸丑甲寅間，旅居香港，與六禾丈比鄰。丈導余為詞，析四聲、辨雅俗，春秋佳日，唱酬無間。忽忽三十餘年，雖無所成，然得稍窺詞之堂奥。

劉氏論詞，崇尚清新，不屑致意於句斟字酌。他在《滄海樓詞．自序》（一九二零）中，提出對作詞用韻的見解：

余詞與六禾唱和為多。六禾嚴於格律。凡一調必依某家某闋。五聲不紊。余苦其束縛。且力有未逮。然又病近代詞家之漫不叶律者。故一調之中。如古人平仄互用則寬。其限制至若孤調之無可假借。亦不敢稍有出入。此余之志也。

## 二、他人撰述劉景堂生平

他人撰述劉景堂生平的資料有：王韶生著《當代人物評述．當代詞人劉伯端》；胡從經編纂《歷史的跫音．歷代詩人詠香港．劉伯端》；黃坤堯著〈當代傳統詩詞〉（黃維樑編《中華文學的現在和未來——兩岸暨港澳文學交流研討會論文集》）及〈劉伯端詞事繫年〉（《人文中國學報》一九九六年第二期）等。

## 三、劉景堂評介

劉景堂是香港詞壇的翹楚。他的小令，委婉纏綿，法於歐陽修和晏幾道；他的慢詞，鋪敘貼切，近於蘇軾和姜夔。《全清詞鈔》編者葉恭綽在他所輯的《廣篋中詞》評劉景堂詞〈瑞龍吟〉為「深思、密藻」，〈水龍吟〉為「閎約、深美」，又評〈天仙子〉的風格「似小山」，可見劉氏的詞學造詣。

廖懺庵在〈影樹亭與滄海樓合印詞稿序〉（一九五一）中，對劉氏詞學曾深表折服（見《影樹亭詞集》）：

從葉遐菴所輯《廣篋中詞》中，讀伯端詞〈瑞龍吟〉云：「天涯慣見飛花」，又云：「明日滄洲路，分付與離魂，依絃低語」；〈水龍吟〉云：「寒雲碧水，洗繁華眼」；〈天仙子〉云：「歌一遍，歡娛短，不及雙棲梁上燕」等句，知其得力於小山、白石、梅溪者深……。伯端錄近作十餘首，並心影詞續稿見示，挑燈展卷，一讀一擊節，嘆為海綃翁後，粵詞家無第二人。

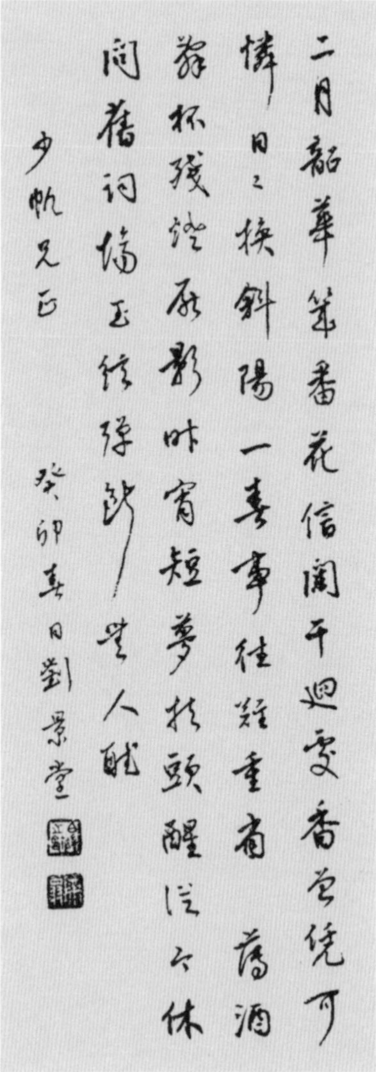


劉景堂手跡。（見學海書樓編輯組編《學海書樓七十五週年紀念集》）

# 參考書目

## 一、劉景堂著述

1 劉景堂著《滄海樓詞鈔》。香港：著者自刊本。一九六六。

## 二、他人著述

1 廖恩燾著《影樹亭詞集》。香港：華強印務公司。一九五一。
2 王韶生著《當代人物評述》。台北：文鏡文化事業有限公司。一九八五。
3 黃維樑編《中華文學的現在和未來——兩岸暨港澳文學交流研討會論文集》。香港：鑪峯學會。一九九四。
4 胡從經編纂《歷史的跫音》。香港：朝花出版社。一九九七。
5 沈辰垣等編《廣篋中詞》。杭州：浙江古籍出版社。一九九八。

# 詩詞四首

趙尊嶽

## 作者補充

### 一、趙尊嶽自述生平

趙尊嶽自述生平的資料散見於他的序跋詩文。趙氏認為詩歌當寫襟抱、娛性靈，要有真厚的情感。他的學詩生涯，早在私塾時已開始。其後轉益多師，未自限門戶。《高梧軒詩全集．高梧軒詩序》（一九五八）中述其學詩方法和心得：

（十二歲）遂復于青盧讀少陵、玉溪、昌谷、東坡、放翁、遺山諸大家，心領神會，薄有所得，所作亦自謂微有意境。既而奔走江海，出入關塞。名師勝侶，時時閧飲。前輩老成，亦輒有為説關鍵旨趣者。記游託意，賡唱績酬，境以日變，詩亦日多。

趙氏曾自撰年譜，據悉現存放在女兒趙文漪處，有待刊印傳世。

趙尊嶽師從晚清詞家況周頤（字夔笙，號蕙風），其論詞主張，多本於況氏的《蕙風詞話》及《餐櫻廡詞話》，可參証〈惜陰堂彙刻明詞記略〉及〈惜陰堂明詞叢書敍錄〉（上述兩文見《明詞彙刊》）。論協律一事，趙氏有以下意見（轉引自〈業師趙尊嶽教授來示，第二函〉一九六二年八月九日，《玉窗詞甲稿》附錄二）：

凡合于樂。協於唱者。即不必拘守平仄。蓋平仄為協唱之工具。而協唱為作詞之目的。能達目的。即不必問其工具。是以前人往往于同調中異其平仄。或作可平可仄耳……四大詞人捨樵風于白石旁譜及詞源略有研究外。均不了了。彊邨翁只知守律而已。等而下之。遂有導人專治文字。不求詞樂者。所以自掩其短。固無足深責也。

## 二、他人撰述趙尊嶽生平

趙尊嶽早年活躍於大陸文壇，詩詞皆為前輩所激賞。從一九五零年移家香港，到八年後往新加坡大學任教，趙氏後半生周遊於星港兩地。晚年因遭逢喪子之痛，抑鬱而終。其女兒趙文漪在《珍重閣詞集．跋》中說：「生平最慕東坡居士，居恆引以自況，惜昊天不憫，奪其二子，以致借酒澆愁，竟於一九六五初夏逝於酒疾，傷哉！」其弟子關志雄有〈壽樓春．哭趙師叔雍〉詞悼之（一九六五，見《玉窗詞外稿》附錄二）：

悲元珠沈江。歎雕蟲漫好。誰為予彰。灑淚難消秋恨。況思詞場。嚴去上。聱陰陽。是四家治詞當行。先生學於況夔笙。況與王半塘鄭大鶴朱彊村合稱清末四大詞人。奈一脈纔傳。老成遽毀。天意太殘傷。

埋身處。知何方。想聽風岸曲。聽雨椰岡。見説新魂依佛。舊情懷鄉。空悵望。迷歸航。算令名長留巫邦。念斜月回時。人間尚珍看屋梁。

其他關於趙尊嶽生平的資料有：趙文漪著〈高梧軒詩跋〉；章士釗著〈章孤桐先生前贈詩〉；曾克耑著〈高梧軒詩序〉（以上文章見《高梧軒詩全集》）；關志雄著《玉窗詞甲稿》、《玉窗詞乙稿》、《玉窗詞外稿》及《吐綺集》等集內的相關篇章。

## 三、趙尊嶽評介

趙尊嶽是民國以來眾多南來文人中詞學最有成就者。趙氏曾自言，其詞學得力於況周頤和王鵬運等晚清名家，深受《蕙風詞話》和《半塘定稿》中有關「重、拙、大」的詞論影響。他的詩學，也受清末「同光體」中各派理論的薰陶。陳聲聰《荷堂詩話．高梧軒》總評趙尊嶽云：

趙叔雍（尊嶽）風流儒雅，掉鞅文壇，如明星燦然，當時南陽路之惜陰齋與鄭氏之海藏樓，皆為海上名流常至之地。後叔雍投偽失敗，出居星加坡多年，遂為人所淡忘。最近其女文漪自加拿大陸續印行其父之《珍重閣詞》及《高梧軒詩全集》得具讀之。叔雍詞，致力最勤，稍分其作詩之力，詩五言亦高古奧曲，近體則學玉溪，穠麗中復時有清疏語，故佳。

其他資料有：曾克耑著〈高梧軒詩序〉；趙文漪著〈高梧軒詩跋〉（以上兩文見《高梧軒詩全集》）；關志雄著《玉窗詞甲稿》、《玉窗詞乙稿》、《玉窗詞外稿》及《吐綺集》等集內的相關篇章。

# 圖文補充

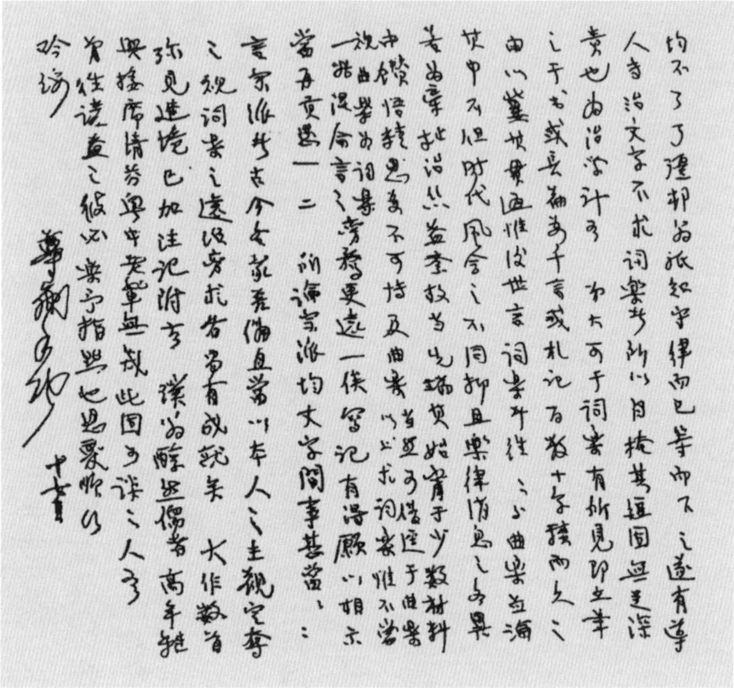
均不了了，蓮抑為祇知字律而已。學而不之，遂有薄
人者治文字不求詞樂者，所以自掩其短，固無足深
責也。為治學計，可亦大可于詞樂有所見，即立筆
之于書，或長篇至千言，或札記百數十字，積而久之
由以匯其貫通。惟從世言詞樂升降之與曲樂互滲
其中不但時代風會之不同，抑且樂律演進之各異
者為事此，治然益索救者，先端其始，實于少數材料
中鑽僭轉思，多不可恃。及曲樂首並可借證于曲樂，以上求詞樂雖不當
一視。詒曲樂為詞樂混合言之，勞務更遠。一俟寫記有得，願以請示
當再貢愚一二。所論宗派，均大有關事甚當。
言宗派者古今各家甚備，且當以本人之主觀定奪
之，視詞樂之遠，後有求者當有成說矣。大作數首
彌見進境，已加注記附奉。璞翁醉照儒者，高年雖
與接席，請參學中老輩無熟，此固可談之人，亦
宜往談。蓋之後必樂予指點也。思聚順行
吟綏
尊嶽上
十七日

趙尊嶽論詩手稿

# 參考書目

## 一、趙尊嶽著述

1 趙尊嶽、饒宗頤著《詞樂叢刊》。香港：中華書局。一九五八。
2 趙尊嶽著《高梧軒詩全集》(十三卷)。香港：自印本。一九六五。
3 趙尊嶽著《珍重閣詞集》。溫哥華：趙文漪自印本。一九八一。
4 趙尊嶽輯《明詞彙刊》。上海：上海古籍出版社。一九九二。

## 二、他人著述

1 關志雄著《玉窗詞甲稿》。香港：萬有圖書公司。一九六三。
2 關志雄著《玉窗詞乙稿》。香港：萬有圖書公司。一九六五。
3 關志雄著《玉窗詞外稿》。香港：萬有圖書公司。一九六六。
4 關志雄著《吐綺集》。香港：香港詞曲學會。一九六九。
5 陳聲聰著《荷堂詩話》。福州：福建美術出版社。一九九六。

# 附錄

# 文言文的功用和背誦的益處

杜祖貽

## 學習文言的功用

一九八一年春，北京大學著名學者王力教授在香港中國語文學會及中文大學教育學院合辦的「語文教育與文化」研討會上回應了許多有關語文教學的問題。王教授學問深醇，見解精闢，眾所欽佩。其中談到中文寫作方面，王教授認為今後只作白話文，不必再寫文言文。當時筆者向王教授請教下面的問題：

中國歷代的偉大文學創作，十九以文言為主。如果今後我們中國人只寫語體文，不再寫文言文；只寫新體詩，不作傳統詩詞；那麼，曾經延續了數千年，並孳育出無數不同風格和體裁的傳統文學，豈不是從此成為絕學？這樣，以後中國文學的發展豈不是只限於北京語系的文學？

王教授認為所提出的問題很重要，但因時間所限，僅簡略地舉出只寫語體文不寫文言文的兩點理由：第一，文言文不易學；第二，王教授本人喜歡寫文言文和作舊詩，但覺得寫得不好，不如古人。

由於文言文應否寫作這個問題還沒有機會澄清，因此筆者於會後寫下自己的意見，供讀者們參考。

不少人主張放棄學習文言文，放棄用文言寫作。主要的理由，除了如王力教授所指出的「難學」、「難作」之外，就是認為傳統文學是屬於過去的，現代人不應該「抱殘守缺」，不應模仿過去的文體和風格。

筆者個人也認為只是模仿古人算不得文學創作，但不同意作文言文、寫詩填詞就等於模仿古人。文言文雖不是口語化的教學，但卻是脫胎於口語，再經過形式和技巧的雅化而成的一種有創造性的文學體制，並且是中國文學傳統的主體。如果將文言文廢而不學，中國文學的傳統就會從此中斷。

在進一步研究文言文存廢問題之前，須先討論文言文的定義。一般語言學者通常把文言文稱為「古代漢語」（按：王力教授主編的《古代漢語》就包括了先秦散文如《論語》、《孟子》、《左傳》、《戰國策》、《老子》、《莊子》、《墨子》、《荀子》、《韓非子》；也收集了《史記》、《漢書》等兩漢散文和唐宋八家之文。韻文則自詩、騷以下，凡兩漢辭賦、魏晉六朝唐宋之詩、宋元之詞曲，無不採錄），因此，由語錄體的《論語》，以至格律嚴整的辭賦，都歸入文言文的範疇。廣義的文言文，幾乎包括了古代各種文體：不論駢文散文，詩詞歌曲，都在其內。狹義的「文言文」，則專指散文，如唐宋八大家、明前後七子，及清代桐城派、漢學派各人之所作。這些文體，除了文辭力求典雅之外，還講究形式、風格與內涵的完美。原來我國文學的發展，既受到時代、社會、政治等客觀因素的影響，也受到個別作者的志趣、靈感和思想等主觀因素的左右，從而演化出錯綜複雜的體裁和風格。由於中國語文具有「音」、「形」、「義」的特點，很自然地為創作美文造成有利的條件。加以歷代作者對於寫作重視「文」與「質」的表現，因而形成獨特的中國文學傳統。這傳統在文學演進的過程中，不斷發揮了協調、救失、振衰和強化的作用。

文言文的性質和範疇既如上述，歷代的文學作品自然反映出其特有的時代性、社會性及創造性，也自然為當時人民欣賞與批評。至於文言文對我們從事文學的學習和創作有甚麼意義，則可以分幾方面來看。第一，古人寫作，大都從「言志」與「載道」出發，從前人的作品中，不但可以察知作者的思想、言行與當時的社會情況，也可以幫助我們認識自己的時代，使我們能夠識古知今、繼往開來，循着歷史演進，為中國社會文化的開展而努力耕耘。第二，前人把文學創作看成千古大業，刻意經營、樹立典範，以供後人欣賞和學習；他們在寫作的形式和技巧上，力求完美；在內容和意境上，力求創新；以期達到「不朽」、「行遠」與「為後世法」的願望。因此，從文學作品中我們可以直接感受到前人藝術創作的觀念和法度；可見文言文的文學價值超越時代、社會與個人的限制，而它的演變則是一代一代的流傳與更新。比起世界上其他文化，中國的傳統文學誠然是光彩絕倫的，這不能不頌揚歷代作者理想的高遠和創作的辛勤。偉大的文學家既能充分把握中國語文的特點，又能以「文質相兼」作為創作的準則，由一種文體蛻變至另一種文體。如是者遞嬗不已，不但延續了中華文化的命脈，更予以新的活力。

傳統文學並不是舊文學，文言文並不是舊文字。三千年來，文言文是活的文字，涓涓不壅，綿綿不絕，照耀偉大的中國文明。只不過近數十年，為了普及教育，趨新分子大力推廣語體文的應用而忽略了文言文學的發展，更有人誤認文言文是過去的和陳腐的東西，將語體文和文言文、現代文學和傳統文學對立起來，以為非放棄傳統文學的創作方式，便不能達到統一語文和普及教育的目的。

文言文和白話文互相依存，都是中國語文的組成部分，都能在生活經驗中選取素材，寫成優美的傳世作品。至於怎樣把文言文和白話文適當地納入今日語文教學的過程中，則是一個非常重要的課題，必須由語文專家和文化教育學者們具體地研究和全面地策劃。

一九八一年春於中文大學

## 背誦古書的益處

劉殿爵

近年香港中小學生的語文程度日趨低落，不但如此，對中國文化的認識也日趨低落。中文大學編製的《中國文學古典精華》是針對這種現象而編成的。只要老師和學生能善為利用這套文選，語文頹勢的挽回，便可以有點希望。怎樣才是善為利用這套文選呢？我認為值得提出來一談的，就是文章的背誦。講到背誦，相信有人不同意，認為背誦方法陳舊，不能引導學生培養獨立思考能力。這只是一種過慮，其實背誦對我們學習古代語言和古代文化有很大的用處。

語言和文化的學習是一個大題目，我今天只提出一些要點來談談。在語言中，詞彙是很重要的一環，用詞必須推敲。在這方面，中國文字有一個特色。在許多語言裏，詞彙是有定數的，但在一些語言裏卻是無一定的數目的。前者可以英語為例，後者則可以中文為例。假如要編一本英語詞典，只要篇幅夠大，就可以把所有的詞都收羅在裏面，可是要用同樣方法編一本中文詞典卻是辦不到的。這是因為中文與英文不同，中文可以隨意造新詞。中英文基本不同的地方在於中文的字（單音詞）是構詞的元素，原則上，只要讀者能夠理解、能夠接受，任何一個字都可以和另一個字結合起來，組成一個新詞，在這一點上，用中文寫作可以真的算是創作。我們採用複詞的過程是這樣的：假設我們有一個概念要表達，先選一個單音詞作為我們的核心詞，然後再找一個單音詞作為搭配，可用作搭配的單音詞一般不止一個。我們的推敲主要在於配搭詞的選擇。舉一個簡單的例子，我們選了「精」字作核心詞，可用的配搭有幾個，我們可以說「精細」，也可以說「精密」。當然還有別的配搭可用，但我們很可能覺得「精密」已夠恰當，那推敲的過程便告一段落了。這樣看來，我們要選擇的是複詞，而推敲的卻是單詞。因此在推敲的工夫上，我們對單詞意義及用法的認識是關鍵。古文單詞用得比白話文多，因此要培養對單詞的感覺自然離不了古文的誦讀。如果我們對單詞的認識不夠，就無法作有效的推敲。仍然以「精細」一詞為例。我們也可以不說「精細」，說「精微」，因為「細微」是個常用的複詞，我們很容易以為「精微」和「精細」意義差不多。其實不然，「精細」的「細」指用心，而「精微」的「微」則是「見微知著」的「微」，指的是「幽隱之處」。這兩個複詞一個指觀察者的用心，一個指觀察者的對象，用法截然不同。能否用得恰當就視乎我們對「微」字的認識了。

再談文化問題。甚麼是文化？文化的定義甚多，真是見仁見智。不過無論怎樣解釋文化，在中國文化傳統中，最重要大概要算哲學思想了。中國古代思想最關心的是宇宙問題和人生問題。大家都知道中國人講宇宙人生的有儒家和道家兩大派。一般人未必要對哲理有深入的認識，但也不能一無所知。要對古代思想獲得一個梗概的認識，應該採取甚麼辦法呢？是不是找一兩本中國古代思想概論之類的書看看就可以達到目的呢？我看這是不可能的，因為現代人闡述古人的思想時，要使讀者明白，所用的一定是現代的文字和術語。所謂現代術語，第一是現代人用來思考的術語，第二是用來對應西方思想家的用語而特別創出來的術語。因此現代術語與古人所用的概念之間自然有相當的距離，這一點從現代人所寫關於古代思想的著作可以看得出。此類著作一般都引用原典，如果另外再用現代語言，那只是作為闡釋之用，文章中保留着大量非現代語的翻譯所能取代的古文原文。這是因為將古文翻譯成現代語並不比翻成外語容易，而且歪曲的程度也不下於外文翻譯。要避免理解的歪曲，惟一的辦法就是看原典，能夠熟習和背誦則更好。古人的思想原來是用古代的語言寫的，內容和表達是互相配合的，用現代語很難把全部意義保存下來。

中國古代文字簡潔，便於背誦。試舉例：比如要對道家思想有一些準確的認識，最好先把老子《道德經》背熟，《道德經》全書略為多於五千字，記誦所花的時間不會太多。如果認為整本《道德經》背下來太難，那末，選擇重要、精警的段落、章節也可以。比如記誦了第五章的第一句，「天地不仁，以萬物為芻狗」，就可以對古代造化的理論得到一些啟發。我一再提出背誦作為治學的一種方法，是因為中國古代的典籍文字簡潔，含義豐富，要把全部意義都羅列出來很不容易，直截了當還是熟讀。俗語所謂「熟能生巧」，是顛撲不破的道理，例如《道德經》或《論語》一類的書，無論讀過多少遍，每次重讀仍然會發現以前不曾領悟到的道理。在《中國文學古典精華》裏，有許多古代偉大的作品，讀了這些選錄之後，如能再進一步讀原書，所得的益處是難以估計的。

朱熹對「讀書」說過一些很精闢的話，在《訓學齋規》裏，他說：

> 凡讀書……須要讀得字字響亮，不可悞一字，不可少一字，不可多一字，不可倒一字，不可牽強暗記。只是要多誦遍數，自然上口，久遠不忘。古人云，讀書千遍，其義自見，謂讀得熟，則不待解說，自曉其義也。余嘗謂讀

書有三到，謂心到，眼到，口到。心不在此，則眼不看子細。眼既不專一，卻只漫浪誦讀，決不能記，記不能久也。

朱子這番話講的是「讀書」，着眼卻在「背誦」。朱子提出兩個要點。第一，讀書時要有「三到」，即「口到」、「眼到」、「心到」。這就是說讀的時候要專心一志，專心一志就是知道自己在讀書，這不單靠「心到」，還要靠「口到」、「眼到」，清清楚楚看見自己讀的是甚麼字。其實朱子可以再加上一個「耳到」，合成四到。這四到是背誦過程中不可缺少的因素。暗記是不能勉強的，要聽其自然，多誦幾遍，水到渠成，自然能夠牢牢記住，如果像小孩那樣心不在焉地讀，即使一時能夠上口，還是不能久記的。

第二，「三到」的工夫會帶來良好的學習效果。「讀書千遍，其義自見」，書讀得熟，不待解説，自曉其義。這裏所説的義，未必是難懂的義，只不過是初讀的人一時未能領會，但經反覆讀誦，自然融會貫通。有些文字本來不容易懂，即使如此，熟讀之後慢慢便能領會，這是「熟能生巧」的道理。朱子所説的是經驗談，他的《四書集注》在幾百年後的今日仍然是研究《四書》的必讀書，可以證明朱子精研《四書》工夫就在讀得精熟。《論語．季氏篇》有孔子的一段話：

> 益者三友，損者三友。友直、友諒、友多聞，益矣。友便辟、友善柔、友便佞，損矣。

「益者三友，損者三友」一般都解作「於人有益的是三種朋友，於人有害的是三種朋友」。從來無人提出異議。我從前讀這節文字時也覺得是這樣解釋的，後來讀得多了，熟了，便開始懷疑這種説法是否能接受。「益者三友」與下文「友直、友諒、友多聞」相連接，可見「三友」就是下面所説的「友直、友諒、友多聞」，既然這三句都是動賓結構，三個「友」字自然都是動詞。「三友」既然就是的「友直、友諒、友多聞」，那末「三友」的「友」字也應該是動詞。「三友」與「三思而後行」的「三思」一樣是「副詞＋動詞」的結構，這樣一來，整段的意義就不同了。前半段可以作如下翻譯：

> （益者）得益的人（三友）在三方面交友，（友直、友諒、友多聞）和直的人交友，和諒的人交友，和多聞的人交友，（益矣）那就得益了。

這樣理解，這節文字的結構便緊湊得多了。「友」字在「三友」、「友直、友諒、友多聞」中都作「交友」解，而不再分別作為「朋友」及「交友」解。「益者」、「益矣」的「益」字都作「得益」解，而不再分別作為「於人有益」及「於己有益」解。

反覆誦習是可以令人悟出新的道理來的。上面所提到的個人學習經驗，只不過是一個簡單的例證而已。

有經驗的人都深知誦習的效果。讀書不但要口到，讀得響亮，還要眼到，才能記得牢，記得久，但最重要的一點是，背誦不能靠勉強暗記，讀的時候一定要專心一志。等到「多誦遍數，自然上口，久遠不忘」。循此方法，初時未必完全明白，但不用擔心，因為正如朱子所說，「讀得熟，則不待解說，自曉其義」。我們要記住，凡是值得讀的書都應該用這方法去讀，而我們那套《中國文學古典精華》一百八十課的文章，正是取材於這樣的值得讀的文學傑作。

一九九七年春於中文大學

王力（中）、杜祖貽（左）在研討會上。

杜祖貽（左）、劉殿爵（右）、羅忼烈（中）。

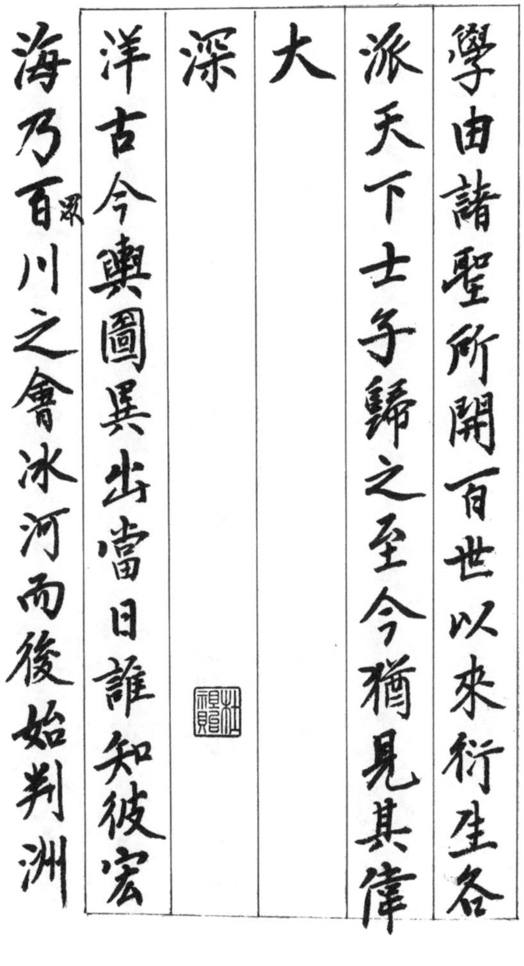
學由諸聖所開百世以來衍生各
派天下士子歸之至今猶見其偉
大
深
洋古今輿圖異出當日誰知彼宏
海乃百川之會冰河而後始判洲

杜祖貽為香港學海書樓撰聯書稿。二零零零年。原件存中文大學文物館。

天地玄黃宇宙洪荒日月盈昃辰宿列
張寒來暑往秋收冬藏閏餘成歲律呂
調陽雲騰致雨露結為霜金生麗
水玉出崑崗劍號巨闕珠稱夜光
果珍李柰菜重芥薑
癸未初冬

劉殿爵行書千字文節句箋。二零零三年。

# 本書體例

## 正文部分體例

一　本書所選作品，多採自最早的版本，並盡量保留文章的原貌。

二　本書分「正文部分」及「參考部分」。正文部分有作者簡介、題解及註釋。「作者（譯者）」一項除生平事跡外，兼述作者（譯者）的成就；「題解」介紹出版資料、所據版本及文章的思想與風格；「註釋」解釋篇中的人名、地名、典故及較艱深的字詞和文句。

三　本書按詩歌、散文、小説、戲劇及翻譯等文學體裁分類。

四　詩歌部分包括新詩及傳統詩詞。新詩錄新文學運動時代的作品，讀者可由此略窺早期白話詩的風格；傳統詩詞選錄名家得意之作，以見古典形式並未衰替。散文所佔篇幅較多，包括白話文學和論説文字。所選小説多為民初作品，戲劇限於版權，僅錄代表劇目於序言，讀者可藉此一睹新興白話小説和戲劇的特色。翻譯文學的歷史雖短，然對現代文學的發展影響頗深，故亦選錄。

五　本書所選作品，有可供欣賞的，有利於修身治學的，望讀者能有所體會，而各有所得。

## 參考部分體例

一　「參考部分」是「正文部分」的補充，供讀者深究之用。所輯資料，以取自大陸、台灣及香港三地出版的專書及期刊為主，取自國外刊物及國際互聯網網頁的為輔。

二　「參考部分」分為以下六項：

正文補充　選錄與正文直接有關的資料。

作者補充　包括作者自述生平、他人撰述的傳記、年譜、著述繫年及評論等。

題解補充　包括有關文章旨要、思想與風格的資料。

註釋補充　增補正文的註釋。

圖文補充　包括手跡及圖照，惜以本書篇幅所限，未及全錄。

參考書目　包括作者的主要著作及他人研究作者及其作品的著述。